KB269118

언어의 보석,
어둠 속의 연금술사들

2012

탄생 100주년 문학인 기념문학제 논문집

언어의 보석,
어둠 속의 연금술사들

황광수 · 고형진 외

탄생 100주년 문학인 기념문학제 논문집 2012

민음사

암흑 시대를 관통한 두 시인의 두 행로

백석과 설정식을 중심으로

황광수(국민대 교수)

1

'탄생 100주년 문학인 기념문학제'는, '기념'이란 낱말이 시사하듯이, 무엇보다 한 세기를 시간적 단위로 하여 과거의 성취를 돌이켜보며 해당 문학인들의 생애와 작품들에서 새로운 의미들을 발견해 내기 위한 방법입니다. 그러니 이러한 행사를 지속해 가는 일은 과거의 유산을 점검하고 갈무리하는 데 그치지 않고 우리 문학의 자산을 풍부하게 일구어 가며 문학적 전통을 끊임없이 갱신해 가는 일이기도 할 것입니다. 금년에 연구 대상으로 떠오른 분들은 1912년에 태어나 억압과 혼돈의 역사를 관통해 왔기에 문학적 활동 기간은 다양한 편차를 보이지만, 대체로 일본 식민지 체제 마지막 10년에서부터 약 한 세대에 걸쳐 있습니다. 그러나 우리는 이 문학제를 통해 100년이라는 시간에 걸쳐 그들을 낳아서 기른 문학적 토양과 그들의 문학적 성취에 대한 지속적인 연구를 통해 오늘에 이르는 생성적 흐름을 재구성해 볼 수 있을 것입니다. 그리고 이러한 연구의 연장선에서 금년에 태어나는 아이들이 이루어 낼 미래의 문학까지 상상해 봄으로써 현재 우리 문학의 위치와 임무를 재발견하고 그에 대한 책임 있는 성찰도 해 볼 수 있을 것입니다. 저는, 이것이 진정한 의미의 문학적 전통을 이어 가는 올바른 자세라고 생각합니다.

(이 문학제 기획위원회에서 저에게 맡겨 준 임무는 여러 면에서 뚜렷한 편차를 보이는 백석과 설정식의 문학을 당대의 역사적 토대에서 살펴보라는 것입니다. 그러니, 저는 백석과 설정식이 몸담았던 시대의 역사성과 관련하여 두 분의 시정신을 간략하게 환기시키는 정도에 그칠 수밖에 없겠습니다.)

백석과 설정식은 동시대를 매우 다른 방법으로 살아간 만큼, 그들의 문학과 인생행로 역시 사뭇 다른 길로 뻗어 갈 수밖에 없었습니다. 북쪽에 고향을 둔 이 두 시인은 분단된 국토의 북쪽에서 생애의 뒷부분을 이어 가거나 마감함으로써 창작과 생애에서 서로 다른 방식으로 비운을 겪을 수밖에 없었습니다. 만주에서 해방을 맞이한 백석은 고향인 평안북도 정주로 돌아가 생을 마감한 것으로 알려진 1995년까지 문학적 변질을 감내할 수밖에 없었고, 설정식은 한국 전쟁으로 서울이 함락되었을 때 인민군에 자원 입대했지만 북한 정권의 전후 처리 방식과 맞물려 비극적으로 생을 마감할 수밖에 없었습니다. 특히 설정식의 생애는, 현실 의식이 투철한 시인은 어떠한 국가 권력에게도 눈엣가시가 될 수밖에 없는 것인가 하는 의문을 불러일으키며 문학과 정치에 대한 근원적인 성찰을 요청하고 있습니다. 그의 친구였던 헝가리 언론인 티보 머레이의 회고에 따르면, 그에 대한 재판과 처형은 외세에서 자유로울 수 없는 약소 (공산)국가들에서 자행된 일반적 사례이기도 했다는 점에서, 국제적 역학 관계와 '국가'라는 괴물의 본질을 다시 한 번 돌이켜 보게 합니다. 그날의 재판을 방청한 머레이는 이렇게 쓰고 있습니다. "나는 이날의 재판도 본질적으로는 내가 부다페스트에서 보았던 재판과 같은 것이었다고 믿는다. 즉 토착 공산당원의 숙청인 것이다. 고국에 남아 불법화의 탄압 밑에서 항일 투쟁에 참가했던 국내 공산주의자들을 모스크바에서 돌아온 자들이 몰아내는 과정이었던 것이다. 나는 이 재판에 놀라지 않았다. 그러나 북한의 지도자들이 긴 전쟁의 종결과

평화의 도래를 이런 유의 시위로 축하하는 데에 적이 놀랐다.”[1] 해방 공간
에 가장 왕성하게 활동한 두 시인, 즉 임화와 설정식이 이런 방식으로 생을
마감한 사실은, 지금의 평온한 현실도 한 꺼풀만 벗겨 보면 야만적 폭력의
얼굴이 금세 드러날 듯한 공포를 자아냅니다.

백석과 설정식보다 2년 앞서 탄생한 이상의 「오감도」(1934) ‘시 제1호’에
등장하는 “십삼인(十三人)의 아해(兒孩)”들은 “무섭다”고 외치며 도로를 질
주하고 싶은 충동에 사로잡혀 있습니다. 그런데 시인은 이 아이들이 달려
가는 길은 “막다른 골목”일 수도 있고 “뚫린 골목”일 수도 있다는 단서를
붙여 놓았습니다. 그는 이러한 단서들을 괄호에 묶어 시의 앞뒤에 배치해
놓았는데, 첫 연에서 “십삼인(十三人)의 아해(兒孩)가 도로(道路)를 질주(疾
走)하오”라는 문장 뒤에 덧붙여 놓은 “(길은 막다른 골목이 적당(的當)하오)”
라는 문장을 끝 연에 가서 “(길은 뚫린 골목이라도 적당(的當)하오)”라는 문장
으로 대체해 놓았습니다. 그러고 나서, 다시 “십삼인의 아해가 도로를 질
주하지 아니하여도 좋소”라며 첫 문장까지 정반대의 의미로 뒤집어 놓았
습니다. 이러한 상반된 배치에서 감지되는 것은 질주의 욕망을 좌절시키는
식민지 시대의 암울한 상황과 그에 대한 엇갈린 태도입니다. 절망적인 조건
속에서도 무언가를 해야 한다고 생각하는 사람들은 “막다른 골목”일 수밖
에 없는 길을 “뚫린 골목”으로 여기며 질주의 충동에 사로잡힐 수밖에 없
었을 테지만, 또 다른 이들은 절망적 상황을 의식하고 질주 자체를 포기하
기도 했을 것입니다. 한 사람의 생애에서도 시대적 상황의 엄혹성이나 정치
권력의 시야에 노출되는 정도에 따라 가는 길이 뒤바뀔 수도 있다는 사실
을 우리는 과거의 역사에서 드물지 않게 보아 왔습니다. 이러한 사례들에
서 우리는 ‘변절’이나 ‘수난’이란 말들을 쉽게 떠올리게 되지만, 우리 현대
사에는 한 개인의 신념과 그것을 올곧게 지켜 가는 일 사이에 건너기 어려

---

1) 티보 머레이, 설희관 엮음, 「한 시인의 추억, 설정식의 비극」, 『설정식 문학 전집』(산처럼,
   2012), 794~795쪽.

운 심연들이 가로놓여 있었습니다. 그러니, 우리는 '변절'과 같은 말을 쉽게 사용할 수가 없습니다. 이를테면, 좌익 성향을 지닌 한 개인의 보도연맹 가입이나 겉으로 드러난 행위만으로 그 사람을 단죄하는 일은 무지에 의한 폭력이 될 수도 있습니다.[2]

백석과 설정식은 가혹한 시대 상황을 온몸으로 관통해 갔습니다. 평안북도 정주에서 태어난 백석(白石)과 함경남도 단천에서 태어난 설정식(薛貞植)은 각기 일본과 미국에서 영문학을 공부한 지식인으로서 그들 나름의 뚜렷한 자의식을 지닌 채 뚫려 있는 듯 막혀 있는 골목을 혼신의 힘을 다해 질주했던 것으로 보입니다. 백석은 주로 1930년대 중후반에 모국어의 재발견을 통해 특유의 미학을 일구어 내는 쪽으로, 설정식은 이른바 '해방 공간'의 정치 현실에 정면으로 맞닥뜨리며 인민 주권의 세상을 선취하는 쪽으로 나아갔습니다. 백석 시의 언어적 층위는 우리 민족의 전통적 삶의 양식을 구체적 광경으로 떠올리면서 일제의 언어 동화 정책에 저항했다는 점에서 시의 정치성이 무엇인지 뚜렷이 보여 주었고, 설정식은 시인을 노동자("직공(職工)")와 동일시하면서 미국에 의해 전파되는 타락한 자본주의를 비판하고 민중의 생활상의 요구와 맞닿은 지점을 놓치지 않으려고 부단히 노력했습니다. 이처럼 두 시인은 동일한 역사적 시간대에서 서로 다른 길로, 그러나 그 누구도 흉내 낼 수 없는 독자적인 길들을 개척해 갔다는 점에서 우리에게 당의 문학적 자장을 총체적으로 음미해 볼 수 있는 시야를 열어 놓았습니다.

2

널리 알려져 있듯이, 백석은 식민지 근대화의 물결 속에서 사라지고 잊

---

2) 이 문장은 '보도연맹'과 관련, 반공 시를 쓸 수밖에 없었던 설정식의 경우를 염두에 둔 것이다.

혀 가는 것들을 고향 말과 옛말들로써 옹글게 품어 안고 특유의 미학을 일구어 냈습니다. 일반적인 관점에서 보면, 고향이라는 삶의 공간과 거기에서 습득되는 언어와 삶의 방식은 한 개인의 인격 형성에서 절대적 조건일 수밖에 없습니다. 이러한 현상은 주체는 "외적 현실의 브리콜라주"라는 라캉의 명제로 요약될 수 있을 것입니다. 그러나 이러한 일반론은 백석의 남다른 시적 개성을 설명하는 데에는 별 도움이 되지 못할 것입니다. 백석이 자기 고장의 언어와 생활과 풍속으로 자신의 시적 고유성을 빚어내기 위해서는 그의 삶이 이루어졌던 시공간적 특수성이야말로 자신의 미학을 담보하는 최종 심급이 될 수밖에 없다는 뚜렷한 의식이 선행되었을 터이기 때문입니다. 이와 관련하여 그의 이력에서 제일 먼저 떠오르는 것은 그가 다녔던 오산학교의 민족주의적 교육 이념입니다. 그곳에서 그는 민족에 대한 자의식과 함께 우리말을 가장 아름답게 구사했던 김소월의 숨결을 느낄 수 있었습니다. 「소월(素月)과 조선생(趙先生)」[3]에서 그는 스승인 김억에게서 빌린 김소월의 노트에서 미발표작 「제이 엠 에스」(조만식의 이니셜)를 발견하고 흥분을 감추지 못했다고 피력한 바 있습니다.[4] 이러한 영향 속에서 형성되었을 그의 시적 언어관은 박용철(朴龍喆)에 의해 "전반적으로 침식 받고 있는 조선어에 대한 혼혈 작용 앞에서 민족의 순수를 지키려는 의식적 반발의 표시"[5]로 이해되었습니다. 백석이 이러한 언어 미학을 이루어 낸 데에는 또 다른 경로를 통해 주어진 참고 사항이 있었던 것으로 보입니다. 그는 첫 시를 발표하기 1년 전 「죠이쓰와 애란 문학(愛蘭文學)」(T. S. 밀스키)을 번역하여 《조선일보》[6]에 연재하기도 했는데, 이 글에는 "애란 농부들의 말 가운데 나오는 모든 영어의 정신과는 빙탄(氷炭)의 관계에 있는 것들을 극력 강조하고 또 이런 것들을 논리적인 조화된 체계 속으로 집어넣

---

3) 《조선일보》 1935. 5. 1.

4) 우대식, 『선생님과 함께 읽는 백석』(실천문학사, 2009), 20~21쪽 참조.

5) 박용철, 「병자 시단의 1년 성과」, 《동아일보》 1936. 1. 29.

6) 1934. 8. 10~9. 12.

어서, 그는 그 독자의 문학적 방언을 창조하였다. …… 조이스는 외부의 세계를 사실(寫實)하는 데 놀라울 만치 '리얼'한 힘을 가진 것으로 유명하거니와 그 힘을 주는 것은 곧 이 정확성이다."[7] 이 인용문은 '의식의 흐름' 기법을 창안하여 리얼리즘을 넘어선 것으로 알려진 조이스에게도 모국어에 대한 남다른 애착과 '외부 세계'의 사실적 재현에 대한 욕망이 강하게 작동하고 있었다는 사실을 뚜렷이 보여 주고 있습니다. 백석은 이런 글들을 읽고 번역하면서 순수한 우리말을 "조화된 체계"로 발전시키는 일의 중요성을 깨달았을 것입니다. 그는 이러한 과정들을 통해 자신의 경험적 요소들을 시로 체화하는 것만이 전통 상실의 위기에 대응하는 방법임을 절실히 깨닫고 실천했을 것입니다. 이러한 의식에는 국토와 주권을 상실한 조건 속에서도 언어와 생활 방식을 유지하는 한 삶의 뿌리까지 식민화되지는 않을 것이라는 믿음이 깔려 있는 것으로 보입니다. 그래서 그의 시들은 전통적 삶의 질감을 풍부화하는 쪽으로 나아갈 수밖에 없었고, 그런 만큼 그의 시들은 특별한 장식적 가공 없이 그 자체의 존재론적 미학만으로 동시대인들과 후손들에게 민족적 삶의 고유성을 풍부하게 전해 주었습니다.

그의 시어들에서는 씹을수록 풍부한 맛이 우러납니다. 이러한 언어들이 낯설면서도 정감 있게 다가오는 까닭은 혈연적 관계가 녹아들어 있는 친족 구성원들에 대한 명칭들, 그의 미각을 빚어낸 음식 이름들, 그의 생활 감각에 스며 있는 놀이 이름들, 그리고 그 고장 사람들의 삶에 밀착된 사물명들의 질감 때문입니다. 고형진 교수의 노작 『정본 백석 시집』[8]에 실려 있는, 한 쪽 반 정도의 분량인 「여우난곬족」(1935)에는, 깨알 같은 글자들의 낱말풀이만 해도 두 쪽에 달할 만큼 낯선 단어들이 많이 나옵니다. "여우난곬족"이라는 제목만 해도 아메리카 인디언의 고유 명사들만큼이나 자연 친화적입니다. 제 나름으로 뜻을 풀이해 보면, '여우가 많이 출몰하는 동네

---

7) 이동순, 「민족시인 백석의 주체적 시 정신」, 『백석 시 전집』(창작과비평사, 1987), 176쪽에서 재인용.
8) 백석, 고형진 엮음, 『정본 백석 시집』(문학동네, 2007).

사람들' 정도가 아닐까 합니다. 이 시에서는 '여우난곬'에서 오래 살아왔을 친척들에 대한 호칭들, 사물과 놀이 이름들의 정감이 물씬 풍깁니다. "엄 매", "아배", "진할머니", "진할아버지", "고무", "이녀(李女)", "홍(洪)동이", "삼춘" 등 친족 구성원들의 호칭들, "반디젓", "송구떡", "콩가루차떡", "무 이징게국" 등의 음식 이름들, "숨굴막질", "꼬리잡이", "조아질", "쌈방이", "바리깨돌림", "호박떼기", "제비손이구손이" 등의 놀이 명칭들, 그리고 "오 리치", "잔디", "홍게닭", "텅납새" 등의 사물 명칭들은 처음 접하는 독자들 에게 낯선 세계에 들어선 듯한 현기증을 자아냅니다. 그러나 시차(時差)를 두고 다시 읽어 보면, 이 낱말들은 어느덧 따스한 정감으로 우리를 감싸 옵 니다. 이러한 보통 명사들의 풍성한 잔치는 전통적 삶의 시원(始原)적 광경 으로 우리를 안내합니다.

백석은 이처럼 특별할 것이 없는 사물 언어들을 별다른 수사적 장식 없 이 평면적으로 나열함으로써 전통적 삶의 질감을 시의 형태로 갈무리하 는 데 많은 힘을 기울였습니다. 전통적 양식은 따로 존재하는 것이 아닙니 다. 그것은 일상의 삶에 용해된 채 이어지는 것이기에, 백석은 일상에서 쓰 이고 버려지는 것들에까지 따스한 눈길을 보내고 있습니다. 그는 「모닥불」 (1936)에서 일상의 잔재들이 피워 올리는 마지막 온기를 통해 조선적 삶의 소멸을 애도하고 있는 듯이 보입니다. 이 시를 읽었을 이재무도 같은 제목 의 시를 쓴 적이 있습니다. 그러나 "세상 구르다 천덕꾸러기 된/ 갖은 슬픔 이 모여 웅성웅성 타고 있다"[9]라는 문장에 드러나 있듯이, 밑바닥 인생들 에 대한 동질감을 너무 직설적으로 표출한 나머지 깊은 맛을 자아내는 데 실패하고 있습니다. 이러한 파탄은 시인 자신이 해석적 욕망을 제어하지 못한 데에서 비롯된 것입니다. 그래서 우리는 백석 시의 사물 언어들이 얼 마나 내밀하게 직조되어 깊은 맛을 자아내고 있는지 새삼 돌이켜 보게 됩 니다.

---

9) 이재무, 『위대한 식사』(도서출판 세계사, 2002), 115쪽.

이 두 시인 사이의 차이는 '사물들 스스로 말하게 하는 방식'에 대한 이해의 차이에서 발생했을 것입니다. 비평가 황현산은 백석의 「모닥불」에 대해 이렇게 쓰고 있습니다. "이 모닥불에 타고 있는 것들 속에 좋건 나쁘건 인간의 노작이라고 불러야 할 것은 '갓신창'을 제외하고는 거의 아무것도 없다. 그러나 그것들은 모두 한 삶의 맨 밑바닥을 떠받치고 있던 것들이다. 온갖 신분으로 온갖 관계를 맺고 있던 인간들이 국권을 잃어버린 식민지의 어느 장터에서 그 모닥불에 언 손을 내밀고, 그 삶과 그 삶의 관계들이 이제 얼마나 오래 지속될 수 있을지를 걱정하면서, '몽둥발이가 된 슬픈 역사'의 마지막 잔재들이 만들어 주는 온기를 겨우 누리고 있다. 한 삶의 밑바닥이 이제 제 모습을 잃고 불타고 있기에 그 삶을 뒤돌아보는 마음은 그만큼 곡진하다."[10] 그런가 하면, 시인 이동순은 이 시에 등장하는 "모든 개체적 사물들이 혈연 관계로 결합된 가족의 집합체, 즉 하나의 확대 가족 개념으로 군단화(群團化)되어 가는 과정을 보여 준다."[11]라며 공동체 의식을 강조하고 있습니다. 이 두 가지 해석에서 드러나듯이, 사물 언어들로 구축된 백석 시는 겉으로는 단순해 보이지만, 무척 다양한 해석 가능성을 열어 두고 있습니다. 제가 보기에, 모닥불 속에서 타고 있는 것들은 일상의 쓸모에서 풀려난 온갖 잡동사니들입니다. 불을 쬐는 존재들도 지위나 서열은 물론 인간과 동물 사이의 구별조차 문제될 것이 없는 생명붙이들일 뿐입니다. 이 모닥불이 화자에게 떠올려 주는 것은 "할아버지가 어미 아비 없는 서러운 아이로 불상하니 몽둥발이가 된 슬픈 력사"입니다. '할아버지'가 전통을 담지한 상징적 존재라면, 이 시 속의 광경은 우리 민족의 삶을 이루었던 온갖 요소들이 (식민지 체제로 인해) 버려져 불태워지고 있고, 이 땅의 모든 생령들은 그것들이 뿜어내는 마지막 온기에 손을 내밀고 있는 것으로 볼 수 있을 것입니다. 1930년대 중반의 시점에서 일제는 조선인에 대한 탄

---

10) 황현산, 「형해로 남은 것들」, 『잘 표현된 불행』(중앙북스, 2012), 116쪽.
11) 이동순, 「민족시인 백석의 주체적 시 정신」, 이동순 편, 『백석 시 전집』(창작사, 1987), 169쪽.

압의 강도를 높이면서 중국 침략에 나서고 있었기에 우리의 전통적 삶의 요소들은 빈사 상태로 내몰릴 수밖에 없었을 것입니다. 그러니 모닥불에 손을 내밀고 있는 존재들은 위기의식을 공유한 채 잠정적으로나마 공동체적 풍경을 빚어내고 있는 것으로 보입니다. 이런 점에서, 정치 현실에 대한 발언을 하지 않았던 백석도 위기에 처한 민족적 삶의 양식을 아프게 의식하면서 한 폭의 따스한 풍경 속에 담아내고 있는 것으로 보입니다.

백석의 시를 한 편만 더 살펴보려니, 「흰 바람벽이 있어」(1941)가 떠오릅니다. 이 시에서 백석은 사물의 직접적인 느낌을 드러내기보다는 매개적 공간을 통해 시적 화자 자신의 쓸쓸한 마음과 회한을 객관화하는 새로운 기법을 구사하고 있습니다. '타블라 라사(tabla rasa)'처럼 보이는 이 "흰 바람벽"은 방 안의 사물들뿐만 아니라 내면의 상(像)들까지 오롯이 환등(幻燈)하고 있습니다. 거기에 비치는 사람은 "가난한 늙은 어머니"와 "사랑하는 어여쁜 사람"인데, 어머니는 "시퍼러둥둥하니 추운 날인데 차디찬 물에 손은 담그고 무이며 배추를 씻고" 있고, 사랑하는 사람은 "그의 지아비와 마조 앉어 대구국을" 먹고 있습니다. 어머니에 대한 깊은 연민과 사랑하는 이에 대한 상실감이 담담하게 객관화될 수 있는 것은 바로 이 "흰 바람벽"의 매개 작용 때문입니다. 거기에는 화자의 의식 속에서 흘러가는 말들까지 시각적 형태로 흘러갑니다. 그렇게 지나가는 것은 두 문장입니다. 하나는 "나는 이 세상에서 가난하고 외롭고 높고 쓸쓸하니 살어가도록 태어났다"인데, 이 문장은 시인의 자의식을 드러내고 있는 듯 보입니다. 그리고 다른 하나는 "하눌이 이 세상을 내일 적에 그가 가장 귀해하고 사랑하는 것들은 모두 가난하고 외롭고 높고 쓸쓸하니 그리고 언제나 넘치는 사랑과 슬픔 속에 살도록 만드신 것이다"라는 문장입니다. 이것 역시 시인의 자의식을 좀 더 폭넓게 변주하고 있는 것으로 보아도 좋을 듯합니다. 그래서 그는 이어지는 마지막 문장에서 "초생달과 바구지꽃과 짝새와 당나귀"처럼 쓸쓸한 생명붙이들을 화자가 가장 존경하는 시인들과 등치시키고 있습니다. 이러한 태도에서 감지되는 것은 사람들이 눈여겨보지 않는, 그래서 쓸쓸할 수밖에 없는 생령들에 대한 지극한 사랑입니다. 백석이 매개적 공간에 자신의 심성을 투사하는 기법을 구사하게 된 것은, 만주에 살게 된 데에서 발생한, 자신에게 소중한 존재들과의 시공간적 거리로 인해 회상적 정서가 지배적이게 된 데에서 비롯된 것으로 보입니다. 이 무렵의 백석은 상실감에 부대끼며 자신의 의식에 떠오르는 사물들을 상황적 공간에 집약하여 영화나 연극의 한 장면처럼 표출하는 방법을 찾아낸 것으로 보입니다. 같은 해에 쓴 「조당(澡塘)에서」와 「남신의주 유동 박시봉방」도 이러한 이러한 기법으로 이루어진 빼어난 시들입니다.

(단편 소설로 등단한 백석은, 시와는 다르게, 때로는 환상적인 문장들까지 구사하며 매우 특이한 소설 문체를 펼쳐 보였지만, 이에 대한 언급은 전문 연구가들에게 맡길 수밖에 없겠습니다.)

3

개인적 고백이지만, 백석 시의 여운이 가시지 않은 채 설정식의 시를 읽게 되자 그의 언어가 왠지 버성기게 느껴져 한동안 당혹스러웠습니다. 그럴 만큼, 백석과 설정식의 시는 언어적·의미론적 층위에서 겹치는 부분이 거의 없이 이질적이기 때문입니다. 해방 이후에 쓴 설정식의 시들은 대체로 암담하고 혼돈스러운 시대적 현실을 지양하려는 열정에 사로잡혀 있습니다. 그는 자연적 사물보다는 인간의 현실적 조건에 대한 관심이 깊었고, 그런 만큼 '해방 공간'의 정치적 역학 관계에서 빚어지는 모든 사건들에서 눈을 떼지 않았습니다. 시적 주체의 체험과 밀착되어 있는 백석의 시들이 모국어의 질감을 통해 독자들에게 깊은 정감을 불러일으킨다면, 시대적 사명감에 지펴 있는 설정식의 시들은 해방 정국의 혼란 속에서 정치적 탄압에 내몰리거나 가난하게 살아가는 사람들에 대한 동질감을 통해 인민이 주인 되는 세상을 염원하고 있습니다. 그래서 '포도' '해바라기' '잡초'와 같은 낱말들은 사물 자체에 대한 이름들이기보다는 시인 자신의 정치의식으로 여과된 이미지나 표상이 되고 있습니다. 설정식이 '해바라기'의 이미지를 자신의 시적 자아로 삼은 데에는 한 시대를 순수한 열정으로 돌파해 가려는 마음이 짙게 배어 있습니다. 그러나 인민 또는 민중은 양면성을 띤 존재입니다. 이를테면, '잡초'의 이미지로 표출될 때에는 끈질긴 생명력을 담지하는 존재가 되고, 여리고 부드러우며 탄력적인 생명감을 응축한 '포도'의 이미지로 표출될 때에는 기댈 곳 없이 위험에 내몰리는 위태로운 개별자들이 됩니다.

설정식은 '인민 주권'이라는 이상을 품고 그 누구와도 비견될 수 없는 열정과 진정성을 지니고 독자적인 시 세계를 펼쳐 갔습니다. 「헌사(獻詞)」, 「조사(弔辭)」, 「송가(頌歌)」, 「진혼곡(鎭魂曲)」 등의 시들을 썼던 까닭도 그때그때 당면하는 비극적 사건들을 통해 정치 현실에 대한 실망과 시대적 울분을 표출할 수 있는 계기들을 발견했기 때문인 것으로 보입니다. 정지용은 설정식의 두 번째 시집 『포도』(1948)에 대한 서평에서 그의 시는 단순히 '프롤레타리아' 시가 아닐 뿐만 아니라 "외래 문학의 영향에서 전연 결별한 것"으로 평가하면서, 그의 시를 조선의 "새로운 민족 문학, 혹은 새로운 민족시"로 자리매김했습니다. 그런 다음, "조선에는 이렇게 애절, 비절참절한 시가 있을 뿐이다."라며, 「무심(無心) ── 여운형 선생 작고하신 날 밤」의 한 구절을 인용하고 있습니다.[12] "그러자 어두워지는 천상에/ 대풍(大風) 이전의 정식(靜息)이 가로놓인다// 등불이 잠시 꺼졌다/ 우연(偶然)이 이렇게 태허(太虛)에 필적할 수가 있느냐/ 산천이 의구한들 미숙한 포도/ 오늘밤에 과연 안전할까"에서, '포도'는 안전을 보장받지 못한 여린 생명들입니다. 화자가 이들의 안전을 걱정할 만큼 당시의 인민은 하루하루를 위태롭게 살아갔습니다. 그럼에도 이 여린 생명들은 "떨어져 죽지 않는 포도"(「송가」) 또는 "산으로 하나 가득" 바쳐진 "제물"(「포도」)로 변주되고 있습니다. 설정식

---

12) 정지용, 「『포도』에 대하여」, 설희관 엮음, 『설정식 문학 전집』(산처럼, 2012), 802~803쪽 참조.

의 '포도'는 우리의 암울한 현대사에 바쳐진 피의 "제물"의 이미지로 매우 적절해 보입니다.

그리고 설정식 자신도 그러한 '포도' 한 알이기를 거부하지 않았습니다. 그래서 그의 비극적 종말은, 어쩔 수 없이, 혼돈의 역사에 휘말린 한 지식인의 모습이 제사 때 한 번 쓰이고 버려지는 '추구(芻狗)'와 같다는 느낌을 자아냅니다. 1946년 9월에 조선공산당에 입당하고 같은 해 10월에는 미 군정청 공보처 여론국장이 된 것을 보면, 설정식은 작두의 양날 사이에 자신의 몸을 밀어넣고 있는 듯 위태로워 보입니다. 이러한 사실은 그가 당시까지만 해도 자신의 뜻을 자유롭게 펼칠 수 있다는 믿음과 미국식 민주주의에 대한 기대를 저버리지 않았던 증거로 보입니다. 그러나 북한 정권은 누구나 아는 그 사실조차 숙청의 빌미로 삼았습니다. 이처럼 그는 하나의 가능태로 주어진 해방 공간에서 이념적 편견 없이 자신의 이상을 펼쳐 가려 했지만, 미국식 자본주의의 실상을 파악하게 되면서부터 그에 대해 가차 없는 비판을 가했습니다. 「제국(帝國)의 제국(帝國)을 도모하는 자」에서 시인은 노동자보다는 사용자를 보호하기 위한 규정들을 담고 있는 '태프트-하틀리법(Taft-Hartley Act)'을 비판하며 그로 인해 휘트먼에게 다가가기조차 꺼려지는 심정을 토로하고 있습니다.

그의 시 세계에서 제일 먼저 발견되는 것은 선각자=시인의 자의식입니다. 1932년, 그러니까 그의 나이 약관에 《동광》에 발표한 「거리에서 들려주는 노래」에서는 올바른 길로 앞서 가는 사람 또는 시인으로서의 자의식이 짙게 묻어납니다. "동모여 들어라!/ 시인이란 그 공사(工事)에/ 무쇠의 근육과 울둑 펼쳐진 가슴과 굳세인 허리와/ 그리고 맑고 깊은 눈동자를 가진 위대한 직공(職工)을 가리킴이니/ 한 개의 인간이 창궁(蒼穹) 밑에서/ 얻을 수 있는 최대 발견이 시인 것이다./ 이 발견의 기록은 아예 어여쁜 대리석에 아로새길 것이 아니라/ 모름지기 큰 은행나무에 쪼아둘 것이니/ 그리하면 그대의 노래는 자라는 나무와 함께 영원히 커질 것이다." 시인을 "위대한 직공"으로 비유하고, 시를 은행나무와 함께 영원히 커 갈 것으로 여기고 있습니다. 같은 시기에 쓰여 첫 시집 『종』(1947)에 실린 「시(詩)」에서 "뼈에 금이 실려/ 절그럭거리는 원래(原來)의 소리"라고 시를 정의하고 있는 것을 보면, 그는 처음부터 시를 현실과의 갈등에서 빚어지는 고통의 기록으로 여기고 있었던 것 같습니다. 이러한 의식의 연장선에서 그는, 「종」에서 "무거히 드리운 침묵이어/ 네 존엄을 뉘 깨트리드뇨/ 어느 권력이 네 등을 두다려/ 목메인 오열을 자아내드뇨"라며, 시인을 종에 빗대며 현실의 권력과 길항할 수밖에 없는 존재로 드러내고 있습니다. 그런 다음 그는 "동혈(洞穴)보다 깊은 네 의지 속에/ 민족의 감내(堪耐)를 살게 하라/ 그리고 모든 요란한 법을 거부하라"며, 민족의 요청을 온몸으로 감내하는 존재로서의 시인을 자임하며 지배 계급의 이해와 맞물려 있는 '법'에 대한 거부감을 표출하고 있습니다. "민족의 감내"라는 말은 다소 관념적으로 보이지만, 이러한 지속적 인내에 대한 요청을 통해 '민족'은 끈질긴 생명을 이어 가는 존재들로 구체화되고 있습니다. 이를테면 「잡초」에서 그는, "피라 화려할 대로/ 그러나 백화 너희들이 발아래/ 연륜으로 헤아릴 수 없는 생명으로/ 무한 죽었다 다시 살아나는/ 여기/뿌럭지들임을 알라"며, 사회의 상층부에 자리 잡은 자들에게 그들의 "발아래" 있는 잡초의 무한하고 끈질긴 생명력을 환기시키고 있습니다.

설정식은 때때로 현실적 조건에 한계를 느끼기도 했지만, 시를 통한 근원적 변화에 대한 희망의 끈은 놓지 않았습니다. 『종』에 실려 있는 「단조(單調)」에서 그는 "겨레여 벗이여 부끄러움이여/ 법이여 주의여 아름다운 사상이여/ 그리고 새로운 어지러움이여/ 실명(失明)하겠도다/ 돌담 무너지듯 하는 머릿속이여/ 아 낙엽이로다!"라며, 한 개인이 넘어서기 어려운 시대적 상황에 "어지러움"을 느끼며 "실명"의 위기를 의식하고 있습니다. 이러한 자각 증상은, 이 시의 한가운데에 파고들어 있는 "무서운 희롱이로다/ 누가 와서 벌여놓은 놀음판이냐"에서 드러나듯, 외세의 각축으로 인해 정작 주인인 우리 민족이 이리저리 휩쓸릴 수밖에 없는 처지에서 비롯된 것으로 보입니다. 그러나 설정식은 장구한 시간 속에서 끊임없이 작동하는 시적 에너지에 대한 믿음을 저버리지 않았습니다. 「스케치」에서 그는 "나 홀로 비록 하잘것없이/ 다만 시(詩)로써 절대를 뚜드리는 도로(徒勞)에 넘어져도/ 물방울은 하나하나 바위를 쪼았는데/ 그대 어찌 거연(遽然)히 풍경(風景) 뒤에 제어(諦語)하리오"라며, 시인의 업을 물방울로 바위를 쪼아 대는 일로 비유하고 나서, 벌벌 떨며 풍경 뒤에 숨어 바른말이나 하는 것을 경계하고 있습니다.

신문의 증면과 같은 사건은 시대를 호흡하며 살아갔던 시인의 발언에 대한 열망을 폭발적으로 자극했던 것 같습니다. 그의 세 번째 시집 『제신(諸神)의 분노(憤怒)』에 실려 있는 「신문이 커졌다」는 당시 사회의 핵심적인 문제들을 구체적으로 지적하며 신문의 역할과 의무를 설파한 작품입니다. "커 가는 민주 역량"과 "인민 의사(意思)의 표면 장력"이 팽창하여 어쩔 수 없이 신문이 커졌다는 전제 아래 그는 "다섯 여섯이 한꺼번에 얼굴을 파묻고/ 도도한 민주주의 진행을 응시한다/ 열 스물의 눈이/ 백 이백의 탄압 체포를 읽는다/ 그것은 진리 때문에 쓰러진/ 무수한 시체의 분포도이기도 하다"라며, 수많은 독자들이 어쩌면 그들보다 더 많은 의로운 죽음들의 "분포도"를 보는 광경을 감동적으로 떠올리고 있습니다. 그는 여기에 그치지 않고, 한정된 공간에 나붙었던 "벽신문 진리 면적은 오늘/ 오천칠백오십일만 평방리의 절반 이상을 해방하였다"라며, 신문과 그것이 도달하는 면적 자체를 "해방"의 면적과 동일시하고 있습니다. 그리고 그는 신문은 "목탁(木鐸)"이 아니라 "전 인민 중추신경의 치륜(齒輪)"이며 "번개 다음에 빠른 인민의 전령(傳令)"이라고 규정하고 있습니다. 그는 또 이런 신문을 통해 "무고한 인민의 수형통계(受刑統計)를" 알고, "모든 주방(廚房)이/ 공화국 주권에 통한 것"을 알게 된다며 경제생활과 인민 주권의 불가분성을 지적하면서, "남부 조선 이백삼십이만 정보 경작 면적 중/농업 인구 3%밖에 되지 않는 지주가/ 65%의 기름진 땅을 소유하고 있는 기록과/ 96.6%의 농민이/ 겨우 37%의 부스러지는 흙밖에 가지지 못한 사실을" 구체적인 통계를 통해 조선 인민의 대다수를 차지하는 농민의 처지를 환기시키고 있습니다.

그리고 대다수의 기업이 제 기능을 상실한 까닭이 어디에 있으며, 무슨 까닭에 중석만이 초과 생산되어 어디로 가고 있는지도 신문을 통해 알 수 있다고 말합니다. "1947년 12월 현재로 움직이는 공장이/ 겨우 5%에 지나지 않는 죄가 누구 때문이며/ 기능량의 91% 저하한 제철 생산량과/ 그리고 다만 한 가지 예정량을 초과한/ 중석의 채굴량을 안다". 그는 "피보다 가볍고 돌보다는 무거운/ 중석은 또 어디로 가는 것이냐"라고 묻고 있지만, 그것이 외국 자본의 착취 대상이 되었으리라는 것은 쉽게 짐작할 수 있습니다. 그리고 설정식은 신문에 대해 여덟 시간 노동제, "무상몰수 무상분배", 분열로 치닫는 우리 영토 지키기를 주장하라고 간곡히 부탁합니다. 신문이 사회 현실의 거울이라면, 그것은 삶의 중요한 영역들을 구석구석 비쳐야 할 것입니다. 설정식은 신문이 무엇을 반영해야 하는지를 구체적 통계들까지 짚어 내며 명징하게 드러내고 있을 뿐 아니라 이러한 현실 인식의 바탕 위에서 미래의 설계도까지 제시하고 있습니다. 이런 점에서 이 시는 한 줄 한 줄 허투루 보아 넘길 데가 없습니다. 설정식의 신문에 대한 기대는, 우리에게 격세지감을 자아내는 바로 그만큼, 오늘의 신문에 대한 경고의 메시지로 되살아나고 있습니다.

설정식은 민족·이념·주권과 같은 큰 주제들을 다루면서도 관념에 흐르지 않고 경제·사회·정치·역사·생활에 대한 구체적인 이해의 바탕 위에서 자신만의 시 세계를 구축했습니다. 그의 시들은 거대 담론을 무조건 부정하는 요즈음의 시각에는 무척 낯설게 보일 수도 있지만, 우리 문학이 이런 주제를 자신의 영역으로 끌어들여 현실 정치의 차원을 돌파해 가려는 노력을 회피한다면, 우리 시는 정신적 위안의 층위에서 환상 방황에 빠지고 말 것입니다. 설정식의 문학적 활동 기간은 5년에 지나지 않았지만, 그는 시뿐 아니라 소설, 희곡, 평론, 번역 등의 방면에서 전 방위적으로 활동하며 왕성한 생산성을 보여 주었습니다.

앞에서 살펴보았듯이, 백석과 설정식의 삶과 작품 세계는 주제와 층위

면에서 겹치는 부분이 거의 없을 만큼 큰 편차를 보입니다. 그러나 그분들의 족적이 그려 내는 두 방향의 길들은 현실에 대한 두 가지 태도의 전형성을 극명하게 드러내면서 우리 시인들의 행로가 어떻게 다르게 뻗어 갈 수 있는지 명징하게 보여 줍니다. 우리는 이 두 갈래 길들 가운데 어떤 하나를 선택해야 하는 처지에 놓여 있는 것은 아닙니다. 우리는 이 두 갈래 길을 우리 문학을 이끌어 가는 '짝힘' 즉 벡터(vector)로 여기고, 그 힘들이 작동하는 문학적 자장(磁場)을 의식하면서 각자의 길을 개척해 갈 수 있을 것입니다. 이처럼 우리 근대 문학의 유산은 한 방향으로 수렴될 수 없는 이질성들 사이에 내재해 있는 특유의 역동성일지도 모르겠습니다. 이 문학적 에너지를 어떻게 활용하며 의미 있는 성취를 이루어 낼 것인가 하는 문제는 전적으로 오늘을 살아가는 우리들 자신에게 달려 있습니다. 우리 민족이 느린 변화 속에서 좀 더 주체적으로 근대화를 이루어 갔더라면 이념이나 국가 폭력에 의한 시적 굴절이나 처형과 같은 극단적 비극은 피할 수 있었을 터이지만, 특유의 문학적 유전자들을 물려줄 수는 없었을 것입니다.

백석 시의 매력은 어디서 오는가*
백석 시의 언어와 미적 원리

고형진(고려대 교수)

1 백석 시의 매혹

오늘날 백석의 시는 폭넓은 독자층을 확보하고 있다. 시인과 시 연구자들은 물론 일반 시 애호가들도 백석의 시를 매우 좋아한다. 특이한 것은 백석 시의 경험 세계와 동떨어져 있는 젊은 독자들 중에도 백석의 시를 좋아하는 이들이 많다는 점이다. 최근 중·고등학교에 학년 구별 없이 널리 실려 있는 백석의 시를 학생들은 다른 어떤 시인들의 시보다 선호한다. 전문 시인들로부터 시를 연구하는 학자와 일반 독자들까지, 그리고 백석 시에 담겨 있는 '옛날'을 잘 이해하는 구세대부터 새로운 경험 속에서 성장한 신세대에 이르기까지 광범위한 독자들에게 큰 호소력을 발휘하는 백석 시의 매력은 어디서 오는 것일까?

사실 백석의 시는 '정통 서정시'의 범주에 속한다고 보기 어렵다. 그의 시는 소월, 영랑, 미당, 목월로 이어지는 운율시의 계보에서 벗어나 있다.

---

* 이 글은 지난 5월 3일 "탄생 100주년 문학인 기념문학제"에 발표된 글이며,《한국문학이론과 비평》55집(2012년 6월)에「백석 시의 언어와 미적 원리 ─ 백석 시의 박물학적 특성과 감각의 깊이」란 제목으로 게재된 바 있다.

백석의 시는 이 시인들이 시도한 우리 현대시의 운율 장치를 그대로 따르고 있지 않다. 또 지용이나 미당 시에서 볼 수 있는 날카롭고 돌발적인 은유의 구사가 눈에 많이 띄는 것도 아니다. 운율과 은유를 유기적으로 결합시키는 언어 형식을 현대시의 표준 모델이라고 한다면, 백석의 시는 여기에 딱 들어맞는 것이라고 보기 어렵다. 백석의 시는 규범적인 시의 모형에서 살짝 벗어나 있으면서도 전문 독자와 일반 독자 모두에 시적 매력을 한껏 뽐내고 시적 에스프리를 강하게 전해 준다. 백석은 독특한 개성으로 시다운 시를 만들고 있는 것이다.

백석의 시는 다 합해서 100편이 좀 안 된다.[1] 1935년부터 6~7년 동안 집중해서 발표된 것임을 감안하면 왕성한 생산량이라고 할 수 있겠지만, 작품의 총량으로만 본다면 결코 많은 수는 아니다. 작품의 수는 많지 않지만 체감되는 작품 수는 이보다 더 많다. 백석의 시들은 실제 발표된 작품의 수보다 훨씬 많은 양으로 독자들을 압도하며 다종다양한 시의 스타일과 넓디넓은 시의 세상을 독자들에게 전해 준다. 그런가 하면 백석의 시들은 되풀이해 읽어도 그 느낌과 의미가 퇴색하지 않고 언제나 신선한 느낌을 전해 주면서 오랫동안 독자의 품에 머문다. 그의 시들은 상대적으로 시적 느낌의 부피가 크고 비중이 큰 것이다. 백석 시의 이 묵직하고 끈적끈적한 정감의 형성은 어디서 오는 것일까?

그것은 백석 시의 완성에 기여하는 여러 시적인 요소들의 결합과 상승 작용의 결과일 것이다. 하지만 그중에서도 핵심은 시의 기본 바탕을 이루는 언어와 언어의 미적 활용에 있다고 보아야 할 것이다. 백석 시의 언어 구사는 남다르며, 그 언어를 미적으로 활용하는 방식도 색다르다. 백석 시

---

1) 이것은 백석의 첫 시 작품이 발표된 1935년부터 분단 이전까지의 기간 동안 발표된 작품의 양을 말하는 것이다. 분단 이후의 백석 시에 대해서는 여러 가지 특수한 상황에 개입되어 있어서 별도의 시각이 필요하고, 또 엄밀한 고증이 뒤따라야 할 것이다. 또 수필로 발표된 백석의 작품을 시로 편입시키거나, 사실 관계가 충분히 입증되지 않은 작품을 백석 시로 간주하는 것도 경계해야 할 것이다.

의 놀라운 정서적 부피감과 아득한 정서는 상당 부분 그 언어의 미적인 질감에서 온다. 백석 시의 언어는 명증하고 두텁다. 그의 시적 언어는 사물들을 정확히 가리키는데, 그 언어의 감촉은 마치 그림에서 여러 겹의 덧칠로 생성된 색채감의 그윽하고 당당한 질감과도 같다. 백석 시를 읽은 많은 독자들은 그의 시가 자연스러우면서 깊고 그윽한 느낌을 준다고 말한다. 백석 시의 매력은 상당 부분 가공되지 않은 자연어가 발산하는 친근한 정감과 숙성한 맛에서 나온다. 날것의 언어를 사용한 듯하면서도 깊은 맛을 전해 주는 백석 시의 미적 원리는 과연 무엇인지, 백석 시의 매력 발산의 그 신비한 메커니즘을 밝히고자 하는 것이 이 글의 의도이다.

2 명명의 만화경

2-1 말의 성찬, 호명의 즐거움

백석 시의 언어적 특징으로 흔히 방언의 완강한 구사를 들지만, 이보다 더 근본적인 특징은 '명명의 구체성'이다. 주로 우리의 생활 풍경을 시의 소재로 삼고 있는 백석의 시에는 생활에 밀접한 일상의 사물들이 많이 등장하는데, 시인은 낱낱의 사물에 붙은 이름들을 언제나 구체적으로 적시한다. 백석의 시에는 관념적이고 추상적인 시어들은 최대한 배제되어 있고, 구체적인 대상을 지시하는 언어들로 가득 차 있는데, 이때의 사물명은 그 사물을 총칭하는 포괄적인 명칭이 아니라 그 사물에 붙은 세부적 명칭을 가리킨다. 그의 시는 대부분 세부적 사물에 붙은 고유의 세부 명칭이 시어로 구사된다. 그의 시에는 수많은 사물이 등장하고, 그만큼의 사물명이 등장한다. 세부적 사물에 부여된 세부적 사물명은 그 사물의 느낌과 형상을 구체적으로 연상시키고, 각각의 사물명에 내재된 고유의 음성 자질은 특유의 음감을 뿜어낸다. 백석은 세부적 사물의 고유명이 환기하는 형상과 소리 연상의 구체성을 십분 활용하고, 이 사물명을 또 다른 사물명과 연관시켜 풍경 묘사를 세밀화하고 정서와 분위기를 풍부하게 조성한다. 다음 세 편의 시를 보자.

   ① 노란 싸릿닢이 한불 깔린 토방에 <u>햇츩방석을</u> 깔고
     나는 호박떡을 맛있게도 먹었다

—「여우난곬」

   ② 개 하나 얼린하지 않는 마을은
     해바른 마당귀에 <u>맷방석</u> 하나
     빨갛고 노랗고
     눈이 시울은 곱기도 한 건반밥
     아 진달래 개나리 한창 퓌였구나

—「고성가도」

   ③ 아카시아들이 언제 흰 <u>두레방석을</u> 깔었나
     어데서 물쿤 개비린내가 온다

—「비」(밑줄은 필자가 그은 것임)

    인용한 시들엔 모두 방석이 등장하는데 그 명칭이 모두 다르다. ①에선 "햇츩방석"이 구사되고, ②에선 "맷방석"이 구사되며, ③에선 "두레방석"이 구사된다. '방석'이란 총칭 대신 개별 사물에 부여된 구체적인 사물명을 작품의 정황에 맞춰 사용한다. "햇츩방석"은 '햇츩', 즉 그해에 난 츩으로 짠 방석을 말한다. 이 사물명은 츩이란 식물을 구체적으로 연상시키고, 그 방석이 투박하고 거칠면서 또 한편으론 새 츩인 만큼 얼마간 깔끔할 것이란 느낌을 준다. 이런 사물의 느낌은 이 사물명의 음감에도 고스란히 반영되어 있다. 이제 "햇츩방석"이란 사물명은 인접한 또 다른 세부적 사물명과 조화를 이룬다. "햇츩방석" 옆에는 "싸릿닢", "토방", "호박떡"이라는 또

다른 세부적 사물명이 배치되어 있다. 하나같이 구체적인 사물을 적시하는 시어들이다. 이 네 개의 사물명은 모두 자연물을 가리키는데, 그중에 셋은 식물에 바탕을 둔 것이다. 이러한 식물성 이름의 시어들은 자연 속에 묻혀 있는 깊숙한 시골의 정취를 한껏 살려 낸다. 그런가 하면 이 네 시어가 지닌 음성 자질은 투박하고 둔탁한데, 그러한 화음 역시 시골의 투박한 정경을 고스란히 느끼게 한다. 시 ②에선 이제 "햇츩방석" 대신에 "맷방석"이란 사물명이 구사된다. "맷방석"은 짚으로 만든 방석으로 음식을 담는 데 쓰는데 옆에 전이 있다. ②는 그 맷방석 위에 건반밥을 널어 말리는 모습을 묘사한 것인데, 실제의 사물명을 정확히 적시해 그 형상을 구체화한다. 구체적인 형상은 감촉의 연상으로 이어진다. 짚의 가볍고 부드러움 감촉은 그 위에서 말라 가는 건반밥의 감촉과 잘 어울린다. 짚으로 만든 맷방석은 음식을 말리기에 안성맞춤의 자리인 것이다. 이 경연(硬軟)한 촉감은 "맷방석", "마당", "마을"의 세 시어에 연속적으로 쓰인 유성 자음 'ㅁ'의 부드러운 음성 자질로 또다시 환기된다. 맷방석 위에 널어 말리고 있는 빨간색과 노란색의 건반밥은 이어 개나리와 진달래에 비유되는데, 이 비유는 맷방석이라는 사물의 구체적 형상에서 비로소 촉발될 수 있는 것이다. 짚의 누렇고 부드러운 형상과 질감은 흙의 색과 촉감을 연상시키고, 전이 있는 방석은 화분 내지는 화단의 모습을 불러온다. 그 맷방석이 놓여 있는 위치도 마당 한구석이므로 화단의 위치와 흡사하다. 이렇듯 "맷방석"이란 구체적인 사물명은 "햇츩방석"으론 대체할 수 없는 고유의 미적 기능을 발휘하고 있는 것이다. 시 ③에선 이제 "두레방석"이란 또 다른 방석의 사물명이 등장한다. 두레방석은 부들로 만든 방석이다.[2] 부들은 식물의 잎으로 짚보다 더 부드러울 뿐만 아니라 신선한 생명력까지도 느껴진다. 그러한 두레방석의 구체적인 형상과 감촉은 아카시아 꽃잎의 속성과 감촉을 드러내기에

---

2) '두레방석'은 짚이나 부들 따위로 둥글게 엮은 방석인데, 여기서는 부들로 엮은 방석을 상상하며 쓴 것으로 볼 수 있다.

안성맞춤이다. 아카시아 꽃잎이 두레방석에 빗대어지려면 꽃잎이 촘촘하고 겹겹이 내려앉은 모양이었을 것이다. 거기서 느껴지는 꽃잎의 생명감과 야들야들한 촉감이 바로 두레방석의 '두레'라는 사물의 연상에서 유발된다.

　사물의 총칭보다는 종류별로 세분된 개별 사물에 붙은 사물명을 시어로 사용하고, 이를 미적으로 활용하므로 그의 시에는 수많은 세부적 명명어들이 등장한다. 특히 생활의 기본 바탕을 이루는 의식주와 세간에 대한 명명어들은 그야말로 모국어의 만화경을 이룬다. 아래에서 이에 대한 어휘를 정리해 제시하면 다음과 같다.

1 의류	1) 옷의 종류	검정치마, 남치마, 노란저고리, 넥타이, 당홍치마, 대림질감, 두룽이, 막베등거리, 막베잠방둥에, 무명샤쯔, 상나들이옷, 새옷, 생모시치마, 쇠주푀적삼, 옷, 웃동, 저고리, 적삼, 창쫘쯔, 천진푀치마, 치맛자락, 토시, 항라적삼, 흰옷
	2) 옷의 부분	길동, 남길동, 대님오리, 버선목, 버선짝, 자지고름, 주머니
	3) 옷감과 재료	남갑사, 날, 네날백이, 뜯개조박, 명주필, 베, 뵈짜배기, 색동헝겊, 씨, 헝겊조각
	4) 장신구	갈부던, 꼬둘채댕기, 넒차개, 노리개, 다리, 대모체돋보기, 대모풍잠, 돋보기, 돌체돋보기, 로이도돋보기, 은장두, 학실, 홍공단단기
	5) 갓, 신발, 모자	갓, 갓신창, 갓진창, 구두, 딥세기, 따배기신, 만두꼬깔, 삿갓, 신짝, 싸리신, 외얏맹건, 자개짚세기, 짚신, 헌신짝
2 음식	1) 총칭	고기, 과일, 김장감, 나물, 나물매, 나물지짐, 당세, 떡, 떡당이, 마른물고기, 반봉, 반죽, 밤참, 밥, 보탕, 산국, 산나물, 산나물판, 산적, 생선, 수육, 술, 술국, 쌀, 양염, 육수국, 저녁, 저녁상, 자반, 좁쌀알, 질게, 흰밥

2 음식	2) 약재	목단, 백봉령, 산약, 삼, 숙변, 약, 약자, 육미탕, 탕약, 택사
	3) 음식의 종류	가얌, 가재미, 가지, 가지냉국, 가지취, 감, 감자, 감자떡, 감주, 강낭엿, 강냉이, 개구리의 뒷다리, 건반밥, 건시, 게사니알, 고비, 고사리, 고추무거리, 곰국, 광살구, 국수, 귀이리, 귀이리차, 금귤, 기장감주, 기장쌀, 기장차떡, 기장차랍, 깨죽, 꼴두기, 꿀, 날버들치, 노루고기, 니차떡, 다래, 달송편, 달재, 담배, 당콩밥, 대구, 대구국, 댕추가루, 도미, 도야지고기, 도야지비계, 도토리묵, 도토리범벅, 돌나물김치, 돌배, 동치미, 동티미국, 두릅순, 두부, 두부산적, 둥굴네우림, 떡국, 띨배, 마눌, 들쭉, 마타리, 매감탕, 맨모밀국수, 머루전, 명태, 명태창난젓, 메밀국수, 무감자, 무이, 무이징게국, 문주, 물구지우림, 물외, 미역, 미역국, 미역오리, 반디젓, 밤소, 배추, 백설기, 벌배, 벌배채, 붕어곰, 뽂은 잔디, 산꿩의 고기, 살구, 생강, 석박디, 설탕, 섭가락, 섶누에 번디, 소주, 소피, 송구떡, 송이버슷, 쇠든밤, 쇠조지, 수박, 수박씨, 시라리타래, 시래기, 시래깃국, 식혜, 아개미의 젓갈, 연소탕(燕巢湯), 엿, 오가리, 오이, 옥수수, 왕밤, 원소(元宵), 은행여름, 이스라치전, 인절미, 자류, 잔콩, 전복, 전북회, 제물배, 제비꼬리, 제비의 춤, 조개송편, 쥐두기송편, 진장, 찰복숭아, 참치회, 찹쌀탁주, 천두, 청각, 청밀, 청배, 청시, 추탕, 취향리 돌배, 콩가루소, 콩가루차떡, 콩곡석, 콩기름, 콩나물, 콩알, 탄수, 튀각, 파, 파래, 팥소, 해삼, 햇기장 쌀, 햇콩두부, 호루기의 젓갈, 호박닢, 호박떡, 호박씨, 호박죽, 회순
3 집	1) 집의 종류	구신집, 기와집, 넘언집, 농삿집, 돌능와집, 마가리, 봉가집, 산골집, 외갓집, 우리집, 원두막, 인가, 일가집, 집, 큰집

3 집	2) 집의 구조	고방, 구들, 굴통, 기둥, 기왓골, 기왓장, 김치가재미, 녕, 녕동, 녯성, 농마루, 대들보, 대문, 대문간, 덧문, 들지고방, 마루방, 문, 문기슭, 문살, 문창, 문턱, 바람벽, 방, 방구석, 방바닥, 방 안, 볏곡간, 복도, 부뚜막, 부엌, 삿방, 샛문, 섬돌, 시렁, 신뚝, 아궁지, 아르간, 아르굳, 아릇목, 안간, 안방, 앙궁, 외양간, 웃간, 윗목, 유리창, 장지문, 재통, 잿다리, 지붕, 집안, 처마, 초가지붕, 큰방, 턴정, 텅납새, 토방, 토방돌, 툇마루, 회담벽, 흙담벽
	3) 집의 안팎과 둘레	곱새녕, 곱새담, 담, 담모도리, 담벽, 돌각담, 돌담, 돌층계, 뒤울안, 뜨락, 마당, 마당귀, 밭마당, 안팎마당, 울바주, 울밖, 울파주, 울파주가, 집오래, 집터, 터앞, 텃밭가
4 세간	1) 부엌 세간	곱돌탕관, 광지보, 국수분틀, 그릇, 깽제미, 나무그릇, 나무뒝치, 나조반, 닌함박, 당즈깨, 대냥푼, 독, 동이, 딜옹배기, 떡돌, 메밀가루포대, 모랭이, 목구, 목판, 바가지, 바리깨, 버치, 분틀, 불기, 사발, 상, 새끼사발, 솥, 솥뚜껑, 시루, 쌀독, 약그릇, 약사발, 약탕관, 엿궤, 오지항아리, 왕사발, 유종, 잔, 저녁술, 적은솥, 접시, 접시귀, 제주병, 진상항아리, 질동이, 큰솥, 팔모알상, 함지
	2) 방 안 세간	걸레, 곰방대, 괴나리봇짐, 나무말쿠지, 농짝, 담뱃대, 당등, 돗바늘, 두레방석, 류성기, 말쿠지, 맷방석, 목침, 바눌집, 베틀, 사기방등, 삿, 삿귀, 새끼달은치, 새끼오강, 소라방등, 소뿔등잔, 실, 심지, 쌍심지, 이불, 장반시계, 전등, 종이등, 줄등, 질화로, 토리개, 평풍, 햇츰방석, 형겊심지, 화디, 화로, 횃대
	3) 마당 세간	날기멍석, 멍석자리, 백재일, 사닥다리, 손방아, 쇠메, 숫돌, 양철통, 오쟁이, 왕구새자리, 장작, 짚등색이, 참대창, 청삿자리, 채일, 초롱①, 초롱②, 통, 물통

표에서 보듯 의류는 옷의 종류는 말할 것도 없고, 옷의 각 부위와 옷감의 종류까지 세세하게 제시된다. 장신구도 종류별로 아주 구체적으로 시어로 사용되고 있음을 알 수 있다. 안경의 경우, 학실과 돋보기란 총칭 외에 돌체돋보기, 대모체돋보기, 로이도돋보기 등 안경테의 모양과 성분에 따른 안경의 세세한 종류까지 동원된다. 집의 경우도 집의 종류뿐만 아니라, 집의 내부 구조와 집 안팎의 세부 구조와 각종 시설물들이 구체적으로 적시된다. 세간은 그야말로 우리네 살림살이의 구석구석을 모두 비쳐 준다. 소박하고 빈한한 살림살이이지만 사물의 총칭이 아닌 이렇듯 세부적 사물명으로 적시하고 보니, 빈궁해 보이던 우리의 살림살이가 소박하지만 멋과 운치가 넘치는 풍부한 문화로 가득 차 있음을 새삼 확인하게 된다. 음식에 대해선 흔히 미각적 이미지의 활용에 초점을 맞추곤 하지만, 그에 앞서 그 음식명의 세부적 명칭의 풍성함에 주목해야 한다. 170여 종에 달하는 음식 이름이 등장한다는 것은 그만큼의 어휘가 등장한다는 것이다. 170여 종의 음식명들의 등장 횟수를 보면 1회만 등장하는 것이 압도적이다. 작품이 발표될 때마다 새로운 음식이 하나씩 등장하는 것인데, 그만큼 음식명의 채집에 집중하고 있다는 것이다. 백석 시의 음식명들은 식물과 열매 및 어류 등의 자연물들이 압도적으로 많다. 즉, 가공 식품보다는 자연 상태의 음식이 많은 것이며, 요리한 식품의 경우에도 자연 상태가 보존되고, 원재료의 고유명이나 조리 방식이 토착어로 살아 있는 것들이다. 음식명의 나열은 결국 우리 토속 자연물의 진열이고 토착어의 전시인 것이다.

백석 시 읽기의 즐거움은 이러한 각양각색의 고유명 읽기의 즐거움이다. 백석은 세부적 사물의 세부적 사물명을 정황에 따라 적재적소에 사용하고 다른 사물명과의 조화를 꾀하여 미적 쾌감을 만들어 내기도 하지만, 그 세부적 사물에 붙은 낱낱의 사물명들을 하나하나 열거하기만 하는 극도의 단순한 방식으로 미적인 쾌감을 조성하기도 한다.

① 또 인절미 송구떡 콩가루차떡의 내음새도 나고 끼때의 두부와 콩나물

과 뿕은 잔디와 고사리와 도야지비계는 모두 선득선득하니 찬 것들이다

—「여우난곬족」 부분

    ② 새끼오리도 헌신짝도 소똥도 갓신창도 개니빠디도 너울쪽도 짚검불도 가락닢도 머리카락도 헝겊조각도 막대꼬치도 기왓장도 닭의 짗도 개터럭도 타는 모닥불

—「모닥불」 부분

인용한 시들에선 낱낱의 사물명들을 일일이 나열하는 것으로 하나의 장면을 드러내고 있다. 시 ①에선 음식 이름들이 줄줄이 나열되어 있고, 시 ②에선 모닥불에 지펴지는 잡다한 사물들을 지칭하는 말들이 줄줄이 나열되어 있다. ①에서 나열되어 있는 음식명들은 저마다 다르며, 떡 같은 동일 성격의 음식이라도 "인절미", "송구떡", "콩가루차떡" 등과 같이 세부적 음식명을 적시하고 있다. 두부도 "끼때의 두부"라고 구체화해 그 음식이, 막 만들어진 커다란 두부 덩어리가 아니라 먹기 위해 잘라 놓은 구체적인 음식을 가리키고 있음을 명시하고 있다. "뿕은 잔디"도 마찬가지이다. 그것이 생으로 된 식물이 아니라 음식으로 먹기 위해 요리한 '잔대'의 뿌리를 가리키는 것임을 명시하고 있는 것이다. 그리하여 시 ①은 각양각색의 음식물들의 성찬을 이룬다. 이 다양한 음식 이름들을 하나하나 호명하면서 그 음식을 차례로 떠올리는 것이 바로 이 구절 읽기의 즐거움이 된다. 여기서 음식명 이외의 말들은 최대한 배제하고 가급적 음식명만을 나열한 것은 그 음식에 대한 연상을 구체화하고 그 기표의 정서적 환기를 극대화하기 위함이라고 보아야 할 것이다. 시 ②의 경우도 이와 유사한 맥락의 시적 효과를 겨냥한 것이다. 여기선 모닥불에 지펴지는 잡다한 사물명이 한없이 나열되는데, 그야말로 온갖 잡동사니들이 총동원된다. 그중에는 '소똥'과 '기왓장'처럼 타거나 연소되지 않은 물질이 포함되어 있는데, 이 두 개의 사물은 처음부터 그 모닥불의 현장에 놓여 있었던 것을 가리킬 것이다. 그 두 개의

사물은 다른 여러 종류의 하찮은 잡동사니의 일부를 이루면서 이 잡동사니의 잡다함을 극대화한다. 여기서 하찮고 버려진 잡동사니들의 명명이 방언 내지는 고어로 구사된 것은 기표의 생소함을 통해 호명의 신선함을 안겨 주기 위함이라고 보아야 할 것이다.[3] 백석 시 읽기의 즐거움은 각양각색의 사물명을 하나하나 호명하는 즐거움이며, 그 말이 적시하는 각양각색의 형상들을 떠올리고 그 기표의 변화무쌍함에 빠지는 즐거움이다.

2-2 시어의 박물학

백석 시의 시어에 나타난 명명의 구체성은 동·식물명에 이르러 더욱 깊어진다. 그의 시에는 수많은 동식물명이 등장하는데 그 이름의 적시와 열거가 아주 자세하고 구체적이다. 동식물에 대한 이름의 상세한 제시는 전문적인 지식과 관심이 요구되는 것이어서 단순히 언어 채집의 의지만 갖고 나타난 현상은 아닐 것이라는 추측을 하게 한다. 일단 그의 시에 나타난 구체적인 동·식물명을 내용별로 분류하여 살펴보면 다음과 같다.

1 식물	1) 풀	가지, 가지취, 갈대, 감자, 강냉이, 개지꽃, 게루기, 고비, 고사리, 당콩, 마눌, 마타리, 물외, 물이끼, 미나리, 뻐국채, 수박, 오이, 쇠조지, 수리취, 장풍, 제비꼬리, 파
	2) 나무	갈매나무, 개나리, 다래나무지팽이, 땅버들, 동백(冬柏)나무, 들매나무, 머루넝쿨, 밤나무, 백화(白樺), 배나무, 버드나무, 버들, 복사나무, 복숭아나무, 살구나무, 수무나무, 싸리, 아카시아, 이깔나무, 임금(林檎)나무, 자구나무, 자작나무, 진달래, 피나무

---

3) 유종호는 시적인 요소가 생소하고 불투명한 방언으로 조성되는 경우가 있다고 언급하며, 그 예로 백석의 초기 시들을 거론한 바 있다. 유종호, 『시란 무엇인가』(민음사, 1995), 250~251쪽.

	3) 꽃	개지, 도라지꽃, 동백꽃, 바가지꽃, 바구지꽃, 버들개지, 복사꽃, 쉬영꽃, 쑥국화꽃, 아카시아꽃, 함박꽃, 호박꽃
1 식물	4) 식물 일반과 부분	가락닢, 가지, 가지채, 꽃, 나무, 나무등걸, 닢새, 당콩순, 당콩포기, 두릅순, 들쭉, 머루송이, 머루전, 물외포기, 밑가지채, 박, 버슷, 복, 산뽕닢, 섶구슬, 솔포기, 송이버슷, 싸리갱이, 싸릿닢, 아즈까리알, 이스라치전, 잎, 잎새, 재래종, 종대, 쭈구렁벼알, 콩알, 풀, 화라지송침, 회순
	1) 조류	가마귀, 산가마귀, 갈매기, 갈새, 게사니, 까막까치, 까치, 꿩, 닭, 덜거기, 또요, 멧비들기, 멧새, 뫼추라기, 뫼추리, 물닭, 물새, 물총새, 백령조, 병아리, 부헝이, 뻐꾸기, 산가마귀, 산꿩, 산새, 산엣새, 새새끼, 소리개, 수탉, 어치, 오리, 오리새끼, 원앙, 자즌닭, 제비, 짝새, 출출이, 튀튀새, 홍게닭, 홰낭닭
	2) 어패류	가무락조개, 가무래기, 곱조개, 굴껍지, 꽃조개, 날버들치, 농다리, 대구, 메기, 명태, 붕어, 송어, 쏘가리, 장고기, 조개, 칠성고기, 콩조개
2 동물	3) 포유류	강아지, 개, 고래, 고양이, 곰, 나귀, 너구리, 노루, 노루새끼, 노새, 다람쥐, 당나귀, 도야지, 도야지새끼, 도적개, 도적괭이, 두더쥐, 땅괭이, 마돝, 말, 망아지, 매지, 멧도야지, 멧돝, 범, 복장노루, 복쪽재비, 사슴, 상사말, 센개, 소, 송아지, 승냥이, 얼럭소, 엄지, 엇송아지, 여우, 염소, 잔나비, 쪽재피, 쪽제비, 토끼, 토끼새끼, 햇강아지, 호랑이
	4) 곤충류	거미새끼, 새끼거미, 큰거미, 꿀벌, 노랑나뷔, 니, 돌우래, 돝벌기, 딱장벌레, 박각시, 반딧불, 버러지, 벌, 섶벌, 자벌기, 잠자리, 주락시, 파리떼, 팟중이, 흰나뷔

| 2 동물 | 5) 기타 | 개구리, 거마리, 구덕살이, 구렁이, 배암, 산명에, 섶누에 번디, 지렝이, 찰거마리 |
| | 6) 동물 일반과 부분 | 가시, 개니빠디, 개터럭, 고기비눌, 나귀눈, 너구리가죽, 닭이짗, 발굽, 새끼, 새끼락, 수컷, 암컷, 짗, 즘생, 털 |

동·식물명에 대한 시어는 소월 시에선 전통 시가에서 보이는 수준을 약간 넘어선 양이 출현하다가 지용 시에 이르러 현저하게 많아진다. 지용 시는 후기에 접어들어 산을 제재로 한 시가 많은 만큼 고산 식물명이 많이 나타난다. 또 지용 시의 비유엔 동물에 빗대어 역동적인 형상을 그려 내는 경우가 많아 동물 시어들이 꽤 출현하는 편이다. 이제 백석의 시에서 동·식물명은 더 구체화되고 다양화된다. 주목되는 것은 동·식물명의 등장횟수보다 명명의 구체성이다. 백석은 같은 동물군에 속하는 총칭 대신에 그 동물의 세부 명칭을 적시한 말을 시어로 쓴다. 그는 '노루'와 '복장노루'를 구별하고, '족제비'와 '복족제비'를 구별하며, '꿩'과 '덜거기(수꿩)'를 구별해 시어로 쓴다. '조개'의 경우 가무락조개, 가무래기, 곱조개, 꽃조개, 콩조개 등으로 세분된다. 그의 수필엔 '모시조개'와 '강에지조개'가 나오기도 해 조개 종류는 더욱 늘어난다. 소월과 지용 시엔 '조개'라는 시어만 등장한다. 또 소월과 지용에 비해 동물의 여러 종류가 골고루 나타난다는 것도 큰 특징이다. 소월은 백석과 동향으로서 정주 바닷가에서 태어나 성장했지만, 그의 시에 바닷물고기는 거의 등장하지 않는다. 동물 시어에 대한 이러한 비교는 백석이 매우 의식적으로 동·식물에 대한 관심을 표명하고 있음을 보여 준다. 특히 백석의 시에 소월이나 지용 시에서는 좀처럼 볼 수 없는 세부적인 곤충명이 등장하는 것은 그의 박물학적 관심을 엿보게 하는 대목이다. 박각시, 주락시,⁴⁾ 딱장벌레, 돌벌기, 자벌레, 팟중이, 도루래 등의

---

4) '주락시'는 '박각시'처럼 나비과 곤충의 이름으로 짐작되는데, 확실한 어석은 좀 더 연구해 봐야 한다.

미세한 곤충들은 다른 시인들의 시에서는 좀처럼 찾아보기 힘든 동물명들이다. 백석은 여기서 더 나아가 동물의 특성에도 큰 관심을 표명한다. 그는 동식물에 대한 세심한 관찰에다 지식까지 갖추고 있음이 분명하다. 이러한 백석의 박물학적(자연사적)[5] 관심은 시의 형상화에 그대로 나타난다.

> ① 당콩밥에 가지냉국의 저녁을 먹고 나서
>   바가지꽃 하이얀 지붕에 박각시 주락시 붕붕 날아오면
>   집은 안팎 문을 횅하니 열젖기고
>   인간들은 모두 뒷등성으로 올라 멍석자리를 하고 바람을 쐬이는데
>   풀밭에는 어느새 하이얀 대림질감들이 한불 널리고
>   돌우래며 팟중이 산 옆이 들썩하니 울어댄다
>   이리하여 한울에 별이 잔콩 마당 같고
>   강낭밭에 이슬이 비 오듯 하는 밤이 된다
>
> ──「박각시 오는 저녁」 전문

> ② 어치라는 산(山)새는 벌배 먹어 고읍다는 골에서 돌배 먹고 아픈 배를
>   아이들은 띨배 먹고 나었다고 하였다
>
> ──「여우난곬」 부분

시 ①은 한밤에 인간과 자연이 하나 되어 펼치는 자연 속의 아름다운 향연이 그림처럼 그려진다. 이 시에서 자연의 대지와 천상을 아우르는 그림 같은 정경은 매우 미세한 자연물의 움직임 속에서 펼쳐지는데, 그 중심

---

5) 여기서 '박물학'은 'National history'의 역어로서 동물, 식물, 광물 등 자연물의 종류, 성질, 분포, 생태 등을 연구하는 학문을 말한다. '박물학'은 일본이 만든 역어인데, 지금은 이 말 대신에 '자연사'란 말을 주로 쓴다. 이 글에서는 당시에 사용했고, 또 그 말의 의미가 여전히 유용성을 지니고 있다는 점에서 '자연사' 대신에 '박물학'이란 용어를 사용하도록 한다.

을 이루는 것은 꽃과 곤충이다. 그리고 이때의 꽃과 곤충은 전통 시가에서는 볼 수 없는 박물학적 관심 속에서 시적인 미학을 형성한다. '바가지꽃'은 한밤에 피는 하얀 꽃이다. 이 꽃을 향해 '박각시'와 '주락시'라는 나비과 곤충이 날아오는 풍경을 시인은 그대로 그린다. 이 섬세한 미경(美景)의 묘사는 자연에 대한 세심한 관찰의 소산이겠지만, 이 관찰에는 다분히 박물학적 관심이 드리워 있다. '박각시'라는 나비과 곤충은 주로 박꽃의 꿀을 빨며 박꽃을 수분하게 한다. '박각시'라는 곤충명은 이러한 박꽃과의 관련성 아래서 붙여진 이름이다. 백석은 이 시에서 그러한 특정 곤충의 분류명을 쓰고 있는 것인데, 이러한 분류명의 사용은 박물학의 기초를 이루는 것이다. '박각시'라는 곤충명은 '각시'라는 예쁘고 순결한 여성 이미지를 갖고 있고, 그 이미지는 박꽃의 하얀 색상과 어우러진다. 또 '박각시'라는 말은 '박꽃'과의 연쇄 속에서 소리 반복도 일으킨다. 백석은 박물학적 관찰과 분류명을 시적인 언어로 활용하고 있는 것이다. 이어지는 곤충명인 '돌우래'와 '팟중이'에서도 이러한 언어 활용이 나타난다. '박각시'가 박꽃을 찾아가는 미경에 이어 곤충들의 울음소리가 이어지는데, 백석은 이 풍경을 '풀벌레가 운다'는 식의 동물 총칭의 구사 대신에 '돌우래(땅강아지)'와 '팟중이(메뚜기)'라는 구체적인 곤충명을 적시한다. '돌우래'와 '팟중이'의 울음소리는 서로 다르다. 백석은 이 미세한 곤충이 내는 서로 다른 울음소리를 경청하고 이어 그 울음소리를 내는 곤충을 찾아 그 곤충명을 적시하는 것이다. 그런데 백석은 곤충명을 '돌우래'와 '팟중이'라는 방언으로 쓰며, 이러한 언어 구사로 시적 미학을 도모한다. '돌우래'는 어감상 '우레'를 연상시키고, '팟중이'는 '중'이라는 어휘로 인해 사람을 연상시킨다. 그러니까 이 두 개의 시어는 그 기표의 연상으로 각각 천상과 지상에서의 소리 공명을 환기시키고 있다. 박물학에 기초한 세부적 동물명의 적시와 토착어의 변용이 이 시 미학의 기초를 이루고 있음을 알 수 있다.

시 ②는 '어치'라는 새의 울음소리를 묘사하고 있는 것인데, 그 새소리가 일정한 이야기를 지닌 말로 진술된다. 새의 소리를 사람이 이야기하는 것으로 나타내는 것이다. 이러한 발상은 '어치'라는 새의 특성에 대한 이해에서만 나올 수 있는 것이다. '어치'는 성대모사가 아주 뛰어난 새이다. 어치의 성대모사는 앵무새보다 더 뛰어난 것으로 알려져 있다. 백석은 이러한 어치의 생물학적 특성을 바탕으로 "여우난곬"의 생활 풍속을 전한다. 그 풍속은 벌배가 피부를 곱게 하고, 아이들이 돌배 먹고 아프곤 하는데, 그 병은 띨배로 치료한다는 것이다. 이 생활 풍속의 전언 역시 식물 열매의 여러 종류에 대한 세부 사물을 통해 이루어지고, 그 열매 속에 담긴 병리학적 지식이 함께 제시된다. 열매 종류에 대한 상세한 명칭의 열거는 소리 반복을 일으키고, 이러한 소리 반복은 새소리의 모사에 대한 적절한 표현이 된다. 이 시에서도 박물학적 사고에 따른 세부적 명칭어와 언어 활용이 시 형식의 기초를 이루고 있는 것이다.

　백석이 실제로 박물학에 대해 얼마나 깊은 관심을 가졌는지 알 수 있는 객관적 자료는 미비하다. 백석은 작품 외의 잡문을 거의 쓰지 않았고, 그의 생활을 엿볼 수 있는 실증적 자료가 워낙 빈약하기 때문에 시 이외의 분야에 대한 그의 관심을 객관적으로 실증하기란 쉽지 않다. 다만, 여러 주변 정황만은 확인할 수 있는데, 그중 하나가 1935년 11월《조광》창간호에 실린 기획이다. 여기엔 '신박물지'란 기획이 실려 있는데, 이 기획난에 동물의 생태에 대한 비교적 소상한 내용의 글이 실려 있고, 백석을 포함한 당대의 대표적인 시인, 작가들 여럿이 각종 동식물 중 하나씩 선택하여 그에 대한 소회를 적은 작품들이 여러 편 묶여 수록되어 있다. 당시 일본과 조선에선 근대과학인 박물학 연구가 왕성하게 진행되었는데, 조선엔 1924년 '조선박물학회'가 결성되고《조선박물학잡지》가 간행되어 1944년까지 총 40호가 나온 바 있다. 이 학술지를 통해 조선의 식물과 동물의 생태에 대한 각종 연구물이 발표되었는데, 백석이 한창 작품을 발표하던 1930년대는 박물학 연구가 절정에 이르던 시기였다. 당시에 이 학술지에 발표된 논문들을 일별해 보면, 「경성부근식물소지(京城附近植物小誌)」, 「조선의 한방약과 그 원료 식물에 관해서〔朝鮮の漢方藥と其の原料植物に就いて〕」, 「조선연

체동물목록(朝鮮軟體動物目錄)」,「곤충잡기(昆蟲雜記)」,「조선산 천우과갑충(하늘소) 수종에 관하여〔朝鮮産天牛科甲蟲數種に就いて〕」,「함경남도 고지의 담수어와 호접류〔咸鏡南道高地の淡水魚と胡蝶類〕」 등이 눈에 띄는데, 이 연구들은 모두 일인 학자들에 의해 작성된 것이다. 한편 한국 학자로는 당시 조복성이「조선산 천우과갑충(하늘소) 수종에 관하여」를 비롯한 여러 논문들을 이 학술지에 발표하여 우리의 근대박물학을 개척했고, 그 뒤를 이어 석주명이란 걸출한 학자가 등장해 조선의 나비종의 분류와 그 특성을 집대성했다. 석주명이 나비를 비롯한 우리의 곤충 연구에 집중한 때도 바로 백석이 한창 작품 활동을 하던 시기였다. 석주명은 백석이 한때 교편을 잡았던 영생고등학교에서 근무한 적도 있다.[6] 당시 이러한 박물학계의 동향에 백석이 어느 정도 관심을 가졌는지는 알 수 없다. 다만, 직접적인 교류 여부와는 상관없이 당시의 박물학적 성과가 1930년대의 시인, 작가들의 자연물에 대한 이해에 적지않은 영향을 미쳤을 것이라는 것은 충분히 헤아릴 수 있는 것이며, 그 상관관계의 선봉에 백석이 놓여 있었던 것만은 확실하다고 말할 수 있을 것이다.

3 감각의 파장

3-1 색과 명암의 깊이

박물학적 사고에 접맥되어 있는 백석 시어의 세부적 명명성은 감각적 표현이 가미되면서 시적인 미학을 완성한다. 백석 시어의 명명성과 그 질감의 활용이 아무리 현란해도 이것만으로 독자들을 깊숙이 끌어들이기에는 한계가 있다. 백석의 시는 이 시어의 명명성에 감각의 덧칠이 가해지면서 독

---

6) 이병철,『석주명 평전』(그물코, 2011). 석주명은 평양 태생이며 일본 유학 후 함흥의 영생고등학교에서 근무했다. 이런 연고로 석주명은 연구 초기에 평안도의 구장과 함경도 일대의 곤충 연구를 많이 하게 된다.

자들의 가슴을 적시는 그윽한 시의 경지로 나아간다. 널리 알려진 대로 백석의 시에는 시각, 청각, 미각, 촉각, 후각 등 인간의 오감이 두루 사용된다. 백석의 시는 한 편의 시에 오감을 복수로 사용함으로써 감각의 부피를 늘리는데, 이 복수의 감각 가운데 특히 주목되는 것은 색감과 소리 감각이다.

우선 색감은 백석 시의 중요한 미적 원리의 하나이다. 백석의 시에서 대상에 대한 인상은 흔히 색감으로 표현된다. 좋아하는 여인은 흰옷에 붉은 길동을 달고 검정치마를 받쳐 입은 여인의 옷에 대한 인상으로 그려진다. 소박하기 그지없는 여인의 옷에 대한 묘사는 온통 색상 묘사에 바쳐져 있다. 백석의 시에서 옷은 옷감과 옷의 여러 부분들을 망라하고 있는데 각양각색의 색감으로 묘사된다. 남갑사, 남길동, 색동헌겊, 시뻘건 꼬둘채댕기, 홍공단단기, 자지고름, 남치마, 당홍치마, 노랑저고리, 진진초록 저고리 등이 모두 그런 것들이다. 백석의 시에는 무명옷과 흰옷이 등장하기도 하지만, 옷의 빈도수로 보면 비단옷과 비단옷감이 더 많이 등장한다. 비단은 흔히 온갖 색상들로 물들어져 있고, 그 화려한 색상이 비단을 더욱 고와 보이게 한다. 실제로 비단은 무명에 비해 염료가 잘 먹는다. 그래서 비단의 색상은 더욱 곱고 화려해 보인다. 백석은 그러한 비단의 고운 색상들을 하나하나 묘사한다. 그만큼 백석은 색상에 민감한 것이다. 옷뿐이 아니다. 세간에 대한 인상도 백석 시에선 종종 색감으로 묘사된다. 부엌에 놓여 있는 '팔모알상'은 "빨갛게 질들은" 것으로 묘사되고, 눈알만 한 조그만 잔에서조차 시인은 파란 싸리의 색상을 포착한다. "질들은"은 길들었다는 것으로 빨간빛의 윤기가 난다는 것을 의미하는 것이다. 백석이 빛의 반사에 매우 민감한 반응을 보인다는 것을 알 수 있다. 백석은 한약을 달이는 그릇을 '곱돌탕관'이란 세부적 사물명으로 적는데, 이 그릇 이름에선 곱돌의 반들반들한 윤기가 생생히 환기된다. 이어서 그 탕관으로 끓인 약을 받는 그릇은 "하이얀 약사발"이란 색감으로 묘사된다. 이 하얀 색상은 그 그릇에 놓인 '까만 한약'과 채색 대비를 이룬다. 수묵화 같은 이 '흑백 대비'는 이 시를 시공을 넘나드는 아득한 세계로 이끌어 간다. 꽃과 나무와 풀과 동물을 포함한 자연물의 색상 묘사는 새삼 언급할 필요도 없을 것이다. 이러한 자연물들은 그 자체로 아름다운 색상을 가지고 있는데, 백석은 그 자연물에 종종 별도의 색상 에피세트를 덧붙인다. 나아가 백석은 구름조차도 "보라 구름"이란 색감으로 표시한다. '보라색'은 현재 빨간색과 파란색의 중간색을 가리키지만 당시엔 자흑색을 가리키는 말이었다. 지금의 색감으론 잿빛에 좀 더 가까운 색상이다. "보라 구름"은 '잿빛 구름'을 가리키는 말로서 어둡고 우울한 대기와 풍경을 함축하는 말이다.

백석의 시에서 색상 어휘는 아주 구체적이다. 백석은 색의 스펙트럼을 아주 넓게 포착하고, 그 세밀한 색상을 구체적인 언어로 적는다. 먼저 백석의 시에는 오방색, 즉 적, 청, 흑, 황, 백 등의 다섯 색상이 모두 동원되는데, 각 색상의 스펙트럼에 대한 언어가 아주 섬세하다. 가령 적색의 경우, 빨갛다는 말 외에 시뻘겋다, 새빨갛다, 붉다, 불그레하다 등이 쓰이며, 같은 계열의 색에서 자주, 당홍, 주홍, 홍빛 등이 구사된다. 다른 색도 이와 같은 식으로 넓은 색상 스펙트럼을 보여 준다. 백석의 시에 나타난 오방색의 색상 스펙트럼을 제시하면 다음과 같다.

적: (형) 시뻘겋다 〉 새빨갛다 〉 빨갛다 〉 붉다 〉 붉그레하다 / (명) 자주, 당홍, 주홍, 홍빛

청: (형) 시퍼러둥둥하다 〉 시퍼렇다 〉 새파랗다 〉 퍼렇다 〉 파랗다 〉 푸르스름하다 / (명) 남빛, 청색

황: (형) 샛노랗디샛노랗다 〉 샛노랗다 〉 노랗다 〉 누렇다

백: (형) 새하얗다 〉 희다 〉 하이얗다 〉 희다 〉 히수무레하다 〉 히근하다

흑: (형) 새까맣다 〉 까맣다 〉 (명) 머루빛, 보라

이 오방색 외의 색상 스펙트럼도 넓고 미세한데, 특히 푸른색과 초록색의 구별은 주목되는 색채 감각이다. 우리의 전통 색채 감각에서 푸른색과 초록색은 자주 혼동되는데 백석은 이를 뚜렷이 구분할 뿐만 아니라, 자체

적으로 개별 색상의 스펙트럼을 더 확장시키고 있다. 파란색의 넓은 스펙트럼은 앞서 살펴본 바와 같고, 초록색의 경우 연두색, 초록, 진초록, 진진초록 등으로 스펙트럼이 세분된다. '진초록'은 사전에 있지만, '진진초록'은 사전에 없는 말이다. 우리말에 '진진하다', '흥미진진'이라는 말이 있다. 이 말에서 '진진'은 '매우', '풍성한'의 뜻으로 쓰인 것이다. '진진초록'은 '진진'에 대한 이런 쓰임을 활용해 '매우 진한 초록'의 의미를 지닌 말로 백석이 만든 것이다. 색상 스펙트럼의 확장으로 우리의 색상 언어도 풍요로워지고 있다.

백석의 시에서 색채감의 세기와 깊이는 명암의 세밀함으로 나아간다. 백석 시의 색채 감각은 명암의 세기에서 절정을 이룬다. 명암은 백석 시의 미적 원리 가운데 가장 개성적인 영역을 차지하는 것이다. 명암은 백석 시 득의의 감각 표현이며, 그의 시를 매우 섬세하고 아득한 세계로 이끄는 중요한 미적 동인이다. 명암은 어느 특정한 순간을 반영하는 것이어서[7] 그 대상의 감각을 더욱 미세하게 전해 준다. 명암의 조절로 그 대상의 감각은 한층 깊이 있게 드러난다. 백석은 이 명암 언어의 스펙트럼도 아주 넓게 구사한다. 백석은 사전에 있는 말뿐 아니라 방언을 동원하고 조어까지 시도하면서 명암 언어의 스펙트럼을 넓히고 명암의 순간을 아주 정밀하게 드러낸다. 그의 시에 구사된 명암 언어를 열거하면 다음과 같다.

명(明): (형) 쩨듯하다, 환하다, 밝다, 훤하다, 쇠리쇠리하다 / (부) 챙챙
암(暗): (형) 어둡다, 어드근하다, 어득시근하다, 어득하다, 캄캄하다, 컴컴하다, 그늑슥하다 / (부) 그늘그늘

이러한 명암 언어 외에 색이 가미된 명암 언어인 '해밝다(희고 밝다)'는 시어도 보이고, 햇볕의 밝기가 들어간 '해바르다', '볕바르다' 등과 같은 시어도 눈에 띈다. 백석의 시에는 '볕'과 '해'를 가리키는 시어들이 많이 쓰이

---

7) 최현석, 『인간의 모든 감각』(서해문집, 2010), 156쪽.

는데, 이러한 시어들은 해당 물질을 가리키기도 하지만, 그 물질의 빛과 그 물질이 내리쬐면서 생기는 명암의 상태와 느낌을 나타내는 경우도 많다. 백석은 풍부한 명암 언어로 명암을 아주 정확히 포착해 내고 그 섬세한 명도로 대상의 질감과 속살을 예리하게 감지해 내며 그 미묘한 분위기와 정조를 깊이 있게 전해 준다. 색채 감각은 사람들의 감정 반응을 촉진시키는데,[8] 백석은 색채의 다양한 구사와 함께 명암의 조도까지 섬세하게 조절하여 독자들의 마음을 휘어잡는다.

3-2 소리의 파동

백석 시의 미적 원리를 형성하는 또 하나의 중요한 요소는 소리 감각이다. 백석은 대상의 인상을 색감으로 드러내면서, 또 한편으론 소리 감각으로 드러낸다. 백석은 생명체가 내는 소리와 사물이 자기 공명 내지는 충돌을 통해 내는 소리에 민감하게 반응하고, 소리 감각을 시적인 미학으로 활용한다. 백석의 시에서 소리 감각이 활용되는 양상은 시「오금덩이라는 곳」에 압축적으로 드러나 있다. 마을의 흉사에 대처하는 전통 마을의 민간 풍속을 세 장면의 풍경 묘사로 엮은 이 작품에서 각 풍경의 정경과 정서는 서로 다른 소리 감각으로 드러난다. 첫째 풍경에선 젊은 새악시들의 "비난수소리"로, 둘째 풍경에선 "바래깨(주발뚜껑)"를 뚜드리는 소리로, 셋째 풍경에선 "여우울음소리"로 드러난다. 첫째와 둘째는 흉사에 대처하는 소리이고, 셋째는 흉사를 예고하는 소리이다. 모두 간절하고 불길한 소리로 이승을 넘어서는 소리이다. 마크 스미스는 소리에서는 시각과 달리 정신적인 감응을 느낄 수 있다고 했는데,[9] 이 시에서 사람과 동물과 사물이 내는 세 갈래의 소리는 보이지 않는 세계와 정신적으로 소통하는 경지를 느끼게 하며, 이 속신의 세계가 환기하는 원시적이고 신비한 분위기를 강렬하게 전해 준다.

---

8) 다이앤 애커먼, 백영미 옮김, 『감각의 박물학』(작가정신, 2004), 374쪽.
9) 마크 스미스, 『감각의 역사』(성균관대 출판부, 2011), 92쪽.

소리 감각이 대상의 인상을 미적으로 환기시키는 중요한 시적 요소인
만큼 백석의 시에서 소리 감각은 아주 정확하게 묘사된다. 백석의 시에서
색감이 넓은 스펙트럼을 확보하고 색감의 미세한 영역까지 구체적으로 포
착해 내는 것과 마찬가지로 소리 감각에서도 만물의 미세한 진동에서부터
굉음에 이르기까지 넓은 소리 영역을 탐지하고 만물이 내는 고유의 소리를
아주 정확하게 포착한다. 백석 시의 소리 감각이 지닌 구체성과 정확성은
소월 시와의 비교를 통해 극명하게 확인된다.

> ① 저 산에도 가마귀 들에 가마귀
> 　　서산에는 해 진다고
> 　　지저귑니다.
>
> 　　　　　　　　　　　　　　　　　　　　— 김소월의 「가는 길」 부분
>
>
> ② '자시동북팔십천희천(自是東北八○粁熙川)'의 푯(標)말이 선 곳
> 　　돌능와집에 소달구지에 싸리신에 옛날이 사는 장거리에
> 　　어니 근방 산천(山川)에서 덜거기 꺽꺽 검방지게 운다
> 　　　　　　　　　　　　　　　　　　　　— 백석의 「월림장」 부분

소월 시에는 '가마귀'가 등장하고, 백석 시에는 '덜거기'가 등장한다. 그
리고 각각 새소리에 대한 묘사가 시도되는데, 소월은 가마귀의 울음소리를
지저귄다고 진술하고, 백석은 덜거기의 울음소리를 "검방지게 운다"고 묘
사한다. 여기서 새소리에 대한 두 시인의 표현 방식은 커다란 차이를 보인
다. 가마귀의 울음소리를 지저귄다고 말하는 것은 특정의 새소리를 감각적
으로 드러낸 표현이 아니다. 그것은 '새가 운다'처럼 그냥 일반적으로 새 울
음소리를 표현한 것이다. 사전에 '지저귀다'는 "새 따위가 계속하여 소리 내
어 울다"로 풀이되어 있다. 굳이 이 말뜻에 기대어 이 표현의 구체성을 찾
자면 가마귀들이 많이 있어 가마귀 떼들이 연달아 우는 것을 표현했다는

정도이다. 그런데 '지저귀다'라는 말의 뉘앙스를 좀 더 엄밀히 따지면 이 말
은 가마귀의 울음소리에 썩 어울리는 말은 아니다. 말의 감각에 있어 '지저
귀다'는 보통 참새처럼 작은 새들이 잇달아 소리 내어 우는 것을 가리킬 때
쓴다.[10] 소월 시에서 '지저귀다'라는 말은 가마귀의 울음소리를 정확히 드
러내기 위한 것이라기보다는 그 기표를 활용해 다른 시어들과 소리 호응을
일으키기 위해 사용한 것으로 보아야 할 것이다. 이에 반해 백석의 시에서
'덜거기'에 대한 소리 묘사는 놀랄 정도로 섬세하고 정확하다. 그냥 꿩이라
고 말하지 않고 덜거기(수꿩)라고 지칭할 때부터 이미 대상의 정확성을 향
한 시인의 의지가 담겨 있다. 꿩은 수꿩의 울음소리가 톤이 더 높고 강렬하
다. 수꿩의 울음소리를 '꺽꺽'이라는 의성어로 표현한 것은 매우 생생한 소
리 감각이다. '꺽꺽'은 흔히 포유류 종들의 울음소리를 나타내는 의성어로
서 보통의 새소리에 대한 의성어가 아니다. 그런데 수꿩은 정말 그렇게 운
다. 이러한 의성어의 탄생은 수꿩의 울음소리에 대한 경청과 예민한 반응
위에 청각 언어의 활용을 향한 시인의 의지가 있기에 나올 수 있는 것이다.
이어 수꿩의 울음소리를 '검방지다'고 표현함으로써 수꿩의 울음소리에 대
한 생생한 묘사는 절정을 이룬다. 그 묘사는 수꿩 특유의 울음소리에 대한
정서적 반응을 정확히 포착한 것으로 가히 수꿩 소리 표현의 백미라고 할
만하다.

　백석은 만물의 소리를 정확히 감지하고자 하는 만큼 의성어 표현이 아
주 다채롭게 구사된다. 백석의 시에 음식이 많이 나오므로 흔히 맛을 나타
내는 감각어들이 많을 것 같지만, 사실 백석의 시에서 가장 많이 등장하는
감각어는 의성어이다. 백석의 시에서 미각 표현은 소리 표현에 비하면 그
숫자가 현저하게 적다. 이것은 백석 시에서 음식이 먹는 것에 초점을 맞춘
것이 아니라는 것을 시사하는 것이다. 백석의 시에서 사물에 대한 감각성

---

10) 『표준국어대사전』엔 "새 따위가 계속하여 소리 내어 울다"로 풀이되어 있지만, 『조선말
　대사전』엔 "주로 몸짓이 작은 새 같은 것이 입으로 자꾸 소리를 내다"로 풀이되어 있다.

은 색감과 소리 감각으로 드러나며, 소리 감각은 의성어의 다채로운 구사
로 이어진다.

> 까알까알, 꺽꺽, 꿀걱, 매, 벅작궁, 붕붕, 비애고지, 뿡뿡, 삐삐, 삘삘, 사르
> 릉, 스르럭스르럭, 악악, 웅성웅성, 응앙응앙, 짜랑짜랑, 쩌락쩌락, 쨩쨩, 쩜벙
> 쩜벙, 쪼로록, 찌륵찌륵, 캥캥, 쾅쾅, 탕탕, 튀튀, 호이호이

백석의 시에 등장하는 의성어를 모두 열거하면 위와 같다. 이 의성어들
의 상당수는 사전에 등재되어 있는 말들이다. 송아지가 우는 소리를 나
타내는 의성인 '매', 벌이나 나비가 날 때의 소리를 나타내는 의성어인 '붕
붕', 물건이 부딪칠 때 나타내는 소리인 '스르럭스르럭' 등은 모두 사전에
등재되어 있는 말들이다. 백석은 사전에 등재되어 있는 주옥같은 우리말
들을 잘 살려 쓴다. 그는 무조건 말을 만들어 쓰는 것이 아니라 우리의 언
어생활 속에 뿌리내려 말의 공감력이 확인된 우리의 토착어를 찾아 정확
히 구사하는 것이다. 사전에 없는 말에 한해 조어를 생성해 내는데, 이때에
도 기존의 토착어를 토대로 변형시키는 방법을 쓰고 있다. "벅작궁", "쩌락
쩌락", "삐삐", "삘삘", "호이호이" 등과 같은 의성어들이 모두 그러한 것들
이다. 백석의 시가 독자들에게 넓은 공감을 주는 데에는 우리의 언어생활
에 뿌리내린 토착어의 정확한 사용이 큰 몫을 차지한다. 그런가 하면 제비
의 울음소리를 나타내는 의성어인 "비애고지"나, '기차'라는 한자어 대신에
"뿡뿡차"라는 의성어를 사용해 만든 말 등은 백석의 소리 감각과 토착어
구사가 절묘하게 결합되어 나타난 발명어라고 할 수 있다. 소리 감각의 예
민하고 정확한 구사는 의성어뿐만 아니라 다양한 청각 어휘의 구사로도 나
타나는데, 그중에서 '쇳스럽다', '썩심하다', '쨋쨋하다' 등과 같은 말은 방언
이거나 조어로서 소리 느낌이 잘 살아 있는 말들이라고 할 수 있다. 또 백
석은 '운다'라는 말을 구사할 때 서러움에 북받쳐 숨 막히는 상태를 나타내
는 소리를 나타내는 동사인 '느끼다'라는 말을 덧붙여 구사하기도 하는데,

이러한 어휘 구사에서 소리 언어를 향한 백석 시의 의지를 다시 한 번 확인하게 된다.

3-3 빛과 소리의 향연

백석의 시어를 미적으로 물들이는 두 가지의 감각인 색감과 소리 감각은 서로 섞이고 어울리면서 감각의 부피를 늘리고 정서의 비중을 높인다. 백석의 시는 색감만을 드러내거나, 소리 감각만을 드러나는 시들도 있지만, 많은 작품에서 이 두 가지의 감각이 동시에 구사되어 깊이 있는 시적 미감이 조성된다. 백석의 시에서 빛과 소리의 구사와 조합은 다양한 방식으로 시도된다. 백석은 시적인 채색과 조명과 공명을 여러 가지 방식으로 나타내고, 이 복수의 감각에 대한 조합과 배열도 여러 가지 형식으로 짜 맞춰서 작품마다 개성이 가득한 예술품을 빚어낸다. 이제 아래에서 빛과 소리의 다양한 구사와 결합 방식을 보여 주는 대표적인 작품들을 몇 편 골라 자세히 분석해 봄으로써 백석 시의 미적 원리를 살펴보도록 하겠다.

> 무이밭에 흰나뷔 나는 집 밤나무 머루넝쿨 속에 키질하는 소리만이 들린다
> 우물가에서 까치가 자꼬 즞거니 하면
> 붉은 수탉이 높이 샛더미우로 올랐다
> 텃밭가 재래종의 임금나무에는 이제도 콩알만한 푸른 알이 달렸고 히수무레한 꽃도 하나 둘 퓌여 있다
> 돌담 기슭에 오지항아리 독이 빛난다.
>
> ——「창의문외(彰義門外)」 전문

'창의문'은 서울의 사소문 가운데 하나로 지금의 부암동에 위치해 있다. '창의문외'란 서울을 둘러싼 성곽의 바깥 지역을 가리키는 것이다. 특정의 문을 제목으로 삼은 것은 백석 특유의 구체적인 사물명의 적시를 그대로 드러낸 것이다. 장소를 적시해 사실감을 높이고 시적 정황을 구체적으

로 연상시키기 위함이다. 또 오래 역사를 지닌 실제 성문을 제시해 그 주변의 풍경이 우리의 오랜 생활 자취와 흔적을 간직하고 있을 것 같은 연상을 주려는 의도도 있을 것이다. 과연 시는 성문 밖의 한적한 생활 풍경을 보여 주는데, 사람은 나오지 않고 자연 풍경만이 그려진다. 5행의 짤막한 소품이지만, 이 안에 "무", "밤나무", "머루넝쿨", "임금나무" 등 4종의 식물과 열매와 꽃이 나오고, "흰나뷔"와 "까치"와 "수탉" 등 세 종의 동물들이 등장한다. 시인은 성 밖의 한적한 마을 풍경을 그리면서 그곳에 존재하는 자연물들을 꼼꼼하게 응시하며 하나하나 짚어 낸다. 시인의 시선이 제일 먼저 머문 곳은 무밭에 날아다니는 '흰나비'인데, 흰나비는 실제 무꽃의 꿀을 빨고, 그 꽃을 수분하게 한다. 이러한 자연사적 지식이 있어야 이러한 풍경 묘사가 나올 수 있는 것은 물론 아니다. 하지만 이 시에 나타나는 자연물에 대한 상세한 열거와 더불어 풍경 묘사의 과학적 일치는 시인의 시작과 박물학 사이의 상관성을 헤아리게 만든다.

동·식물명의 상세한 열거는 그 자체로 자연의 아름다운 풍경을 연상시키는데, 이 풍경에 채색이 가해짐으로써 이 그림은 예술적 향기를 뿜어내기 시작한다. 이 시는 무꽃의 흰색(또는 연보라)과 흰나비의 흰색으로 시작해서 수탉의 붉은색과 임금 열매의 푸른색으로 이어지고 그 꽃의 흰색으로 마감된다. 넓게 보면 이 그림은 흰색 계열의 바탕에 빨간색과 파란색이 선명한 채색 대비를 이룬다. 흰색 바탕에 빨간색과 파란색의 색채 대비가 도드라진 색감은 소박한 아름다움을 전해 준다. 그 색상은 질박한 아름다움을 간직한 우리의 생활 풍경을 드러내기에 아주 적절한 색감이다.

이제 이 색상에 소리 감각이 부여된다. 이 시에는 키질하는 소리와 까치 소리가 울리고 있다. 밤나무와 머루넝쿨 너머로 들려오는 키질하는 소리는 이 집안 어딘가에서 누군가 일을 하고 있음을 알리는 신호이다. 그 소리는 우리의 전통 생활에서 음식 장만의 여정을 알리는 소리이다. 이 시에서 키질하는 대상은 벼 곡식이라고 상상해 볼 수 있을 것이다. 벼 곡식의 키질 소리는 쌀 안치는 소리와 함께 우리의 가슴을 따뜻하게 적시는 정감 넘치는 소리이다. 까치 소리는 우리의 생활 풍속에서 반가움을 알리는 신호이다. 마크 스미스는 소리가 정체성을 확인시켜 주는 신호라고 하는데,[11] 우리는 이 시에서 은은히 울리는 키질 소리와 까치 소리를 들으며 질박하면서도 해맑고 정감 넘치는 우리의 정겨운 생활 문화를 가슴 깊이 느끼게 된다. 빛과 소리가 어울려 발산하는 질박하고 정감 어린 변두리의 인가 풍경은 시의 마지막인 "돌담 기슭에 오지항아리 독이 빛난다"라는 표현에서 대미를 장식한다. '독'이라고만 지칭하지 않고 '오지항아리'란 구체적인 사물 명을 다시 한 번 적시함으로써 투박한 독의 질감과 함께 그 윤기가 환기된다. 그 감각을 구체화한 표현이 바로 '빛난다'는 서술어이다. 이 시는 돌담 기슭에 놓인 윤기 나는 오지항아리가 햇빛을 받아 반사되는 빛의 반짝임으로 끝을 맺는다. 오지항아리에서 반사되는 그 빛은 널리 번지면서 이 시의 채색을 더욱 화사하게 만들고 이 풍경을 빛으로 반짝이게 한다. 은은한 소리가 울리는 가운데 화사한 정경들이 빛으로 반짝이는 이 그림은 매혹적인 풍경화로 거듭난다.

> 자즌닭이 울어서 술국을 끓이는 듯한 추탕(鰍湯)집의 부엌은 뜨수할 것같이 불이 뿌연히 밝다
>
> 초롱이 히근하니 물지게꾼이 우물로 가며
> 별 사이에 바라보는 그믐달은 눈물이 어리었다
>
> 행길에는 선장 대여가는 장꾼들의 종이등(燈)에 나귀눈이 빛났다
> 어데서 서러웁게 목탁(木鐸)을 뚜드리는 집이 있다
> ──「미명계(未明界)」 전문

---

11) 마크 스미스, 김상훈 옮김, 앞의 책, 91쪽.

이 시에선 '명암'이 시의 미학을 이끈다. 제목인 '미명계'부터 명암 어휘로 이루어져 있다. 이 시는 제목에 명시된 대로 동트기 전의 세상 풍경을 그린다. 동트기 전에 사람들은 아직 잠자리에 들어 있지만, 그 시간에 움직이는, 또 움직여야만 하는 사람들이 있다. 그들은 남들보다 일찍 일어나 몸을 움직여만 하는 고단한 사람들일 것이다. 이 시는 바로 이러한 정황 속에 놓인 애잔한 생활 풍경을 그리고 있는데, 이 특별한 시간에 벌어지는 특별한 사람들의 생활 풍경이 바로 빛과 소리로 나타나는 것이다.

첫째 빛은 부엌의 불빛이다. 동트기 전의 컴컴한 어둠 속에서 오직 부엌에만 환하게 켜진 불빛은 새벽에 일어나 음식을 준비하는 노동의 신호이다. 새벽에 일찍 잠에서 깨어 음식을 준비하는 일은 힘겨운 노동인데, 그런 희생이 있기에 누군가는 따뜻한 밥을 먹게 된다. 그러므로 새벽의 부엌 불빛은 애잔하면서도 정겹다. 그런데 시인은 그 불빛을 뿌옇다고 말한다. 불빛의 묘사에 농도가 들어 있는 것이다. 뿌연 농도의 생성에는 추탕의 김도 큰 몫을 했다. 추탕을 비롯한 우리의 전통 음식은 탕 음식이 많고, 그 음식은 끓어야만 하므로 그만큼 시간과 노동도 많이 필요하다. 탕 음식 문화는 요리 노동을 더욱 힘겹게 하는데, 그렇게 정성을 들인 음식은 먹는 이에게 더욱 큰 사랑으로 전해진다. 뿌연 불빛에는 바로 이러한 우리의 깊숙한 생활문화가 모두 배어 있는 것이다. 둘째 빛은 초롱, 즉 물통의 빛이다. 아직 밤하늘에 별과 달이 선명히 걸려 있는 이슥한 시간에 우물로 물을 긷기 위해 가는 사람들은 부지런하게 생활하는 사람들인데, 그렇게 살아야만 하는 삶은 몹시 고단한 것이다. 캄캄한 어둠 속에서 히근하게 반사되는 물통의 빛은 힘겹게 살아가는 사람들의 부지런한 생활과 고단한 노동을 동시에 알려 주는 신호이다. 셋째 빛은 선장에 맞춰 가는 장꾼들이 들고 있는 종이 등에 반사되어 비치는 나귀의 눈빛이다. 그 빛 또한 둘째 빛과 마찬가지로 부지런한 생활과 고단한 노동을 동시에 일려 주는 신호인데, 이번에는 그 빛이 사물에서 나귀라는 동물로 옮겨 간 것이다. 나귀는 장꾼들의 짐을 나르거나 장꾼들을 태우는 데 동원되었을 것이다. 자신의 의지와는 무

관하게 인간의 애환에 동참하게 된 나귀의 삶은 지극한 연민을 불러일으킨
다. 그리고 나귀에 대한 연민은 곧 그와 더불어 사는 장꾼들에 대한 연민
이기도 하다.

이 시는 어둠 속에 비치는 세 줄기의 서로 다른 빛의 파장을 통해 동트
기 전에 움직이는 사람들의 내면 풍경을 전해 준다. 이 풍경의 속살은 사람
살이의 애환이지만, 시인이 조명을 비춘 것은 사람보다는 그와 인접한 사
물과 동물들이다. '부엌'과 '초롱(물통)'과 '나귀'는 고단한 사람들의 일터이
고 짐이고 동반자이다. 시인은 고단한 사람들의 노동 행위를 직접 보여 주
기보다는, 그들의 고단한 생활을 절실히 알려 주는 주변 사물들에 조명을
비춘다. 이러한 간접적인 조명 방식은 그들의 고단한 생활을 더욱 애잔한
풍경으로 만들고, 희미하게 비치는 풍경 안의 고단한 속살을 깊이 생각하
게 만든다.

이제 이러한 명암 속에서 소리가 울려 퍼진다. 이 시에는 두 개의 소리가
울린다. 하나는 "자즌닭"의 소리이고, 또 하나는 "목탁"의 소리이다. 시인
이 특별히 "자즌닭"이라는 구체적인 닭 이름을 명시한 것은 새벽에 연속적
으로 울어 대는 닭 울음소리의 지속을 강조하기 위함이다.[12] 새벽에 지속
적으로 울리는 닭의 울음소리는 새벽을 알리는 신호이다. 새벽녘의 그 연
속적인 닭 울음소리는 단잠에 빠져 있는 고단한 사람들을 깨워 내는 자명
종이다. 그러므로 새벽을 아름답게 물들이는 닭 울음은 한편으로 애잔하
며 깊은 연민을 일으키는 소리로 들린다. 새벽에 울리는 목탁 소리는 누군
가의 간절한 염원의 소리이다. 동도 트기 전에 울리는 새벽 불공의 목탁 소
리에는 간절한 기원이 더욱 깊게 스며 있다. 앞서 살펴 본 「창의문외」가 빛
의 반사로 끝맺음으로써 질박하고 화사한 시의 정경을 반짝이게 만들었다
면, 이 시는 소리 울림으로 끝맺음으로써 어둠 속에 비치는 희미한 정경에

---

12) 백석의 시에는 '자즌닭', '홍계닭', '홰낭닭' 등의 닭들이 등장한다. 여기서도 대상의 총
칭이 아니라 구체적인 세부명을 사용하는 백석 시의 언어 용법을 다시 한 번 확인할 수
있다.

애잔하면서도 따스한 정감을 불어넣는다. 시의 마지막에 울려 퍼지는 목탁 소리는 새벽녘에 움직이는 고단한 생활의 서러운 느낌을 고조시키면서 또 한편으론 미명에 일하는 고단한 사람들에 대한 위안과 기도의 소리로 울려 퍼진다.[13] 이 시의 마지막에 울려 퍼지는 목탁 소리는 긴 여운을 남기며, 이 시 전체를 깊은 여운을 지닌 시로 승화시키고 있다.

지금까지 색과 소리, 그리고 명암과 소리가 결합된 작품들을 각각 살펴보았는데, 이제 마지막으로 색과 명암과 소리 감각이 모두 구사된 작품을 살펴봄으로써 백석 시의 미적 원리를 보다 분명히 확인하도록 하겠다.

한 십리(十里) 더 가면 절간이 있을 듯한 마을이다 낮 기울은 볕이 장글장글하니 따사하다 흙은 젖이 커서 살같이 깨서 아지랑이 낀 속이 안타까운가보다 뒤울안에 복사꽃 핀 집엔 아무도 없나보다 뷔인 집에 꿩이 날어와 다니나보다 울밖 늙은 들매나무에 튀튀새 한불 앉었다 흰구름 따러가며 딱장벌레 잡다가 연두빛 닢새가 좋아 올라왔나보다 밭머리에도 복사꽃 피였다 새악시도 피였다 새악시 복사꽃이다 복사꽃 새악시다 어데서 송아지 매— 하고 운다 골갯논드렁에서 미나리 밟고 서서 운다 복사나무 아래 가 흙장난하며 놀지 왜 우노 자개밭둑에 엄지 어데 안 가고 누웠다 아릇동리선가 말 웃는 소리 무서운가 아릇동리 망아지 네 소리 무서울라 담모도리 바윗잔등에 다람쥐 해바라기하다 조은다 토끼잠 한잠 자고 나서 세수한다 흰구름 건넌산으로 가는 길에 복사꽃 바라노라 섰다 다람쥐 건넌산 보고 부르는 푸념이 간지럽다

저기는 그늘 그늘 여기는 챙챙—
저기는 그늘 그늘 여기는 챙챙—

—「황일(黃日)」 전문

---

13) 졸저, 『백석 시 바로 읽기』(현대문학, 2006), 198쪽.

십 리 너머 절간이 있을 것 같다는 것은 이곳이 꽤 깊숙이 들어온 산골 지역임을 암시한다. 특별히 지역 표시의 기준을 '절간'으로 삼음으로써 고요한 분위기를 조성한다. 이어지는 '텅 빈 집'의 제시는 고요한 분위기를 더욱 고조시킨다. 사람 자취 안 보이는 한적하고 고요한 산골 마을엔 이제 자연의 세계만이 펼쳐지겠는데, 시인은 그 안의 자연물들을 하나하나 적시한다. 시인이 적시하는 자연 속의 동식물의 세계를 순서대로 따라가 보자. 복사꽃 → 꿩 → 들매나무 → 튀튀새 → 흰구름 → 딱정벌레 → 잎새 → 복사꽃 → 송아지 → 미나리 → 복사나무 → 엄지 → 말 → 망아지 → 다람쥐 → 복사꽃 → 다람쥐 등으로 쉴 새 없이 동식물들이 출현하다. 가히 동식물들의 축제장이라고 할 수 있다. '튀튀새가 흰구름 따라가며 딱정벌레 잡다가 연두빛 잎새가 좋아 들매나무에 올라온 것 같다'와 같은 진술은 구체적인 동식물의 적시에 대한 의도가 없다면 좀처럼 촉발되기 어려운 표현이다. 또 아주 미세한 동물 세계의 원리를 보여 주는 이러한 묘사는 단순한 관찰 너머의 표현이라고 보지 않을 수 없다. 이 시는 백석 시에 박물학적 관찰과 지식이 스며 있음을 다시 한 번 짐작하게 한다.

이제 다채롭게 전시된 동·식물명에 색과 명암과 소리 감각이 부여되면서 그 동식물들은 한결 싱싱한 생명력을 뽐게 된다. 우선 인용 시의 색감은 에피세트가 절제되어 있어 백석의 또 다른 채색 솜씨를 엿보게 한다. 백석은 이 시에서 색상 에피세트를 자제하는 대신 강렬한 색상을 뽐어내는 식물을 시의 전면에 내세운다. 복사꽃이 그것이다. 이 시에서 복사꽃은 다섯 번이나 반복된다. 복사꽃은 분홍빛을 강렬히 뽐어내는데, 그 꽃이 다섯 번 반복되면서 이 시를 분홍빛으로 물들인다. 시인은 복사꽃을 새악시에 빗댐으로써 싱그럽고 수줍은 느낌과 생명력까지 환기시킨다. 이 분홍빛 옆에 채색된 또 하나의 빛은 나뭇잎의 연둣빛이다. 분홍과 연두색은 얇고 보드라우면서 생기 있고 발랄한 봄의 정취를 자아내기에 알맞은 채색이다. 그리고 이 채색을 받쳐 주는 바탕색은 바로 '흰 구름'의 흰색이다.

이 화사한 봄빛에 동물들의 소리가 울려 퍼진다. 먼저 송아지가 울고,

이어서 말이 웃음소리를 내고, 이어서 또 다른 송아지가 울려고 한다. 시인은 마소가 내지르는 소리를 웃음소리와 울음소리로 구분한다. 시인은 송아지가 근처에 엄지가 있음에도 우는 것은 말의 웃음소리가 무서워서 그런 것 같다고 말하고, 또 그 송아지 울음소리에 또 다른 망아지가 무서워할 것 같다고 말한다. 시인이 소리에 얼마나 민감한 반응을 보이는지 알 수 있다. 이 마소의 울고 웃는 소리는 한적한 이 산마을에 메아리로 울린다. 마소의 메아리 소리는 자연에 생명의 기운을 불어넣고, 봄빛 가득한 이 산골 마을을 싱그러운 봄기운으로 약동시킨다. 약동하는 산마을의 정취는 마지막 다람쥐의 앙증맞은 움직임으로 절정을 이루는데, 다람쥐의 미동 역시 소리 감각으로 표현된다. 다람쥐의 귀여운 푸념 소리로 시를 끝맺는데, 그 소리란 것이 바로 지금까지 말한 풍경에 대한 명암의 묘사이다. 즉, 소리의 내용이 이곳엔 햇빛이 쟁쟁한데, 저쪽 건너산은 그늘이 졌다는 것이다. 소리로 그린 채색으로 이 그림은 단번에 원경으로 전환되면서 화창한 빛과 어두운 산그늘로 분할되는 구도의 그림으로 새롭게 펼쳐진다. 그림의 한쪽은 빛으로 반짝이고, 다른 한쪽은 산그늘로 어두운 것이다. 그림의 큰 부분은 빛으로 가득 차 있다. 이러한 명암을 조성하는 조명이 바로 제목의 '황일'이다. '황일'은 봄날을 가리키기도 하고, 또 누런 태양빛을 가리키기도 한다. '황일'은 이 산골 마을의 아름다운 봄날을 지시하면서, 한편으로 하늘 위의 태양처럼 이 시의 본문 위에 떠서 시의 봄 풍경을 누렇게 내리쬐고 있는 것이다. 시적 대상의 인식에서부터 시의 설계에 이르기까지 색과 명암과 소리 감각이 현란하게 구사되는 이 시에서 우리는 백석 시의 미적 원리를 극명하게 확인하게 된다.

4 백석 시의 미적 원리

백석 시의 압도적인 부피감과 강렬한 흡인력은 구체적인 사물명의 적시에서 비롯된다. 백석은 사물의 총칭이 아니라 각 사물마다 수많은 종류로 세분된 개별 사물의 이름들을 시어로 쓴다. 백석이 하나하나 적시해 나가는 사물명으로 외면되고 홀대받던 우리의 생활용품과 산천초목과 인간 군상들은 돌연 생기를 띠며 살아 나온다. 백석은 그것들을 호명하고 있는 것이지만, 잊혀진 것들을 호명한다는 점에서 그것은 또한 명명이기도 하다. 시인의 명명과 호명으로 우리의 물질은 풍요로워지고, 우리의 언어는 아름다워진다. 우리의 집안과 마을과 산천의 구석구석을 유람하고 응시하며 우리 것을 명명하고 호명함으로써 한 상 가득 차려 낸 언어의 성찬에서 우리는 우리 문화의 풍성함에 빠지고 우리 언어의 아름다움에 매료된다. 사물의 분류에 따른 세부 명칭에 대한 지속적인 탐색, 특히 동식물의 세부적 명칭에 대한 호명과 자연과학적 탐색을 방불케 하는 섬세한 자연 관찰은 박물학적 사고에 접맥되어 있는 것이다. 백석이 실제 박물학에 관심을 가졌다는 직접적인 증거 자료는 미비하지만, 당시 일본과 한국에서 박물학이 대두되고 그 결과물이 집중적으로 쏟아져 나왔다는 것은 매우 주목되는 객관적 정황이다. 색채에 예민한 반응을 보이고 색감에 맞는 색채어를 섬세하게 구사하며 소리 반응에 대한 언어 구사가 정확한 것도 박물학적 사고의 하나로 간주되는 것이다. 물질의 색채와 소리에 대한 정확하고 구체적인 감각의 반응과 표시는 그 물질에 대한 정확한 탐색 의지의 소산이고, 그러한 지적 태도는 박물학의 기초를 이루는 것이다.

세부적 사물의 명명과 호명으로 매력을 뽑어내는 백석 시의 언어는 색과 명암과 소리 감각의 부여로 미학적인 완성을 꾀한다. 회화와 달리 언어로 채색해야 하는 시의 그림에서 백석은 다채로운 채색 기법을 구사한다. 그는 색상 형용사를 직접 구사하기도 하고 선명한 색상 이미지로 채색을 대치하기도 한다. 백석은 여기에 명암까지 부여하여 그림의 농도를 조절함으로써 매우 깊은 느낌을 자아내는 그림을 그린다. 이제 이 그림에 소리가 울려 퍼짐으로써 평면적인 그림은 입체적인 감각으로 거듭나고 소리 감각이 환기하는 정신적인 기운이 조성된다. 색과 명암과 소리 감각이 이중 삼중으로 결합되어 조성되는 언어 미감은 독자들의 마음과 혼을 함께 뒤흔

든다. 이러한 감각들은 때로 시적 전언의 목표물을 직접 겨냥하기보다 그 것을 환기시키는 인접 사물에 대한 채색이나 보이지 않는 곳에서 전해지는 공명 현상을 나타내는 등의 간접적인 방식으로 조성됨으로써 깊은 여운과 은은한 정감을 자아낸다.

색과 명암과 소리가 어우러지는 언어의 향연은 백석의 개별 작품에서 시의 형식을 완전히 지배하기도 하고, 부분적으로 이끌기도 하면서 그의 시의 중요한 미적 원리를 형성하지만, 이것만으로 백석 시 매력의 원천이 모두 설명되었다고 말할 순 없을 것이다. 백석 시에는 많은 미적 기능이 겹 겹이 작동되고 있어 그의 시의 매력 규명에는 여러 관점과 많은 지면이 요 구된다. 백석의 시는 시 연구자들의 지적 호기심과 연구 의욕을 끊임없이 고취시키고, 그의 시의 매력은 지칠 줄 모르고 솟아난다. 이 글에서 밝힌 백석 시의 미적 원리는 그중 하나를 짚어 본 것에 불과하겠지만, 그것이 독 자들을 매혹시키는 중요한 시적 요소인 것만은 분명하다.

제1주제에 관한 토론문

김응교(시인·숙명여대 교수)

먼저 고형진 선생님의 논문을 읽을 기회를 주셔서 고맙습니다. 백석 시에 대해 선생님께서 쓰신 연구들은 후학들에게 연구하고 싶은 마음을 일으키는 귀한 잉걸불입니다. 「백석 시의 표현 형태와 전통 시가의 '엮음'」(『현대시의 서사 지향성과 미적 구조』, 시와시학사, 2003)은 백석 시와 전통 시가를 비교하는 논문이고, 『정본 백석 시집』(문학동네, 2007)은 정본 연구에 새 시각을 제시했고, 『백석 시 바로 읽기』(현대문학, 2006)는 백석 시를 쉽게 풀어쓴 단행본입니다. 누구든 백석 시를 연구하려면, 고형진 선생님의 논문과 저작은 디뎌야 할 종요로운 디딤돌입니다. 저 역시 백석 시에 관해 선생님께서 발표하시고 저서를 낼 때마다 모두 읽으며 배워 왔습니다. 질의자가 읽으며 배운 부분은 아래 같은 부분입니다.

① 짚으로 만든 맷방석은 음식을 말리기에 안성맞춤의 자리인 것이다. 이 경연(硬軟)한 촉감은 "맷방석", "마당", "마을"의 세 시어에 연속적으로 쓰인 유성 자음 'ㅁ'의 부드러운 음성 자질로 또다시 환기된다. 맷방석 위에 널어 말리고 있는 빨간색과 노란색의 건반밥은 이어서 개나리와 진달래에 비유되

는데, 이 비유는 맷방석이라는 사물의 구체적 형상에서 비로소 촉발될 수 있
는 것이다.(2-1 말의 성찬, 호명의 즐거움, 27쪽)

② 그야말로 온갖 잡동사니들이 총동원된다. 그중에는 '소똥'과 '기왓장'처
럼 타거나 연소되지 않은 물질이 포함되어 있는데, 이 두 개의 사물은 처음
부터 그 모닥불의 현장에 놓여 있었던 것을 가리킬 것이다. 그 두 개의 사물
은 다른 여러 종류의 하찮은 잡동사니의 일부를 이루면서 이 잡동사니의 잡
다함을 극대화한다. 여기서 하찮고 버려진 잡동사니들의 명명이 방언 내지는
고어로 구사된 것은 기표의 생소함을 통해 호명의 신선함을 안겨 주기 위함
이라고 보아야 할 것이다.(2-1 말의 성찬, 호명의 즐거움, 33쪽)

①은 '맷방석'이라는 명사가 시의 술어와 아우라에 어떻게 조응하고 있
는가를 설명하는 대목입니다. 이러한 방식으로 '언어-술어-아우라'의 조응
을 정치(精緻)하게 해체하며 아름다움을 드러내는 방식이 이번 논문의 전
략이라고 생각했습니다. 그리고 ②는 시 「모닥불」을 설명할 때 잘 주목하지
않는 '소똥'과 '기왓장'에 대한 분석도 그러합니다. 논문의 전체적인 구조나
미시적 분석 모두 이 논문의 미덕이기에, 읽으면서 많은 것을 배웠습니다.
　이제 몇 가지 질문을 씁니다만, 실은 이 논문에 포함시키기 어려운 내용
들이 아닌가 싶습니다. 원고지 100여 매 길이에 모든 것을 쓰실 수 없을 겁
니다. 꽉 채워진 내용으로도 충분히 의미가 있다고 봅니다. 다음 기회라도
후학의 질문에 답해 주시면 고맙겠습니다.

　첫째, 백석 시에서 무속적인 어휘가 갖는 힘이 중요하다고 저는 생각합
니다.
　언어를 분류할 때 계보학적인 노력과 분류 방식이 쉽지 않을 것입니다.
28~30쪽에 의식주에 관한 어휘 분류가 나오는데, 이 분류로도 충분히 의
미가 있으나, 백석 시의 경우는 무속과 불교에 얽힌 종교 어휘(기독교적인

언어는 있는지요?)도 중요하지 않나 생각합니다. 질의자가 썼던 졸고 한 부분을 인용합니다.

백석(1921~1995)의 시에는 굿과 무당에 대한 묘사가 많이 나온다. 그의 시에는 기독교적 이미지가 거의 나타나지 않고, 무속 샤머니즘과 민속 사상이 습합되어 있는 상태가 가장 많이 나타나고 있다. 백석의 시집 『사슴』에만 보아도, 무속적인 시편이 많이 나온다. 무당이 작두를 타며 굿을 하고(「삼방」), 어디선가 서럽게 우는 무당집이 있고(「미명계」), 비난수를 하는 모습이 있는가 하면(「오금덩이라는 곳」), 애기무당이 등장하는 「산지(山地)」가 있다. 시집에 실린 35편의 시 중에 무속이 직접적인 소재나 주제로 나오는 시는 6편이 있다. 시집 『사슴』 이후에도 무당의 딸이 등장하는 「오리」, 국수당고개가 등장하는, 백석의 출생과 관련된 태몽이 있는 「넘언집 범 같은 노큰마니」, 작품 전체가 '귀신과의 일상화'를 말하고 있는 「마을은 맨천 구신이 돼서」 등에서 샤머니즘적인 특성이 나타난다. 또한 무당이나 굿이 등장하지 않는 많은 시에서 샤머니즘적 세계관은 백석 시의 중요한 발상법 중의 한 가지로 작용하고 있다.[1]

백석 시어가 우리에게 울림을 주는 이유는 단순히 단어가 낯설어서가 아닐 것입니다. 그 시어에 숨겨진 "궁극적 관심"(ultimate concern, 폴 틸리히)이나 영원한 고향[子宮]으로 돌아가고자 하는 '원형 회귀 본성'(프로이트)을 자극하는 면이 있지 않은가 하는 생각이 듭니다. 이런 시각에서 볼 때, 백석 시어에서 무속적 언어는 대단히 중요하다고 저는 생각합니다. 우리에게 헛것(simulacre)에 불과할 수도 있는 무속적 언어와 그 가상 공동체(virtual community)를 백석은 의식주 공동체로 구현하고 있다고 저는 생각합니다. 그것이 다른 시인들과 다른 백석 시의 매력 중의 하나가 아닌가 하는 생각

---

1) 김응교, 「백석 시 「가즈랑집」에서 평안도와 샤머니즘」, 《현대 문학의 연구》 27, 2005, 66쪽.

이 듭니다. 백석의 무속적 언어를 분류한다면 어떤 분류항에 넣을 수 있을지요?

둘째, 백석 시어에 숨겨진 '정치적 무의식'에 대한 생각입니다.

논문에서 1935년 11월 《조광》지 창간호에 실린 '신박물지'에 대해 설명하셨는데, 아시다시피 당시 일제는 식민지가 넓어지면서 '지방성'을 중시하기 시작했고, 이국에 대한 박물학적 관점과 학문이 늘어났던 시기입니다. 흑인, 오키나와인, 조선인, 중국인을 전시물로 전시했던 1903년 인류관 사건부터 시작되어, 1920년대 이후 제국주의가 안정화에 들면서 문화 정책을 통해, 식민지와 본국과의 '차이'를 아름답게 널리 알리고, 또 반대로 그 일체감도 조작하던 시기였습니다. 1935년 조선총독부에서는 '심전개발정책(心田開發政策)'[2]도 있어, 이 정책은 무속도 멸시하면 안되고, '지방성'에 대한 처리도 신중을 가해야 한다는 정책이었습니다. 그래서 1930년대 후반기 한국 무속은 오히려 부활하는 시기가 되기도 합니다. 이어 1940년대는 《국민문학》 등 일어 잡지에서 필리핀, 인도네시아 등 남방 문화에 대한 박물학적 정보와 르포 등이 연이어 실립니다. 백석으로 돌아가서, 임화는 백석 시를 "새로운 시도"일 뿐이라며 이렇게 씁니다.

그저 눈에 보이는 문화 유물 몇 가지를 아무렇게나 나열한다고 해서 식민주의가 부끄러워 안색을 붉히리라고 기대해서는 안 된다. 원주민 지식인은 문화 유물을 만들어 내려고 애쓰지만, 실상 그 순간에 그는 자기 나라가 아닌 외부에서 차용한 낯선 기술과 언어를 이용하고 있다는 것을 알지 못한다.[3]

백석 시어에 잠재되어 있는 정치학과 언어의 역학 관계에 대해 실증적

---

2) 김응교, 앞의 논문, 83~53쪽.
3) 임화, 「문학상의 지방주의 문제」, 《조광》 1936. 10.

인 자료는 없는데도, 어떤 연구자는 백석 시어는 민족 공동체를 살렸다고 하고, 반대로 임화의 논리를 따르는 연구자는 백석 시어는 에그조티시즘(exoticism, 異國主義)일 뿐이고 '낯설게 하기'를 추구하는 모더니즘 발상법 혹은 백석의 토속적 시어는 오리엔탈리즘적 개입이라는 평가[4]도 있습니다. 물론 백석 시어가 우리에게 매혹적인 의미를 전해 주고 있다는 것을 인정하면서도 말입니다. 이에 대해 선생님의 고견을 듣고 싶습니다.

셋째, 백석 시어에서 명사와 동사가 갖는 특징에 대한 생각입니다.
① 백석은 평안도 사투리를 쓰면서도 구개음화되지 않은 어휘를 써야 하는데, 동화된 표기를 쓰는 경우도 있습니다. 예를 들어 '덜'〔寺〕이라 써야 하는데 백석은 '절'이라고 씁니다. '떨어딘다', '가디 않은'이라 써야 하는데 백석은 "떨어진다", "가지 않은"이라고 씁니다. 백석이 서울에서 산 적이 있기 때문이기도 하지만, 독자를 의식한 의도적 조절이 아닌가 하는 생각도 있습니다. ②「가즈랑집」에서 "쇠메듥도적"(쇠메를 든 도적)에서 '~를 든'을 '듥'으로 표기한 것은 ㄷ, ㅅ, ㅈ, ㅎ은 물론 둘 받침을 모두 표기했던 당시 통일안 그대로였습니다. 그가 《조선일보》 기자였다는 것도 연관되어 1937년 제정된 『표준어 사정』을 거의 따르고 있습니다. ③ 체언을 쓸 때는 평안도 사투리를 약간 변형해 쓰고, 용언을 쓸 때는 중부 지역 표준어를 쓰는 경우입니다.[5] 선생님께서 용언을 정리하신 것을 보고 같은 생각을 가졌습니다. 이에 대한 선생님 말씀을 듣고 싶습니다.

넷째, '소리'에 관한 분석을 하실 때, 제가 주목하는 것은 백석이 '침묵'을 잘 이용하지 않았나 하는 점입니다. 시「멧새소리」를 보면, '소리'가 나오지 않습니다. 그렇지만 "문턱에 꽁꽁 얼어서/ 가슴에 길다란 고드롬이 달

---

4) 김웅교, 「신경(新京), 백석 「흰 바람벽이 있어」」, 《인문과학》 2011. 8, 51~52쪽.
5) 김영배, 「백석 시의 방언에 대하여」, 『평안 방언 연구』(태학사, 1997).

렸다"라는 대목에서 독자들 가슴에 뭔가 멧새 소리 같은 울림을 느끼는 것 같습니다. 백석의 '침묵'을 이용해서 독자들 상상력에 '소리'를 만드는 청각적 효과에 대해서 주목하고 싶습니다.

다섯째, 언어가 갖고 있는 역동적 상상력에 대한 분류가 가능할지요? 바슐라르가 남겼던 '물질적 상상력'과 '역동적 상상력'으로 백석 시어를 분류하면 어떤 의미가 드러날까 하는 생각도 들었습니다.

논문을 읽으면서 행복한 체험을 느꼈습니다. 우둔한 질문에 대해 가르침을 주시면 고맙겠습니다. 읽고 배울 기회 주셔서 감사합니다.

백석 시의 현재적 가치
모더니티, 체험성, 동시대성

김춘식(동국대 교수)

1 서론

백석에 관한 연구는 1987년 해금 이후 어떤 시인보다도 집중적으로 활발하게 이루어져 왔고, "그의 시는 이제 더 이상 새로운 연구 결과가 나오기 어려운 상황에까지 도달한 것처럼 보인다."[1]라는 한 연구자의 말처럼, 원전 연구에서, 비교 연구에 이르기까지 다양한 방법을 통해 조명되었다. 더구나 그 연구의 질적 성취도 다른 어떤 시인보다 두드러져 있어서 해방 이후 오랜 시간 논의되지 못했던 안타까움을 어느덧 넘어서고 있는 건 아닌가 생각된다.

지금까지 백석에 관한 연구를 대략의 범주 속에서 개괄해 보면 다음과 같다. 우선 해금 이후 백석의 자료를 발굴하면서 백석의 공동체 의식을 민족주의적인 시각에서 주로 주목했던 연구,[2] 객관적 묘사 중심의 표현에 주

---

1) 손진은, 「백석 시의 형성과 프랑시스 잠 시」, 『현대시의 미적 인식과 형상화 방식 연구』
   (월인. 2003), 15쪽.
2) 이동순, 「무너진 시대의 모국어와 공동체 의식」, 『백민 전재호 박사 화갑 기념 논총』
   (형설출판사, 1985); 「민족시인 백석의 주체적 시 정신」, 『백석 시 전집』(창작과비평사,

목하여 모더니즘 내지 이미지즘적 기교와의 상관성에 주목한 연구,[3] 그의 정주 방언 구사의 특질과 어휘에 관한 연구,[4] 산문적 이야기체와 미적 특징에 관한 연구,[5] 고향 의식과 유년기 체험의 시화에 대한 연구,[6] 백석 시의 원전과 개작 과정에 대한 연구,[7] 전기적 사실과 생애에 관한 실증적 자료 발굴,[8] 백석 시와 영향 관계에 있는 국내외의 시인에 대한 비교 연구,[9] 백

1987); 최두석, 「1930년대 시의 표현에 관한 고찰」, 서울대 석사 학위 논문, 1982. 8; 「백석의 시 세계와 창작 방법」,《우리시대의 문학》 6, 문학과지성사, 1987. 6; 「한국 현대 리얼리즘 시 연구 — 임화, 오장환, 백석, 이용악의 시를 중심으로」, 서울대 박사 학위 논문, 1995. 2; 김재홍, 「민족적 삶의 원형과 운명애의 진실미 — 백석」,《한국문학》, 1989. 10.

3) 김용직, 「토속성과 모더니티」, 고형진 편,『백석』(새미, 1996); 이숭원, 「백석 시의 전개와 그 정신사적 의미」,《선청어문》 16·17 합본, 1988; 오세영, 「떠돌이와 고향의 의미 — 백석론」,『한국 현대시인 연구』(월인, 2003).

4) 김영배, 「백석 시의 방언에 대하여」,『한실 이상보 박사 화갑 기념 논총』(형설출판사, 1987); 김미수, 「한국 현대시에서 방언 쓰임새의 연구」, 인하대 석사 학위 논문, 1987; 이숭원, 「백석 시의 난해 시어」,『백석 시의 심층적 탐구』(태학사, 2006).

5) 고형진, 「1920~1930년대 시의 서사 지향성과 시적 구조」, 고려대 박사 학위 논문, 1991; 이은봉, 「백석 시의 표현 방법에 관한 일고찰」,《숭실어문》 5, 1988; 고명수, 「백석 시의 문체론적 고찰」,《목멱어문》 5, 1993.

6) 이숭원,《문장》지 시에 나타난 고향 의식 시고」,《국어교육》 36, 1980; 박태일, 「백석 시의 공간 의식」,《국어국문학》 21, 부산대 국어국문학과, 1983. 12; 「한국 현대시의 공간 현상학적 연구 — 백석, 윤동주, 이육사, 김광균을 중심으로」, 부산대 박사 학위 논문, 1991; 박윤우, 「백석 시에 있어서 고향 의식과 근대성의 관계 양상 연구」,《국제어문》 20, 1999; 이원규, 「한국 현대시의 고향 의식 연구: 1930 — 1940년대 시를 중심으로」, 성균관대 박사 학위 논문, 2004. 8.

7) 이숭원 주해, 이지나 편,『원본 백석 시집』(깊은샘, 2006); 이지나, 「백석 시의 원전 비평적 연구」, 서울여대 박사 학위 논문, 2006. 2.

8) 송준,『시인 백석 일대기 — 남신의주 유동 박시봉방』 1, 2(지나, 1994); 김자야,『내 사랑 백석』(문학동네, 1995); 박태일, 「백석과 신현중, 그리고 경남 문학」,《지역문학연구》 4, 1999. 4; 이숭원, 「백석의 삶과 문학적 대응 양상 연구」,《한국시학연구》 7, 2002; 「백석의 삶과 여성 관련 시편」,『백석 시의 심층적 탐구』(태학사, 2006); 이동순, 「내 고보 시절의 은사 백석 선생 — 함흥 영생고보 제자 김희모 씨의 회고」,《현대시》, 1990. 5.

9) 이숭원, 「1930년대 후반기 시의 한 고찰」,《국어국문학》 90, 1983; 한계전, 「윤동주 시에 있어서 고향의 의미」,《세계의 문학》 46, 1987; 박노균, 「1930년대 한국 시에 있어서의 서구 상징주의 수용 연구」, 서울대 박사 학위 논문, 1992; 손진은, 「백석 시의 형성과 프

석의 고향과 전통성을 근대성과 미학의 범주에서 접근한 연구,[10] 샤머니즘, 동물 이미지, 음식, 민속 등 백석 시의 이미지, 소재, 모티프 등에 대한 세부적인 연구[11] 등 백석에 관한 연구는 다양한 방향에서 아주 세밀하게 진행되어 왔음을 알 수 있다.

분단 이후 30년가량 망각되었다가 1980년대 이후 문학사 연구를 중심으로 재조명된 지 약 30년이 지난 지금, 백석의 영향력은 1930년대 시단에서 가장 핵심적인 시인이라는 평가를 넘어서, 현재를 살아가는 동시대의 문학 장에도 중요한 영향을 미치는 시인으로 평가받기에 이르렀다. 백석 시의 현재적 가치가 여타의 식민지 시대 시인들과 달리, 여전히 동시대성을 지닌 것으로 인식되는 점은 차후 백석 시 연구에서 풀어 나가야 할 또 다른 논

랑시스 잠 시」, 『현대시의 미적 인식과 형상화 방식 연구』(월인, 2003);「시적 영향 관계와 재문맥화—'멧새소리'와 '북어(北魚)'를 중심으로」, 같은 책; 박태일, 「김광균과 백석 시에 나타난 친족 체험」, 《경남어문논집》 1, 경남대 국문과, 1988. 12;「한국 근대시의 공간현상학적 연구—백석, 윤동주, 이육사, 김광균을 중심으로」, 부산대 박사 학위 논문, 1991. 2; 송하선, 「백석의 『사슴』과 서정주의 『질마재 신화』 대비고」, 《한국언어문학》 28, 1990; 이동순, 「백석 시의 영향과 후배 시인들의 시」, 『여우난곬족』(솔, 1996);「문학사의 영향론을 통해서 본 백석의 시」, 《인문연구》 31, 영남대 인문과학연구소, 1996;「시인 백석과 그의 정신적 스승 이시카와 다쿠보쿠」, 《월간조선》 229, 1999. 4; 신범순, 「현대시에서 전통적 정신의 존재 형식과 그 의미—김소월과 백석을 중심으로」, 《국어교육》 96, 1998; 유성호, 「백석 시의 계보」, 《작가연구》 14, 2002. 10.

10) 최정례, 「정지용과 백석이 수용한 전통의 언어」, 《어문논집》 48, 2003;「1930년대 시어, 인공어와 자연어의 구도—백석 시어의 근대적 특질」, 《한국시학연구》 13, 2005;「백석 시의 근대성 연구」, 고려대 박사 학위 논문, 2005. 2; 진순애, 「백석 시의 심미적 모더니티」, 《비교문학》 30, 2003; 김춘식, 「사소한 것의 발견과 전통의 자각」, 《청람어문교육》 31, 2005.

11) 김학동, 「원초적 삶의 모습과 서정」, 『가즈랑집 할머니』(새문사, 1988); 김열규, 「신화와 소년이 만나서 일군 민속시의 세계」, 『1930년대 민족 문학의 인식』(한길사, 1990); 한이각, 「백석 시에 나타난 민속과 무속의 세계」, 《태릉어문연구》 5·6, 1995. 2; 김은자, 「생명의 시학—백석 시에 나타난 동물 상징을 중심으로」, 『백석』(새미, 1996); 서범석, 「백석의 풍속사적 농민시」, 《문학과 의식》 34, 1996; 신익호, 「백석론—민속 신앙을 중심으로」, 《국어교육》 97, 1998; 강외석, 「백석 시의 음식 담론 고」, 《배달말》 30, 2002; 손진은, 「백석 시의 옛것 모티프와 상상력」, 《한국문학이론과 비평》 24, 2004.

점이기도 하다.

　백석이 활동했던 1930년대 중반에서 1950년에 이르는 시기의 역사적 특징과 당대적 특징을 넘어서, 2012년 현재의 동시대성에 백석의 시가 여전히 '접속'될 수 있다는 사실은 백석의 시가 독창성뿐만 아니라 이미 역사적 보편성을 획득하고 있음을 말해 주는 가장 확실한 증거라고 할 수도 있을 것이다. 백석의 시가 지닌 현재적 가치를 조망해 보기 위해서 이 글은 다음과 같이 대략 세 가지 정도의 논점을 설정하고자 한다.

　근대성이라는 범주와 관련해서 논하자면, 백석의 시에 '식민지적인 조건'과 '탈식민지적인 역작용'이 상호 길항하는 모습이 생생하게 보인다는 점이 우선 가장 중요한 특징일 것이다. 기존에 백석 시의 모더니티에 대한 연구에서, '전통', '무속' 등 반근대적 요소와 기법적 모더니즘과 근대적 자아의식 등을 대립적이거나 복합적인 것으로 인식해 온 것은, 현 시점에서 '식민주의적 모더니티(colonial modernity)'와 '탈식민주의적 모더니티(post-colonial modernity)'의 길항 작용으로 재인식 혹은 재고될 필요가 있는 듯하다. 모더니티가 하나의 단일한 직선적 궤도를 그려 온 것이 아니라는 점에서 백석 시의 모더니티는, 식민지적인 조건에서 탄생한 '탈식민주의적 미적 모더니티'의 특징을 가장 대표적으로 보여 주는 경우라고 파악된다. '식민지 체험'은 이 점에서 한국 문학의 출발선상에 놓인 '원체험'과 같은 것이다. '부끄러운 과거'라는 의미에서의 원체험이 아니라, 사실이나 기억의 차원에서 '근대 체험'의 원점을 가감 없이 객관적으로 바라볼 때 그렇다는 것이다. 이런 사실은 문화적인 '보편주의/특수주의', '세계주의(globalism)/지역주의(localism)'의 대립축을 넘어서는 관점에서, 과거와 현재의 문제를 바라보기 위한 가장 중요한 전제라고 할 수 있다.

　다음은 동시대성의 문제인데, 백석이 활동하던 시기의 동시대성과 현재의 동시대성이 근본적으로 차이를 지니고 있다는 사실은 어쩌면 너무나 당연한 일이다. 그러나 백석의 시가 여전히 후대의 문학장에 어떤 영향력을 미치고 있다는 사실을 인정할 경우에는, 이 두 가지 '동시대성'의 차이 속에, 어떤 점에서 서로 비교되어야 할 지점이 있는 것은 아닌가 하는 의문이 생길 수도 있는 것이다. 80년가량의 시간적 격차를 넘어서, 당대적 동시대성과 현재적 동시대성 사이에 어떤 연결점을 맺어 주는 것이 백석의 시라면, 이 점은 백석의 시가 지닌 현재적 가치의 가장 본질적인 부분이라고 할 수 있을 것이다. 1930년대 후반의 백석이 여전히 현재적 동시대성을 확보하고 있다는 점은 어쩌면 문학 예술의 보편성과 역사성을 백석의 시가 이미 확보하고 있을 뿐만 아니라, 여전히 문제적인 쟁점을 함축하고 있다는 뜻일 것이다.

세 번째는 체험성의 측면이다. 앞의 두 과제가 문학사와 관련해서 과거와 현재의 시간을 서로 마주보게 하는 방식이라면, '체험성'은 백석 시의 가장 중요한 특징이면서 일상적 체험과 시적 체험의 차이를 통해 그의 시가 여전히 현재적 가치를 가질 수 있는 이유를 찾아보기 위한 중요한 논점이다. 이 점에서 이 글은 백석의 '동시대적 체험'과 2012년 현재의 '독자', '후배 시인'들이 놓인 동시대적 '상황'의 '체험' 사이에 놓인 간극이 백석의 시에서 어떻게 접속될 수 있고, 해소 혹은 긴장할 수 있는가 하는 점을 앞의 두 논점과 관련해서 살펴보고자 한다. '체험'의 문제는 구체적인 만큼 특수한 것이어서, 문학적 보편성을 얻기 위한 미적 변용을 반드시 전제로 할 수밖에 없다. 백석의 시가 지닌 현재적 가치에 대한 논점과 관련해서 백석의 방언, 서사성 등과 여러 표현에 대해 1930년대에도 많은 논란이 있었다는 사실은 반드시 고려되어야 할 점이다.

2 모더니티와 '지역주의/보편주의'

백석 시의 모더니티와 전통성, 향토성에 대한 논란은 시집 『사슴』이 발간되는 순간부터 이미 지속되어 왔다. 백석의 시가 보여 준 세련된 모더니즘적인 수사와 객관적 묘사의 태도, 그리고 그것과 전혀 다른 향토성, 방언, 과거 회상적 서사성 등은 백석의 시에 대한 찬반이 엇갈리는 논쟁의 직접적 원인이 되었다. 백석의 시에 대해 "향토주의를 세련된 주지적 태도를 통해 미적 형상으로 다시 태어나게 한 모더니티의 결과"라고 칭찬한 김기림과 달리, 임화, 오장환[12] 등은 백석의 시가 생경한 방언에 집착하고 복고주의에 머무르고 있다고 신랄하게 비판한다. 이런 논쟁의 원인은 백석의 시가 지닌 모더니티가 그 자체로 독특한 성격을 지니고 있었기 때문이다. 최재서의 다음과 같은 견해는 백석의 시가 쉽게 범주화할 수 없는 독특함을 지니고 있음을 잘 보여 준다.

> 相當한 力量을 가지고 꾸준히 詩作을 발표하건만 한 번도 그 作品을 正面으로 問題삼아 주는 사람이 없는 그러한 詩人이 往往히 있다. 白石氏가 그러한 詩人이다. 그것은 結局 그 詩를 어떤 카테고리에 넣고 評하여 좋을는지 모르기 때문이다. 「木具」(《文章》)만 하여도 무엇이 들어 있기는 하는 것 같은데 그것이 確實히 무엇인지, 또 그것이 詩材로서 價値 있는 것인지 전연 無價値한 것인지 얼른 判斷하기가 어렵다. 이런 角度에서 白石氏를 全面的으로 취급할 사람은 없는가?[13]

내용적인 면에서 시적 제재 자체가 가치 있는 것인지 아닌지 모르겠다는 최재서의 토로는 백석의 시에 등장하는 향토적이고 정감 어린 사물이 과연 어떤 가치를 지닌 것인지 쉽게 판단이 서지 않는다는 솔직한 심정을 보여 준다. 이런 혼돈은 실제로 백석의 시적 제재가 복고적인 과거회상주의인지, 또는 사라져 가는 전통을 새로운 미학으로 승화시켜 낸 것인지에 대한 판단의 어려움에서 오는 것이다. 백석에 대한 최재서의 이런 '곤란함'은 임화에게 있어서는 좀 더 직접적인 비판으로 나타난다.

---

12) 오장환, 「백석론」, 《풍림》 5, 1937. 4.
13) 최재서, 「이월시단평(二月詩壇評)」, 《인문평론》 1940. 3, 62~63쪽.

그곳에는 생생한 生活의 노래는 없다. 오즉, 이제 막 소멸할냐고 하는 過去的인 모든 것에 對한 끗없는 哀愁 그것에 대한 悲歌이다. 要컨대 現代化된 鄕土的 牧歌가 아닐까? 「사슴」의 作者가 詩語上에서 一般化되지 않은 特殊한 方言을 選擇한 것은 決코 作者個人의 固意나 또 單純한 趣味도 아니다.

나는 이 야릇한 方言을 「사슴」 가운데 表現된 作者의 强烈한 民族的 過去에의 愛着이라 생각코 있다. 이 亂雜한 方言은 詩集 「사슴」의 藝術上 價值를 疑心할 것도 없이 低下시킨 것이라 믿으며 內容으로서도 이 詩들은 普遍性을 가진 全朝鮮的인 文學과 遠距離에 것이다.[14]

임화는 백석의 시가 과거에의 집착, 향토주의, 지방주의에 집착함으로써 민족적인 과거의 애착에서 벗어나지 못한다는 점에서 비역사적이고 동시에 보편성을 지닌 '전조선(全朝鮮)'의 문학과는 거리가 멀다고 비판한다.

백석의 시에 대해 "현대화된 향토적 목가"라고 말하는 임화의 지적은, 백석의 시적 세련됨이 아무리 현대적일지라도 결과적으로는 복고주의, 목가주의를 넘어서지 못한다는 판단에서 나온 것이다. 이 점은 임화가 조선적 특수성과 세계적 보편성에 관한 논의를 장황하게 거론한 뒤에 나오는 결론이어서 단순히 백석의 시를 '회상주의'라는 판단에서 비판한 것만은 아니다. 고전주의적인 보편에 대한 낭만주의적인 특수성을 이 글의 앞부분에서 거론한 뒤에 이런 비판을 가하고 있다는 사실에 비추어 보면 임화는 백석의 시가 보여 주고 있는 '민족적인 것'이 '지역주의를 보편주의로 밀고 나가는' 형태의 '조선적인 것의 세계화'와는 거리가 멀다고 판단한 것이다. 실제로 임화는 "典型的 狀況 가운데 있어 典型的 性格의 描寫"라는 리얼리즘 원칙을 다시 강조하면서 "朝鮮文學의 特性을 「朝鮮色」이나 「地方色」에서만 發見하랴는 者가 있다면 그는 朝鮮文學을 植民地文學으로 固定化할냐는 者일 것이다."[15]라고 하여 조선 문학의 보편성을 강화하는 것이 식민지 문학으로

---

14) 임화, 「문학상의 지방주의 문제」, 《조광》 1936. 10, 174쪽.

부터 벗어나는 방법이라고 말한다.

그러나 이런 임화의 주장은 철저한 근대주의자이면서 동시에 마르크시스트인 임화의 입장을 드러내는 것일 뿐, 그 자체가 올바른 견해라고 보기는 어려울 듯하다. 식민지 문학으로부터 벗어나기 위해서는 조선 문학의 보편성이 강화되어야 하고, 그렇게 하기 위해서는 '조선색', '지방색'을 경계해야 한다는 것은 그 자체로 식민주의적인 콤플렉스로 여겨진다.

물론, 이런 생각이 당시로서는 오히려 '일반적인 것'이었음은 앞서 최재서의 경우에도 동일한 생각의 단초가 보인다는 점에서 쉽게 알 수 있는 일이다. 즉, 김기림, 최재서, 임화, 오장환 등 '근대'라는 보편성을 추구하는 식민지 문인들에게 '민족색'은 그저 민족주의적인 애착에 불과할 뿐, 그 자체로는 '지역 문학으로서의 민족 문학'을 되풀이하는 것으로 여겨지기 때문이다.

이 점은 백석의 문학에 대해 우호적인 평가를 내린 김기림에게서도 동일하게 발견된다.

백석은 우리를 충분히 애상적이게 만들 수 있는 세계를 주무르면서도 그것 속에 빠져서 어쩔 줄 모르는 것이 얼마나 추태라는 것을 가장 절실하게 깨달은 시인이다. 차라리 거의 철석의 냉담에 필적하는 불발의 정신을 가지고 대상과 마조 선다.

그 점에 『사슴』은 그 외관의 철저한 향토 취미에도 불구하고 주책없는 일련의 향토주의와는 명료하게 구별되는 모더니티를 품고 있는 것이다.[16]

김기림의 향토주의에 대한 비판은 시적 소재나 제재 면만을 놓고 보면 결코 백석에게 우호적인 것이라고 보기는 어렵다. 다시 말해서 김기림은 백

---

15) 앞의 글, 175쪽.
16) 김기림, 「사슴'을 안고」, 《조선일보》 1936. 1. 29.

석의 냉정한 시적 묘사력과 정서적 환기력을 높이 평가하고 있을 뿐, 시집 『사슴』에 구현된 세계의 향토성에 대해서는 임화나 최재서와 대동소이한 입장을 취하고 있는 것이다. 이제까지 백석의 『사슴』에 대한 옹호의 예로 거론된 김기림의 글은 이 점에서 양가적인 입장을 취하고 있는 것으로 재해석될 여지가 있다. 백석의 세련된 주지적 냉담이 시적 소재의 애상성을 넘어서 미적 효과를 산출하고 있다는 것이 김기림의 견해라는 점에서, 여전히 향토성, 지역주의, 과거성은 부정적인 것으로 남아 있는 것이다.

또, 백석 시를 방법론만으로만 보면, '백석의 시가 민중적이라든가 민족적이라고 하는 것은 피상적인 관찰'이라고 지적한 비교적 최근의 견해도 있는데, 이 최근의 견해는 오히려 백석의 시가 진정한 향토성과 민중성, 민족성을 구현하려는 의지가 적고 오히려 방법면에서 지나치게 보편 지향적이라는 점을 단점으로 지적하고 있다.

> 그의 시에 의외로 일본어, 일본 풍물이 많이 들어 있음도 어찌 우연이겠는가. 그의 시를 두고 민중적이라든가 민족어가 들어 있다든가, 식민지 시대 뿌리 뽑힌 민중의 삶이 제일 농도 짙게 담겨 있다고 보는 것은 실로 피상적 관찰이 아니겠는가. 그는 『사슴』에서 「가즈랑집」도 읊고 「고야(古夜)」도 심도 있게 읊었지만, 동시에 경상도의 「통영」(지금 충무시)도 일본의 「카키자키〔枾崎〕의 바다」도 같은 수준으로 읊었던 것. 남쪽의 「고성가도」의 돼지새끼의 행렬도 잘 그려 내었지만, 일본의 국도 「이즈쿠니소우카이도우〔伊豆國湊街道〕」도 꼭 같은 수준으로 그려 내었던 것인데, 그 방법론은 전혀 동일한 것이 아니었던가.[17]

김기림, 임화, 오장환 등의 지적과는 반대로 김윤식은 후대의 입장에서 백석의 방법론이 민족적인 대상이든, 일본적인 풍물이든, 둘 모두를 동일하게 표현하는 '중립적인 모더니티'를 고수하고 있다는 점에 대해서 비판한

---

17) 김윤식, 『우리 소설을 위한 변명』(고려원, 1990), 107쪽.

다. 이런 입장은 백석의 시가 '민족적이고 민중적인 정서'를 식민지적 억압의 상황 아래서 재현해 냈다는 1980년대적인 평가와, 지역주의에 빠져서 오히려 '조선 문학을 식민지 문학 상태로 정체하게 한다'는 1930년대 당시의 비판 사이만큼 두드러진 편차는 아니지만, 1930년대 당시의 일반적 의식과는 역시 상당한 거리를 지니고 있는 것이다. 근대적 보편주의에 대한 열망과 식민지 문학의 극복이라는 목표가 일치하던 1930년대 후반의 상황과 문장의 '전통론', '동양론' 등이 새롭게 등장하는 1940년대는 또 그 상황적 논리가 다르겠지만, 이렇듯 백석에 대한 평가는 '모더니티'의 문제에 대한 인식의 편차에 따라서 그 평가가 상당히 달라진다는 사실을 분명히 알 수 있다.

예를 들면, 박용철은 백석의 시를 "모국어를 지키려는 향토주의"[18]라고 평가하면서 방언의 아름다움을 살린 백석의 시를 높이 평가한다. 박용철의 입장은 '조선적인 것의 현대화 혹은 세계화'를 '모국어의 조탁'을 통해 달성하려고 했던 자신의 견해를 충실히 반영한 것이다. 백석 시의 언어 미학을 높이 평가하고 '조선어의 가치'가 높아진 점에서 '향토주의'를 긍정적으로 인식하고 있는 것이다.

결국, 백석의 시에 대한 평가는 당대와 현재 모두 평자들이 '모더니티'를 어떻게 바라보고 있는가에 따라 다소 상이한 입장을 취하거나 논쟁을 일으킬 소지가 있는 것이다. 이 점은 백석 시의 문제적인 지점을 노출하는 것인데, 백석이 어떻게 여전히 2012년인 '지금, 여기'에서도 '동시대성'을 지닐 수 있는가 하는 의문과도 밀접한 상관성을 지닌다.

이런 문제의식의 연장선상에서, "식민지적 조건은 근대 지향적 탈식민주의와 전통 지향 혹은 지역주의적 탈식민주의라는 두 가지 흐름을 낳았다."는 가설을 한번 제시해 보기로 하자. 실제로 '조선적인 것'의 강조는 근대 초창기부터 반복되어 온 것으로 "조선, 전통, 민요, 국토, 자연, 언어(방언),

---

18) 박용철, 「백석 시집 『사슴』 평」, 《조광》 1936. 4.

민속" 등의 미학화는 조선 문학의 세계화, 현대화의 중요한 지향점이었다.[19)]
또, 모더니스트, 카프 등의 근대주의자들이 강조한 '보편적 근대의 지향'
역시 조선 문학의 '근대화'를 목표로 하고 있었다.

'모더니티'의 달성이라는 점에서 그 방향 설정이나 '생각'을 달리하고 있
는 사람들에게 백석은 이처럼 하나의 '시금석'이 되고 있는 것이다. '지역주
의/보편주의'의 대립 구도 속에서 '민족 문학'은 식민지 시기, '지역주의' 혹
은 '향토성'과 동급으로 평가되어 온 것이 사실이다. '고향'의 함의가 '민족',
'공동체'를 환기한다는 점에서 '민족적인 것'으로 바로 환치되는 방식에 익
숙해 온 '식민지적 조건' 속에서 백석은 '향토성', '고향', '방언' 등의 조건만
으로도 '민족적인 시인'이 되고 또 미학적인 태도의 '주지성'만으로 '모던한
시인'으로 분류된다. 이 점은 모더니티 안에서 '지역주의와 보편주의', '식민
주의와 탈식민주의'의 길항 관계를 세밀하게 거론하지 않았기 때문에 발생
한 문제점이라고 할 수 있다. 즉, 백석의 모더니티는 식민지 체험의 특수성
속에서 산출된 것으로 '식민지 조선'이라는 태생을 담은 전형적인 '지역성'
을 보여 준다. 그러나 이런 '지역성'은 폐쇄성을 의미한다기보다는 그 자체
가 식민지 조선 문학이 보여 줄 수밖에 없는 독자적 '모더니티'라고 할 수
있다. 오늘날의 관점에서 보자면 지역성을 보편성 혹은 모더니티의 세계로
상승시키는 역할을 하고 있는 것이 바로 백석의 시이기 때문이다.

'전통의 현대화'라는 어구와 '따라잡기로서의 근대'라는 말은 서로 반대
되는 것이면서 동일한 기원을 지니고 있다. '식민지 근대'라는 원점에서 '탈
식민지화'의 열망으로 선택한 두 가지 방향은 백석의 시에 대한 논란을 두
고 이런 식으로 서로 마주치고 있는 것이다.

---

19) 김춘식, 「계몽주의적 세속성과 낭만주의적 내면 — 근대성과 자연, 전통, 서정」, 『근대성
과 민족 문학의 경계』(역락, 2003); 「낭만주의적 개인과 자연, 전통의 발견 — 청록파를
중심으로」, 『한국 문학의 전통과 반전통』(국학자료원 2003); 「조선 시, 전통, 시조」, 《국
어국문학》 135, 2003.

3 백석 시의 동시대성과 현재적 가치

백석 시의 동시대성(현재성)은 이미 여러 선행 연구에서 백석과 영향 관계에 있는 후배 시인들을 거론하고 있는 것만으로도 충분히 입증되었다고 판단된다. 다만, 이러한 동시대성 확보의 중요한 이유를 단순히 백석 시의 미적 완성도에서만 발견하는 것은 다소 부족한 설명이 될 것이다.

백석 시의 동시대성과 관련해서 가장 설득력 있는 설명은 백석의 시가 "풍속과 인정과 말이 어우러진 평화로운 삶에 대한 동경"[20]을 담고 있다는 해석이다. '풍속과 인정과 말'이라는 세 요소는 백석의 시에서 쉽게 발견되는 것이면서 동시에 식민지 조선의 문학이 발견한 가장 대표적인 '지역성의 모더니티'이기 때문이다.

이 점에서 지역성의 모더니티란, 근대적 자아에 의해서 발견되고 '재전유'되는 것이다. 즉, 원래의 '과거성'과 '지역성'을 벗어 버리고 새롭게 근대적인 것으로 '탈영토화'하는 것이 바로 '탈식민주의적 문학'의 대표적 향방인 것이다. 예를 들면, '청록파'가 발견한 '자연'이 근대적 자아에 의해 전유된 '미적 영역'인 것처럼,[21] 또 서정주의 '신라나 질마재'가 상상적으로 구축된 미학적 세계인 것처럼,[22] 백석은 '풍속과 인정과 말'에 새로운 생명력을 불어넣어 그것을 새로운 '모더니티'의 세계로 이끌어 낸다.

즉, 제재적인 면에서 낡았거나 지역적인 것이, 모더니티의 결격 사유가 된다는 1930년대 당시의 비판은 '근대성'에 대한 지극히 표층적인 지향에서 나타난 것이며 역설적으로 말하면 이런 견해야말로 '식민주의적 근대'를 오히려 답습하고 있는 것이다. 무속 혹은 풍속의 문제가 근대성 미달로 평가된다면 이런 평가는 오히려 지나친 근대적 합리주의의 폭력에 근거한 것이

---

20) 이숭원, 『백석 시의 심층적 탐구』(태학사, 2006), 249쪽.

21) 김춘식, 「근대적 자아의 자연, 전통의 발견 ― 청록파의 근대성」, 『한국 문학의 전통과 반전통』(국학자료원, 2003; 「근대적 감각과 '발견'되는 자연」, 《한국문학의 연구》 37, 2009. 2.

22) 김춘식, 「자족적인 '시의 왕국'과 '국민시인'의 상관성 ― 사정주의 '현재의 순간성'과 '영원한 미래, 과거'」, 《한국문학연구》 37, 2009. 12.

된다. 또 '인정과 말(구어)'을 보편성을 담지하지 못한 '지역성'의 요건으로 규정한다면, 이런 규정은 제국주의적 민속학이나 인류학이 구축한 '보편주의'의 산물을 되풀이하는 것일 뿐이다.

오늘날 문화적 다양성의 차원에서 보면, 백석의 시는 근대적 획일성의 반대쪽에 풍요로운 민속의 세계를 구축하고 있는 것으로 보일 뿐만 아니라, 구체적인 체험성을 시적으로 구현해 낸 뛰어난 작품임이 분명하다. 인정과 말, 즉 '사람과 언어'의 합일을 보여 준다는 점에서도 백석의 시는 일상적 체험을 시적인 체험으로 변환시킨 뛰어난 선례를 보여 준다.

실제로 '사소한 것'에 대한 주목은 '체험성'을 기반으로 한 미학의 가장 중요한 특징이다. 일상적인 삶은 건조하고 습관적인 것이지만 '체험성'에 기초한 '시적 발견'은 삶의 순간적 에피파니를 구현한다. 즉, 일상의 작고 소소한 일들에 새로운 생명력을 부여함으로써 '체험'에 기초한 미학은 스스로 활력을 얻을 수 있게 된다. 실제로 1990년대 이후 시인들이 추구해 온 '작고 사소한 것에 대한 발견'은 백석의 시적 특징과 상당히 유사한 것으로,[23] 지사적이거나 계몽적인 지식인의 자세를 취하지 않고도 시인으로서의 운명을 개척해 가고 있는 최근의 시인들에게 백석은 오히려 문학의 자율성을 최고의 경지에까지 이끈 시인으로 평가받을 수 있는 시인 중 한 사람이다.

백석은 유년기의 회상이든, 현실 속의 일상이든, 섬세한 시선으로 삶을 바라보고 그 속에서 감각과 정서의 교감을 이끌어 내는 데 뛰어난 시인이다. "건강함/병적인 것", "사회적 공감과 공동체성/개인주의"라는 이항 대립적 도식이 허구인 것처럼, 문학은 사회적 건강성과 계몽성에 의해서 최종적인 평가를 받을 수 있는 대상이 아니다. 문학은 가장 개인적인 작업이면서 동시에 공동체적인 것이다. 사소한 것에 오랜 전통이나 문화가 깃들어 있는 것처럼, 시는 '미세하고 사소한 것'에서 '크고 거대한 것'을 발견

---

23) 김춘식, 「사소한 것에 대한 글쓰기 — 1990년대 이후 시의 '역사적 기억'과 '체험'」, 《시작》 4, 2003. 봄; 「사소한 것의 발견과 전통의 자각 — 백석의 시를 중심으로」, 《청람어문교육》 31, 2005. 6.

한다.[24)]

백석은 이 점에서 개인과 공동체가 서로 접하고 있는 어떤 지점을 포착하는 데 모든 시선을 집중하는 시인이다.

五代나 날인다는 크나큰집 다 찌글어진 돌지고방 어득시근한 구석에서 쌀독과 말쿠지와 숫돌과 신뚝과 그리고 넷적과 또 열두 데석님과 친하니 살으면서

한해에 몇번 매연지난 먼 조상들의 최방등 제사에는 컴컴한 고방 구석을 나와서 대멀머리에 외얏맹건을 질으터 맨 늙은 제관의손에 정갈히 몸을 씻고 교우 웃에 모신 신주 앞에 환한 초불밑에 피나무 소담한 제상위에 떡 보탕 시케 산적 나물지짐 반봉 과일들을 공손하니 받들고 먼 후손들의 공경스러운 절과 잔을 굽어보고 또 애끓는 통곡과 축을 귀에하고 그리고 합문뒤에는 흠향오는 구신들과 호호히 접하는것

구신과 사람과 넋과 목숨과 있는것과 없는것과 한줌흙과 한점살과 먼 넷 조상과 먼 홋자손의 거룩한 아득한 슬픔을 담는것

내손자의손자와 손자와 나와 할아버지와 할아버지의 할아버지와 할아버지의 할아버지의 할아버지와 …… 水原白氏 定州白村의 힘세고 꿋꿋하나 어질고 정많은 호랑이 같은 곰같은 소같은 피의 비같은 밤같은 달같은 슬픔을 담는 것 아 슬픔을 담는것[25)]

최재서가 "무엇이 들어 있기는 하는 것 같은데 그것이 確實히 무엇인지,

---

24) 김춘식, 「사소한 것의 발견과 전통의 자각 — 백석의 시를 중심으로」, 254쪽.
25) 백석, 「목구(木具)」, 《문장》 14, 1940. 2.

또 그것이 詩材로서 價値 있는 것인지 전연 無價値한 것인지 얼른 判斷하기가 어렵다."[26]라고 말했지만, 사실 이 작품은 '사물에서 인정과 마음'을 끄집어내는 백석의 섬세함이 돋보이는 작품이다. 서양적인 보편적 근대와 합리주의에 집중된 신경을 지닌 최재서의 입장에서 보면, 제사와 귀신은 어떤 식으로든 '근대시의 조건'을 만족시키기에는 함량 미달인 소재일 수밖에 없다. 그러나 바로 이 제사와 귀신이라는 '민속과 풍물'이 바로 지역성이 보편성으로 확산될 수 있는 '시적 체험'의 출발점이라고 할 수 있다. 시적 체험은 어떤 식으로든 근대의 반대쪽, 합리주의의 반대쪽에서, 상실되고 사라져 가는 마법적 가치, 신성성의 가치를 현실 속으로 다시 복원시키는 데에서 그 중요성과 가치가 발견된다. 특히, 근대의 도구적 합리성을 비판해 온 20세기 후반의 전반적 풍토를 생각해 보면, 백석의 시는 사라져 가는 과거의 풍속에 숨겨진 '신성성', '존재의 고유성', '마음의 가치' 등을 감각과 정서의 미학으로 구현해 낸 뛰어난 시인이 아닐 수 없는 것이다.

역사와 전통은 백석에게 합리적 추론이나 변증법적 역사의식을 통해 터득되는 것이 아니라 눈앞의 사물 속에 깃든 마음의 힘, 슬픔의 힘으로 구체화된다. 현실적 체험의 합리성에서 보면 이런 시적 체험과 교감의 방식은 지극히 추상적이고 미신적인 것처럼 보인다. 그러나 '시적 리얼리티'의 입장에서 보면 백석의 이런 태도는 '시적 계시'와 '시적 현현'의 순간을 가장 잘 포착하고 있는 '치명적 도약'의 실천이 된다.[27] 단순한 그릇에서 "구신과 사람과 넋과 목숨과 있는것과 없는것과 한줌흙과 한점살과 먼 넷조상과 먼 홋자손의 거룩한 아득한 슬픔을 담는것"으로 되는 순간, '목구(木具)'는 더 이상 도구가 아니라 생명력과 고유성을 얻은 신비한 존재가 된다. '시적 현현'이란, 이런 존재의 전환을 전제로 한다는 점에서 보면 백석은 '일상의 도구화'를, '존재의 고유성'으로 전환시키는 능력을 지닌 시인인 것이다.

---

26) 최재서, 앞의 글.
27) 옥타비오 파스, 김홍근·김은중 옮김, 『활과 리라』(솔, 1998), 161쪽.

4 결론: 일상 속의 전통과 미적 발견

일상적인 삶을 스치듯 초연하게 바라봄으로써 삶의 직접성으로부터 일정한 거리를 얻은 뒤 그 거리를 통해 자신을 통찰하는 방식, 그리고 다른 한편으로는 그 일상성 속에 섞여서 공동체의 풍물, 인정을 함께 나누는 또 다른 방식, 백석의 시는 이 두 가지 태도의 결합에 의해 산출된다. 이런 두 가지 태도의 이면에는 '낭만적 아이러니'의 전형적 측면이 보이기도 하는데, 풍물과 일상에 섞이고자 하는 백석의 애정, 따뜻함, 공동체적 인정 등 정적인 측면(알라존)과 세밀하면서도 날카롭게 그런 자신을 동시에 관찰하는 지적인 태도(에이런)의 갈등과 긴장이 그의 시적 정서에 깃든 외롭고, 쓸쓸하고, 고독함을 만들어 낸다.

일상과 풍속에서 '시적 체험'을 이끌어 내는 백석의 태도는 이 점에서 '낯설게 하기'를 통한 발견의 전형적인 모습을 보여 준다. 일상의 평화로운 화합을 갈망하면 할수록, 백석의 시적 이면은 오히려 더 깊은 상실감과 외로움 속으로 빠져들게 되는데, 이런 구도는 스스로의 열망이 달성되기 어렵다는 사실을 이미 시적 화자가 알고 있기 때문이다. 이런 '낭만적 아이러니'의 상태가 백석의 시가 놓인 원체험, '원정서(原情緒)'라면, 백석은 이런 낭만적 아이러니에 대해서 미학적인 혹은 상상적인 극복을 재차 시도한다. 즉, 『사슴』의 시적 세계가 '낭만적 아이러니'가 주를 이루는 세계라면, 『사슴』 이후의 시편에서 백석은 그런 낭만적 아이러니를 '시적 현현'을 통해 극복하는 새로운 '상상적 승리'의 방식을 시도하는 것이다.

눈이 많이 와서
산엣새가 벌로 날여 멕이고
눈구덩이에 토끼가 더러 빠지기도하면
마을에는 그무슨 반가운 것이 오는가보다
한가한 애동들은 여둡도록 꿩사냥을 하고
가난한 엄매는 밤중에 김치가재미로 가고

마을을 구수한 즐거움에 사서 은근하니 홍성홍성 들뜨게 하며 이것은 오
는 것이다
이것은 어늬 양지귀 혹은 능달쪽 외따른 산녑 은댕이 예데가리밭에서
하로밤 뽀오얀 힌김속에 접시귀 소기름불이 뿌우혀 부엌에
산멍에같은 분틀을 타고 오는 것이다
이것은 아득한 녯날 한가하고 즐겁든 세월로부터
실같은 봄비속을 타는듯한 녀름 볓속 지나서 들쿠레한 구시월 갈바람 속
을 지나서
대대로 나며 죽으며 죽으며 나며 하는 이 마을 사람들의 으젓한 마음을 지
나서 텁텁한 꿈을 지나서
지붕에 마당에 우물든덩에 함박눈이 푹푹 싸히는 여의 하로밤
아배앞에 그어린 아들앞에 아배앞에는 왕사발에 아들앞에는 새끼사발에
그득히 살이워 오는 것이다
이것은 그 곰의 잔등에 업혀서 길여났다는 먼 녯적 큰마니가
또 그 짚등색이에 서서 자채기를 하면 산넘엣 마을가지 들렸다는 먼 녯적
큰 아버지가 오는것같이 오는 것이다

아, 이 반가운 것은 무엇인가
이 히수무레하고 부드럽고 수수하고 슴슴한것은 무엇인가
겨울밤 쩡 하니 닉은 동티미국을 좋아하고 얼얼한 댕추가루를 좋아하고
싱싱한 산꿩의 고기를 좋아하고
그리고 담배내음새 탄수내음새 또 수육을 삶는 육수국 내음새 자욱한 더
북한 삽방 쩔쩔 끓는 아르굳을 좋아하는 이것은 무엇인가

이 조용한 마을과 이마을의 으젓한 사람들과 살틀하니 친한 것은 무엇인가
이 그지없이 枯淡하고 素朴한 것은 무엇인가[28]

　　너무 익숙하게 밀착된 일상적 세계에 속하기 때문에 '아름다움'의 대상
이 되기에는 어려운 위와 같은 상황, '음식', '마을의 홍청거림'에 대해서, 오
히려 시인은 김기림이 말한 그 '냉담'한 태도를 버리고 공동체 속으로 뛰어
들어가, '풍속, 민속, 토속'의 경계점에 놓인 어떤 비의를 터득해 낸다. '지
혜' 혹은 시적 발견에 비유할 수 있는 이런 생각의 전환과 깨달음은『사슴』
이후 백석의 시에서 하나의 주된 경향을 이루고 있다. 위에 인용한「국수」
라는 시도 음식이면서 동시에 살아 있는 '전통'이요, '역사'의 흔적을 시인
의 몸속에 각인시키는 대상이 된다. 백석에게 공동체란 이렇게 다시 확인
이 되는 셈이다.

　　음식, 풍속, 인정의 힘이란, 바로 '몸의 감각', '신체에 기록된 역사'에 다
름이 아닌 것이다. 백석이 결국 '국수'를 통해 발견해 낸 것은 무엇인가. "그
지없이 고담하고 소박한 것" 즉, '국수'에 깃들어 있는 '정신, 마음' 그리고
거부할 수 없는 숙명적인 뿌리인 것이다.

　　실제로 이런 발견은 '전통'에 대한 가장 체험적인 인식에 기초한다. 전통
은 외부에서 발견되는 것이 아니라 '내부'에서 자각된다고 할 때, 가장 중
요한 것이 '체험'이다. 개인의 몸속에 내장된 근원적 힘, 혹은 마력이 구체
화되는 결정적 계기가 바로 '체험적 자각'에 있는 것이다. 백석의 시는 이런
'근원적 힘'이 자신의 몸속에 꿈틀거리고 있음을 자각한 '근대적 자아'의
자각과 발견을 담고 있고 그 자각은 그의 시를 구체적 감각과 시적 현현의
차원에서 '동시대성'을 지니게 만든 근원적 요인이라고 할 수 있다.

---

28) 백석,「국수」,《문장》 26, 1941. 4.

제2주제에 관한 토론문

권성우(숙명여대 교수)

발표자의 논문 「백석 시의 현재적 가치」는 백석 연구사를 간명하게 정리하면서 백석 시를 둘러싼 세 가지 논점에 대해 탐문하고 있다. 그 세 가지 논점은 백석 시의 식민지적 모더니티와 탈식민주의적 모더니티, 동시대성, 체험성이다. 이 논점들이 백석 시의 고유한 자질과 매력을 해명하는 데 핵심적인 테마라는 사실에 동의하면서 다음과 같은 질문을 던지고자 한다.

첫째, 발표자는 백석 시를 근대성이라는 범주로 고찰하면서 백석 시의 모더니티를 '식민주의적 모더니티'와 '탈식민주의적 모더니티'의 길항 작용으로 재인식될 필요가 있다고 적었다. "백석의 시에 '식민지적인 조건'과 '탈식민지적인 역작용'이 상호 길항하는 모습이 생생하게 보인다는 점이 우선 가장 중요한 특징일 것이다."라는 구절 역시 유사한 맥락으로 볼 수 있다. 요컨대 발표자는 "백석 시의 모더니티는, 식민지적인 조건에서 탄생한 '탈식민주의적 미적 모더니티'의 특징을 가장 대표적으로 보여 주는 경우라고 파악된다."라고 주장한다.

이와 같은 발표문의 시각은 밀도 깊은 토론의 여지를 남긴다. 발표문에서 탈식민주의라는 용어는 식민주의와 함께 호출되면서 대립적인 의미로 사용되고 있거니와, 이러한 맥락에서 보자면 발표자가 구사하는 탈식민주의라는 용어의 의미는 식민주의에 대한 성찰과 극복을 지향하는 문화적 사상적 흐름에 가깝다.

그렇다면 우선 백석 시에서 탈식민주의를 호출하는 발표문의 관점이 좀 더 구체적일 필요가 있겠다. 토론자는 백석의 시가 탈식민주의라는 이론적 지평에서 해석되려면 대단히 복합적이며 치밀한 논리를 동반해야 한다고 생각한다. 물론 백석 시에 나타난 전통 지향성과 유년기 풍속, 공동체 의식, 민족 정서, 고유 음식, 방언 구사 등을 논거로 하여 백석 시를 탈식민주의의 입장에서 해석하는 것이 가능할 수도 있으며 기왕에 그런 논의들도 있었다.

그러나 여기서 염두에 두어야 할 사실은 백석이 추구한 전통 지향성조차도 당시 식민 제국이 기획하고 유포한 문화적 전략이나 당대 일본 문학의 흐름에서 자유롭지 않았다는 사실이다. 1935년경부터 일본에서는 야스다 요주로[保全興重郎]를 중심으로 한 일본미 복고 운동이 벌어졌거니와, 이는 곧 민족주의 및 일본주의 이데올로기로 전화해 나갔다.(미요시 유키오[三好行雄], 정선태 옮김, 『일본 문학의 근대와 반근대』(소명출판, 2007), 84쪽) 야스다 요주로가 앞장선 '일본 낭만파'는 '근대적 진보'를 추구하는 경향에 맞서, 일본적인 것과 고전의 부흥을 통한 고전적 민족주의를 추구했다. 이러한 입장은 마르크스주의와의 근본적 대립을 피해 갈 수 없었다.(조관자, 「일본 낭만파와 조선의 문화 연구」, 《일본연구》 45호, 2010, 54쪽)

이러한 일본의 문화적 흐름은 거의 시차가 없이 식민지 조선에서도 유사한 흐름으로 유입되어 1930년대 중반부터 고전 연구, 조선학과 조선미에 대한 관심, 조선적인 것에 대한 문화적 호출 등이 활발하게 진행된 바 있다.(김병구, 「고전 부흥의 기획과 조선적인 것의 형성」, 『조선적인 것의 형성과 근대 문화 담론』(소명출판, 2007)) 또한 이런 과정에 식민지 조선의 '미'에 각별한 관심을 보였던 야나기 무네요시[柳宗悦]의 조선예술론 등이 커다란 영향을 미쳤다는 점은 주지의 사실이다.

1930년부터 1934년 사이에 일본의 아오야마학원〔靑山学院〕에서 유학했던 백석이 이러한 문화적 흐름에 둔감할 리가 없었을 것이다. 또한 백석이 「정주성」을 《조선일보》에 발표하면서 시인으로 등단하고(1935. 8. 30), 『사슴』(1936. 1)을 간행하던 시기는 일본과 식민지 조선에서 공히 고전 부흥과 민족주의적 미의식의 호출이 가장 활발하게 수행되던 시기였다. 여기서 "일본과 조선에서 복고적 고전 연구가 활발했던 당시에, 일본의 파시즘은 대중을 조직 동원하면서 중일전쟁을 개시했다."(조관자)라는 엄연한 역사적 사실을 기억할 필요가 있다.

지금까지 설명한 맥락에서 보자면, 백석이 의식적으로 추구했던 조선적인 미의식조차도 복고적 고전 연구라는 제국 일본의 문화적 전략이나 당대 일본 문학의 흐름과는 무관한 것이라고는 할 수 없을 것이다.(발표자가 인용한 김윤식의 백석 평도 바로 이 점을 지적한 것으로 해석된다.) 즉 '조선적인 것'이라는 표상과 이를 통한 '조선'에 대한 인식은 우리 자신에 의해 이루어진 것이 아니라 타자에 의해 호명된 것이었다. 우리 민족 스스로 '조선적인 것'의 파악에 나선 것은 일본인의 활동에 자극받아 이루어졌다고 할 수 있다.(『조선적인 것의 형성과 근대 문화 담론』(소명출판, 2007)) 물론 그럼에도 불구하고 백석의 시편들은 이와 같은 문화적 추세와 구조에 일방적으로 포섭되지 않는 독자적인 시적 자질과 매력으로 가득하다.(특히 『사슴』 이후의 후기 시편들이 그렇다.) 덧붙여 설사 백석이 추구한 시적 경향이 당시의 고전 부흥 운동에서 자유롭지 않다고 해도, 그의 시가 산출하는 미적 효과는 식민주의에 가려 있던 민족적 감성과 건강한 습속을 묘하게 자극하는 측면도 있다.

그러나 백석의 시에서 '탈식민주의'라는 용어가 호출될 때, 일본제국주의의 문화적 전략과 당대 일본 문학의 흐름, 당시의 지성사적 감각은 필수적으로 감안되어야 한다. 그런 문화적 추세, 즉 발표자가 언급한 '제국주의적 민속학'과 백석의 시의 관계에 대한 밀도 깊은 탐색을 통해, '고전 부흥'

으로 상징되는 복고주의라는 문화적 시스템에서 포획되지 않는 백석 시의
고유한 미적 자질을 충분히 의미화할 수 있을 때, 아울러 백석의 시에 구체
적인 영향을 준 일본 시인과의 정밀한 비교 문학적 연구가 수행되었을 때
우리는 백석 시와 탈식민주의를 본격적으로 논의할 수 있는 것이 아닐까?

둘째, 발표자는 백석의 시에 대한 임화의 평문 「문학상의 지방주의 문
제」를 언급하면서 백석에 대한 임화의 비평이 지닌 문제점에 대해 구체적
으로 언급하고 있다. 예를 들어 백석의 시를 복고주의와 목가주의의 입장에
서 비판한 임화의 논지를 소개한 연후에 발표자는 다음과 같이 적고 있다.

> 이런 임화의 주장은 철저한 근대주의자이면서 동시에 맑시스트인 임화의
> 입장을 드러내는 것일 뿐, 그 자체가 올바른 견해라고 보기는 어려울 듯하다.
> 식민지 문학으로부터 벗어나기 위해서는 조선 문학의 보편성이 강화되어야
> 하고, 그렇게 하기 위해서는 '조선색', '지방색'을 경계해야 한다는 것은 그 자
> 체로 식민주의적인 콤플렉스로 여겨진다.

발표자는 또한 김기림 역시 임화와 유사한 견해를 취하고 있다고 지적
하면서, 그들이 백석의 시에 나타난 향토성, 지역주의, 과거성에 대해 부정
적인 견해를 표명하고 있다고 지적한다. 여기서 더 나아가 발표자는 백석
의 시에서 모더니티의 결격 사유를 읽어 내는 당대의 독법에 대해 "근대적
합리주의의 폭력"이라고 비판하고 있다. 토론자의 입장에서는 백석의 초기
시에 대한 임화나 김기림 등의 문제의식은 옳고 그름의 차원보다는 문학적
취향과 세계관의 차이로 수용하는 것이 더욱 합리적이라고 생각한다.
백석의 시집 『사슴』에 대한 임화와 김기림의 견해는 당대의 지성사의 정
황을 면밀하게 조회하면서 한층 정교하게 접근할 필요가 있다. 가령 임화
는 같은 글에서 백석 시에 대해 말하면서 "백석 씨는 분명히 아름다운 감
각과 정서를 가진 시인이다. 더욱이 이 시인의 방언에 대한 고려와 그 시

적 구사는 전인미답의 것이라 해도 과언은 아니다."라고 극찬한 바 있다. 그는 분명 백석 시의 고유한 특질과 매력을 인정하고 있었다. 그럼에도 불구하고 임화는 "그곳에는 생생한 생활의 노래는 없다. 오직 이제 막 소멸하려 하는 과거적인 모든 것에 대한 끝없는 애수 그것에 대한 비가이다. 요컨대 현대화된 향토적 목가가 아닐까?"라면서 비판적으로 지적한다.

그렇다면 백석의 시에 대한 임화의 이와 같은 이중적 태도가 의미하는 바는 무엇인가. 당시 임화는 고전 부흥이나 향토미로 요약되는 문화적 복고주의에 대한 비판적 문제의식을 확고하게 지니고 있었다. 문제는 그러한 흐름이 당시 문단이나 문화의 탈정치화와 연루되어 있다는 것이 임화의 생각이었던 것이다. 임화는 "다시 문제를 문학상에서 사회적인 것을 관심치 않는 순수문학이 민족적인 것, 조선적인 것에의 예술적 관심의 문제를 취급하면 필연적으로 이렇게 된다."라고 얘기하고 있다. 이와 연관하여 조관자의 주장을 다시 한 번 주목해 볼 필요가 있다.

자문화의 타자화(서양화)를 자성하여 문화적 주체를 회복하려는 고전 부흥 운동은 일본 낭만파와 마찬가지로 자민족의 역사에 회귀하고 과거의 전통 위에서 문화적 고유성을 확립하는 방향으로 나아간다. 1935년 이후에는 고전 연구에 촉발되어, 상고적 취미를 탐닉하고 동양의 허무적 심미를 향수하는 작품이 창작되는 등, 문단의 주류도 현저하게 탈정치화하고 있었다. (중략) 중일전쟁 이후 일본낭만파의 민족문학론은 전향좌파의 국민문학론과 결합하여, '동아신질서'를 구축하는 제국 일본의 국책문학론으로 전개된 것이다. 고전 부흥이 '참된 교양'을 추구한다면 당대의 파시즘과 결합된 민족문화론에도 마땅히 위화감을 느꼈을 것이다. 그러나 '문화의 옹호'라는 반파시즘적 실천은 정전의 창조를 목표로 하거나 복고적·토속적·탐미적 세계에 머물고 있었던 것이다. 이러한 상황에서 임화는 조선의 고전 연구가 보편성이 아닌 '향토성'에 고착되었음을 비판한 것이다.(조관자, 「일본 낭만파와 조선의 문화 연구」, 62쪽)

임화의 입장에서 보면 백석의 시가 지닌 커다란 마력에도 불구하고, 그의 시로 대변되는 문학적 경향이 당대의 절박한 문제의식을 망각한 탈정치주의의 흐름 속에 있다는 사실을 지적코자 한 것이다. 물론 임화의 백석 평이 문학적인 차원에서 볼 때 객관적인 설득력을 지니고 있다고는 할 수 없다. 다만 임화가 왜 백석 시의 엄청난 매력을 인정하면서도 다른 한편으로 비판할 수밖에 없었는가 하는 시대사적, 문화사적 감각을 정확히 인식할 필요는 있다고 생각한다. 말하자면 제국 일본에서 유행이었던 "고전 연구의 낭만 정신은 전쟁과 자문화 중심의 폭력에 반대하는 문화 공동체의 정열이나 자아를 품지 않았다."라는 사실을 감안하고, 그리고 경우에 따라 낭만적으로 회고되는 일본 정신의 로망은 "자민족의 문제를 동시대의 타자들과의 관련 속에서 사유하는 능력을 소거시키는 덫"(조관자, 앞의 논문)이라고 할 때, 그러한 복고주의적 문화의 흐름이 그대로 식민지 조선에서 재현되었을 때 임화가 지닐 수밖에 없었던 원칙적 비평 태도를 감안할 필요가 있는 것이다.

임화는 같은 글에서 "일찍이 나는 어떤 논문 가운데서 복고주의를 문화상의 민족주의라고 부른 일이 있다. 그것은 민족적인 것 즉 우리 민족에만 고유한 것의 존중이 부당하고 발전하고 성장하는 것에 관심하는 대신 이미 사멸한 것 또는 소멸하고 있는 과거적인 것에만 이끌리기 때문이다."라고 주장하고 있는데. 이 대목에서 확인할 수 있듯이 임화는 "우리 민족에만 고유한 것의 존중" 그 자체를 부인하고 있지는 않다. 그는 당시의 정태적, 퇴행적 복고주의가 중대한 정치적 현안을 은폐하는 역할을 수행하고 있다고 주장하고 있는 것이다.

이런 의미에서 임화의 백석 비판은 발표자의 주장대로 "식민주의적 콤플렉스"라기보다는, 당시의 복잡한 정세에 따라, 한 탁월한 향토적 예술성에 마음을 온전히 내줄 수 없었던 마르크스주의 비평가의 투철하면서도 완고한 태도로 해석되어야 한다. 오히려 끝부분에서 "조선 문학의 특성을 '조선색'이나 '지방색'에서만 발견하려는 자가 있다면 그는 조선 문학을 식민지문학으로 고정화하려는 자일 것이다."라고 언급하는 임화의 태도에는 당시 일본의 문화적 흐름과 시스템에서 발원한 식민주의에 일방적으로 동화되지 않으려는 비평적 결기가 느껴지기도 한다.

셋째, "'식민지 근대'라는 원점에서 '탈식민지화'의 열망으로 선택한 두 가지 방향은 백석의 시에 대한 논란을 두고 이런 식으로 서로 마주치고 있는 것이다."라는 구절에 대한 구체적인 설명을 부탁드린다.

넷째, '모더니티', '지역성의 모더니티', '탈식민주의적 모더니티', '탈식민주의적 미적 모더니티', '식민주의적 모더니티', '식민지 근대' 등의 용어들이 다소 혼란스럽게 사용되고 있다. 이와 같은 용어 사용의 필연성 및 그 차이와 함의에 대한 설명이 필요하다.

1912년　7월 1일, 평안북도 정주군 갈산면 익성동에서 부친 백용삼(白龍三)과 모친 이봉우(李鳳宇)의 장남으로 태어남. 본명은 백기행(白夔行). 그 외에 白石과 白奭이라는 이름이 있었는데, 필명으론 거의 白石을 사용함. 부친 백용삼은 조선일보의 사진반장을 지냈으며, 정주에서 하숙을 치며 가계를 경영함.

1918년　오산소학교 입학.

1924년　오산소학교를 졸업하고 오산학교에 입학. 같은 반 급우였던 임기황(任基況)의 회고에 의하면 이 시절 특별히 시작을 하지는 않았지만, 같은 학교 선배인 소월을 몹시 동경했다고 함. 그는 백석이 매우 결백한 성격의 소유자였다고 전함.

1929년　오산고등보통학교(오산학교의 바뀐 이름) 졸업.

1930년　조선일보의 신년 현상문예에 단편 소설 「그 모(母)와 아들」이 당선. 조선일보사가 후원하는 장학생으로 선발되어 일본의 아오야마[青山] 학원에서 영문학을 공부함.

1934년　졸업 후 귀국하여 조선일보 출판부에서 근무. 조선일보 계열의 잡지 《여성》의 편집을 맡아 일함.

1935년　8월 30일, 시 「정주성(定州城)」을 《조선일보》에 발표하면서 시단에 데뷔. 조선일보사에서 창간한 종합지 《조광(朝光)》의 편집을 맡아 일함.

1936년　1월 20일, 시집 『사슴』을 발간함. 선광인쇄주식회사에서 간행한 이 시집에는 33편의 시가 실려 있는데, 겹으로 접은 한지에 인쇄하여 두툼하면서도 고급스러운 느낌을 줌. 4월, 조선일보사를 사직하고 함경남도 함흥에 있는 영생고보의 영어 교사로 부임. 이 무렵 함흥에 와 있던 조선 권번 출신의 기생 김진향을 만났다고 전해짐. 김진향에게 '자야(子夜)'라는 야호를 지어 주었다고 전해짐.

1938년 영생고보의 교사직을 사임하고 서울로 돌아옴.

1939년 3월, 조선일보에 재입사하여 《여성》의 편집 주간 일을 하다가 연말에 사직하고 만주의 신경(新京, 현재 지명 장춘(長春))으로 떠남. 만주국 국무원 경제부에서 잠시 근무함.

1940년 만주의 신경에서 지냄. 토마스 하디의 장편 소설 『테스』를 서울 조광사에서 번역 출간함.

1941년 생계를 위해 측량보조원, 측량서기, 소작인 등의 일을 함.

1942년 만주의 안동에서 세관 업무를 함. 12월 러시아 작가 바이코프의 작품 「밀림 유정」 등을 번역함.

1945년 해방 후 신의주를 거쳐 고향 정주로 돌아옴. 이윤희 씨와 결혼하여 3남 2녀를 둠.

1946년 고당 조만식 선생의 일을 도우며 지냄.

1947년 문학예술총동맹 제4차 중앙위원회 외국문학분과원으로 임명됨. 러시아 작가 시모노프의 『낮과 밤』 번역 출간. 솔로호프의 『그들은 조국을 위해 싸웠다』 번역 출간.

1948년 파데예프의 『청년 근위대』 번역.

1949년 이사코프스키의 시집 번역 출간. 솔로호프의 장편 『고요한 돈 강 1』 번역 출간.

1950년 솔로호프의 장편 『고요한 돈 강 2』 번역 출간.

1953년 파블렌코의 『행복』 번역 출간.

1955년 조쏘 출판사에서 여러 사람과 공동으로 『뿌슈킨 선집―시편』을 번역. 이 책에서 백석이 번역한 푸시킨의 작품은 「짜르쓰꼬에 마을에서의 추억」, 「쓰딴스」, 「작은새」, 「겨울밤」, 「겨울길」, 「젖엄마에게」, 「슬프고 가없는 이 세상 거친 들에서」, 「겨울아침」, 「소란한 길거리

를 내 헤매일 때면」, 「깝까즈」, 「한 귀족에게」, 「보로지노 싸움의 기념
일」, 「순례자」 등임.

1956년　《조선문학》 5월호에 「동화 문학의 발전을 위하여」, 9월호에 「나의
　　　　　항의, 나의 제의」 등의 글을 발표. 10월에 열린 제2차 작가대회에서
　　　　　《문학신문》 편집위원이 됨.

1957년　4월, 동화시집 『집게네 네 형제』 출간. 《아동문학》 4월호에 「멧돼지」,
　　　　　《평양신문》 7월 19일자에 「감자」 등의 시를 발표. 아동 문학에 대해 논
　　　　　쟁하는 가운데 「아동 문학의 협소화를 반대하는 위치에서」를 발표.

1958년　《문학신문》 5월 22일자에 시 「제3 인공위성」 발표. 8월, 「사회주의
　　　　　적 도덕에 대한 단상」을 발표.

1959년　1월, 양강도 삼수군 관평리에 있는 국영협동조합으로 내려가 양치기
　　　　　일을 함. 《조선문학》 6월호에 「이른봄」, 「공무려인숙」, 「갓나물」, 「공
　　　　　동식당」, 「축복」, 9월호에 「하늘 아래 첫 종축 기지에서」, 「돈사의
　　　　　불」 등의 시 발표.

1960년　《조선문학》 3월호에 「눈」, 「전별」 등의 시 발표. 《아동문학》 5월호에
　　　　　「오리들이 운다」, 「송아지들은 이렇게 잡니다」, 「앞산 꿩, 뒷산 꿩」 등
　　　　　의 시 발표.

1961년　《조선문학》 12월호에 「탑이 서는 거리」, 「손벽을 침은」, 「돌아온 사
　　　　　람」 등의 시 발표.

1962년　『새날의 노래』에 「석탄이 하는 말」, 「강철 장수」, 「사회주의 바다」 등
　　　　　의 시 발표. 《문학신문》에 「조국의 바다여」, 《아동문학》에 「나루터」
　　　　　발표. 10월 무렵 북한 문화계 전반에 내려진 복고주의 비판으로 일체
　　　　　의 창작 활동을 중단한 것으로 알려짐.

1995년　1월, 84세를 일기로 사망한 것으로 알려짐.[1]

---

1) 송준은 백석의 사망 일자를 1996년 2월 15일경으로 기술함.(송준, 『시인 백석』, 흰당나
　귀, 2012) 백석의 사망 시점은 그의 부인인 이윤희 씨와 자녀들의 전언에 의한 것인데,
　정확한 사망일자가 1995년인지 1996년인지 정확하게 기억나지 않는다고 함.

백석 작품 연보

발표일	분류	제목	발표지
1930. 1. 26~2. 4	소설	그 모(母)와 아들	조선일보
1934. 3	수필	해빈 수첩(海濱手帖)	이심회 회보 1
1934. 5. 16~5. 19	번역 산문	이설(耳說) 귀ㅅ고리	조선일보
1934. 6. 20~6. 25	번역문	임종(臨終) 체홉의 유월(六月)	조선일보
1934. 8. 10~9. 12	번역문	「죠이스」와 애란 문학(愛蘭文學)	조선일보
1935. 7. 6~7. 20	소설	마을의 유화(遺話)	조선일보
1935. 8. 11~8. 25	소설	닭을 채인 이야기	조선일보
1935. 8. 30	시	정주성(定州城)	조선일보(『사슴』에 수록)
1935. 11	시	산지(山地)	조광(『사슴』에 수록)
1935. 11	시	주막(酒幕)	조광(『사슴』에 수록)
1935. 11	시	비	조광(『사슴』, 『현대 문학 전집』에 재수록)
1935. 11	시	나와 지렝이	조광

발표일	분류	제목	발표지
1935. 11	수필	마포(麻浦)	조광
1935. 12	시	여우난곬족	조광(『사슴』에 수록)
1935. 12	시	통영(統營)	조광(『사슴』에 수록)
1935. 12	시	흰밤	조광(『사슴』에 수록)
1936. 1. 20	시	고야(古夜)	조광(『사슴』에 수록)
1936. 1. 20	시	가즈랑집	『사슴』
1936. 1. 20	시	고방	『사슴』
1936. 1. 20	시	모닥불	『사슴』
1936. 1. 20	시	오리 망아지 토끼	『사슴』
1936. 1. 20	시	초동일(初冬日)	『사슴』
1936. 1. 20	시	하답(夏畓)	『사슴』
1936. 1. 20	시	적경(寂境)	『사슴』
1936. 1. 20	시	미명계(未明界)	『사슴』
1936. 1. 20	시	성외(城外)	『사슴』
1936. 1. 20	시	추일산조(秋日山朝)	『사슴』
1936. 1. 20	시	광원(曠原)	『사슴』
1936. 1. 20	시	청시(靑柿)	『사슴』
1936. 1. 20	시	산(山)비	『사슴』
1936. 1. 20	시	쓸쓸한 길	『사슴』
1936. 1. 20	시	자류(柘榴)	『사슴』
1936. 1. 20	시	머루밤	『사슴』

발표일	분류	제목	발표지
1936. 1. 20	시	여승(女僧)	『사슴』
1936. 1. 20	시	수라(修羅)	『사슴』
1936. 1. 20	시	노루	『사슴』
1936. 1. 20	시	절간의 소 이야기	『사슴』
1936. 1. 20	시	오금덩이라는 곳	『사슴』
1936. 1. 20	시	시기(柿崎)의 바다	『사슴』
1936. 1. 20	시	창의문외(彰義門外)	『사슴』
1936. 1. 20	시	정문촌(旌門村)	『사슴』
1936. 1. 20	시	여우난곬	『사슴』
1936. 1. 20	시	삼방(三防)	『사슴』
1936. 1. 23	시	통영(統營)	조선일보
1936. 2	시	오리	조광
1936. 2. 21	수필	편지	조선일보
1936. 3	시	연자ㅅ간	조광
1936. 3	시	황일(黃日)	조광
1936. 3	시	탕약(湯藥)	시와 소설
1936. 3	시	이두국주가도 (伊豆國奏街道)	시와소설
1936. 3. 5	시	창원도(昌原道): 남행 시초(南行詩抄) 1	조선일보
1936. 3. 6	시	통영: 남행 시초 2	조선일보
1936. 3. 7	시	고성가도(固城街道): 남행 시초 3	조선일보
1936. 3. 8	시	삼천포(三千浦):	조선일보

발표일	분류	제목	발표지
		남행 시초 4	
1936. 9. 3	수필	가재미·나귀	조선일보
1937. 8. 1	수필	무지개 뻗치듯 만세교	조선일보
1937. 10	시	북관(北關): 함주 시초(咸州詩抄) 1	조광
1937. 10	시	노루: 함주 시초 2	조광
1937. 10	시	고사(古寺): 함주 시초 3	조광
1937. 10	시	선우사(膳友辭): 함주 시초 4	조광
1937. 10	시	산곡(山谷): 함주 시초 5	조광
1937. 10	시	바다	여성
1937. 10	시	단풍	여성('가을의 표정'난에 실린 글)
1938. 1	시	추야일경(秋夜一景)	삼천리문학
1938. 3	시	산숙(山宿): 산중음(山中吟) 1	조광
1938. 3	시	향악(饗樂): 산중음 2	조광
1938. 3	시	야반(夜半): 산중음 3	조광
1938. 3	시	백화(白樺): 산중음 4	조광
1938. 3	시	나와 나타샤와 흰 당나귀	여성
1938. 3	수필	설문답(說問答)	여성
1938. 4	시	석양	삼천리문학
1938. 4	시	고향	삼천리문학
1938. 4	시	절망	삼천리문학

발표일	분류	제목	발표지
1938. 4	시	개	현대 조선 문학 선집(조선일보사 출판부 간행)
1938. 4	시	외가집	현대조선문학 선집
1938. 4	시	내가 생각하는 것은	여성
1938. 5	시	내가 이렇게 외면하고	여성
1938. 6. 7	수필	동해(東海)	동아일보
1938. 10	시	삼호(三湖): 물닭의 소리 1	조광
1938. 10	시	물계리(物界里): 물닭의 소리 2	조광
1938. 10	시	대산동(大山洞): 물닭의 소리 3	조광
1938. 10	시	남향(南鄕): 물닭의 소리 4	조광
1938. 10	시	야우소회(夜雨小懷): 물닭의 소리 5	조광
1938. 10	시	꼴두기: 물닭의 소리 6	조광
1938. 10	시	가무래기의 낙(樂)	여성
1938. 10	시	멧새소리	여성
1938. 10	시	박각시 오는 저녁	조선문학독본
1939. 2. 14	수필	입춘(立春)	조선일보
1939. 4	시	넘언집 범 같은 노큰마니	문장
1939. 4	수필	후기(後記)	여성

발표일	분류	제목	발표지
1939. 5. 1	수필	소월(素月)과 조선생(曹先生)	조선일보
1939. 6	시	동뇨부(童尿賦)	문장
1939. 9. 13	시	안동(安東)	조선일보
1939. 10	시	함남도안(咸南道安)	문장
1939. 11. 8	시	구장로(球場路): 서행 시초(西行詩抄) 1	조선일보
1939. 11. 9	시	북신(北新): 서행 시초 2	조선일보
1939. 11. 10	시	팔원(八院): 서행 시초 3	조선일보
1939. 11. 11	시	월림(月林)장: 서행 시초 4	조선일보
1940. 2	시	목구(木具)	문장
1940. 5. 9~5. 10	수필	슬픔과 진실	만선일보
1940. 5. 25~5. 26	수필	조선인(朝鮮人)과 요설(饒舌)	만선일보
1940. 6	시	수박씨, 호박씨	인문평론
1940. 7	시	북방(北方)에서—정현웅(鄭玄雄)에게	문장
1940. 11	시	허준(許俊)	문장
1941. 1	시	『호롱꽃 초롱』 서시(序詩)	『호롱꽃 초롱』 (강소천 동시집 축시)
1941. 4	시	귀농(歸農)	조광
1941. 4	시	국수	문장
1941. 4	시	흰 바람벽이 있어	문장
1941. 4	시	촌에서 온 아이	문장

발표일	분류	제목	발표지
1941. 4	시	조당(澡塘)에서	인문평론
1941. 4	시	두보(杜甫)나 이백(李白)같이	인문평론
1942. 8. 11	수필	당나귀	매신사진순보
1942. 11. 17	시	머리카락[2]	매일신보(김종한의 「조선 시단의 진로」에 삽입)
1947. 11	시	산	새한민보
1947. 12	시	적막강산	신천지
1948. 5	시	마을은 맨천 구신이 돼서	신세대
1948. 10	시	칠월 백중	문장
1948. 10	시	남신의주 유동 박시봉방	학풍
1952. 8. 11	동시	병아리 싸움[3]	재건타임스
1956. 1	동시	까치와 물까치	아동문학
1956. 1	동시	지게게네 네 형제	아동문학
1956. 3	평문	막씸 고리끼	아동문학
1956. 5	평문	동화 문학의 발전을 위하여	조선문학
1956. 9	평문	나의 항의, 나의 제의	조선문학
1956. 12	동시	우레기	아동문학

2) 이 작품은 김종한이 《매일신보》에 쓴 「조선 시단의 진로」라는 글에 소개되어 있으며, 실제 작품이 발표된 지면을 확인하지 못했음. 따라서 이 작품에 대해선 좀 더 구체적인 자료 조사가 요구됨.

3) 이 작품은 박태일이 《재건타임스》에서 발굴해 소개한 작품. '백석'이란 이름으로 발표된 것이긴 하나, 작품의 내용이나 성격이 기존의 백석 시와 다른 점이 많아 좀 더 구체적인 자료 보강과 분석이 요구됨.

발표일	분류	제목	발표지
1956. 12	동시	굴	아동문학
1957. 1. 2	시	계월향사당[4]	문학신문
1957. 1. 10	정론	부흥하는 아세아 정신 속에서	문학신문
1957. 3. 7	정론	침략자는 인류의 원쑤다	문학신문
1957. 3. 28	평문	체코슬로바키야 산문 문학 소묘	문학신문
1957. 4	동시	집게네 네 형제	『집게네 네 형제』 (조선작가동맹 출판사)
1957. 4	동시	쫓기달래	『집게네 네 형제』
1957. 4	동시	오징어와 검복	『집게네 네 형제』
1957. 4	동시	개구리네 한솥 밥	『집게네 네 형제』
1957. 4	동시	귀머거리 너구리	『집게네 네 형제』
1957. 4	동시	산골총각	『집게네 네 형제』
1957. 4	동시	어리석은 메기	『집게네 네 형제』
1957. 4	동시	가재미와 넙치	『집게네 네 형제』
1957. 4	동시	나무 동무 일곱 동무	『집게네 네 형제』
1957. 4	동시	말똥굴이	『집게네 네 형제』
1957. 4	동시	배꾼과 새 세 마리	『집게네 네 형제』
1957. 4	동시	준치가시	『집게네 네 형제』

4) 「우레기」, 「굴」, 「계월향사당」 세 작품은 송준이 『시인 백석 3』(흰당나귀, 2002)에서 소개한 것임.

발표일	분류	제목	발표지
1957. 4	동시	메돼지	아동문학
1957. 4	동시	강가루	아동문학
1957. 4	동시	기린	아동문학
1957. 4	동시	산양	아동문학
1957. 6	평문	큰 문제, 작은 고찰	조선문학
1957. 6. 20	평문	아동 문학의 협소화를 반대하는 위치에서	문학신문
1957. 7. 19	동시	감자	평양신문
1957. 9. 19	시	등고지	문학신문
1957. 11	평문	마르샤크의 생애와 문학	아동문학
1957. 11. 7	번역 산문	1914년 8월의 레닌	문학신문
1957. 12. 5	정론	아세아와 아프리카는 하나다	문학신문
1958. 1. 9	번역 산문	로동 계급의 주제	문학신문
1958. 1. 16	번역 산문	창작의 자유를 론함	문학신문
1958. 2. 6	번역 산문	생활의 시적 탐구	문학신문
1958. 4. 3	정론	이제 또다시 무엇을 말하랴	문학신문
1958. 5. 22	시	제3 인공위성	문학신문
1958. 8	정론	사회주의적 도덕에 대한 단상	조선문학
1958. 11. 6	번역 산문	국제 반동의 도전적인 출격	문학신문
1959. 1. 18	수필	문학 신문 편집국 앞	문학신문
1959. 5. 14	수필	관평의 양	문학신문

발표일	분류	제목	발표지
1959. 6	시	이른 봄	조선문학
1959. 6	시	공무려인숙	조선문학
1959. 6	시	갓나물	조선문학
1959. 6	시	공동식당	조선문학
1959. 6	시	축복	조선문학
1959. 9	시	하늘 아래 첫 종축 기지에서	조선문학
1959. 9	시	돈사의 불	조선문학
1960. 1. 26	정론	이 지혜 앞에! 이 힘 앞에!	문학신문
1960. 2. 19	수필	눈 깊은 혁명의 요람에서	문학신문
1960. 3	시	눈	조선문학
1960. 3	시	전별	조선문학
1960. 5	동시	오리들이 운다	아동문학
1960. 5	동시	송아지들은 이렇게 잡니다	아동문학
1960. 5	동시	앞산 꿩, 뒤산 꿩	아동문학
1960. 10	시	천 년이고 만 년이고 ……『당이 부르는 길로』	조선로동당 창건 15주년 기념 시집
1961. 5. 21	수필	가츠리섬을 그리워 하실 형에게	문학신문
1961. 12	시	탑이 서는 거리	조선문학
1961. 12	시	손뼉을 침은	조선문학
1961. 12	시	돌아온 사람	조선문학
1962. 3	시	석탄이 하는 말	새날의 노래

발표일	분류	제목	발표지
1962. 3	시	강철 장수	새날의 노래
1962. 3	시	사회주의 바다	새날의 노래
1962. 4. 10	시	조국의 바다여	문학신문
1962. 5	시	나루터	아동문학
1962. 5. 11	정론	프로이드주의 —쉬파리의 행장	문학신문
1962. 6	평문	이소프와 그의 우화	아동문학

백석 연구서지[1]

1935. 12	임화, 「담천하(曇天下)의 시단 1년」, 《신동아》
1936. 1. 18	박아지, 「신춘 시단 개평 ─ 백석 씨 작 「고야」」, 《동아일보》
1936. 1. 29	김기림, 「『사슴』을 안고」, 《조선일보》
1936. 4	박용철, 「백석 시집 『사슴』 평」, 《조광》
1936. 11	이효석, 「영서(嶺西)의 기억」, 《조광》
1936. 12	박용철, 「병자 시단의 1년 성과」, 《동아일보》
1937. 4	오장환, 「백석론」, 《풍림》 통권 5
1939. 8	임화, 「시단의 신세대」, 《조선일보》 1939. 8. 18~26
1940. 3	최재서, 「이월 시단 평(二月詩壇評) ─ 소감 이것저것」, 《인문평론》
1940. 5	박용철, 「백석 시집 『사슴』 평」, 『박용철 전집 2』
1940. 5	한설야, 「문학 풍토기 ─ 함흥편」, 《인문평론》
1949. 8	백철, 『신문학 사조사』 현대편, 백양당
1961. 9	유종호, 「한국의 페시미즘(上)」, 《현대문학》 통권 81
1973. 9	김윤식·김현, 『한국문학사』, 민음사
1977. 9	김영배, 「평안 방언 연구서설」, 『성봉 김성배 박사 회갑 기념 논문집』, 형설출판사

---

1) 자료 조사에 고려대 대학원 국어교육과 박사 과정의 나정연이 도움을 주었음. 재수록과 중복 게재된 논문은 최초의 논문과 학술지에 게재된 논문만 실었으며, 수정·보완하여 다시 수록된 논문의 경우 수정된 논문만 실었음. 개정판 책의 경우 초판과 개정판을 모두 실었으며, 학술지에 발표된 논문을 책으로 엮어 낸 경우 책도 함께 실었음.

1978. 12 　　김종철, 「1930년대의 시인들」, 『시와 역사적 상상력』, 문학과지성사

1982. 2 　　최두석, 「1930년대 시의 표현에 관한 고찰」, 서울대 석사 논문

1982. 3 　　정한숙, 『현대 한국문학사』, 고려대 출판부

1983. 11 　　김명인, 「백석 시고」, 『우보 전병두 박사 회갑 기념 논문집』

1983. 12 　　고형진, 「백석 시 연구」, 고려대 석사 논문

1983. 12 　　박태일, 「백석 시의 공간 인식」, 《국어국문학》 21, 부산대 문창어문학과

1983. 12 　　이숭원, 「1930년대 후반기 시의 한 고찰 ― 백석의 경우」, 《국어국문학》 90, 국어국문학회

1984. 2 　　박태일, 「1940년 전후 한국 시에 나타난 공간 인식의 문제 ― 이육사, 윤동주, 백석의 시를 중심으로」, 부산대 석사 논문

1985 　　장영수, 「백석 시집 『사슴』의 이해를 위한 한 소고」, 《한국국어교육연구회 논문집》 28, 한국어교육학회

1985. 2 　　이동순, 「무너진 시대의 모국어와 공동체 의식」, 『백민 전재호 박사 회갑 기념 논총』

1985. 7 　　김명인, 「1930년대 시의 구조 연구 ― 정지용, 김영랑, 백석의 시를 중심으로」, 고려대 박사 논문

1985. 10 　　이숭원, 「풍속의 시화와 눌변의 미학 ― 백석론」, 『한국 시문학의 비평적 탐구』, 삼지원

1987. 7 　　최두석, 「백석의 시 세계와 창작 방법」, 《우리 시대의 문학》 6, 문학과지성사

1987. 8 　　박혜숙, 「현대 한국 민요시의 전개 양상 연구」, 건국대 박사 논문

1987. 9 　　김영배, 「백석 시의 방언에 대하여」, 『한실 이상보 박사 회갑 기념 논총』, 형설출판사

1987. 11 　　이동순 편, 『백석 시 전집』, 창작과비평사

1987. 12 　　장영수, 「백석 시의 구조 연구」, 《국어교육》 61, 한국국어교육연구회

1988. 1   유문선, 「1930년대 창작 방법 논쟁 연구」, 서울대 석사 논문

1988. 3   김명인, 「매몰된 문학의 제자리 찾기」, 《창작과 비평》 1988. 봄, 창작과비평사

1988. 3   이동순(기록), 「백석, 내 가슴속에 지워지지 않는 이름 — 자야 여사의 회고」, 《창작과비평》 1988. 봄, 창작과비평사

1988. 4   김학동 편, 『가즈랑집 할머니』, 새문사

1988. 4   이은봉, 「백석 시의 표현 방법에 대한 일고찰」, 《숭실어문》 5, 숭실어문학회

1988. 6   서준섭, 「1930년대 한국 모더니즘 문학 연구」, 서울대 박사 논문

1988. 8   김헌선, 「한국 시가의 엮음과 백석 시의 변용」, 『한국 현대시인 연구』, 신아

1988. 8   이숭원, 「백석 시의 전개와 그 정신사적 의미」, 《선청어문》 16권 1호, 서울대 국어교육과

1988. 11   고형진, 「체험의 설화적 시화 — 백석과 신경림의 시적 방법론과 사회적 문맥」, 《예술논문집》 27, 대한민국 예술원

1988. 12   윤지관, 「순수시의 정치적 무의식 — 정지용과 백석」, 《외국문학》 17, 열음사

1988. 12   황용현, 「백석 시 연구」, 성균관대 교육대학원 석사 논문

1989. 2   김계진, 「백석 시 연구 — 고향 의식의 시적 변이 양상을 중심으로」, 강원대 교육대학원 석사 논문

1989. 2   김중모, 「백석 시 연구」, 우석대 석사 논문

1989. 2   이대규, 「백석의 시 세계」, 《한국언어문학》 27, 한국언어문학회

1989. 4   신연우, 「시조시의 전통과 백석 시의 위상」, 《열상고전연구》 2, 열상고전연구회

1989. 6   송창섭, 「신세대 논단 — 임화와 백석론」, 《북한》 210, 북한연구소

1989. 6   조동일, 『한국 문학 통사』 5, 지식산업사

1989. 8   김영민, 「백석 시의 특질 연구」, 《비평문학》 3, 한국비평문학회

1989. 10   김재홍, 「민족적 삶의 원형성과 운명애의 진실미」, 《한국문학》

1989. 11   이준관, 「한국 현대시의 동심 의식 연구 — 신석정, 장만영, 백석
             을 중심으로」, 고려대 석사 논문

1989. 11   정효구, 「백석 시의 정신과 방법」, 《한국학보》 15권 4호, 일지사

1989. 12   박태일, 「백석 시와 구체성의 미학」, 《경남어문논집》 2, 경남대
             국문학과

1990. 1   안정님, 「백석 시 연구 — 시어에 나타난 이미지를 중심으로」, 《홍
             익어문》 9, 홍익대 사범대 홍익어문학회

1990. 2   박철, 「고향으로의 쓸쓸한 사생(寫生) — 백석 시 연구」, 《도솔어
             문》 5, 단국대 인문대학 국어국문학과

1990. 2   최종금, 「백석 시에 나타난 민족 의식에 관한 연구」, 한국교원대
             석사 논문

1990. 3   김재홍, 『한국 현대시인 연구 2』, 일지사

1990. 3   김학동 편, 『백석 전집』, 새문사

1990. 3   신범순, 「백석의 공동체적 신화와 유랑의 의미」, 『한국 현대 리얼
             리즘 시인론』, 태학사

1990. 5   송하선, 「백석의 사슴과 미당의 질마재 신화 대비고」, 《한국언어
             문학》 28, 한국언어문학회

1990. 10   유재천, 「백석 시 연구」, 『1930년대 민족 문학의 인식』, 한길사

1990. 12   김은자, 「백석 시 연구 — 고향 상실과 비극적 삶의 인식」, 《논문
             집》 8, 한림대

1990. 12   박종석, 「백석 시의 문체론적 고찰」, 《국어국문학》 10, 동아대 국
             어국문학과

1990. 12   차주연, 「백석 시 세계 연구」, 연세대 석사 논문

1991. 1   양혜경, 「백석 시 연구」, 동아대 석사 논문

1991. 2   문호성, 「백석 시 연구」, 전남대 석사 논문

1991. 2   박태일, 「한국 근대시의 공간현상학적 연구 — 백석, 윤동주, 이

육사, 김광균을 중심으로」, 부산대 박사 논문

1991. 2   이명찬, 「1930년대 후반 한국 현실주의 시의 내면화 과정 연구」,
　　　　　서울대 석사 논문

1991. 2   이욱성, 「백석 시의 전통 계승 양상—짜임새, 기교, 율격의 측면
　　　　　에서」, 경기대 석사 논문

1991. 2   천기수, 「백석 시에 나타난 작가 의식 연구—오장환과의 대비를
　　　　　중심으로」, 경북대 교육대학원 석사 논문

1991. 2   최양옥, 「백석 시에 나타난 '집'에 관한 연구」, 경상대 석사 논문

1991. 5   신혜란, 「백석론—시를 중심으로」, 《한성어문학》 10, 한성대 한
　　　　　성어문학회

1991. 8   고형진, 「1920~1930년대 시의 서사 지향성과 시적 구조」, 고려
　　　　　대 박사 논문

1991. 8   우점복, 「한국 근대 기행시 연구—이은상, 임학수, 백석을 중심
　　　　　으로」, 경남대 교육대학원 석사 논문

1991. 8   윤석우, 「백석 시 연구」, 목포대 석사 논문

1991. 8   한수영, 「백석 시 연구」, 이화여대 석사 논문

1991. 9   박귀례, 「백석 시 연구」, 《돈암어문학》 4, 돈암어문학회

1991. 12   김윤식, 「백석론—허무의 늪 건너」, 『우리 소설을 위한 변명』,
　　　　　고려원

1991. 12   윤여탁, 「1930년대 후반의 서술시 연구—백석과 안용만을 중심
　　　　　으로」, 《선청어문》 19, 서울대 사범대학 국어교육과

1991. 12   이병학, 「백석 시 연구」, 한양대 석사 논문

1991. 12   이임순, 「백석 시의 인물 유형 연구」, 충북대 교육대학원 석사 논문

1991. 12   장정렬, 「백석과 이용악 시의 공간 연구」, 한남대 석사 논문

1992. 2   박호용, 「백석과 윤동주 시의 비교 연구」, 한국외국어대 교육대
　　　　　학원 석사 논문

1992. 2   정정교, 「소월과 백석 시의 향토성 비교 연구」, 건국대 교육대학

원 석사 논문

1992. 2   최학출, 「백석의 시와 그 가능성」, 《울산어문논집》 8, 울산대 인
            문대학 국어국문학과

1992. 6   이은봉, 「1930년대 후기 시의 현실 인식 연구 — 백석, 이용악, 오
            장환의 시를 중심으로」, 숭실대 박사 논문

1992. 8   김영경, 「백석 시 연구 — 식민지 현실과 그 시적 형상화를 중심
            으로」, 인하대 교육대학원 석사 논문

1992. 9   김윤식, 『근대시와 인식』, 시와시학사

1992. 9   이은봉, 「백석 시의 '모더니즘' 연구」, 《한남어문학》 17·18, 한남
            대 한남어문학회

1992. 9   장정렬, 「백석 시의 공간에 대한 고찰」, 《한남어문학》 17·18, 한
            남대 한남어문학회

1992. 11   방연정, 「백석 시의 인물들과 삶의 의미에 관한 연구」, 연세대 교
            육대학원 석사 논문

1992. 12   이희경, 「백석 시에 나타난 고향 모티프 연구」, 《현대문학이론연
            구》 1, 현대문학이론학회

1993. 1   박근배, 「일제 강점기 만주 체험의 시적 수용 — 이용악, 유치환,
            백석 시를 중심으로」, 《경남어문》 26, 경남어문학회

1993. 2   곽봉재, 「김소월, 백석 시의 비교 연구」, 경희대 석사 논문

1993. 2   윤혜숙, 「백석 시 연구」, 조선대 교육대학원 석사 논문

1993. 2   이명희, 「1930년대 시에 나타난 '고향 의식' 연구 — 해금 시인을
            중심으로」, 건국대 석사 논문

1993. 3   고명수, 「백석 시의 문체론적 고찰」, 《동국어문학》 5, 동국어문학회

1993. 6   김미경, 「백석 시 연구 — 시적 욕망의 전이 과정을 중심으로」, 서
            울대 석사 논문

1993. 6   김요안, 「백석 시 연구」, 한양대 석사 논문

1993. 6   임성조, 「백석 시의 한 이해」, 《국어국문학》 110, 국어국문학회

1993. 6	최양옥, 「백석 시 연구」, 《배달말》 18권 1호, 배달말학회
1993. 7	이경수, 「백석 시 연구—화자 유형을 중심으로」, 고려대 석사 논문
1993. 7	이숭원, 「백석 시의 절망과 희망」, 『현대시와 삶의 지평』, 시와시학사
1993. 8	임형섭, 「백석 시 연구」, 건국대 교육대학원 석사 논문
1993. 9	김재홍, 「민족적 삶의 원형성과 운명애, 백석」, 『한국현대문학의 비극론』, 시와시학사
1993. 10	김병택, 「백석 시의 특질에 관한 고찰」, 《어문연구》 24, 충남대 문리과대학 어문연구회
1993. 12	최정숙, 「백석 시 연구」, 숙명여대 석사 논문
1994. 2	고완수, 「백석 시 연구—시의 형태, 의미 구조 분석을 중심으로」, 한남대 석사 논문
1994. 2	유경아, 「백석 시 연구」, 효성여대 석사 논문
1994. 7	송준, 『남신의주유동박시봉방—백석 일대기 1, 2』, 지나
1994. 7	송준 편, 『백석 시 전집』, 학영사
1994. 7	윤병화, 「백석의 시적 인식에 관한 연구」, 《청람어문교육》 12권 1호, 청람어문학회
1994. 7	허병두, 「백석과 이용악의 시적 상상력 연구」, 서강대 석사 논문
1994. 8	김수영, 「백석 시에 관한 연구」, 경상대 석사 논문
1994. 8	김순옥, 「이용악, 백석의 시 의식 대비 연구」, 동아대 교육대학원 석사 논문
1994. 12	김은영, 「백석 시 연구」, 국민대 석사 논문
1994. 12	이명례, 「백석 시의 서사성 연구」, 《어문논총》 10, 청주대
1995. 1	박혜숙, 『백석—우리 문화의 원형 탐구와 떠돌이 삶』, 건국대 출판부
1995. 1	최학출, 「1930년대 한국 모더니즘 시의 근대성과 주체의 욕망 체계에 대한 연구—김기림, 백석, 이상의 시를 중심으로」, 서강대

박사 논문

1995. 2	윤병화, 「백석 시의 현실 인식에 관한 연구」, 한국교원대 석사 논문
1995. 2	최두석, 「한국 현대 리얼리즘 시 연구―임화, 오장환, 백석, 이용악의 시를 중심으로」, 서울대 박사 논문
1995. 2	한이각, 「백석 시에 나타난 민속과 무속의 세계」, 《태릉어문연구》 5·6, 서울여대
1995. 4	하희정, 「운명론의 계보학―1930년대 후반기 시를 중심으로」, 《선청어문》 23, 서울대 사범대 국어교육과
1995. 6	김자야, 『내 사랑 백석』, 문학동네
1995. 6	김점용, 「백석 시의 내면 의식 연구」, 서울시립대 석사 논문
1995. 6	조재영, 「백석 시 연구」, 창원대 석사 논문
1995. 7	이수남, 「한국 현대 서술시의 특성 연구―임화, 박세영, 백석, 이용악의 시를 중심으로」, 부산외대 교육대학원 석사 논문
1995. 8	양근옥, 「백석 시의 분석적 연구」, 명지대 사회교육대학원 석사 논문
1995. 9	고형진, 『한국 현대시의 서사 지향성 연구』, 시와시학사
1995. 11	윤여탁, 『시의 논리와 서정시의 역사』, 태학사
1995. 12	이용인, 「백석 시 연구」, 한림대 석사 논문
1995. 12	최상, 「한국 현대시에 투영된 유년기 체험의 시적 특질에 관한 연구―윤동주, 정지용, 백석을 중심으로」, 원광대 석사 논문
1995. 12	한계전, 「1930년대 시에 나타난 '고향' 이미지에 관한 연구―백석, 오장환, 이용악을 중심으로」, 《한국문화》 16, 서울대 한국문화연구소
1996. 1	박경희, 「백석과 오장환 시의 비교 연구―'집'의 이미지를 중심으로」, 서강대 교육대학원 석사 논문
1996. 1	차한수, 「백석 시의 시간, 공간성 고찰」, 《동남어문논집》 6, 동남어문학회

1996. 2   김규영, 「백석 시 연구—시에 나타난 실존 의식을 중심으로」, 강원대 교육대학원 석사 논문

1996. 2   김용직, 「토속성과 모더니티—백석론」, 『한국 현대시사 2』, 한국문연

1996. 2   장도준, 「백석 시의 화자와 표현 기법에 관한 연구」, 《어문학》 58, 한국어문학회

1996. 3   김용직, 「방언과 한국 문학」, 《새국어생활》 6권 1호, 국립국어연구원

1996. 3   이동순, 『민족시의 정신사』, 창작과비평사

1996. 4   김윤식, 『김윤식 선집』 5권, 솔

1996. 5   정효구 편, 『백석』, 문학세계사

1996. 6   이동순 편, 『여우난곬족』, 솔

1996. 8   박상순, 「백석 시에 나타난 패배 의식 연구」, 영남대 교육대학원 석사 논문

1996. 8   이동순, 「문학사의 영향론을 통해서 본 백석의 시」, 《인문연구》 18권 1호, 영남대 인문과학연구소

1996. 8   이삼남, 「백석 시의 문체 분석—텍스트 언어학적 접근을 중심으로」, 세종대 석사 논문

1996. 8   주여진, 「백석 시 연구—표현 특성을 중심으로」, 전남대 교육대학원 석사 논문

1996. 10   하희정, 「여인의 운명과 고독과—백석론」, 《선청어문》 24권 1호, 서울대 국어교육과

1996. 11   최두석, 『시와 리얼리즘』, 창작과비평사

1996. 12   고형진 편, 『백석』, 새미

1996. 12   김재복, 「백석 시 연구—모더니즘 경향과 리얼리즘적 성격과 관련하여」, 강릉대 석사 논문

1996. 12   김창주, 「백석 시 연구」, 《산업개발연구》 4, 공주대 산업개발연

구소

1996. 12   남기택, 「백석 문학 연구―소설과 시의 공간적 특성을 중심으로」, 충남대 석사 논문

1996. 12   박민영, 「백석 시 연구―자기 동일성의 인식 양상」, 《한국언어문학》 37, 한국언어문학회

1996. 12   박수연, 「백석 『사슴』에 나타난 모더니티 연구」, 《어문연구》 28, 어문연구학회

1996. 12   윤영태, 「백석 시 연구」, 국민대 교육대학원 석사 논문

1996. 12   이혜원, 「백석 시의 신화적 의미」, 《어문논집》 35권 1호, 안암어문학회

1996. 12   전상우, 「백석 시에 나타난 무(巫)적 세계관」, 《나랏말쌈》 11, 대구대 국어교육과

1996. 12   정은희, 「백석 시 연구―장르 분석과 공간, 시간 의식을 중심으로」, 중앙대 석사 논문

1997   김은자, 「백석 시의 동물 상징 연구」, 《인문학연구》 4, 한림대 인문학연구소

1997. 2   김승구, 「백석 시의 낭만성 연구」, 서울대 석사 논문

1997. 2   박경순, 「백석 시 연구―'이야기 시'적 특성을 중심으로」, 인하대 교육대학원 석사 논문

1997. 2   정경은, 「백석 시집 『사슴』의 설화성 고찰―인물 유형을 중심으로」, 《태릉어문연구》 7, 서울여대 인문과학대학 국어국문학과

1997. 5   김은자, 「백석 시의 동물 상징 연구」, 《인문학연구》 4권, 한림대 인문학연구소

1997. 6   문호성, 「백석 시의 언술 특성―문체를 중심으로」, 《한국언어문학》 38, 한국언어문학회

1997. 7   심재휘, 「1930년대 후반기 시 연구―백석, 이용악, 유치환, 서정주 시의 시간 의식을 중심으로」, 고려대 박사 논문

1997. 8   김영민, 「백석 시에 나타난 내면 의식 연구」, 국민대 교육대학원 석사 논문

1997. 9   김재용 편, 『백석 전집』, 실천문학사

1997. 10   김도희, 「1930년대 시의 공간 연구」, 《새얼어문논집》 10, 동의대 국어국문학과 새얼어문학회

1997. 12   민혜영, 「백석 시 연구」, 성신여대 교육대학원 석사 논문

1997. 12   송광호, 「백석 시 연구」, 강남대 석사 논문

1997. 12   이동순, 「(서평) 분단의 그늘에서 복권된 시인 백석」, 《당대비평》 2, 생각의나무

1997. 12   조효순, 「백석 시 연구」, 한양대 교육대학원 석사 논문

1998. 2   고형진, 「백석 시와 '엮음'의 미학」, 박노준 외, 『현대시의 전통과 창조』, 열화당

1998. 2   박미서, 「백석 시 연구 ― 원형적 이미지를 중심으로」, 동국대 교육대학원 석사 논문

1998. 2   신범순, 「현대시에서 전통적 정신의 존재 형식과 그 의미 ― 김소월과 백석을 중심으로」, 《국어교육》 96, 한국국어교육연구회

1998. 2   윤석우, 「한국 현대 서술시의 담화 특성 연구」, 조선대 박사 논문

1998. 2   이동순 편, 『모닥불』, 솔

1998. 2   장도준, 「백석 시의 화자와 표현 기법」, 『한국 현대시의 전통과 새로움』, 새미

1998. 2   최종금, 「1930년대 한국 시의 고향 의식 연구 ― 백석, 이용악, 오장환을 중심으로」, 한국교원대 박사 논문

1998. 5   신기훈, 「백석의 동화시 연구」, 《문학과언어》 20권 1호, 문학과언어연구회

1998. 6   신익호, 「백석론」, 《국어교육》 97, 한국국어교육연구회

1998. 6   이희중, 『기억의 지도』, 하늘연못

1998. 7   송준헌, 「백석 시 연구」, 서강대 교육대학원 석사 논문

1998. 7   윤석우, 「백석 시 「여우난곬족」의 담화 특성 연구」, 《목포어문
           학》 1, 목포대 국어국문학과

1998. 8   곽봉재, 「백석 문학 연구」, 경희대 박사 논문

1998. 8   김종태, 「백석 시의 세계 대응 양상 연구」, 《어문논집》 38권 1호,
           안암어문학회

1998. 8   문인선, 「백석 시 연구」, 경성대 석사 논문

1998. 8   이동순, 『시정신을 찾아서』, 영남대 출판부

1998. 8   이형선, 「백석 시의 공간현상학적 연구」, 동국대 석사 논문

1998. 8   홍숙희, 「노천명과 백석 시에 나타난 고향 의식 비교 연구」, 강릉
           대 교육대학원 석사 논문

1998. 9   김재홍, 『한국 현대시의 사적 탐구』, 일지사

1998. 11   류경동, 「잃어버린 시간의 복원과 허무의 시의식」, 《상허학보》 4,
           상허학회

1998. 11   심재휘, 『한국 현대시와 시간』, 월인

1998. 11   이숭원, 「백석 시의 화자와 어조 연구」, 《한국시학연구》 1, 한국
           시학회

1998. 12   김수복, 「백석 시의 '산'의 공간 인식」, 《논문집》 33, 단국대

1998. 12   박혜숙, 「백석 시의 엮음 구조와 사설시조와의 관계」, 《중원인문
           논총》 18, 건국대 동화와번역연구소

1998. 12   방연정, 「1930년대 시에 나타난 북방 정서 ─ 백석, 이용악, 이찬
           의 시를 중심으로」, 《개신어문연구》 15, 개신어문학회

1998. 12   서정학, 「백석의 시 세계 고찰」, 《어문연구》 30, 충남대 문리과대
           학 어문연구회

1999. 1   김은영, 「백석의 『사슴』과 미당의 『질마재 신화』 대비 연구 ─ 백
           석의 낭만성과 미당의 현실성을 중심으로」, 서강대 교육대학원
           석사 논문

1999. 2   강영재, 「백석 시의 전통성과 현대성 연구 ─ 전통성과 현대성의

조화를 중심으로」, 한국교원대 석사 논문

1999. 2   김수복, 「백석 시의 '집'의 공간 인식」,《논문집》 34, 단국대

1999. 2   김영익, 「백석 시문학 연구」, 충남대 박사 논문

1999. 2   김태욱, 「백석 시 세계 연구 — 여성 인물을 중심으로」, 연세대 교
          육대학원 석사 논문

1999. 2   박주택, 「백석 시 연구」, 경희대 박사 논문

1999. 2   박현미, 「백석 시 연구」, 충남대 교육대학원 석사 논문

1999. 2   송기섭, 「백석의 산문 연구」,《한국문학이론과비평》 4, 한국문학
          이론과비평학회

1999. 2   이명찬, 「1930년대 후반 한국 시의 고향 의식 연구」, 서울대 박사
          논문

1999. 2   장경호, 「백석 시 연구」, 전북대 석사 논문

1999. 2   허금녕, 「백석 시의 전통 지향성 연구 — 해방 이전 시를 중심으
          로」, 강원대 석사 논문

1999. 2   허영석, 「백석 우화시 연구」, 동아대 석사 논문

1999. 3   강영재, 「백석의 주체적 시 세계 연구」,《청람어문교육》 21권 1호,
          청람어문학회

1999. 3   고형진, 「백석의 「국수」」,《시안》 2권 1호, 봄호, 시안사

1999. 3   박건명, 「현대 문학: 백석 시 연구 — 모더니티와 현실 인식을 중
          심으로」,《겨레어문학》 23, 겨레어문학회

1999. 4   박태일, 「백석과 신현중, 그리고 경남 문학」,《지역문학연구》 4권
          1호, 경남부산지역문학회

1999. 4   이동순, 「시인 백석과 그의 정신적 스승 이시카와 다쿠보쿠」,《월
          간조선》 229

1999. 5   곽봉재, 「백석 시의 이미지 연구」,《국어국문학》 124, 국어국문
          학회

1999. 6   김혜옥, 「백석 시의 '모성 회귀'에 관한 연구」, 관동대 석사 논문

1999. 6 유지현, 「집'의 공간 시학과 1920~1930년대 시인들의 상실 의식 고찰」, 《논문집》 31, 안성산업대

1999. 6 정재형, 「백석 시의 시어 연구」, 고려대 교육대학원 석사 논문

1999. 7 박윤우, 「백석 시에 있어서 고향 의식과 근대성의 관계 양상 연구」, 《국제어문》 20, 국제어문학회

1999. 8 강지영, 「1930년대 후반기 현실주의 시 연구 — 백석, 이용악, 오장환을 중심으로」, 경희대 교육대학원 석사 논문

1999. 8 문호성, 「백석, 이용악 시의 텍스트성 연구」, 전남대 박사 논문

1999. 8 박순희, 「백석 시 연구」, 부산대 교육대학원 석사 논문

1999. 8 박주택, 『낙원 회복의 꿈과 민족 정서의 복원 — 백석 시 연구』, 시와시학사

1999. 8 박지영, 「백석 시 연구 — 모더니즘 경향을 중심으로」, 숙명여대 교육대학원 석사 논문

1999. 8 백성진, 「백석 시 연구 — 상실의 지평을 넘어」, 경희대 교육대학원 석사 논문

1999. 8 서지영, 「한국 현대시의 산문성 연구 — 오장환, 임화, 백석, 이용악, 이상 시를 대상으로」, 서강대 박사 논문

1999. 9 정유화, 「시적 방법과 근대적 자아의 초상 — 백석론」, 《어문연구》 27권 3호 통권 103호, 한국어문교육연구회

1999. 10 강미경, 「백석의 통영시 연구」, 《지역문학연구》 5권 3호, 경남부산지역문학회

1999. 11 이동순, 「세기 전환기에 보내오는 백석 시의 메시지 — 회복의 정신을 중심으로」, 《실천문학》 56, 실천문학사

1999. 12 김민정, 「백석 시 연구 — 민속성을 중심으로」, 홍익대 석사 논문

1999. 12 양훈석, 「백석 시 연구」, 한남대 교육대학원 석사 논문

2000. 3 전봉관, 「백석 시의 방언과 그 미학적 의미」, 《한국학보》 26권 1호, 일지사

2000. 2   방연정, 「1930년대 시의 운율적 긴장과 그 특징의 연구 ― 백석, 이용악, 이찬의 시를 중심으로」, 《한국어문교육》 9, 한국교원대학교 한국어문교육연구소

2000. 2   이미경, 「백석 시 연구」, 충남대 교육대학원 석사 논문

2000. 2   이상희, 「고등학교 시 교수법 연구 ― 상호 텍스트성 이론을 중심으로」, 서강대 교육대학원 석사 논문

2000. 2   장향선, 「백석 시에 나타난 비극성 연구」, 경희대 교육대학원 석사 논문

2000. 2   정진희, 「백석 시 연구 ― 공간 의식과 ‘집’ 이미지를 중심으로」, 성신여대 교육대학원 석사 논문

2000. 2   정희연, 「백석 시 연구」, 건국대 교육대학원 석사 논문

2000. 6   강외석, 「일제하의 사회 변동과 문학적 대응 ― 백석의 시와 소설을 중심으로」, 《배달말》 26권 1호, 배달말학회

2000. 6   권혁웅, 「한국 현대시의 시작 방법 연구」, 고려대 박사 논문

2000. 6   박신규, 「백석 시의 주제 의식 연구」, 중앙대 석사 논문

2000. 6   서경숙, 「백석 시의 언어 미학과 의식 세계 연구」, 중앙대 예술대학원 석사 논문

2000. 6   이민영, 「1930년대 시의 상상력 연구 ― 정지용, 백석, 윤동주 시의 자기 동일성을 중심으로」, 한림대 박사 논문

2000. 7   이명찬, 『1930년대 한국 시의 근대성』, 소명출판

2000. 8   박성현, 「신화, 방언주의, 미적 형식주의 ― 백석론」, 《겨레어문학》 25, 겨레어문학회

2000. 8   방연정, 「1930년대 후반 시의 표현 방법과 구조적 특성 연구」, 한국교원대 박사 논문

2000. 8   최혜진, 「백석 시의 전통 지향성 연구」, 울산대 교육대학원 석사 논문

2000. 8   한경연, 「백석 시 제재의 유형별 연구」, 원광대 교육대학원 석사

논문

2000. 11   김신정, 「시어의 혁신'과 '현대시'의 의미 — 김영랑, 정지용, 백석을 중심으로」, 《상허학보》 4, 상허학회

2000. 12   김영익, 『백석 시문학 연구』, 충남대 출판부

2000. 12   김명인, 『시어의 풍경 — 한국 현대시사론』, 고려대 출판부

2000. 12   동시영, 「백석 시의 구성과 기법에 관한 기호학적 분석」, 《동악어문론집》 36, 동악어문학회

2000. 12   박상채, 「백석 시의 형상화 방법 연구」, 순천대 교육대학원 석사 논문

2000. 12   박태상, 「새로 발견된 북한 '서정시 선집' 연구 — 월북 시인들의 동향과 당대 사회 현실을 중심으로」, 《북한연구학회보》 4권 2호, 북한연구학회

2001. 7   윤한태·한명환, 「백석 시의 '타자' 연구 — 백석 시집 『사슴』을 중심으로」, 《우리어문연구》 16, 우리어문학회

2001. 8   김영교, 「백석 시의 정신분석학적 연구」, 건국대 교육대학원 석사 논문

2001. 8   고운기, 「백석의 「수라」와 그 주변」, 《현대문학의연구》 17, 한국문학연구학회

2001. 10   한경희, 「존재의 무상성에 기반한 시적 자아의 유년 회상 — 백석 시를 대상으로」, 《인문과학연구》 4, 안동대 인문과학연구소

2001. 11   유종호, 「시원 회귀와 회상의 시학 — 백석의 시 세계(上)」, 《문학동네》 2001. 겨울, 문학동네

2001. 11   이경수, 「차이를 생성하는 반복의 미학」, 《국어문학》 36, 국어문학회

2001. 2   김동명, 「백석 시에 내재된 공동체 의식 연구 — 해방 이전 시를 중심으로」, 창원대 석사 논문

2001. 2   김창수, 「한국 근대시에 나타난 '집' 이미지 연구」, 고려대 박사

논문

2001. 5   김은정, 「백석 시 연구」,《한국언어문학》46, 한국언어문학회

2001. 5   한명환, 「백석 소설 연구」,《국어국문학》128, 국어국문학회

2001. 6   김대현, 「백석 시 연구」, 안동대 교육대학원 석사 논문

2001. 6   박태일, 「백석의 미발굴 시 「병아리 싸움」 변증」,《한국문학논
           총》28, 한국문학회

2001. 6   채규근, 「윤동주와 백석의 고향 의식 비교 연구」, 수원대 교육대
           학원 석사 논문

2001. 6   최수원, 「백석 시의 토속성 연구」, 한양대 교육대학원 석사 논문

2001. 6   최정례, 「백석 시 연구─근원에 대한 질문으로서의 근대성」, 고
           려대 석사 논문

2001. 7   이지은, 「백석 동화시 「집게네 네 형제」 연구」, 서울여대 석사 논문

2001. 8   김은진, 「백석 시어를 통해 본 다원적인 삶의 기획─방언 사용
           을 중심으로」, 동국대 석사 논문

2001. 8   김인선, 「백석 시 연구」, 전북대 석사 논문

2001. 8   김창균, 「백석 시 연구─백석 시에 나타난 화자의 내면 의식을
           중심으로」, 강원대 교육대학원 석사 논문

2001. 8   박설웅, 「한국 현대 서술시의 전개 과정 연구─카프와 민중시를
           중심으로」, 건국대 교육대학원 석사 논문

2001. 8   박죽심, 「백석 시의 낭만성 연구」, 중앙대 석사 논문

2001. 8   여희정, 「백석 시문학 연구」, 연세대 교육대학원 석사 논문

2001. 8   윤지영, 「백석 시에 드러나는 시적 주체의 사유 과정 연구」, 서울
           대 석사 논문

2001. 8   이경수, 「백석 시의 반복 기법 연구」,《상허학보》7, 상허학회

2001. 8   이정림, 「백석 시의 세계 인식 연구」, 동국대 교육대학원 석사 논문

2001. 8   현금자, 「백석 시의 고향 의식 연구」, 안동대 석사 논문

2001. 9   김신정, 「백석 시의 '가난'에 대하여」,《문예연구》2001. 가을

2000. 11   남기택, 「백석 시의 현실 인식」, 《문예시학》 11권 1호, 충남시문
            학회

2000. 12   김동명, 「백석 시에 내재된 공동체 의식」, 《사림어문연구》 13, 창
            원대 국어국문학과 사림어문학회

2001. 10   남기혁, 「'또 다른 고향'의 환상에서 벗어나기 ― 백석 「북방에서
            (정현웅에게)」」, 이숭원 외, 『시의 아포리아를 넘어서』, 이룸

2001. 10   박윤우, 「근대의 고향 찾기 ― 백석 「절망」」, 이숭원 외, 『시의 아
            포리아를 넘어서』, 이룸

2001. 10   여태천, 「풍부한 기억과 빈곤한 사유, 그리고 현실 ― 백석론」,
            《한국근대문학연구》 2권 2호, 한국근대문학회

2001. 12   남기택, 「백석과 아쿠타가와 ― 동화적 상상력을 중심으로」, 《어
            문연구》 37, 어문연구학회

2001. 12   이숭원, 「백석 시의 난해 시어에 대한 연구」, 《인문논총》 8, 서울
            여대 인문과학연구소

2001. 12   정유화, 「'집'에 대한 공간 체험과 기호론적 의미 ― 백석론」, 《어
            문논집》 29, 중앙어문학회

2001. 12   정정순, 「백석의 시 쓰기 방식 연구」, 《국어국문학》 129, 국어국
            문학회

2001. 12   한경희, 「한국 현대시에 나타난 시적 자아의 내면 연구 ― 이상,
            백석, 윤동주 시를 중심으로」, 한국정신문화연구원 한국학대학
            원 박사 논문

2001. 12   허만욱, 「백석의 시 세계와 이미지 고찰」, 《어문논집》 29, 중앙어
            문학회

2002. 2   권유성, 「백석 시에 나타난 전통 지향의 양상 연구」, 경북대 석사
            논문

2002. 2   유종호, 「넘치는 사랑과 슬픔 속에 ― 백석의 시 세계(中)」, 《문학
            동네》 2002. 봄, 문학동네

2002. 2   이황직, 「근대 한국의 윤리적 개인주의 사상과 문학에 관한 연구 ─ 정인보, 함석헌, 백석, 윤동주를 중심으로」, 연세대 박사 논문

2002. 2   전영준, 「백석 시 연구 ─ '옛말의 미학'과 내면 의식을 중심으로」, 연세대 석사 논문

2002. 4   권혁웅, 「백석 시의 비유적 구조」, 《한국문학이론과 비평》 14, 한국문학이론과비평학회

2002. 4   진순애, 「백석 시의 심미적 모더니티」, 《인문언어》 3, 국제언어인문학회

2002. 5   유종호, 「고독에서 축복으로 ─ 백석의 시 세계(下)」, 《문학동네》 2002. 여름, 문학동네

2002. 6   강연호, 「백석 시의 미적 형식과 구조 연구」, 《현대문학이론연구》 17, 현대문학이론학회

2002. 6   강외석, 「백석 시의 음식 담론고」, 《배달말》 30, 배달말학회

2002. 6   유종호, 『다시 읽는 한국 시인』, 문학동네

2002. 6   임재서, 「백석 시의 감각 표현에 나타난 정신사적 의미 고찰」, 《국어교육》 108, 한국어교육학회

2002. 7   이현승, 「백석 시 연구 ─ 서술 방법과 유형을 중심으로」, 고려대 석사 논문

2002. 7   조달수, 「백석 시의 소재 연구」, 경주대 교육대학원 석사 논문

2002. 7   차호일, 「백석 시의 상상력의 구조」, 《비평문학》 16, 한국비평문학회

2002. 8   강순기, 「이용악, 백석 비교 연구 ─ 통사 구조를 중심으로」, 연세대 교육대학원 석사 논문

2002. 8   김영철, 「현대시에 나타난 지방어의 시적 기능 연구」, 《우리말글》 25, 우리말글학회

2002. 8   김해관, 「백석 시의 서정적 근원 의식 연구」, 동의대 교육대학원

석사 논문

2002. 8 박광수,「백석 시의 텍스트 언어학적 연구」, 동국대 교육대학원
석사 논문

2002. 8 최순배,「백석 시의 현실 수용 양상 연구」, 건국대 교육대학원 석
사 논문

2002. 9 김혜영,「백석 시 연구」,《국어국문학》131, 국어국문학회

2002. 11 이숭원,「백석의 삶과 문학적 대응 양상 연구」,《한국시학연구》
7, 한국시학회

2002. 11 한경희,「백석 기행시 연구」,《한국시학연구》7, 한국시학회

2002. 12 고형진,「지용 시와 백석 시의 이미지 비교 연구」,《현대문학이론
연구》18, 현대문학이론학회

2002. 12 박남용,「한중 근대시의 현실 인식과 서사 지향성 비교 연
구 ― 백석과 장극가의 시를 중심으로」,《중국연구》30, 한국외대
외국학종합연구센터 중국연구소

2002. 12 양희정,「백석 시 연구 ― 거리 양상을 중심으로」, 고려대 교육대
학원 석사 논문

2002. 12 유지현,「식민지 시대 시에 나타난 동경과 구원의 시학」,《논문
집》34, 안성산업대

2002. 12 이혜원,「백석 시의 동심 지향성과 그 의미」,《한국문학연구》3,
고려대 민족문화연구원 한국문학연구소

2002. 12 장도준,「한국 현대시 텍스트의 시적 주체 분열에 대한 연
구 ― 김기림, 이상, 백석의 시를 중심으로」,《배달말》31, 배달말
학회

2003. 6 최원식,「자료, 해제: 자료 1: 해빈 수첩: 해제 ― 새로 찾은 백석
의 산문시」,《민족문학사연구》22, 민족문학사학회

2003. 1 박민영,『현대시의 상상력과 동일성 ― 정지용, 백석, 윤동주, 전
봉건의 시』, 태학사

2003. 2   강찬모, 「백석 시 연구」, 청주대 석사 논문

2003. 2   김대환, 「백석 시의 토속성과 그 지도 방안 연구」, 부산대 교육대
학원 석사 논문

2003. 2   김진희, 「백석 시 연구」, 숙명여대 석사 논문

2003. 2   류지연, 「백석 시의 시간과 공간 의식 연구」, 명지대 박사 논문

2003. 2   마영화, 「백석 시의 공간과 모성 이미지 연구」, 서울시립대 석사
논문

2003. 2   박지훈, 「백석 시의 서정성 연구」, 대구대 교육대학원 석사 논문

2003. 2   양문규, 「백석 시 연구 ― 시 창작 방법론을 중심으로」, 명지대
박사 논문

2003. 2   우진용, 「백석 시의 색채 이미지 연구」, 건양대 교육대학원 석사
논문

2003. 2   이경수, 「한국 현대시의 반복 기법과 언술 구조 ― 1930년대 후반
기의 백석, 이용악, 서정주 시를 중심으로」, 고려대 박사 논문

2003. 2   이승재, 「백석 시에 나타난 공간 기호의 연구」, 명지대 석사 논문

2003. 2   채해숙, 「백석의 동화시 연구」, 대구가톨릭대 석사 논문

2003. 2   최정숙, 「한국 현대시의 민속 수용 양상 연구 ― 백석, 서정주를
중심으로」, 경희대 박사 논문

2003. 4   김재용, 『백석 전집(개정판)』, 실천문학사,

2003. 4   백지혜, 「백석 시에 나타난 '마을' 형상화의 의미」, 《한국근대문
학연구》 4권 1호, 한국근대문학회

2003. 4   최정례, 「백석 시, 자기 응시로서의 관찰과 자아 탐색의 도정」,
《우리어문연구》 20, 우리어문학회

2003. 6   김상철, 「백석의 『사슴』에 대한 연구」, 《숭실어문》 19, 숭실어문
학회

2003. 6   손진은, 「백석 시의 형성과 프랑시스 잠 시」, 《어문학》 80, 한국
어문학회

2003. 6   유준, 「백석 시의 낭만적 특성 연구」, 고려대 석사 논문

2003. 6   유지현, 「백석 시에 나타난 자아의식 고찰」, 《현대문학이론연구》 19, 현대문학이론학회

2003. 6   이기성, 「'고독'이라는 병과 근대의 노스탤지어 ― 백석론」, 《민족문학사연구》 22, 민족문학사학회

2003. 6   최영원, 「백석 시의 형태적 특질에 대한 일고」, 《숭실어문》 19, 숭실어문학회

2003. 7   양혜경, 「백석 시의 산문적 발화장르 고찰」, 《비평문학》 17, 한국비평문학회

2003. 8   강경화, 「백석 시의 전개와 특질」, 《반교어문연구》 15, 반교어문학회

2003. 8   고형진, 『현대시의 서사 지향성과 미적 구조(개정 신판)』, 시화시학사

2003. 8   김송영, 「시의 서사적 읽기를 통한 상상력 향상 방안 연구」, 전북대 교육대학원 석사 논문

2003. 8   김지숙, 「일제 강점기 한국 시의 자연에 관한 연구」, 동아대 박사 논문

2003. 8   유선희, 「백석 시 연구 ― 방언 사용을 중심으로」, 전북대 교육대학원 석사 논문

2003. 8   이지은, 「백석 시의 층위별 교수·학습 방법 연구」, 부산외대 교육대학원 석사 논문

2003. 8   임용숙, 「정지용과 백기행의 시 의식 비교 연구」, 청주대 교육대학원 석사 논문

2003. 8   정이진, 「백석 동화 서술시 연구」, 인제대 교육대학원 석사 논문

2003. 8   정종배, 「백석 시 연구 ― 토속성을 중심으로」, 중앙대 교육대학원 석사 논문

2003. 8   정진헌, 「백석 아동 문학 연구 ― 평론과 아동시집 『집게네 네 형

제』를 중심으로」, 건국대 교육대학원 석사 논문

2003. 8　　하윤희, 「백석 시의 민속 모티프 연구」, 동국대 석사 논문

2003. 10　　최정례, 「정지용과 백석이 수용한 전통의 언어 ― 시어 선택과 시적 태도를 중심으로」,《어문논집》 48, 민족어문학회

2003. 11　　이숭원, 「백석의 시와 거주 공간의 관련 양상」,《한국시학연구》 9, 한국시학회

2003. 12　　문호성, 「이야기 시의 텍스트성 연구 ― 백석, 이용악의 시를 중심으로」,《텍스트언어학》 15, 한국텍스트언어학회

2003. 12　　송기한, 「백석 시의 고향 공간화 양식 연구」,《한국문학이론과비평》 21, 한국문학이론과비평학회

2003. 12　　장도준, 「한국 현대시의 화자와 시적 근대성에 대한 연구」,《한국문예비평연구》 13, 한국현대문예비평학회

2003. 12　　장석주, 「시어의 발생과 그 기원 ― 윤동주, 김수영, 서정주, 백석의 경우」,《시와반시》 12권 4호, 2003. 겨울, 시와반시사

2003. 12　　최정숙, 「백석 시에 나타난 민속 수용 양상」,《한어문교육》 11, 한국언어문학교육학회

2004. 4　　고형진, 「백석 시와 판소리의 미학」,《현대문학이론연구》 21, 현대문학이론학회

2004. 4　　고형진, 「방언의 시적 수용과 미학적 기능 ― 영랑과 백석과 목월의 시를 중심으로」,《동방학지》 125, 연세대 국학연구원

2004. 6　　이경수, 「백석 시에 쓰인 '~는 것이다'의 문체적 효과」,《우리어문연구》 22, 우리어문학회

2004. 6　　조병춘, 「백석 시 연구」,《새국어교육》 67, 한국국어교육학회

2004. 6　　차호일, 「백석 시와 김동리 소설 대비고 ― 토속성을 중심으로」,《새국어교육》 67, 한국국어교육학회

2004. 11　　김응교, 「백석 「모닥불」의 열거법 연구」,《현대문학의연구》 24, 한국문학연구학회

2004. 12   윤여탁, 「문학 교육에서 언어의 문제에 대한 연구 — 백석 시의 언어와 세계를 중심으로」, 《문학교육학》 15, 한국문학교육학회

2004. 6   이동순, 「백석 시의 연구 쟁점과 왜곡 사실 바로잡기」, 《동일문화논총》 11, 동일문화장학재단

2004. 2   김란희, 「백석 시 연구 — 1930년대 후반기 전통 담론과 관련하여」, 서강대 석사 논문

2004. 2   김순덕, 「백석의 동화시 연구」, 인천대 교육대학원 석사 논문

2004. 2   나명순, 「백석 시 연구」, 고려대 박사 논문

2004. 2   박미선, 「백석 시에 나타난 시 의식의 변모 과정」, 강원대 교육대학원 석사 논문

2004. 2   박성광, 「백석 시의 내면 의식 연구 — 나르시시즘과 모성 회귀 의식을 중심으로」, 한양대 석사 논문

2004. 2   박성우, 「백석 시 연구 — 시적 구조의 특성을 중심으로」, 원광대 석사 논문

2004. 2   박은미, 「1930년대 시에 나타난 가족 모티프 연구 — 백석, 오장환, 박세영을 중심으로」, 건국대 박사 논문

2004. 2   송인수, 「백석 시 화자 연구」, 전북대 교육대학원 석사 논문

2004. 2   이문재, 「백석 시의 생태학적 상상력 고찰」, 경희대 석사 논문

2004. 2   임은수, 「백석 시 연구 — 고향 의식을 중심으로」, 서울여대 석사 논문

2004. 2   최인경, 「백석 시에 나타난 고향 의식의 의미」, 경희대 교육대학원 석사 논문

2004. 6   고형진, 「한국 현대시에 나타난 음식 이미지 — 생활의 체취와 자연에 대한 물음」, 《시안》 2004. 여름, 시안사

2004. 6   류순태, 「백석 시에 나타난 '고향 의식'의 아이러니 연구」, 《한중인문학연구》 12, 한중인문학회

2004. 6   손진은, 「백석 시와 어린아이」, 《어문학》 84, 한국어문학회

2004. 8   김혜정, 「백석의 동화시와 윤동주의 동시 비교 연구」, 서강대 교육대학원 석사 논문

2004. 8   성억경, 「백석 시의 리얼리즘 연구」, 충남대 교육대학원 석사 논문

2004. 8   이원규, 「한국 시의 고향 의식 연구 — 1930~1940년대 시를 중심으로」, 성균관대 박사 논문

2004. 8   이인경, 「백석 시 연구 — 토속성을 중심으로」, 인하대 교육대학원 석사 논문

2004. 8   이정애, 「백석 시의 서정적 자아와 시적 상상력 연구」, 경원대 교육대학원 석사 논문

2004. 8   홍수복, 「백석의 서술시에 나타난 전통성 연구」, 신라대 교육대학원 석사 논문

2004. 9   손진은, 「백석 시의 옛것 모티브와 상상력」, 《한국문학이론과비평》 24, 한국문학이론과비평학회

2004. 11   이경수, 「백석 시의 낭만성과 동양적 상상력 — 유토피아 의식을 중심으로」, 《한국학연구》 21, 고려대 한국학연구소

2004. 11   임재서, 「백석 시의 풍물 묘사에 나타난 민속성과 전통의 의미」, 《한중인문학》, 한중인문학회

2004. 12   강희숙, 「백석의 시어와 구개음화」, 《한국언어문학》 53, 한국언어문학회

2004. 12   김용희, 「몸말'의 민족시학과 민족 젠더화의 문제 — 백석의 경우」, 《여성문학연구》 12, 한국여성문학학회

2004. 12   김용희, 「백석 시에 나타난 구술과 기억술의 이데올로기」, 《한국문학논총》 38, 한국문학회

2004. 12   김은철, 「백석 시 연구 — 과거 지향의 시간 의식을 중심으로」, 《한국문예비평연구》 15, 한국현대문예비평학회

2004. 12   박미선, 「백석 시에 나타난 시 의식의 변모 과정」, 《어문학보》 26, 강원대 사범대 국어교육과

2004. 12   오양호, 「일제 강점기 북방파 이민 문학에 나타나는 작가 의식 연구 — 백석의 후기 시를 중심으로」, 《한민족어문학》 45, 한민족어문학회

2004. 12   이명찬, 「한국 근대시의 만주 체험」, 《한중인문학연구》 13, 한중인문학회

2004. 12   이희중, 「백석의 북방 시편 연구」, 《우리말글》 32, 우리말글학회

2004. 12   장도준, 「한국 현대시의 화자 유형과 대화성에 대한 연구」, 《한국어문연구》 15, 한국어문연구학회

2005. 2   강경아, 「백석 시 연구 — 화자 유형을 중심으로」, 한양대 교육대학원 석사 논문

2005. 2   김선숙, 「백석 시 연구 — 자아 의식의 변모 양상을 중심으로」, 목포대 교육대학원 석사 논문

2005. 2   김영범, 「백석 시어 연구 — 선행 연구의 오류 검토를 중심으로」, 고려대 석사 논문

2005. 2   김유미, 「백석 시의 공간 의식 연구」, 전남대 석사 논문

2005. 2   류경동, 「1930년대 한국 현대시의 감각 지향성 연구 — 정지용과 백석의 시를 중심으로」, 고려대 박사 논문

2005. 2   박명옥, 「백석의 동화시 연구 — 동화시집 『집게네 네 형제』를 중심으로」, 고려대 석사 논문

2005. 2   박은미, 「한국 근대 문학에 나타난 근대성 연구 — 백석 시를 중심으로」, 《강남어문》 15, 강남대 국문학과

2005. 2   안현정, 「백석 시의 교육 방법 연구」, 국민대 교육대학원 석사 논문

2005. 2   제상덕, 「백석 시 연구」, 여수대 교육대학원 석사 논문

2005. 2   최정례, 「백석 시의 근대성 연구」, 고려대 박사 논문

2005. 3   이경수, 『한국 현대시와 반복의 미학』, 월인

2005. 3   이동순, 「백석의 작품에 나타난 시정신」, 《시와정신》 11, 2005. 봄

2005. 4   유영희, 「백석 시의 메시지 구성 방식과 시 평가」, 《문학교육학》

16, 한국문학교육학회

2005. 4 정홍섭, 「전후 북한의 아동문학론」, 《한중인문학연구》 14, 한중
인문학회

2005. 5 금동철, 「훼손된 민족 공동체와 그 회복의 꿈 — 백석론」, 《한국
현대시인론》, 한국문화사

2005. 5 이동순, 「백석 시집『사슴』— 흙 속에 묻혀 있던 시인 백석」, 《시
인세계》 12, 2005. 여름, 문학세계사

2005. 6 김춘식, 「사소한 것의 발견과 전통의 자각 — 백석의 시를 중심으
로」, 《청람어문교육》 31, 청람어문교육학회

2005. 6 남기택, 「백석 시의 '어린이기' 연구」, 《한국언어문학》 54, 한국언
어문학회

2005. 6 이혜원, 「1920~1930년대 시에 나타난 가족과 여성」, 《여성문학
연구》 13, 한국여성문학학회

2005. 10 이경희, 「상실과 회복, 그 도정에서의 시적 언술 — 백석, 이용악
의 작품을 중심으로」, 《한국학연구》 14, 인하대 한국학연구소

2005. 8 권온, 「백석의 연애시편 연구 — 낭만적 사랑과 연인」, 《한국문예
비평연구》 17, 한국현대문예비평학회

2005. 8 김은, 「백석 서술시의 교수 방법 연구」, 성신여자대 교육대학원
석사 논문

2005. 8 김민희, 「백석 시의 공간적 특성 연구」, 충남대 교육대학원 석사
논문

2005. 8 김지선, 「김소월, 백석 시에 나타난 지방주의」, 건국대 교육대학
원 석사 논문

2005. 8 문숙현, 「백석의 아동 문학 연구」, 한양대 석사 논문

2005. 8 박태일, 「백석 시와 명성의 사회학 — 토속어로 표현해 낸 장소
사랑의 미학」, 《문학사상》 394

2005. 8 양문규, 「백석 시의 인물 호칭어 연구」, 《인문과학논문집》 40, 대

전대 인문과학연구소

2005. 8　　임선미, 「백석, 이용악 시의 비교 연구」, 조선대 교육대학원 석사
　　　　　　논문

2005. 8　　최정례, 「1930년대 시어, 인공어와 자연어의 구도」, 《한국시학연
　　　　　　구》 13, 한국시학회

2005. 9　　이혜원, 「백석 시의 에코페미니즘적 고찰」, 《한국문학이론과비
　　　　　　평》 28, 한국문학이론과비평학회

2005. 10　　최명표, 「백석 시의 수사적 책략」, 《한국언어문학》 55, 한국언어
　　　　　　문학회

2005. 11　　김응교, 「백석 시 「가즈랑집」에서 평안도와 샤머니즘 ― 백석의
　　　　　　시 연구 2」, 《현대문학의연구》 27, 한국문학연구학회

2005. 11　　송기한, 『한국 현대시사 탐구』, 다운샘

2005. 11　　양문규, 『백석 시의 창작 방법 연구』, 푸른사상사

2005. 12　　고형진, 「백석 시에 쓰인 '~이다'와 '~것이다' 구문의 시적 효
　　　　　　과」, 《한국시학연구》 14, 한국시학회

2005. 12　　금은희, 「백석 시에 나타난 생태학적 세계관 연구」, 영남대 석사
　　　　　　논문

2005. 12　　김영철, 「한국 근대시에 나타난 국어국자 의식」, 《한중인문학연
　　　　　　구》 16, 한중인문학회

2005. 12　　김재홍, 「백석, 운명애와 민족어의 완성을 위하여」, 《새국어생
　　　　　　활》 2005. 겨울, 국립국어연구원

2005. 12　　박몽구, 「백석 시의 토속성과 모더니티의 고리」, 《동아시아 문화
　　　　　　연구》 39, 한양대 한국학연구소

2005. 12　　양문규, 「백석 시의 신체어 연구」, 《한국문예창작》 4권 2호, 한
　　　　　　국문예창작학회

2005. 12　　이동순, 『잃어버린 문학사의 복원과 현장』, 소명출판사

2005. 12　　전봉관, 「백석 시의 모더니티」, 《한중인문학연구》 16, 한중인문

학회

2006. 3   고형진, 「용례 색인으로 본 백석 시의 어석」, 《현대문학이론연구》 27, 현대문학이론학회

2006. 3   김원호, 「백석의 시 해설」, 《뿌리》 통권 21호 2006 봄

2006. 12   박명옥, 「백석의 동화시 연구—북한의 문예 정책과 아동 문학 논쟁을 중심으로」, 《비교한국학》 14권 2호, 국제비교한국학회

2006. 12   이지나, 「백석의 난해시 연구」, 《태릉어문연구》 14, 서울여자대 인문과학대학 국어국문학과

2006. 2   강윤순, 「백석 시 연구—시에 나타난 여성상을 중심으로」, 한국교원대 교육대학원 석사 논문

2006. 2   경종호, 「백석 시에 나타난 토속어 연구」, 전주교육대 교육대학원 석사 논문

2006. 2   김지녀, 「백석 시의 공간 구조 연구」, 《상허학보》 16, 상허학회

2006. 2   김효선, 「백석 시 연구」, 대구가톨릭대 교육대학원 석사 논문

2006. 2   박성우, 「백석 시 연구」, 대구대 교육대학원 석사 논문

2006. 2   손창기, 「백석 시의 원전 비평적 연구」, 경북대 교육대학원 석사 논문

2006. 2   송은미, 「백석 시에 나타난 내면 의식의 변모 양상 연구」, 한국교원대 교육대학원 석사 논문

2006. 2   안난숙, 「백석 시의 이미지적 특성 연구—사물어의 이미지를 중심으로」, 대구가톨릭대 석사 논문

2006. 2   양문규, 「백석 시의 동물어 연구」, 《인문과학논문집》 41, 대전대 인문학연구소

2006. 2   이인학, 「백석 시 연구」, 공주대 교육대학원 석사 논문

2006. 2   이지나, 「백석 시의 원전 비평적 연구」, 서울여대 박사 논문

2006. 2   전동진, 「1930년대 시의 시간성과 서정성 연구」, 전남대 박사 논문

2006. 2   정성종, 「백석 시에 나타난 시간과 공간 의식 연구」, 아주대 교육

대학원 석사 논문

2006. 2   정은혜, 「백석의 연작 기행시 연구」, 목포대 교육대학원 석사 논문

2006. 2   조정규, 「백석 시 연구 — 낭만적 자아의 불안을 중심으로」, 성균관대 석사 논문

2006. 4   김영주, 「1920~1930년대 기행시 연구 — 식민지 풍경의 시적 현현」, 《한국문학논총》 42, 한국문학회

2006. 4   윤의섭, 「한국 현대시의 종결 구조 연구」, 《한국시학연구》 15, 한국시학회

2006. 4   이지나, 「백석 시 원본과 후대 판본의 비교 고찰」, 《한국시학연구》 15, 한국시학회

2006. 4   정수연, 「수수께끼와 백석의 시 — 「자류」, 「목구」, 「국수」를 중심으로」, 《어문논집》 53, 민족어문학회

2006. 4   정효구, 「1930년대 시에 나타난 가족의 양상과 그 의미」, 《한국문학논총》 42, 한국문학회

2006. 5   고형진, 『백석 시 바로읽기』, 현대문학

2006. 5   이숭원 주해, 『원본 백석 시집』, 깊은샘

2006. 6   강연호, 「백석, 이용악 시의 귀향 모티프 연구 — 「북방에서」와 「고향아 꽃은 피지 못했다」를 중심으로」, 《한국문학이론과비평》 31, 한국문학이론과비평학회

2006. 6   박은미, 「백석 시에 나타난 탈근대성 연구」, 《겨레어문학》 36, 겨레어문학회

2006. 6   이동순, 「백석의 시와 전통 인식의 방법」, 《민족문화논총》 33, 영남대 민족문화연구소

2006. 6   이숭원, 『백석 시의 심층적 탐구』, 태학사

2006. 6   이지나, 『백석 시의 원전 비평』, 깊은샘

2006. 6   최명표, 「백석 시 「수라」의 분석적 연구」, 《한국언어문학》 57, 한국언어문학회

2006. 8   강건늘, 「백석의 풍속시에 담긴 원형 세계 고찰」, 대진대 교육대학원 석사 논문

2006. 8   김향선, 「백석과 이용악 시의 고향 의식 연구」, 인천대 교육대학원 석사 논문

2006. 8   배은지, 「백석 시 연구 ― 방언과 음식 어휘를 중심으로」, 국민대 교육대학원 석사 논문

2006. 8   손종철, 「백석 시에 나타난 유년 회귀와 그 형상화」, 한국교원대 석사 논문

2006. 8   이병초, 「백석 시의 고향 의식과 형상화 방법」, 고려대 석사 논문

2006. 8   이원익, 「백석 시의 공간 의식 연구」, 충북대 교육대학원 석사 논문

2006. 8   조해라, 「백석 시의 서사적 특성 연구」, 순천대 교육대학원 석사 논문

2006. 9   최동호·유성호·김수이·방민호, 『백석 시 읽기의 즐거움』, 서정시학

2006. 12   김용희, 「백석의 북방 체험과 도가적 상상력」, 《한국문학이론과비평》 33, 한국문학이론과비평학회

2006. 12   김정수, 「백석 시의 아날로지적 상응 연구」, 《국어국문학》 144, 국어국문학회

2006. 12   박주택, 「백석 시의 자연 이미지와 욕망의 구현 연구」, 《어문연구》 52, 어문연구학회

2006. 12   배종설, 「백석 시에 나타난 민중 공동체 의식」, 경기대 교육대학원 석사 논문

2006. 12   서준섭, 「백석과 만주 ― 1940년대의 백석 시 재론」, 《한중인문학연구》 19, 한중인문학회

2006. 12   안난숙, 「백석 시의 사물어 이미지 연구」, 《한국말글학》 23, 한국말글학회

2006. 12   이숭원, 「백석 시와 샤머니즘」, 《인문논총》 15, 서울여대 인문과

학연구소

2006. 12   이희춘,「백석 문학 연구」,《한국언어문학》 59, 한국언어문학회

2006. 12   조하얀,「유아기 경험 회상을 통한 감각의 지평 확대 ─ 백석의
　　　　　 시작 의도를 중심으로」,《동국어문학》 17·18, 동국대 국어교육과

2007. 1   박승희,「성재 김익수 선생 고희 기념 특집호: 한국 사상(문학):
　　　　　 백석 시에 나타난 축제의 재현과 그 의미」,《한국사상과문화》
　　　　　 36, 한국사상문화학회

2007. 1   이동석,「시어의 어원을 찾아서 ─ 백석 편」,《딩아돌하》 2006 겨
　　　　　 울 창간호, 정일품

2007. 2   고형진 편,『정본 백석 시집』, 문학동네

2007. 2   권용현,「김소월과 백석의 시어 특성 비교 연구」, 청주대 석사 논문

2007. 2   김경희,「백석 시의 현실 인식 연구」, 전남대 교육대학원 석사 논문

2007. 2   김화진,「백석 시의 표현 기법 연구」, 순천대 교육대학원 석사 논문

2007. 2   박현진,「백석 시의 인용적 어법과 시 의식」, 고려대 석사 논문

2007. 2   송종원,「백석 시의 언술 특성 연구」, 고려대 석사 논문

2007. 2   이경아,「백석 시 연구 ─‘기행’ 체험의 시적 전개 양상을 중심으
　　　　　 로」, 인하대 석사 논문

2007. 2   이선영,「1930년대 시의 상실감 연구」, 한남대 교육대학원 석사
　　　　　 논문

2007. 2   장금순,「백석 시에 나타난 여성의 모습」, 고려대 인문정보대학
　　　　　 원 석사 논문

2007. 2   조혜진,「1930년대 모더니즘 시의 타자성 연구 ─ 김기림, 이상,
　　　　　 백석 시를 중심으로」, 성신여대 박사 논문

2007. 2   최경환,「백석 시의 시학 ─ 들려주기와 보여 주기」,《어문학논총》
　　　　　 26, 국민대 어문학연구소

2007. 2   최현주,「백석 시에 나타난 화자의 태도 연구」, 한남대 교육대학
　　　　　 원 석사 논문

2007. 3   이동석, 「시어의 어원을 찾아서 — 백석 편」, 《딩아돌하》 2007 봄, 정일품

2007. 4   김수림, 「방언: 혼재향의 언어 — 백석의 방언과 그 혼돈, 그 비밀」, 《어문논집》 55, 민족어문학회

2007. 4   유병관, 「백석 시의 시간 연구」, 《국제어문》 39, 국제어문학회

2007. 4   장석원, 「백석 시의 리듬」, 《어문논집》 55, 민족어문학회

2007. 5   이명찬, 「원본과 정본, 그리고 그 너머」, 《문학동네》 51, 문학동네

2007. 6   문호성, 「백석 시의 텍스트성」, 《텍스트언어학》 22, 한국텍스트언어학회

2007. 6   양혜경, 「백석 시의 공간화 전략 고찰」, 《문학마당》 6권 2호 통권 19호

2007. 6   이미선, 「백석 시 시어 연구」, 경원대 교육대학원 석사 논문

2007. 6   정유화, 「음식 기호의 매개적 기능과 의미 작용 — 백석론」, 《어문연구》 35권 2호, 한국어문교육연구회

2007. 7   이경수, 「1930년대 후반기 시에 나타난 '가난'의 의미 — 백석과 이용악의 시를 중심으로」, 《현대문학의연구》 32, 한국문학연구학회

2007. 8   곽효환, 「한국 근대시의 북방 의식 연구 — 김동환, 백석, 이용악을 중심으로」, 고려대 박사 논문

2007. 8   권영옥, 「백석 시에 나타난 토속성 연구」, 한양대 석사 논문

2007. 8   김수아, 「백석 시의 교육 방법 연구」, 수원대 교육대학원 석사 논문

2007. 8   맹재범, 「백석 시의 시간 문제에 관한 한 고찰」, 경희대 석사 논문

2007. 8   민정선, 「한국 현대시에 나타난 지방 정서의 비교 연구」, 건국대 교육대학원 석사 논문

2007. 8   박순원, 「백석 시의 시어 연구 — 시어 목록의 고빈도 어휘를 중심으로」, 고려대 박사 논문

2007. 8   박옥실, 「백석 시에 나타난 공간 의식의 변모 양상」, 《한국시학

연구》 19, 한국시학회

2007. 8   박혜숙, 「백석의 『사슴』과 서정주의 『질마재 신화』 비교 고찰」, 《한중인문학연구》 21, 한중인문과학연구회

2007. 8   박홍수, 『백석 시에 나타난 장소 이동과 그 의미』, 강원대 교육대학원 석사 논문

2007. 8   안수연, 「「여우난곬족」의 효과적인 교수·학습 방법 연구」, 인제대 교육대학원 석사 논문

2007. 8   유지선, 「백석 시 연구」, 경기대 석사 논문

2007. 8   이민정, 「백석 시의 신화적 상상력 연구」, 서울대 석사 논문

2007. 8   이숭원, 「백석 시에 나타난 자아와 대상의 관계」, 《한국시학연구》 19, 한국시학회

2007. 8   정가영, 「백석 시에 나타난 전통성 연구―판소리 사설과 관련하여」, 홍익대 교육대학원 석사 논문

2007. 8   정은아, 「백석의 「고야」에 나타난 불안감 해결 양상」, 《문학치료연구》 7, 한국문학치료학회

2007. 9   신영미, 「'근원 찾기'를 통한 본성적 삶의 지향―백석의 『사슴』을 중심으로」, 《한국언어문학》 62, 한국언어문학회

2007. 9   이동석, 「고어를 이용한 백석 시의 어휘 몇 가지에 대한 검토」, 《우리어문연구》 29, 우리어문학회

2007. 9   최승호, 「백석 시의 나그네 의식」, 《한국언어문학》 62, 한국언어문학회

2007. 10   김수림, 「서재의 역사」, 《문장 웹진》(http://webzine.munjang.or.kr/article)

2007. 10   소래섭, 「백석 시와 음식의 아우라」, 《한국근대문학연구》 16, 한국근대문학회

2007. 12   고형진, 「최초 인쇄본, 원본, 영인본, 그리고 정본」, 《서정시학》 통권 36호, 겨울호, 서정시학

2007. 12   김제곤, 「백석의 아동 문학 연구 — 미발굴 작품을 중심으로」, 《동화와 번역》 14, 건국대 동화와번역연구소

2007. 12   박종덕, 「영상 기법을 통한 백석 시의 공간 설정에 관한 연구」, 《어문연구》 55, 어문연구학회

2007. 12   손민달, 「정지용과 백석 시에 나타난 생태학적 상상력 연구 — 자연관을 중심으로」, 《국어국문학》 147, 국어국문학회

2007. 12   이동석, 「북한의 문화어를 중심으로 한 백석 시의 어휘 몇 가지에 대한 검토」, 《새국어교육》 77, 한국국어교육학회

2007. 12   최정숙, 「토속적 세계의 시적 형상화 — 백석 시를 중심으로」, 《유관순연구》 12, 백석대 유관순연구소

2008. 1   오양호, 『백석』, 한길사

2008. 2   박연주, 「백석 시에 나타난 화자와 공간성 연구 — 화자와 공간에 나타난 시적 정서를 중심으로」, 아주대 교육대학원 석사 논문

2008. 2   박진성, 「백석 시의 공간 의식 연구」, 충남대 석사 논문

2008. 2   박현미, 「백석 시에 나타난 고향 이미지 연구」, 충북대 교육대학원 석사 논문

2008. 2   박혜숙, 「백석과 서정주의 서술시 비교 연구 — 시집 『사슴』과 『질마재 신화』를 중심으로」, 아주대 박사 논문

2008. 2   백윤철, 「주제의식과 이미지의 상관성을 통한 시 교육 연구 — 백석 시를 중심으로」, 영남대 교육대학원 석사 논문

2008. 2   소래섭, 「백석 시에 나타난 음식의 의미 연구」, 서울대 박사 논문

2008. 2   이문재, 「김소월, 백석 시의 시간과 공간 의식 연구 — 생태시학의 가능성을 중심으로」, 경희대 박사 논문

2008. 2   이숭원, 『백석을 만나다』, 태학사

2008. 2   임은화, 「백석 시에 나타난 가족 모티프 연구」, 대진대 교육대학원 석사 논문

2008. 2   장혜정, 「백석 시 연구」, 조선대 석사 논문

2008. 2   정해홍, 「백석 시의 담시 구조적 성격 연구」, 동의대 석사 논문

2008. 2   조정순, 「백석 시에 나타난 내면 의식 연구」, 단국대 교육대학원 석사 논문

2008. 2   홍윤정, 「백석 시 교육방법론 연구—학습자 중심의 백석 시 교수·학습 방법 모색」, 성균관대 교육대학원 석사 논문

2008. 3   손민달, 「정지용과 백석 시의 전통 생태 의식 비교 연구—신화적 세계관을 중심으로」, 《어문학》 99, 한국어문학회

2008. 3   오양호, 『그들의 문학과 생애—백석』, 한길사

2008. 4   권혁웅, 「한국 현대시의 운율 연구」, 《어문논집》 57, 민족어문학회

2008. 4   오태환, 「혼과의 소통, 또는 무속적 요소의 문학적 층위—김소월, 이상, 백석 시의 무속적 상상력」, 《국제어문》 42, 국제어문학회

2008. 4   유성호, 「백석 시의 세 가지 영향」, 《한국근대문학연구》 17, 한국근대문학회

2008. 4   이근화, 「백석 시의 고유명과 조선시의 현장」, 《어문논집》 57, 민족어문학회

2008. 4   이기성, 「초연한 수동성과 '운명'의 시 쓰기」, 《한국근대문학연구》 17, 한국근대문학회

2008. 4   이상숙, 「북한 문학 속의 백석 I—북한 문학계의 평가와 1960년대 시와 시론을 중심으로」, 《한국근대문학연구》 17, 한국근대문학회

2008. 4   차호일, 「백석 시의 인물 수용 양상과 시 교육에의 시사」, 《한국근대문학연구》 17, 한국근대문학회

2008. 4   최정례, 「백석 시집 『사슴』의 구조와 표현 형태」, 《한국근대문학연구》 17, 한국근대문학회

2008. 8   곽효환, 『한국 근대시의 북방 의식』, 서정시학

2008. 8   금동철, 「백석 시에 나타난 자아의 존재 방식」, 《우리말글》 43, 우리말글학회

2008. 8 박종덕, 「백석 시의 샤머니즘과 생태적 상상력」, 《어문연구》 57, 어문연구학회

2008. 8 신지영, 「학습자 중심의 현대시 교육 방안 연구 — 백석 시를 중심으로」, 성균관대 교육대학원 석사 논문

2008. 8 원은진, 「백석 시 연구 — 공동체의 재현 양상과 그 의미를 중심으로」, 세종대 교육대학원 석사 논문

2008. 8 이근화, 「1930년대 시에 나타난 식민지 조선어의 위상 — 김기림, 정지용, 백석을 중심으로」, 고려대 박사 논문

2008. 8 이명희, 「백석 시에 나타난 방언 시어의 연구」, 부산대 석사 논문

2008. 8 정원술, 「백석 시에 쓰인 ‘~와’와 ‘나는~’의 언술 연구 — 시적 화자 ‘나’와 대상 사이의 관계를 중심으로」, 고려대 석사 논문

2008. 8 지주현, 「백석 시의 서술적 서정성 연구」, 전남대 박사 논문

2008. 8 한수정, 「이야기 시의 교수·학습 방법 연구 — 백석 시를 중심으로」, 상명대 교육대학원 석사 논문

2008. 9 김영범, 「백석 시에 나타난 ‘슬픔’의 의미」, 《한국문학이론과비평》 40, 한국문학이론과비평학회

2008. 9 전형철, 「백석 시에 나타난 ‘무속성’ 연구」, 《우리어문연구》 32, 우리어문학회

2008. 10 곽효환, 「백석 기행시편 연구」, 《한국근대문학연구》 18, 한국근대문학회

2008. 10 신주철, 「백석의 만주 생활과 「흰바람벽이 있어」의 의미」, 《우리문학연구》 25, 우리문학회

2008. 12 강연호, 「백석 시에 나타난 음식과 사유의 관계 양상 연구」, 《현대문학이론연구》 35, 현대문학이론학회

2008. 12 고형진, 「백석 시의 표현 형태에 나타난 조사의 활용 양상」, 《한국문예비평연구》 27, 한국현대문예비평학회

2008. 12 박민규, 「백석 시의 숭고와 그 의미」, 《한국시학연구》 23, 한국시

학회

2008. 12 　이경수, 「백석 시에 나타난 문화의 충돌과 습합」, 《한국시학연구》 23, 한국시학회

2008. 12 　채해숙, 「백석 동화시에 나타난 전통의 계승과 변용」, 《한국말글학》 25, 한국말글학회

2008. 12 　최정례, 『백석 시어의 힘』, 서정시학

2009 　김경훈, 「디아스포라의 삶의 공간과 정서 ─ 백석, 이용악, 윤동주의 경우」, 《비교한국학》 17권 3호, 국제비교한국학회

2009. 2 　권지혜, 「백석 시의 동물 상징 연구」, 수원대 교육대학원 석사 논문

2009. 2 　권희선, 「백석 시의 효율적 지도 방안 연구 ─ 학습자 중심의 교수·학습 방법 모색」, 동국대 교육대학원 석사 논문

2009. 2 　김진하, 「백석 시 연구」, 단국대 석사 논문

2009. 2 　김진희, 「한국 근대 기행시 연구」, 숙명여대 박사 논문

2009. 2 　김현정, 「시 창작 교육 방법 연구 ─ 백석 시를 중심으로」, 아주대 교육대학원 석사 논문

2009. 2 　박화경, 「백석 시의 화자 유형 연구」, 목포대 교육대학원 석사 논문

2009. 2 　서효인, 「백석 시 연구 ─ 모더니티 구현 양상을 중심으로」, 전남대 석사 논문

2009. 2 　손유리, 「백석 시의 동심 의식 연구」, 고려대 교육대학원 석사 논문

2009. 2 　심난실, 「백석 시의 정신분석학적 연구 ─ 거부된 리비도의 억압을 중심으로」, 공주대 교육대학원 석사 논문

2009. 2 　정혜영, 「백석 시의 문학 교육적 가치 및 활용 방안 연구 ─ 제7차 교육 과정에 의거한 고등학교 18종 문학 교과서를 중심으로」, 고려대 교육대학원 석사 논문

2009. 2 　최미란, 「백석 시의 구술성 연구」, 수원대 교육대학원 석사 논문

2009. 2 　최지영, 「백석 시의 시간 의식 연구」, 충북대 교육대학원 석사 논문

2009. 3 　김숙이, 「백석 시의 생기(生氣)와 풍수 지리 사상」, 《동북아문화

연구》18, 동북아시아문화학회

2009. 3   김은자, 『일포스티노와 빈대떡』, 고려대 출판부

2009. 3   류순태, 『한국 현대시의 방법과 이론』, 푸른사상

2009. 3   소래섭, 「1920~1930년대 문학에 나타난 후각의 의미」,《사회와 역사》81, 한국사회사학회

2009. 12   윤은경, 「백석 시의 '불'과 '빛'의 이미지」,《문예시학》21, 충남시문학회

2009. 3   이영미, 「북한의 자료를 통해 재론하는 백석의 생애」,《한국문학이론과비평》42, 한국문학이론과비평학회

2009. 3   지주현, 「은유적 시각으로 본 백석 시 세계」,《한국문학이론과비평》42, 한국문학이론과비평학회

2009. 4   김정수, 「백석 시의 전통적 성격과 그 의미」,《한국현대문학연구》27, 한국현대문학회

2009. 4   신주철, 「백석의 만주 체류기 작품에 드러난 가치 지향」,《국제어문》45, 국제어문학회

2009. 5   김용희, 『한국 현대 시어의 탄생』, 소명출판

2009. 6   금동철, 「백석 시에 나타난 세계 인식 방식 연구」,《개신어문연구》29, 개신어문학회

2009. 6   김정수, 「백석 시에 나타난 공동체의 성격과 그 의미」,《대동문화연구》66, 성균관대 대동문화연구원

2009. 6   김정수, 「백석 시에 나타난 슬픔의 의미와 성격」,《어문연구》37권 2호, 한국어문교육연구회

2009. 8   류여울, 「학습자 중심의 백석 시 교육 방법 연구」, 인하대 교육대학원 석사 논문

2009. 8   박승혜, 「백석 시 「남신의주 유동 박시봉방」 가르치기 연구」, 경상대 교육대학원 석사 논문

2009. 8   신철규, 「백석 시의 구조 연구 ─ 종결 유형을 중심으로」, 고려대

석사 논문

2009. 8   신혜원, 「백석 시의 공간 의식 연구」, 전북대 석사 논문

2009. 8   이보나, 「백석과 이용악의 시에 나타난 고향 이미지 비교 연구」, 강원대 교육대학원 석사 논문

2009. 8   장만호, 「백석 시와의 연관성을 통해 본 오장환의 초기시」,《한국시학연구》25, 한국시학회

2009. 8   조우영, 「백석 시의 문학 교육적 가치와 활용 방안 연구」, 고려대 교육대학원 석사 논문

2009. 8   최승호, 「백석 시의 풍경 연구」,《우리말글》46, 우리말글학회

2009. 8   한세정, 「백석 시의 창작 기법에 나타난 아일랜드 문학의 영향」,《한민족문화연구》30, 한민족문화학회

2009. 9   박순원, 「백석 시에 나타난 청각 이미지 연구」,《우리어문연구》35, 우리어문학회

2009. 9   박종덕, 「백석 시에 나타난 음식과 무속의 호명 의미 고찰」,《어문연구》61, 어문연구학회

2009. 9   서준섭,『창조적 상상력』, 서정시학

2009. 11   우대식 편,『선생님과 함께 읽는 백석』, 실천문학사

2009. 12   김신정,『풍경과 시선 ─ 한국 현대시의 서정성과 주체』, 박이정

2009. 12   박은미,『가족 모티프와 근대시』, 한국문화사

2009. 12   소래섭,『백석의 맛 ─ 시에 담긴 음식 음식에 담긴 마음』, 프로네시스

2009. 12   임수만, 「백석 시에 나타난 공동체 윤리」,《개신어문연구》30, 개신어문학회

2009. 12   임수만, 「백석 시의 '아름다움'과 '숭고'」,《청람어문교육》40, 청람어문교육학회

2009. 12   장석원, 「백석 시의 시선과 역동성」,《한국시학연구》26, 한국시학회

2009. 12   장성유, 「백석의 아동 문학 사상에 대한 고찰―북한《문학신문》의 논쟁을 중심으로」,《한국아동문학연구》17, 한국아동문학학회

2009. 12   전월매, 「일제 강점기 재만 조선 시인 범주와 거류형 시인의 만주 인식」,《만주연구》9, 만주학회

2010. 2   이민정, 「백석 시의 전통성 연구」,《교육논총》21, 숙명여대 교육대학원 원우회

2010. 2   강정화, 「백석 시와 김환기 회화에 나타난 전통성과 모더니티 연구」, 고려대 석사 논문

2010. 2   김미애, 「백석 시의식의 연구―시에 수용된 고향 의식을 중심으로」, 관동대 교육대학원 석사 논문

2010. 2   김봉근, 「백석 시의 환유적 표현의 의미 연구」, 서울시립대 석사 논문

2010. 2   김숙이, 「백석 시에 나타난 노장 사상 수용 연구」, 영남대 박사 논문

2010. 2   김은석, 「백석 시의 '무속성'과 식민지 무속론―백석 시의 '무속적 상상력' 재고」,《국어문학》48, 국어문학회

2010. 2   류성훈, 「백석 시 연구―향토적 특성과 모더니티를 중심으로」, 명지대 석사 논문

2010. 2   마미기, 「근대시에 나타난 국어 의식의 표출 양상 연구―소월, 백석 시를 중심으로」, 건국대 박사 논문

2010. 2   민경배, 「안도현의 백석 시 수용 양상 연구」, 영남대 교육대학원 석사 논문

2010. 2   박은지, 「백석 시에 나타난 공간의식 고찰」, 경희대 석사 논문

2010. 2   박종덕, 「백석 시의 초근대적 욕망과 수사적 층위」, 충남대 박사 논문

2010. 2   손정림, 「백석 시에 나타나는 고향 이미지 연구」, 충북대 교육대학원 석사 논문

2010. 2   이민지, 「백석 시의 전통성 연구」, 숙명여대 교육대학원 석사 논문

2010. 2   정종진, 「백석의 시와 동화시에서 수오지심 표현에 대한 연구」, 《인문과학논집》 40, 청주대 인문과학연구소

2010. 2   최기풍, 「백석 시에 나타난 전통 지향성 연구」, 건국대 교육대학원 석사 논문

2010. 3   조영복, 「당나귀, 숭고한 동물 혹은 힘의 의지」, 《근대서지》 1, 소명출판사

2010. 4   김명인, 「백석 시에 나타난 기행」, 《한국시학연구》 27, 한국시학회

2010. 4   김수이, 「임화의 시 비평에 나타난 해석과 평가의 시차(視差, parallax) — 김기림, 이상, 백석, 오장환의 시에 대한 임화의 비평을 중심으로」, 《한국문예비평연구》 31, 한국현대문예비평학회

2010. 4   김현수, 「백석과 미당의 아동 화자 시 비교 연구」, 《한국시학연구》 27, 한국시학회

2010. 4   서덕민, 「백석 시에 나타난 동화적 상상력」, 《한국문예창작》 9권 1호, 한국문예창작학회

2010. 4   정정순, 「백석 동화시의 시교육적 탐색」, 《한국초등국어교육》 42, 한국초등국어교육학회

2010. 6   한예찬, 「백석의 시 의식 연구 — 소재와 주제 의식을 중심으로」, 《인문연구》 58, 영남대 인문과학연구소

2010. 8   김동우, 「현대시의 방언과 공간적 상상력」, 《한국시학연구》 28, 한국시학회

2010. 8   김정수, 「이상과 백석 문학에 나타난 아동 미학 연구」, 울산대 박사 논문

2010. 8   나정연, 「백석 시와 박용래 시에 나타난 상호 텍스트성과 문학교육적 가치 연구」, 고려대 석사 논문

2010. 8   서란화, 「백석 시의 방언 연구」, 숭실대 석사 논문

2010. 8   왕염려(王艶麗), 「백석의 '만주' 시편 연구 — '만주' 체험을 중심

으로」, 인하대 석사 논문

2010. 8   장동석, 「한국 현대시의 경물 연구―이물관물(以物觀物)의 표상방식을 중심으로」, 홍익대 박사 논문

2010. 8   최미경, 「「개구리네 한솥밥」의 특성과 교육적 의의」, 한국교원대 교육대학원 석사 논문

2010. 8   최수현, 「백석 시에 나타난 공동체 의식 연구」, 국민대 박사 논문

2010. 9   김진희, 「백석 시에 나타난 음식과 타자의 윤리」, 《우리어문연구》 38, 우리어문학회

2010. 9   이승이, 「희망의 한 풍경으로서 백석의 만주 시편」, 《어문연구》 65, 어문연구학회

2010. 9   최두석, 『리얼리즘의 시정신』, 실천문학사

2010. 10   이근화, 「현대시에 나타난 '북방'과 조선적 서정성의 확립―백석과 이용악 시를 중심으로」, 《어문논집》 62, 민족어문학회

2010. 10   이현승, 「백석 시의 화자 연구」, 《어문논집》 62, 민족어문학회

2010. 11   김수경·이경수, 「백석 시 「고야(古夜)」에 나타난 설화적 특성」, 《어문논집》 45, 중앙어문학회

2010. 11   김응교, 「백석, 윤동주, 전태일」, 《기독교사상》 623, 대한기독교서회

2010. 12   염창권, 「「개구리네 한솥밥」의 구조와 교재화 방안 연구」, 《청람어문교육》 42, 청람어문교육학회

2010. 12   윤여선, 「백석 시에 나타난 샤머니즘 고찰」, 《문예시학》 23, 문예시학회

2010. 12   이경수, 「백석의 기행시편에 나타난 장소의 심상 지리」, 《민족문화연구》 53, 고려대 민족문화연구원

2010. 12   이현승, 「백석 시의 언술 구조 연구」, 《한국시학연구》 29, 한국시학회

2010. 12   전정구, 「백석 시작품의 원전 비평적 고찰」, 《비평문학》 38, 한국

비평문학회

2010. 12 정선태, 「백석의 번역시」, 《근대서지》 2, 근대서지학회

2011. 5 정형근, 「'전통계승시'의 유형과 교육 방법」, 《우리말교육현장연구》 5권 1호, 우리말교육현장학회

2011. 6 박주택, 「백석 시의 영향성 연구」, 《현대문학이론연구》 45, 현대문학이론학회

2011. 6 임재욱, 「백석 시에 수용된 한국 고전시가의 전통」, 《고전문학연구》 39, 한국고전문학회

2011. 1 김영진, 『백석 평전 — 외롭고 孤·높고 高·쓸쓸한 寒』, 미다스북스

2011. 2 김재용 편, 『백석 전집』(개정 증보판), 실천문학

2011. 2 박인정, 「백석 시 연구」, 한남대 석사 논문

2011. 2 박지해, 「시 쓰기를 통한 백석의 자아 치유 연구」, 한국외국어대 석사 논문

2011. 2 서덕민, 「백석, 이용악 시의 동화적 상상력 연구」, 원광대 박사 논문

2011. 2 서정호, 「백석의 시에 형상화된 시어의 이미지즘적 특성 연구」, 동국대 교육대학원 석사 논문

2011. 2 엄지은, 「생태시 교육 방법 연구 — 백석 시의 경우를 중심으로」, 중앙대 교육대학원 석사 논문

2011. 2 이소연, 「백석, 윤동주 시의 동심 지향성 연구」, 경희대 박사 논문

2011. 2 이숭원 편, 『남신의주 유동 박시봉방』, Human & Books

2011. 2 이장명, 「백석 시에 나타난 물질 이미지 연구」, 충북대 교육대학원 석사 논문

2011. 2 이현승, 「1930년대 후반기 시의 언술 구조 연구 — 백석, 이용악, 오장환의 시를 중심으로」, 고려대 박사 학위 논문

2011. 2 임은정, 「백석 시의 결속 구조 연구 — 회기, 병행 구문, 환언을 중심으로」, 중앙대 교육대학원 석사 논문

2011. 2 조옥엽, 「백석 시의 시적 정서 연구」, 순천대 석사 논문

2011. 2 주미조, 「한국 현대 풍물시 연구」, 건국대 교육대학원 석사 논문

2011. 3 김숙이, 「백석 시에 나타난 문화소(文化素)의 특성」, 《동북아문화연구》 26, 동북아시아문화학회

2011. 3 한예찬, 「백석 시의 시어 연구」, 《인문과학연구》 28, 강원대 인문과학연구소

2011. 4 고형진, 「백석 시의 시어에 나타난 모음 첨가 현상과 시적 효과」, 《한국문예비평연구》 34, 한국현대문예비평학회

2011. 4 김재용, 「백석 문학 연구 — 1959~1962년 삼수 시절을 중심으로」, 《현대북한연구》 14권 1호, 북한대학원대

2011. 4 신철규, 「백석 시의 비유적 표현과 환유적 상상력」, 《어문논집》 63, 민족어문학회

2011. 6 한예찬, 「백석 시에 나타난 동심과 설화성 연구」, 《동화와번역》 21, 건국대 동화와번역연구소

2011. 8 강은영, 「백석 시의 화자 유형 연구」, 부경대 교육대학원 석사 논문

2011. 8 권유성, 「1920년대 '조선적' 서정시의 창출 과정 연구」, 경북대 박사 논문

2011. 8 김수림, 「식민지 시학의 알레고리 — 백석, 임화, 최재서에게 있어서의 결정 불가능성의 문제」, 고려대 박사 논문

2011. 8 김응교, 「신경(新京)에서, 백석 「흰 바람벽이 있어」 — 시인 백석 연구(4)」, 《인문과학》 48, 성균관대 인문과학연구소

2011. 8 김형준, 「백석의 시문학 연구 — '서사 구조 및 서사성과 현실인식'을 중심으로」, 연세대 교육대학원 석사 논문

2011. 8 김혜인, 「인물 중심의 백석 시 교육 연구」, 연세대 교육대학원 석사 논문

2011. 8 남기혁, 「백석 시에 나타난 풍경과 시선, 그리고 여행의 의미」, 《우리말글》 52, 우리말글학회

2011. 8   소래섭, 「백석 시에 나타난 감정과 언어의 관련 양상」, 《한국시학연구》 31, 한국시학회

2011. 8   신철규, 「백석의 기행시편 구조 연구」, 《민족문화논총》 48, 영남대 민족문화연구소

2011. 8   유은옥, 「백석 시의 민족 정체성 구현 양상 연구」, 건국대 석사 논문

2011. 8   이명희, 「백석 시의 화자와 서술 대상 관계 연구」, 신라대 교육대학원 석사 논문

2011. 8   최한나, 「생태학적 관점에서 본 백석 시의 문학 교육적 의의」, 한양대 교육대학원 석사 논문

2011. 8   한상아, 「백석의 연작 기행시 연구」, 충북대 교육대학원 석사 논문

2011. 9   강정화, 「해방을 전후로 한 백석 시의 이행 양상 연구」, 《아시아문화연구》 23, 경원대 아시아문화연구소

2011. 9   이승이, 「만주 체류 시기 백석의 '조선적인 것'에 나타난 시대 정신」, 《어문연구》 69, 어문연구학회

2011. 10   김숙이, 『백석 시 연구』, 국학자료원

2011. 10   심원섭, 「자기 인식 과정으로서의 만주 여정 — 백석의 만주 체험」, 《세계한국어문학》 6, 세계한국어문학회

2011. 10   장석원, 「백석 시의 템포와 프로조디」, 《한국근대문학연구》 24, 한국근대문학회

2011. 12   김재혁, 「문학 속의 유토피아 — 릴케와 백석과 윤동주」, 《헤세연구》 26, 한국헤세학회

2011. 12   유성호, 「백석 시편 「고방」의 해석」, 《한국언어문화》 46, 한국언어문화학회

2011. 12   이길주, 「한국 현대시 속의 북방, 슬라브, 시베리아 공간 및 역사 인식 — 백석의 낙원 회복의 꿈과 고대사 공간 인식을 중심으로」, 《한국-시베리아연구》 15권 2호, 배재대 한국-시베리아센터

2011. 12   이소연, 「백석 시에 나타난 기억의 구현 방식」, 《한국문학이론과 비평》 53, 한국문학이론과비평학회

2012. 3   윤지영, 「한국 현대시의 숭고 연구에 관한 탈근대적 검토」, 《현대 문학이론연구》 48, 현대문학이론학회

2012. 2   구지숙, 「1930년대 고향 상실과 시적 대응 — 백석과 이용악을 중심으로」, 경상대 석사 논문

2012. 2   김수경, 「백석 시의 시간 활용 방법 연구」, 중앙대 석사 논문

2012. 2   김태근, 「백석 시의 모더니즘 고찰」, 한남대 교육대학원 석사 논문

2012. 2   김형옥, 「백석 시에 나타난 고향 의식 연구」, 한양대 석사 논문

2012. 2   남승원, 「한국 근대시의 물신화 연구 — 화폐 형식 수용을 중심으로」, 경희대 박사 논문

2012. 2   송희복, 「김소월과 백석의 시어 및 조사 비교 연구」, 《한국어문학연구》 58, 한국어문학연구학회

2012. 2   안성덕, 「현대시에 나타난 '빈집'의 공간 의식 연구 — 1920~1930년대 시를 중심으로」, 원광대 석사 논문

2012. 2   양소영, 「1930년대 시에 나타난 아이와 유년기의 의미 연구 — 정지용, 이상, 백석 시를 중심으로」, 서울대 박사 논문

2012. 2   왕 천, 「백석과 짱커자(臧克家) 시의 고향 의식 비교 연구」, 중앙대 석사 논문

2012. 2   유인채, 「정지용과 백석의 시적 언술 비교 연구」, 인천대 박사 논문

2012. 2   조연향, 「김소월, 백석 시의 전통성 연구 — 민속 수용 양상을 중심으로」, 경희대 박사 논문

2012. 2   홍인숙, 「백석 시의 미적 특질 연구」, 대전대 석사 논문

2012. 3   고형진, 「백석의 음식 기행, 우리 문화와 역사의 탐미」, 《서정시학》 2012. 봄, 서정시학

2012. 3   김명철, 「백석 시와 이중섭 그림에 나타난 대이상향의 세계」, 《비평문학》 43, 한국비평문학회

2012. 3   김미선, 「백석 시에 나타나는 탈근대적 시간의식」, 《어문연구》 71, 어문연구학회

2012. 3   김혜원, 「백석의 「여승」에 대한 인지시학적 분석 — '길 도식'을 중심으로」, 《국어문학》 52, 국어문학회

2012. 4   민재원, 「시 교육에서의 함축성 개념에 대한 고찰 — 백석 시어의 의미 축적 사례를 중심으로」, 《국어교육학연구》 43, 국어교육학회

2012. 4   신용목, 「백석 시의 은유와 환유 구조」, 《한국시학연구》 33, 한국시학회

2012. 4   신용목, 「백석 시의 총친화 구조 연구」, 《어문논집》 65, 민족어문학회

2012. 4   이현승, 「백석 시의 로컬리티」, 《한국근대문학연구》 25, 한국근대문학회

2012. 6   고형진, 「백석 시의 언어와 미적 원리 — 백석 시의 박물학적 특성과 감각의 깊이」, 《한국문학이론과 비평》 55, 한국문학이론과 비평학회

2012. 6   손미영, 「백석 시의 유토피아 의식 연구」, 《한민족문화연구》 40, 한민족문화학회

2012. 6   한수영, 「백석 시에 나타난 '소리'의 의미와 시적 기능」, 《어문연구》 72, 어문연구학회

작성자 고형진 고려대 교수

향수(鄕愁)의 미학과 서민 의식의 추구

김용호의 시 세계

김신정(한국방송통신대 교수)

1 서론, 김용호 문학의 출발점

시인 김용호(金容浩, 1912~1973)는 경남 마산에서 태어나 마산상업학교를 다녔고, 1935년 23세에 일본에 건너가 1938년 메이지 대학교 전문부 법과에 입학하여 1941년에 졸업했다. 메이지 대학교에 재학 중이던 1935년 《동아일보》에 시 「출범(出帆)」(5. 17)과 「입항(入港)」(8. 28)을 발표했고, 같은 해 《신인문학》 8월호에 「내 사랑하는 여인아」, 연이어 10월호에 「첫 여름밤 귀를 기우리다」를 발표하며 본격적인 작품 활동을 시작했다. 1937년에는 시집 『낙동강』을 간행하려고 검열 허가까지 받았다고 알려졌으나 스스로 출간을 포기했다. 1941년 첫 시집 『향연』을 발간했고 해방 후 『해마다 피는 꽃』(시문학사, 1948), 『푸른 별』(대문사, 1952), 『날개』(대문사, 1956), 『남해 찬가』(인간사, 1957), 『의상 세례(衣裳洗禮)』(일조각, 1962) 등을 남겼다. 유시집으로 『혼선(混線)』(청자각, 1974)이 있고 그의 추모 10주기를 기해 『김용호 시 전집』(대광문화사, 1983)이 유족과 제자 등에 의해 출간되었다.

일제 강점기에서 1960년대에 이르는 근 30년의 오랜 작품 활동 기간과 이력에도 불구하고, 김용호의 시는 한국 문학사에서 그간 크게 주목받지 못했다. 1930년대 중반, 김용호와 비슷한 시기에 등단한 백석, 이용악, 서정주, 오장환 등이 1930년대 후반의 대표적인 시인으로 평가되고, 역시 대체로 동일한 시기에 작품 활동을 시작한 안용만, 양운한, 이병각, 이흡 등의 신진 시인들이 비교적 뚜렷한 작품 경향을 보여 주었고, 또한 1930년대 후반 《문장》 지의 추천으로 등단한 김종한, 박두진, 박목월, 조지훈, 박남수, 이한직 등이 유파를 이루며 해방 이후 문단에서도 주목받는 활동을 지속했던 데 비해, 1930년대 중·후반에 문학적 출발점에 섰던 동세대 시인들 가운데에서 김용호의 시적 경향이나 문학사적 위치는 객관적으로 자리매김하기가 쉽지 않다.

그 이유로는 우선 김용호가 작품 활동을 시작한 뒤 일정 기간 일본에 유학 중이었다거나, 첫 시집으로 준비했던 『낙동강』이 의도한 시기에 출간되지 못했던 사정을 생각해 볼 수 있겠지만, 무엇보다 이 시기 그가 발표한 작품들이 어느 하나의 경향으로 또렷하게 모아지지 않는다는 점에서 기인한다. 장시 「낙동강」을 비롯해 이 시기에 창작한 「만주 가는 길」, 「간다 거리에서」 등의 작품이 식민지의 역사적 상황에 대한 현실주의적 관점을 보여 준다면, 『향연』과 『해마다 피는 꽃』에 실린 대부분의 시들은 대체로 향수와 연정을 바탕으로 하거나 또는 비애와 절망을 표현하는 개인적 서정의 시로서 습작기의 감정 과잉의 상태에 머문 작품들도 더러 발견되기도 한다. 이처럼 당대 역사 현실에 대한 관심을 표명하는 작품들이 김용호 시 세계의 한 흐름을 이루고 있다면, 한편에서는 개인적 체험과 감상에 기초한 서정의 세계가 중심을 이룬다. 공동체적 지향과 개체적 자아의 내면성으로도 요약할 수 있는 이 같은 특징은 김용호 시 세계가 안고 있는 두 개의 지향성이라고 할 수 있다. 1930년대, 이미 문학적 출발 지점에서부터 『향연』의 서정성과 장시 「낙동강」의 역사적 현실성으로 대비된 두 개의 지향성은 이후 그가 가장 활발한 활동을 펼쳤던 1950년대까지 이어지고 있다. 『푸른 별』, 『날개』가 서정의 세계에 바탕을 둔 시집이며 『남해 찬가』는 이순신의 일대기를 형상화한 서사시집으로 기획되었다. 서정성과 현실성, 개체성과 공동체성으로 대비되는 김용호 시의 지향성은 두 개의 서로 다른 시 세계로 분리되어 나타나거나 때로 하나의 세계 안에서 서로 갈등을 일으키기도 한다. 이 글에서는 1930년대에서 1960년대에 이르는 김용호의 전체 시 세계를 각각 역사에 대한 응전의 태도와 현실 의식이 드러나는 현실적 지향의 세계, 그리고 향수를 바탕으로 한 회고와 서정의 세계로 나누어 살펴보고, 두 개의 세계가 분리와 갈등을 거쳐 조화와 화해에 이르는 과정을 검토하기로 한다.

2 개체적 자아의 표현과 서정의 세계

서론에서도 언급했듯이, 김용호의 시 세계에서 서정성과 현실성, 개체적 자아의 표현과 공동체적 지향성은 1930년대에서 1960년대에 이르기까지 병행되는 구조를 이루고 있다. 현실 의식과 서정적 지향성은 김용호 시 세계의 근간을 이루는 기본적 지향성이라 할 수 있을 것이다. 그런데 개별 시집을 놓고 보았을 때에는 이 같은 지향성 가운데 어느 한 편이 유독 강하게 발현된 경우가 있다. 1941년에 발간된 첫 시집 『향연』과 1952년에 발간된 제3 시집 『푸른 별』이 이에 해당된다. 발간 시기 면에서는 10여 년의 차이가 있지만, 두 시집 모두 공교롭게도 전쟁기에 출간된 시집이라는 점에 공통점이 있다. 『향연』은 일제 강점기 만주 사변과 중일 전쟁을 거쳐 태평양 전쟁에 이르는 기간에 발간되었고, 『푸른 별』은 해방 이후 한국 전쟁이 여전히 진행 중이던 시기에 출간되었다.

한 평론가가 '혼란스러운 세상'의 '소음'이 제거된 '고요'의 세계라고 비유적으로 평한 바 있듯이,[1] 『향연』과 『푸른 별』은 식민 지배와 침략, 분단과 전쟁이라는 역사적 소용돌이 속에서 마치 그러한 현실과는 분리된 듯한 자아의 내면 체험과 서정의 표현에 집중되어 있다. 특히 첫 시집 『향연』은

---

1) 강외석, 「회감의 노래」, 『김용호 시 연구』(박이정, 2008), 94~95쪽 참조.

그리운 이를 향한 '연정'과 고향을 향한 '향수'의 세계가 주를 이룬다.

그리운 사람아!

손곱내 나는 그 섬등에서
그대 나를 부르는 듯 부르는 듯

나는 오늘도
산호처럼 빠알간 사랑을
그대 가슴에 수놓는다

─「연가」 부분(『향연』)

언제 왔다
언제 갔느냐
너는
소복소복 쌓인
네 순정의 눈길 위로
내 사랑의 썰매가
남모르게 달리기 전에

온줄도 모르게
간줄도 모르게
너는
아무 말이 없이 떠났다
너는
아무것도 남기지 않고 떠났다

154

그 밤은 우리들의 십자로(十字路)더냐
옥아!
그리운 옥아!
　　—「별리(別離)— 그 밤은 우리들의 십자로(十字路)더냐 옥아! 그리운
　　　　　　　　　　　　　　　　　　　옥아!—」부분(『향연』)

　「연가」가 "그대"를 향한 막연한 그리움의 감정을 토로한 시라면, 「별리」
는 "옥"이가 떠난 "별리"의 상황에서 그리움의 감정과 더불어 이별의 아픔
을 노래하고 있다. "산호처럼 빠알간 사랑", "순정의 눈길", "사랑의 썰매"
등과 같은 비유적 이미지가 시적 자아의 마음의 상태를 감각적으로 구체
화하고 있다. 이 밖에도 고향을 그리워하는 '향수'의 세계는 첫 시집 『향
연』의 핵심을 이루고 있다.

밥 한숟갈에도
눈물이 고였다

물 한모금에도
설움이 어렸다

눈물을 삼키고
설움을 마시고

문득
푸른 산 저 넘어
고향 마을이 그리워

좁은 골목을 나서며

나는 휘파람을 불었다

—「상밥집」 전문(『향연』)

외로움이 앞으로 나를 끄은다
쓰라림이 뒤에서 나를 당긴다

…… 옆에서 몰려오는 고독의 밀물
터벅 터벅—

발자죽은 환상(幻想)의 초ㅅ불 위에 서먹거리고
머리카락은 젖내 나는 향수(鄕愁)에 날려

두눈 감고 몇발자죽을 걷고
두눈 뜨고 몇발자죽을 옮기고

(중략)

뒤로 물러간 정열(情熱)은
한갓 청춘을 태워버린 절망이였고

앞으로 다가오는 체념은
한갓 인생의 서글픔을 알려줄 뿐

뒤도 앞도
앞도 뒤도

보이지 않는구나 지금의 내겐

오오직 뜨거운 앙가슴의 쓰라림이

나를 울린다
나를 울린다

——「밤 거리에서」 전문(『향연』)

　앞의 시 「상밥집」이 간명한 구조와 형태를 통해 고향을 떠나온 화자의 '그리움'과 '설움'의 마음 상태를 직접적으로 토로하고 있다면, 「밤 거리에서」의 '향수'는 '체념'과 '절망', '외로움'과 '쓰라림'의 감정이 뒤섞인 복합적인 마음의 상태를 그리고 있다. 또한 「상밥집」의 '향수'가 다소 막연한 화자의 주관적 감정에 가까운 반면, 「밤 거리에서」에 나타난 화자의 '향수'는, 방향 상실의 시대를 사는 식민지 '청춘'의 비애와 '절망'을 표현하고 있다는 점에서 좀 더 구체적으로 형상화되어 있다.

　여러 논자들이 이미 논한 바 있고 시인 스스로도 기록하고 있듯이, 이 시기 김용호의 시 세계는 미처 객관화되지 못한 주관적인 감상, 막연한 연정과 향수의 감정을 표현하고 있다. 「밤 거리에서」 등 일부 시편에서 시대적 상황과 같은 감정의 구체적 근거를 암시하는 표현들이 나타나지만, 대체로 개인적 체험에 근거한 즉자적인 감정을 토로하고 있다는 점에서는 공통적이라고 할 것이다.

　1952년에 출간된 『푸른 별』에서도 이 같은 경향은 지속되고 있다. "하두 간절이/ 보고퍼 /소라처럼 웅그리고 /눈을 감으면"(「하두 간절이」), "못보면 /보고퍼서 /애가 마르고"(「사랑이란」), "외론 날이 제일 좋더라 /비는 나리고"(「비는 나리고」), "황혼따라 /외롬이 짙어가면 /으악 — 하고 금세 /울음이 터져 나올것만 같다"(「가을이 오면 양」) 등의 시구에서 확인할 수 있는 것처럼, 미적 장치나 거리가 생략된 채 최소한의 단어로 즉자적인 감정의 상태를 진술하고 있다. 이에 비해, 이 시집의 중심을 이루는 '향수' 시편에서는 스스로의 감정에 대해 어느 정도의 거리를 확보한 채 '고향'을 매개로 구체화된 시적 상황을 그리고 있다.

> 고향 뒷산
> 노비산 언덕 위에 소년은
> 꿈이 많았더란다
>
> 구름에도
> 풀밭에도
> 곧잘 꿈을 심었더란다
>
> 심구곤
> 자라나는 꿈이 하도 벅차서
> 흐느끼며 우러러본 하늘
>
> 별들이 의좋게 반짝거리는 밤엔
> 구슬픈 곡마단의 「트럼펫」 소리에 귀가 젖어
> 고스란이 별과 함께
> 그냥 샌 밤이 있었더란다 나의 푸른별을 안고
> (붙임: 노비산은 마산에 있는 조그만 산 이름)

—「푸른 별」 전문(『푸른 별』)

『향연』과 『푸른 별』에 수록된 시편들이 대부분 현재 시점의 즉자적인 감정을 거리감 없이 표현하고 있는 데 반해, 표제시이기도 한 「푸른 별」의 시적 대상이나 상황은 모두 '과거'를 향하고 있다. "구름에도/ 풀밭에도/ 곧잘 꿈을 심"을 만큼 "꿈이 많았"던 "소년"의 모습이라든가, "별들이 의좋게 반짝거리는 밤"을 "별과 함께" 보내는 행복한 유년 시절의 풍경은 모두 이제는 지나가 버린 '과거'의 시간에 속해 있다. 더욱이 "많았더란다", "심었더란다", "있었더란다" 등으로 반복되는 "~써더란다"는 실제로 행위가 일어났던 과거의 시간과 그 행위를 전달하는 현재 시점 사이의 간격, 그리고 화자가 경험한 사실을 마치 다른 사람이 겪은 일처럼 객관화하여 전달하는 효과로 인해, 이야기되는 과거와 이야기하는 현재 사이에 충분히 객관화된 거리를 확보하고 있다. 그리고 이 '거리'는 과거와 현재 사이의 머나먼 시간이 배태하고 있는 화자의 변화를 암시하는 것이기도 하다. 이제는 더 이상 '꿈꿀 수' 없는 상태, 시인 스스로 후기에서 밝히듯이 "살아간다는 것은 괴로움의 연속이요, 가시길이요, 고민이요, 십자가"라고 토로할 수밖에 없는 비애와 절망이 바로 이 시「푸른 별」을 낳은 시인 김용호의 정서적 상황일 것이다.

주관적인 감정 과잉의 상태를 보여 주는 김용호의 시편들이 대체로 자아와 세계가 간극 없이 융합된 상태를 전형적으로 보여 준다면, 『푸른 별』은 그처럼 화해로운 조화와 융합의 경험을 '과거'의 시간으로 되돌려 놓는다. 이 같은 시간의 간극, 시점의 차이가 다른 서정시편에서는 다소 불안정했던 객관화의 거리를 만든다. 국어 교과서에 수록되어 많이 알려져 있는 다음 시를 통해서도 유사한 특징을 발견할 수 있다.

오누이들의
정다운 이야기에
어느 집 질화로엔
밤알이 토실토실 익겠다

콩기름 불
실고추처럼 가늘게 피어나는 밤

파묻은 불씨를 헤쳐
엽담배를 피우며

「고놈! 눈동자가 초롱같애」

내 머리를 쓰다듬어 주시던 할매

바깥은 연신 눈이 나리고
오늘밤처럼 눈이 나리고

다만 이제 나홀로
눈을 밟으며 간다

「오―바」 자락에
구수한 할매의 옛이야기를 싸고
어린 시절의 그 눈을 밟으며 간다

오누이들의
정다운 이야기에

어느 집 질화로엔
밤알이 토실토실 익겠다

―「눈 오는 밤에」 전문(『푸른 별』)

눈 오는 밤, 질화로 가의 풍경을 매개로 시작된 이 시의 시간 풍경은 현재에서 과거로, 다시 과거에서 현재로 이동하고 있다. "오누이들의/ 정다운 이야기", "구수한 할매의 옛이야기"가 펼쳐지는 "질화로" 가의 풍경이 마치 동화 속의 한 장면 같은 행복한 유년의 시간이라면, '오―바'를 입고 '눈 오는 밤' 길을 걷는 성인 화자는 그 같은 과거의 시간과 단절되어 있다. 특히 8연의 "「오―바」 자락에/ 구수한 할매의 옛이야기를 싸고/ 어린 시절의 그 눈을 밟으며 간다"라는 표현에서 '눈' 내리는 풍경을 매개로 과거와 현재의 시간이 서로 겹치면서, 두 시간의 간극과 대비가 더욱 뚜렷하게 나타나고 있다. 이 건널 수 없는 간극의 인식이 바로 이 시에서 행복한 동화의 풍경을 완벽하게 새겨 넣을 수 있는 힘일 것이다. 자아와 세계의 완벽한 융합의 현재적 불가능성을 인식함으로써 그에 대한 객관적 거리를 확보하고 있는 것이다. 그리고 이 '거리감'은 그의 시에서 서사를 가능하게 하고 또한 동시대의 현실을 인식하게 하는 동력일 것이다. 서사적 인식과 그 형상화에 대해서는 다음 절에서 살펴보기로 한다.

3 공동체적 자아의 표현과 서사적 지향

앞 절에서 살펴본 개인적 서정의 세계가 김용호 시의 한 축이라고 한다면, 그에 못지않게 중요한 또 하나의 축은 공동체에 대한 관심과 현실 의식이라고 할 수 있다. 1930년대 첫 시집으로 준비한 「낙동강」이 일제의 수탈과 유이민화 현상을 다룬 장시(長詩)라는 점이 그 대표적인 예증이다. 「낙동강」 이외에도 일제 강점기에 창작한 「만주 가는 길」, 「간다 거리에서」, 해방기에 창작한 「해마다 피는 꽃」, 「혁명 투사에게 바치는 노래」 등이 역사 현실의 재현에 대한 시인 김용호의 관심을 확인하게 한다.

비스듬이 드러누워
기차가 산모랭이를 지나면

거기에 꼬마손의 마을이 보이고
그 속에 어머니가 보이고

별은 가난을 안은 채
진물 나는 흠집을 갖고 북쪽에 흘러

눈 나리면 낯설은 사이에도
함께 나누이는 슬픔

얄루강을 넘어 서면
콧물도 간간이 짜

우중충한 층계를 나려오는 하늘이
설레이는 마음과 어울려

백알을 마신 듯
가슴이 찌르르 하더라

—「만주 가는 길」 전문(『해마다 피는 꽃』)

일제 강점기에 창작되어, 해방기에 출간된 시집 『해마다 피는 꽃』에 수록된 이 시는 김용호 초기 시의 한 지향점을 잘 보여 주는 시이다. 고향을 떠나 만주로 가는 '화자'의 시점에서 바라보는 기차 밖의 풍경과 화자의 내면 풍경이 인상적으로 포착되어 있다. 고향 마을의 "가난"과 "흠집", "우중충한" 풍경에서 신천지의 풍경으로 변화하는 과정에서 화자의 내면 풍경 역시 고향 마을에 대한 안타까움과 그리움, "슬픔", 그리고 "낯설"면서도 "설레"임이 뒤섞인 복잡한 내면의 풍경을 펼쳐 보이고 있다. 시인의 일본 유학 체험을 바탕으로 한 다음 시도 식민지의 현실을, 그 현실의 한복판에 선 화자의 시점에서 포착하고 있다는 점에서 유사한 특징을 보여 준다.

제법 산듯하게 입맛을 다시며
김치 깍두기 마늘 냄새를 풍기며
나는 간다 거리를 지내간다

고춧가루 잎 하나 둘쯤
잇발에 붙어 있어도
무어 그렇게 부끄러워할 건 없다

흔히 때를 그냥 넘기는 날이 있어
몸무게는 백근을 훨씬 줄어들어도
내 의욕은 까닥않는 천근의 무게다

쩔렁거리는 두어 푼 은전과
지폐처럼 소중이 간직한 전당표와
누구에게도 빼앗기지 않을 분노를 품고
뼛속 저리는 이 거리를 걸어간다

문득 고향이 눈썹에서 삼삼거리면
「센진」으로 태어나 팔짜에 혹이 달려

오늘도
내 노오트엔
피가 되어 읽혀지는 글이 있다

—「간다 거리에서」 전문(『해마다 피는 꽃』)

　일본 동경 거리 한복판을 걷는 화자의 모습을 통해 식민지 현실과 그 현실에 대응하는 식민지 청년의 자존과 긍지를 보여 주는 시이다. "김치 깍두기 마늘 냄새"는 "센진", 즉 식민지인으로서의 표징이다. 「간다 거리에서」에서 화자가 풍기는 "김치 깍두기 마늘 냄새"는 식민지인으로서의 차별과 억압을 드러내는 뚜렷한 표징이라 할 수 있지만, 이 시에서는 역으로 민족적 자존감을 드러내는 효과적인 수단으로 기능하고 있다. "센진"이라는 민

족적 상황뿐만 아니라 "쩔렁거리는 두어푼 은전과/ 지폐처럼 소중이 간직
한 전당표"가 암시하는 화자의 개인적 상황 또한 녹록하지 않은 현실이지
만, 그러한 현실에도 불구하고, 아니 현실이 어려울수록 "누구에게도 빼앗
기지 않을 분노를 품고/ 뼛속 저리는 이 거리를 걸어"가는 화자의 강인하
고 당당한 태도가 식민지인으로서의 자존과 긍지를 담보하고 있다.

　위의 두 편의 시, 「만주 가는 길」과 「간다 거리에서」는 김용호의 초기 시
가운데에서 민족 현실에 대한 시인의 의식, 공동체적 자아와 현실에 대한
관심이 중심을 이룬 작품에 해당된다. 그러나 현실에 대한 대응의 자세를
'그리움', '슬픔', '분노' 등과 같은 정서적인 측면에서 보여 주고 있다는 점에
서는 여전히 서정의 세계에 속해 있다고 보아야 할 것이다. 이에 비해 장시
(長詩)와 서사시 창작은 그의 현실 의식을 본격적인 서사적 지향으로 이끌
어 가고 있다는 점에서 주목된다.

　「낙동강」은 1937년에 김용호의 첫 시집으로 출간하려 했으나 간행하지
못했고, 1938년 《사해공론》에 발표되었다. 총 10부 183행으로 구성된 「낙
동강」은 일제의 수탈로 인해 낙동강변 민중의 생활상이 변화해 가는 모습
을 일상적이고 구체적인 차원에서 형상화한 작품이다. 1부에서 "아름다
운 요람", "황혼의 보금자리" 등으로 평화로운 낙동강변의 모습은 2부에서
"나룻배 사공-한룡이의 멋떨어진 노래가/ 「저 건너 갈미봉」에서/ 무언가
응 「아이다사 미다사」로 바뀌져가"면서 점차 변화하기 시작한다. 특히 "쇠
줄 두 가닥이 머얼리 합치는 그곳에도/ 기차는 자빠지지도 않고/ 용하게
달리는 이유가 몹시도 알고 싶었다"라든가(3부), "도돌 말렸다 풀렸다 하는
땅을 재는 자/ 어느새 새끼쇠줄이 논바닥에 드러눕고" 등의 표현을 통해
일제 강점기, 식민지 수탈의 목적으로 이루어진 철도 건축과 토지 조사 사
업의 실상과 그로 인한 민중의 삶의 변화를 구체적이고 사실적인 측면에서
그리고 있다. 특히 「낙동강」 서사의 절정을 이루는 제8부에서는 일제의 수
탈을 견디지 못하고 낙동강변을 떠나가는 유이민의 실상을 포착하고 있다.

내 사랑의 강!
낙동의 강아!

이제 봄 지나면
돈냉이 상추쌈에 봄잠이 잦을 때다

우리들은 숟가락 몇 개 바가지를 챘다
그렇게도 가뜬한 우리들의 살림살이었다

북쪽—

북쪽은 구름이 깃들인 고향
우리들은 구름의 의도를 따라 북쪽으로 간다

할무니 어무니
「쇠마차 타면 서울 구경 내일 아침 한다지?」 하던
당신들의 평생 소원
그렇게도 타고 싶어 하던 「쇠마차」가
지금 철교를 구얼고 달려오지 않습니까?

또한!

기쁨의 물결이 일 당신들의 얼굴 얼굴이
왜 그렇게도 앙상한 나무 가지처럼
뻣뻣하고 어둡고 차단 말씀입니까?

—「낙동강」 8부 전문

「낙동강」은 1930년대 후반 유이민의 문제를 시적 주제로 부각시켰다는 점에서 중요한 의의를 갖는 작품이다. 이용악을 중심으로 당시 유이민의 삶을 시화했던 1930년대 후반의 시적 경향과 일정한 흐름을 같이하고 있다고 볼 수 있다. 그 가운데서도 '단편 서사시', '이야기시'가 아니라 본격적인 장시(長詩)를 발표했다는 점에서 의미 있는 시도라 할 수 있다. 김용호 시 세계의 한 축인 현실 인식과 재현의 욕망이 장시(長詩) 창작을 통해서 적극적으로 실현된 경우라고 볼 수 있다. 특히 시인 자신의 개인적인 삶의 터전이라 할 낙동강변의 삶을 시화하면서, 시인은 개체적 자아에서 공동체적 자아로, 또한 서정적 자아에서 서사시적 서술자로서 자아의 확대를 꾀하고 있다. 그러나 이 같은 의미와 시도에도 불구하고, 서사시 창작의 기본적인 요건이라 할 객관적 거리의 확보라는 면에서 볼 때 김용호의 「낙동강」은 일정한 한계를 지닌다. 위의 인용 시에서도 확인할 수 있듯이, 시인은 때로 서정적 자아와 서사시적 서술자 사이에서 균형 감각을 상실한 채 서정적 자아의 욕구를 강하게 드러내거나 혹은 현실에 대한 객관적 거리를 확보하지 못한 채 시인 스스로도 공동체적 전망을 상실한 모습을 보이고 있다. 위의 인용 부분은 이 시의 서사적 갈등이 최고조에 이른 부분이지만, 그러한 갈등을 형상화하는 장면에서 시인은 서사시적 거리를 상실한 채 등장인물과 동일화된 상태를 보여 준다. 그리고 8연까지 제시했던 서사적 갈등을 더 이상 전개하지 못한 채, 마지막 연에서 "아! 그리운 내 사랑의 강!/ 낙동의 강아!// 너는 왜 말이 없느냐// 너의 슬픔은 무어며/ 너의 기쁨은 무어냐"라는 화자의 외침으로 끝맺고 있다.

일제 강점기 장시 「낙동강」의 창작 경험은 1952년 서사시집 『남해 찬가』 출간으로 이어진다. 이처럼 장시와 서사시 등 서사적 지향성을 띤 김용호의 일련의 작업은 서정시 양식에서 제한적으로 수용할 수밖에 없는 현실의 재현 문제와 공동체적 자아에 대한 각별한 관심을 보여 준다. 더욱이 1952년, 아직 전쟁의 포화가 채 사라지지 않은 시기에 서시를 포함한 총 18장, 1942행에 달하는 본격적인 의미의 "민족적인 서사시" 창작은 유례가 드문,

매우 의욕적인 시도였다. 특히 그는 '이순신'이라는 영웅적 인물을 선택하여 민족 수난의 보편적 체험과 더불어 한국 전쟁의 기억에 대한 상기와 재구성을 시도하고 있다. 『남해 찬가』 역시 「낙동강」과 마찬가지로 시인의 고향 지역을 배경으로 한 작품이다. 그는 '낙동강', '남해' 등 특정 지역 공간을 선택하여 개인의 경험과 공동체의 경험이 통합된 역사적 공간으로 의미화하고 있다.

이처럼 역사적이고 민족적인 의미를 지니는 서사시로서의 요건을 충족하기 위해 김용호는 임진왜란과 이순신 관련 역사적 사료를 확보하고 그에 대한 정확한 기록에 주력하며 객관성 확보에 많은 노력을 기울였던 것으로 보인다.[2] 그러나 시인의 이 같은 노력에도 불구하고 『남해 찬가』의 서사시적 완성도는 다소 미흡하다고 평가된다. 서술자가 3인칭 관찰자 시점과 전지적 시점 사이를 이동하며 시점의 혼란을 일으킨다거나, 어떤 장면에서는 단지 객관적 사료의 제시에 그치며 주관적 개입을 극히 자제하는 반면, 어떤 장면에서는 작중 인물과 사건을 향해 과도하게 시인의 감정을 투영시키고 있다.

정녕,/ 이대로 썩어지는 것인가/ 이대로 썩다 넘어지는 것인가// 아! 하늘이 무심치 않아/ 실로, 아직도 아껴 저버리지 않아// 이 땅, 이 나라, 이 백성에/ 빛/ 기리 민족의 이름으로 영원한/ 빛을 주셨으니

어찌/ 이 나라의 천운(天運)의 날이 아닐가부냐/ 어찌/ 이 백성의 천명(天命)의 날이 아닐가부냐// 초하룻날 날씨는/ 유달리 맑고나 아름답고나// 봄이 한창 어울려 / 아는가, 모르는가, 뭇꽃, 뭇새 피고 울고

앞에서도 밝혔듯, 「낙동강」과 『남해 찬가』로 이어지는 장시, 서사시 창

---

2) 이에 대해서는 김신정, 「1950년대 김용호 시 연구」, 『김용호 시 연구』, 80쪽 참조.

작은 기본적으로 당대 역사 현실의 중요한 국면을 시를 통해 형상화하려는 김용호의 창작 열정에 기반한다. 그러나 시인의 열정과 의욕적인 시도에도 불구하고 '역사 현실'을 '시'의 형식으로 형상화하려는 서사시, 장시의 창작 기획은 그 완성도 면에서 아쉬움을 남긴다. 이 같은 이유는 서사와 서정, 객관성과 주관성, 개체적 자아와 공동체적 자아 사이에서 시인 스스로 균형감각을 갖추지 못한 증거라고 볼 수 있다. 김용호 시에서 이 두 개의 지향성이 조화로운 화해 속에서 시적 성취에 이르게 되는 것은 1950년대 이후에 창작된 『푸른 별』, 『날개』, 『의상 세례』 등의 시편들이다. 주로 서민 의식을 보여 준 작품으로 평가되는 시들을 다음 절에서 살펴보기로 한다.

4 서정의 객관화와 서민 의식의 추구

결론을 앞당겨 이야기하자면, 이 절에서 살펴볼 김용호의 후기 서정시들은 그의 전체 시 세계에서 가장 뛰어난 시적 성취를 보여 준다. 초기 시부터 지속되어 온 현실주의적 태도와 개인적 서정의 세계가 조화로운 합일에 이르는 모습을 보여 주기 때문이다. 주로 『푸른 별』과 『날개』, 『의상 세례』에 수록된 이들 시편들은 한국 전쟁 기간과 전후(戰後)의 역사적 혼란기를 배경으로 창작된 작품들이다. 전쟁이라는 극한 상황에 놓인 보편적 인간의 체험과 정서, 그리고 전후 사회의 파괴와 혼란 속에서 겪는 고통과 소외감이 특유의 서민 의식을 통해 집약된 것이 바로 이 시기 김용호 시의 특징이라고 할 수 있다. 때로 즉자적 자아를 통해 지극히 개인적인 체험을 직접적으로 토로하는 작품들도 더러 있지만, 적절한 객관적 상관물을 활용하거나 구체적 상황을 제시함으로써 서정을 객관화하고 있다. 이처럼 객관적 현실과 시인의 주관을 어떻게 연결할 것인가에 대해 시적 방법을 마련하고 있고, 무엇보다 시인 역시 전쟁기의 보편적 인간의 한 사람으로서 개인적 체험의 진솔한 기록이 동시대의 독자들에게 공감을 불러일으키는 요인이라 하겠다.

어디든 멀직암치 통한다는
길 옆
주막(酒幕)

그
수없이 입술이 닿은
이빠진 낡은 사발에
나도 입술을 댄다

흡사
정(情)처럼 옮아 오는
막걸리 맛

여기
대대(代代)의 슬픈 노정(路程)이 집산(集散)하고
알맞은 자리, 저만치
위의(威儀) 있는 송덕비(頌德碑) 위로
맵고도 쓴 시간이 흘러 가고

세월이여 !

소곰보다도 짜다는
인생을 안주하여
주막(酒幕)을 나서면

노을빗긴 길은
가없이 길고 가늘더라만

내 입술이 다은 그런 사발에
누가 또한 닿으랴
이런 무렵에

—「주막에서」 전문(『날개』, 1954. 10)

　이 시에서 '주막'이라는 구체적 공간, 그 속에서 많은 사람들의 "수없이 입술이 닿은/ 이빠진 낡은 사발에" "입술을 대"는 행위는 시적 자아의 상황과 정서를 전후(戰後)의 구체적 현실 속에 위치시키는 역할을 한다. "낡은 사발"에 "막걸리"를 마시는 시적 자아는 바로 그 "사발"을 매개로 "대대"로 이어지는 역사의 "슬픈 노정"과 서민들의 애환을 읽어 내고 있다. 개인의 체험과 정서를 공시적일 뿐만 아니라 통시적으로도 확대시키며 공동체의 경험과 연결시키고 있다. 시인과 동시대를 살아가는 사람들에 대한 연대 의식, 특히 동시대 소외된 소수자들을 향한 공감과 연민의 정서는 김용호 후기 시의 특징이라고 할 수 있다. 가령, 「An orphan」에서는 "지게"꾼 일로 홀로 생계를 이어 가는 전쟁고아에 대해 동일화된 정서를 표현하고 있고, 「청계천변(淸溪川邊)」에서는 청계천변 노점에 늘어선 "달늦은 잡지(雜誌)", "버림받은 책들", "흠난 샤쓰, 양말" 등의 "등외품(等外品)들"을 보며 자신 또한 "인생의 등외품임"을 토로하고 있다.

　이처럼 타인의 삶을 통해 자신의 삶을 객관화하는 김용호의 시적 방법은 체험적 화자를 매개로 시인 스스로 자신의 삶을 반추하는 과정에서 이루어진다. 특히 전쟁기에 창작된 「거울 I」과 「앉은뱅이 저울의 노래」는 각각 '거울'과 '저울'이라는 일상의 구체적인 사물을 매개로 시적 자아의 내면을 들여다본다.

　거울을 들여다 본다.// 거기/ 나의 실체(實體)가 보이질 않는다.// 허망(虛妄)한 세월 속에/ 나는 서서(徐徐)히 용해(溶解)되어 갔나부다.// 전표(戰標)이 있어 소릴 높이 외쳐 본다.// 아무런 반향(反響)이 없다./ 그 투명(透明)한 유

리 입김// 낯선 딴 실체(實體)가 나의 공간(空間)을 점구(占據)하여/ 나는 거울
속에 있고 나는 그 거울 속에 없다.

—「거울 I」 전문(『푸른 별』, 1954. 7)

　병신이란다./ 두팔 두다리를 몽땅 잘리운 병신이란다./ 하두 억눌려 머리
통마저 납작해진 병신이란다./ 기장(假裝)의 의상(衣裳)으로 싸기엔/ 이런 연
대(年代)를 나는 경멸(輕蔑)하고/ 그 연대(年代)는 나를 조소(嘲笑)하는 대각선
(對角線)에 있다.// (중략)// 부조리(不條理)의 압력(壓力)이 가(加)해지면/ 나는
부당(不當)히도 그만치 하강(下降)해야 한다./ 거기에 바르르 떠는 나의 저항
(抵抗)의 밀물……/ 하지만 나는 곧 나의 위치(位置)로 언제나 재빨리 환원(還
元)한다./ 출발점(出發點)이요 귀착점(歸着點)인 영(零), 그것이 바로 나의 위치
(位置)다.// (중략)/ 그 어느 때에도 나를 누르는 모오든 중 중량(重量)을/ 저울
하는 나의 눈은 뚜렷하여/ 에누릴 못하는 고집이 침묵(沈黙) 속에 있다.

—「앉은뱅이 저울의 노래」 부분(『날개』, 1955. 3)

　위의 시 「거울 I」에서는 "나의 실체"가 사라지고 "낯선 딴 실체"가 "나"
의 내면을 점유하고 있는 상황 속에서도 자기 확인을 시도하고 있다. 또한
「앉은뱅이 저울의 노래」에서는 화자의 정서를 "앉은뱅이 저울"에 투사하
여, "두팔 두다리를 몽땅 잘리"우고 "하두 억눌려 머리통마저 납작해진 병
신", 그러면서도 "부조리의 압력"에 대한 "저항"과 "고집"을 잃지 않는 모습
을 형상화함으로써 전후의 혼란기를 살아가는 자신의 태도를 성찰한다.
　이처럼 타인을 통해 자신의 삶을 성찰하고 자아의 체험과 정서를 객관
화하여 제시하는 과정에서 시인 김용호는 동시대 서민들을 향한 공감과 연
대감을 형성하며 스스로 '서민 시인'으로서의 정체성을 확인하고 있다.

　노천(露天) 막걸리 집이라
　술잔에 달이 떠

이태백(李太白)이 부럽잖습니다.

머언 항구(浦口)를 떤 천리(千里) 예까지 왔어도
강파른 생활(生活)의 언덕은
마찬가지 창백(蒼白)합니다.

곱창에 불이 옮아
등잔대신 상(床)머리가 밝은데
죽어 다시 타는 그 어진 소에
내가 화장(火葬)되고 있는 걸
역력(歷歷)히 볼 수 있습니다.

곱창처럼 사람들 입에
꼬옴 꼬옴 되씹힐 수 있는 그런 시(詩)를
몇 개나 쓰다 죽어야 합니까

문득 가을 바람이
더운 이마를 스쳐 가면
한번 멋지게 울어봤으면 좋을
소낙비 같은 게 기둘려지는 밤입니다.

—「천환(千換)짜리 시(詩)」 전문(『날개』)

위 시에서 시인은 "노천 막걸리 집"에서 "곱창" 굽는 모습을 보며 마치 자신의 몸이 타 들어가는 듯한 느낌을 갖는다. 그리고 "곱창처럼 사람들 입에/ 꼬옴 꼬옴 되씹힐 수 있는 그런 시", "강파른 생활의 언덕"을 함께 오르는 시, 그렇게 서민들의 애환을 위로하는 시 쓰기를 소망하고 있다. "천환짜리 시"라는 이 시의 제목은 자신이 쓴 시의 값어치를 스스로 낮추며

서민들 사이에 그처럼 가까이 수용될 수 있는 시 쓰기를 소망하는 시인의
태도를 확인하게 한다. 1950년대 후반에 발표된 다음 시는 마치 삶의 한 순
간 순간을 "메꾸어" 가듯 "생명"과 "정성"을 다해 원고지의 "한 칸, 한 칸"
을 "메꾸"어 나가는 자신의 시작 태도를 시화하고 있다.

> 모두가 잠든 이 한밤중에
> 등불을 밝히고 너 앞에 앉는다.
>
> ―기인 세월의 흐름 속에
> 나는 너함께 살아왔다.
>
> 한 사나이의 피와 땀이
> 너에게로 배어진다.
> 아니, 생명(生命)이 조각(彫刻)되는 것이다.
>
> 한 칸, 한 칸의 너의 공백(空白)을
> 나는 정성들여 메꾸고
> 빛나는 내일(來日)에 스스로 황홀한다.
>
> 그렇지만 어찌하랴
> 메꾸어도, 메꾸어도 메꾸어지지 않는
> 나의 인생(人生)……
>
> 그러나, 난 너를 놓칠 수가 없다.
> 너는 내 앞을 떠나서는 안 된다.
>
> 죽음이 오는 마지막 그날까지

내 생명(生命)의 그 모든 것을
너에게 옮겨 조각(彫刻)해 놓아야겠다.

　부활(復活)하리라
　부활(復活)하리라

그러한 내 인생의 보람을 위하여
이 한밤중에도 난
굳굳이 너함께 사는 것이다.

——「원고용지(原稿用紙)」 전문(1958. 1)

위 시에서 "한밤중" "등불을 밝히고" 원고지를 마주하는 시인의 태도는
구도자의 자세처럼 경건하다. 그에게 시를 쓰는 일은 마치 자신의 "생명을
조각"하듯, "피와 땀"을 옮겨 넣듯, 온몸으로 "정성"을 다하는 일이다. 시인
은 이 같은 창작의 열정과 노고(勞苦)뿐만 아니라 한계를 동시에 인식하고
있으며 아울러 그러한 한계를 넘어서는 시인으로서의 "부활"과 "보람"을
꿈꾼다. "원고용지"를 "너"라고 칭하는 시인은 "너"와 "나"의 대화를 통해
시 쓰기에 대한 성찰과 더불어 시인으로서의 삶의 절실함을 시화하고 있
다. 평생 시 쓰기에 몰두하며 서사시, 장시를 비롯해 수많은 서정시 작품을
남긴 시인에게 '시 쓰기'가 어떤 의미를 지니는가를 생생하게 확인하게 하
는 작품이다.

5 결론

1930년대 중반, 일제 강점기 문단에서 작품 활동을 시작한 시인 김용호
는 1960년대 이르기까지 유시집(遺詩集)을 포함해 모두 7권의 시집을 펴내
며 한국 현대시사에 의미 있는 족적을 남겼다. 김용호는 1930년대 후반, 시

인으로서의 출발점에서부터 공동체적 지향과 개체적 지향, 서사적 지향과 서정적 지향이라는 각기 다른 두 개의 지향성을 추구한다. 『향연』, 『푸른 별』, 『날개』가 서정의 세계에 바탕을 둔 시집이라면, 『해마다 피는 꽃』의 2부 「낙동강」, 『남해 찬가』 등은 역사적 상황과 현실에 대한 시인의 적극적인 관심을 보여 준다.

두 개의 지향성이 작품의 완성도 면에서나 시인 개인의 창작 태도 면에서 화해로운 조화에 이르게 되는 것은 시집 『날개』와 『의상 세례』 시기이다. 이들 시집에서 김용호는 시인의 체험을 바탕으로 한 진솔한 표현과 서민 의식을 바탕으로, 전후의 혼란스러운 상황에 놓인 당시의 독자들에게 깊은 공감을 불러일으키는 작품들을 발표한다. 특히 이 시기에 이르러 객관적 상관물이나 구체적 상황 제시를 통해 개인적 체험과 정서를 객관화하는 시적 방법을 구현함으로써, 시인 스스로 자신의 삶에 대한 성찰적 표현과 아울러 동시대인들과 공감하는 소통의 길을 추구했다.

김용호의 시는 일제 강점기에서 해방기, 전쟁기, 전후 등 격동과 혼란의 시기를 살다 간 한 개인의 체험적 기록이자 시대와의 소통의 기록으로서 문학사의 의미 있는 성과로 평가할 수 있다.

제3주제에 관한 토론문

유재천(경상대 교수)

　　김신정 교수님의 발표 내용 잘 들었습니다. 김용호의 시 세계를 개체적 자아 지향과 공동체 지향이라는 두 지향점을 설정하고 두 가지 지향점이 어떻게 조화와 통합을 시도해 나가는지 명석하게 드러낸 논문이라고 생각합니다.

　　김신정 교수님의 발표 내용을 요약하면 다음과 같습니다.

　　동시대 다른 시인들에 비해 김용호의 시가 문학사적으로 자리매김하기 어려웠던 이유는 그가 발표한 작품이 어느 하나의 경향으로 또렷하게 모아지지 않는 점에서 기인한다. 김용호의 초기 시들 중 장시 「낙동강」을 비롯해 이 시기에 창작한 「만주 가는 길」, 「간다 거리에서」 등의 작품이 식민지의 역사적 상황에 대한 현실주의적 관점을 보여 준다면, 『향연』과 『해마다 피는 꽃』에 실린 대부분의 시들은 대체로 향수와 연정을 바탕으로 하거나 또는 비애와 절망을 표현하는 개인적 서정의 시로서 습작기의 감정 과잉의 상태에 머문 작품들도 더러 발견되기도 한다. 당대 역사 현실에 대한 관심을 표명하는 작품들이 김용호 시 세계의 한 흐름을 이루고 있다면, 한편에서는 개인적 체험과 감상에 기초한 서정의 세계가 중심을 이룬다. 공동체적 지향과 개체적 자아의 내면성으로도 요약할 수 있는 이 같은 특징은 김용호 시 세계가 안고 있는 두 개의 지향성이라고 할 수 있다. 1930년대, 이미 출발 지점에서부터 『향연』의 서정성과 장시 「낙동강」의 역사적 현실성으로 대비된 두 개의 지향성은 이후 그가 가장 활발한 활동을 펼쳤던 1950년대까지 이어지고 있다. 『푸른 별』, 『날개』가 서정의 세계에 바탕을 둔 시집이며 『남해 찬가』는 이순신의 일대기를 형상화한 서사시집으로 기획되었다. 서정성과 현실성, 개체성과 공동체성으로 대비되는 김용호 시의 지향성은 두 개의 서로 다른 시 세계로 분리되어 나타나거나 때로 하나의 세계 안에서 서로 갈등을 일으키기도 한다.

두 개의 지향성이 작품의 완성도 면에서나 시인 개인의 창작 태도 면에서 화해로운 조화에 이르게 되는 것은 시집 『날개』와 『의상 세례』 시기이다. 이들 시집에서 김용호는 시인의 체험을 바탕으로 한 진솔한 표현과 서민 의식을 바탕으로, 전후의 혼란스러운 상황에 놓인 당시의 독자들에게 깊은 공감을 불러일으키는 작품들을 발표한다. 특히 이 시기에 이르러 객관적 상관물이나 구체적 상황 제시를 통해 개인적 체험과 정서를 객관화하는 시적 방법을 구현함으로써, 시인 스스로 자신의 삶에 대한 성찰적 표현과 아울러 동시대인들과 공감하는 소통의 길을 추구했다.

김신정 교수님의 논문에서 보여 주신 대로 김용호 시의 시 세계가 발전되어 나간다는 것에 대해 공감하면서 몇 가지 질문을 드리고자 합니다.

첫째, 시인들의 시를 평가할 때 시인의 시 세계가 구축되지 않은 작품들을 포함시켜야 할지 아니면 나름의 시 세계가 확립된 후의 시들을 대상으로 해야 할지 말씀해 주시면 좋겠습니다. 많은 시인들의 경우 습작기를 거쳐 자기 나름의 시 세계를 발견하고 일정한 시적 주제를 펼쳐 나가게 됩니다. 그 이전에 쓴 시들의 경우 기법의 실험은 드러나지만 미숙하거나 통일

된 주제 의식을 찾기 힘든 경우들이 많습니다. 우리 문학 연구에서 많은 시인들이 시 세계가 확립되기 이전 작품들을 토대로 평가되는 일들이 많이 있다고 생각됩니다. 백석을 모더니즘 시인으로 분류하는 경우가 대표적인 경우라고 할 수 있는데 김용호의 경우도 초기 시집에는 감정 과잉이라 할 수 있는 시들도 있지만 객관적 이미지를 통해 다양한 소재를 실험해 본 시들도 많이 보입니다. 그러나 이 시들은 본격적으로 김용호의 시 세계가 전개되기 이전의 시들로 김용호 시의 본령이라 하기 어렵습니다. 김용호 시인의 경우 나름의 시 세계를 구축한 시기를 토대로 이야기를 한다면 어떤 이야기가 가능할 것인지요?

둘째, 한 시인의 시는 처음부터 끝까지 일관된 시적 경향을 드러내는 경우도 있지만 그렇지 않은 경우도 있습니다. 김용호의 경우 일제 강점기의 관심사와 해방 후 작고하기까지 시대적 변화와 그에 따른 문제의식도 달라졌으리라 생각됩니다. 현실에 대한 분노를 담은 시, 낭만주의 경향의 시도 있고 존재 문제에 대한 고민을 담은 시도 있습니다. 김용호 시인의 경우 시 세계를 일관성 차원에서 다루어야 할지 이런저런 경향의 시들로 나누어야 할지요? 같은 주제로 많은 시들이 일관성 있게 쓴 것은 아니지만 「오월의 유혹」, 「겨울밤」으로 대표되는 서정적인 세계와 「날개」, 「저울」, 「의상 세례」 등으로 대표되는 서정적 세계는 서로 다른 계열로 다루어야 하지 않을까 하는 생각이 듭니다.

셋째, 김용호의 초기 시에 대해 개인적 서정과 감정 과잉의 문제를 언급하셨습니다. 물론 그런 비판을 받을 여지가 충분하다고 판단됩니다. 그러나 개인적 서정을 다룬 시들 중에도 당시 시대 문제에 대한 인식이 담겨 있는 경우도 있을 것으로 생각됩니다. 예를 들어 「만주 가는 길」, 「간다 거리에서」뿐 아니라 「상밥집」이라든가 「책상」, 「추억」, 「차창밖」, 「환영」, 「무제」 같은 시들은 일제 강점기의 억압과 시인의 고뇌를 엿볼 수 있게 해 주는 시라고 생각됩니다. 「별리」 역시 단순한 연인에 대한 그리움으로 해석될 수 있지만 고향에서 쫓겨나 야반도주한 옥이에 대한 그리움을 통해 식민지 상황에 대한 분노를 간접적으로 보여 주는 시로 해석될 수 있다고 생각됩니다. 넓은 범주에서 이러한 단시들은 낙동강과 더불어 김용호의 역사에 대한 관심을 보여 주는 시들로 처리한다면 김용호의 초기 시 세계를 효과적으로 드러낼 수 있는 것은 아닌지요?

넷째, 일제의 수탈과 유랑민 문제를 다룬 『낙동강』은 1937년 출판을 위해 검열까지 마쳤다가 출판을 하지 못한 시집입니다. 또 김용호 시인은 1943년 『부동항』을 출판하려다 검열로 인해 뜻을 이루지 못했습니다. 그 시집에 어떤 시들이 실려 있었는지 알 수 없지만 1941년 간행된 『향연』, 해방 후에 나온 『해마다 피는 꽃』을 통해 어렴풋이나마 내용을 짐작해 볼 수 있습니다. 우연히 1937년은 이용악이 『분수령』을 간행한 시기이기도 합니다. 1938년 《사해공론》에 「낙동강」이 발표되어 주목받았지만 이용악에 비해 문학사적으로 조명받지 못하고 있습니다. 같은 유랑민 문제를 소재로 했는데 김용호의 시가 주목받지 못한 이유는 무엇이고 둘 사이의 차이점이 있다면 어떤 것이라고 생각하는지요. 또 김용호의 「낙동강」이 이용악의 시에 비해 당시 역사와 현실에 대해 더 잘 보여 주고 있는 것이 있다면 무엇이라 생각하시는지요?

다섯째, 뛰어난 시인들의 경우 문학적으로 세계를 인식하고 그 결과가 시로 나타나게 됩니다. 예를 들어 한용운은 세계를 역설적으로 인식하고 그것이 시의 구조로 연결됩니다. 김수영의 경우 실존적 인식을 바탕으로 시의 구조가 결정됩니다.

김용호 시인의 경우 김용호 시인 특유의 문학적 사고 내지 인식 또는 문학적 기법이 있다면 어떤 것을 들 수 있는지요? 또 현재 시점에서 김용호의 시를 문학사적으로 평가한다면 어떤 시인으로 평가해야 될지요?

김용호 생애 연보[1]

| 1912 | (음)5월 25일, 경남 마산시 중성동(中城洞) 9의 4에서 부 김해김씨(金海金氏) 치완(致琓)과 모 밀양박씨(密陽朴氏) 경포(敬布) 사이의 3남매 중 외아들로 출생. 아명 만석(萬石), 아호는 초기에 야돈(野豚), 추강(秋江), 말기에 학산(鶴山)을 사용. |

1912   (음)5월 25일, 경남 마산시 중성동(中城洞) 9의 4에서 부 김해김씨(金海金氏) 치완(致琓)과 모 밀양박씨(密陽朴氏) 경포(敬布) 사이의 3남매 중 외아들로 출생. 아명 만석(萬石), 아호는 초기에 야돈(野豚), 추강(秋江), 말기에 학산(鶴山)을 사용.

1920   마산 공립보통학교 입학.

1925   마산 공립보통학교 졸업을 1년 앞두고 마산상업학교 입학.

1928   마산상업학교 졸업. 이후 2년간 금성(金星) 철공소 경영.

1930   마산 원동(元東)상회에 1년간 취직.

1935   일본에 건너감. 시 「내 사랑하는 여인아」를 《신인문학(新人文學)》(노자영 주재) 8월호에 발표하고 이어 《신인문학》 10월호에 시 「첫 여름밤 귀를 기우리다」를 발표함으로써 시작 활동 전개. 《신인문학》 12월호에 「쓸쓸하던 그날」을 발표. 같은 해에 시 「출범」(5. 17. 《동아일보》, 「입항」(8. 25. 《동아일보》), 「선언」(10. 15. 《조선일보》) 등 발표.

1937   시집 『낙동강』을 간행하려고 검열 허가까지 받았으나 간행하지 못함.

1938   일본 메이지 대학교 법과 입학. 장시 「낙동강」을 《사해공론》에 발표. 함윤수, 김상옥 등과 《맥(貘)》 동인으로 가담.

1941   6월, 박노춘의 소개로 동경에서 첫 시집 『향연』을 홍아사에서 간

---

1) 이 연보는 『김용호 시 전집』(대광문화사, 1983)에 실린 「김용호 연보」의 도움을 받아 이를 참고, 보완해 작성했다.

행. 12월, 메이지 대학교 법과 전문부 졸업.

1942 3월, 메이지 대학교의 신문고등연구과(新聞高等硏究科) 졸업. 한국
      에 귀국. 6월부터 해방 전까지 소공동에 있던 선만경제통신사(鮮滿
      經濟通信社) 기자로 재직. 서울 돈암동 455의 13. 동인지《맥》을 낸
      바 있는 시인 김대봉(金大鳳)(1943년 사망)의 집에서 거주.

1943 시집『부동항(不凍港)』을 상재하려 했으나 일제에 압수 당함. 이 사
      건으로 영어(囹圄) 생활. 10월 15일, 밀양박씨 순래(順來)와 결혼.

1945 8·15 광복으로 선만경제통신사 기자 사임. 서울 동대문구 보문동
      5가 135번지에서 거주. 장남 성곤(成坤) 출생.

1946 6월, 예술신문사(藝術新聞社) 주간으로 취임.

1947 차남 준곤(俊坤) 출생.

1948 3월, 예술신문사 주간 사임. 4월,《시문학(詩文學)》사 주간에 취
      임. 6월, 시집『해마다 피는 꽃』을 시문학사에서 간행.

1949 12월,『시문학 입문』을 창인사에서 간행.

1950 장녀 영희(英姬) 출생.

1951 6월, 시문학사 주간 사임. 2월부터 1957년 10월까지 대한통신사
      조사부장 역임.

1952 1월, 남광문화사(南光文化社) 주간에 취임. 3월, 제3시집『푸른
      별』을 대문사(大文社)에서 간행.

1953 3남 명곤(明坤) 출생. 3월, 부산대학교 강사. 8월, 부산대학교에서
      강사를 사임하고 9월부터 서라벌 예술학교 문예창작과 출강. 4월,
      『학생 문장 독본』을 남광문화사에서 간행. 5월,『세계 명작 감상 독
      본』을 홍지사에서 간행. 8월, 시선『한국 해양 시집』을 해군 본부
      정훈감실에서 편저하여 발간.

1954 1월, 유치환, 이설주와 공편한『연간 시집(年刊詩集)』을 문성당에서
      발간. 2월, 이설주와 공편한『현대시인 선집』(上·下권)을 발간. 11월,
      김안서 외 149편을 엮은『한국 애정 명시선』발간.

1955	3월, 서라벌 예술학교 강사 사임. 4월부터 수도여자사범대학교 국문과 출강. 8월, 교향시 「광복 10년」을 김대현 작곡으로 국립극장〔舊市公館〕에서 공연.
1956	3월, 수도여자사범대학 사임. 4월, 남광문화사 주간 사임. 단국대학교 강사로 출강. 1월, '1955년도 자유문학상' 수상. 2월, 『중등 작문』(1. 2. 3권)을 강호문화사에서 간행. 『고등 문장 교본』을 창인사에서 편간. W. H. 하디슨의 『문학 원론』을 대문사에서 번역 출간. 3월, 제4시집 『날개』를 대문사에서 발간. 5월부터 《자유문학》 주간 역임. 『국민 애송시선』을 한국자유무역자협회에서 간행. 12월, 『헝가리 비가』를 한국자유무역자협회에서 번역 편간.(이영순(李永純) 공편)
1957	서울대학교 사범대학 출강. 한국문화사절단의 일원으로 중국 시찰. 12월, 서사시집 『남해 찬가』를 인간사에서 간행. 편저 시집 『사랑의 서정시』를 박영사에서 간행.
1958	차녀 정희(廷禧) 출생. 단국대학교 국문과 조교수 발령.
1959	단국대학교 부교수 발령.
1960	4·19 항쟁 기념시집으로 조지훈, 김수영 등 수십 명의 시집을 모아 『항쟁의 광장』을 신흥출판사에서 편집 간행. 수필집 『명작에서 본 여인상』을 여원사에서 발간. 『한국 시인 전집 10』을 공저로 신구문화사에서 발간. 『꽃피고 잎은 푸르고: 봄·여름 편』을 대문사에서 편간. 『낙엽과 눈은 쌓이고: 가을·겨울 편』을 대문사에서 편간. 『산과 바다는 부른다』를 대문사에서 편간.
1961	단국대학교 교수 발령.
1962	국제 PEN 클럽 한국본부 부위원장. 12월, 제6시집 『의상 세례』를 일조각에서 발간. 이 시집에 「동대문 주변」 등 42편 수록.
1964	시 수상집 『시원 산책(詩園散策)』을 정연사에서 발간. 애정시를 모은 『(애정시 감상) 사랑은 별빛처럼』을 정연사에서 발간.

1965   3월 이후 문교부 국어 교과서 편찬 심의 위원. 한국 자연시집 시리
        즈로『꽃잎은 향기롭고: 봄과 여름의 시』,『나무잎이 지면: 가을과
        겨울의 시』,『생명은 쉬임없이: 동물과 식물의 시』,『하늘과 땅 사
        이에: 하늘과 땅의 시』를 정연사에서 발간.『사랑은 추억 속에: 세
        계 애정시 감상』을 정연사에서 발간. 세계 명작의 여성들을 소개한
        『세계 명작의 여인상』을 정연사에서 발간.

1966   7월, 제34차 국제펜대회 한국 대표로 참석.(미국 뉴욕) 단국대학교
        대학원 강의.

1967   신시 60년 기념사업회장.『한국시선』(한국신시육십년기념사업회)
        을 편저 발간.

1968   단국대학교 문리과대 학장.

1969   제37차 국제펜대회(서울) 추진위원회 부위원장.

1971   문교부 언어정화위원회 위원. 용산구 용산동 1의 357호로 이주.

1973   노산 이은상 고희기념사업회장. 단국대학교에서 명예 문학 박사 학
        위 수위. 5월 14일, 오후 7시께 고혈압으로 인해 서울 용산구 용산
        동 2가 1의357 자택에서 61세로 영안. 유택은 신세계 공원묘지.

1974   5월, 단국대학교 제자들에 의해 유(遺)시집『혼선』(청자각)이 발
        간. 노산 이은상의 서문이 있음. 이후 매주년 기일마다 단국대학교
        국문학과에서『김용호 기념 문학의 밤』이 거행되었음.

1975   단국대학교 교정에 시「날개」를 새긴 '김용호 시비'가 한국문인협회
        와 단국대학교 주관으로 건립됨. 5월 14일, 선생의 문우 동료 후학
        들이 참석한 가운데 제막식을 가짐.(설계 홍도순(洪道淳), 글씨 박
        병규(朴秉圭)).『사랑은 추억 속에』와『세계 명작의 여인상』이 명문
        당에서 재발간됨.

1979   신구문화사의『한국시인 전집』10에 김현승, 김용호, 최재형, 김경
        린, 윤동주와 함께 김용호의 시가 수록됨.

1983   5월 14일, 10주기를 맞아 '김용호 기념문학제'를 단국대 학생회관에

서 개최. "김용호의 문학사적 위치"(백철), "향수의 미학"(김윤환), "김용호의 말기 시"(송하섭) 등의 주제 발표와 정비석, 원영동, 권용태, 송혁 씨 등의 김용호 문학과 인간에 대한 회고. 유고 발표 등의 순서로 마련되어 많은 문단인과 학생들이 참석했음. 《단국문학 1983》에 「김용호의 시 세계」 특집. 대표작 선집, 평론, 김용호론(이성교) 등 수록. 10주기 기념 사업의 일환으로 『김용호 시 전집』(국판 694쪽)을 대광문화사에서 간행. 김용호의 생전 간행한 시집 6권과 1주기에 간행한 유작시, 미정리시 및 유작시들을 총정리했으며, 김용호의 시 작품 외에도 백철의 서문과 김지향의 헌시, 송하섭, 송희복의 해설 등이 수록. 국제펜클럽 한국 본부 강당에서 출판기념회 개최.

1989   전숙희 등이 김용호의 수필, 산문을 엮어 『저 구름 흘러가는 곳』이라는 에세이집을 제삼기획에서 출간함.

1991   한국 대표 시인 100인 선집으로 김용호 시선집인 『주막에서』(미래사)가 간행됨. 평론가 박윤우의 해설이 수록됨.

1998   한국문인협회와 SBS에서 '김용호 선생의 문학 산실' 표징비 건립.

2008   경남 문인 연구 세 번째 책이자 경상대학교 인문학연구소 주관으로 『김용호 시 연구』(박이정) 간행. 강희근, 유재천, 김신정, 강외석, 조동구, 김향라, 한지희, 정삼조의 논문 수록.

2012   한국작가회의 탄생 100주년 기념 인물로 김용호 선정. 5월 3일, 교보빌딩에서 한국작가회의 대산문화재단 주최 2012년 탄생 100주년 문학인 기념문학제 개최. "언어의 보석 어둠속의 연금술사들"이란 제목의 심포지엄에서 「향수의 미학과 서민 의식의 추구 — 김용호의 시 세계」라는 제목으로 김신정, 유재천이 발제 및 토론. 5월 4일, 연희창작촌에서 탄생 100주년 기념 문학제 "고조곤히 바람곁에 노래하며"라는 제목의 문학의 밤 행사. 5월 15일, 단국문인회 주관으로 김용호 선생 탄생 100주년 기념 문학제를 태화빌딩에서 개최.

김용호의 삶과 문학을 회고하고(권용태, 장윤우, 박순래) 작품 세계
에 대해 발제(조병무, 김수복, 양은창)하고 시 낭송 및 그가 작사한
가곡을 연주하는 행사 개최.

발표일	분류	제목	발표지
1930. 4. 14	시	춘원(春怨)	동아일보
1935	시	내 사랑하는 여인아	신인문학 8
1935	시	첫 여름밤 귀를 기울이다	신인문학 10
1935	시	쓸쓸하던 그날	신인문학 12
1935. 5. 17	시	출범	동아일보
1935. 8. 25	시	입항	동아일보
1935. 10. 15	시	선언	조선일보
1938	시	낙동강	사해공론 9
1938	시	하루	사해공론 10
1939. 3. 26	시	바닷가 — 호롱불/등대/물새	조선일보
1939. 12. 25	시	한상보(寒想譜)	조선일보
1941	시집	향연	홍아사
1945	시	거리에서	문화창조 1호 12
1945. 12. 31	시	절정 위에서 — 이십팔일밤 신탁통치제의 비보를 듣고	자유신문
1946	시	독이 되어라	인민 4호 4
1946	시	돌	신세대 8
1946	시	녹음은 짙었는데	신문예 7
1946	시	먼 길	신문학 2호 6

발표일	분류	제목	발표지
1946	시	산	우리문학 1호 1
1946	시	아 가슴 아푸다 슬픈 교향악	신문예 10
1946	수필	오월의 시인	신세대 3호 7
1946	시	향수	예술부락 1호 1
1946. 3. 19	시	오늘을―고대봉형을 생각하며	한성일보
1946. 5	평론	언론 자유의 사회적 모랄	신세대 2호 5
1946. 10. 6	평론	시의 지향	경향신문
1946. 11	평론	해방 이후 시단과 그 전망	신문학 4
1947	수필	식자우환	민성 9
1947	시	이슥한 밤	백민 7호 3
1948	시집	해마다 피는 꽃	시문학사
1948	시	겨울과 함께	개벽 77호 3
1948	시	골고루 왼마을에	청년예술 5
1948	시	날개	신천지 23호 2
1948	시	마지막 하나	민성 3
1948	시	승리의 햇불을: 희랍 아들이 불으는 노래	문학 7
1948. 1	평론	시인의 노트	조선중앙일보
1948. 9~10	평론	문학하는 정신	민성
1949	이론서	시문학 입문	창인사
1949	시	팔월의 노래	부인 22호 8
1949. 1. 1	시	새해에―소에게 주는 노래	조선일보
1949. 1. 5	시	공장―그 노래 속에	독립신문
1949. 3. 9~12	평론	문학과 과학	태양신문

발표일	분류	제목	발표지
1949. 7. 5	시	마지막 가시는 길 — 백범선	태양신문
1949. 7. 5	시	생의 장의 날에	태양신문
1950	수필	여인의 주변	부인 24호 2
1951	시	내가 간다	신생공론 1호 10
1952	시집	푸른 별	대문사
1952	시	가을이 흐르다	학원 1호
1952	평론	신심리주의적 리얼리즘	신호 3호 1
1953	독본집	학생 문장 독본	남광문화사
1953	독본집	세계 명작 감상 독본	홍지사
1953	시	개폐교	현대공론 8
1953	시	날개	문예 2
1953	시	들길에서	학원 2
1953	시	맹점	문화세계 9
1953	평론	문학 이전의 문제 — 문화 단평	신천지 9
1953	시	점	문화춘추 1호 10
1953	시	AN.ORPHAN	문예 9
1953. 2. 13	평론	형극의 철로 — 신세대의 고민	연합신문
1953. 3. 20~23	평론	현대시의 자세	연합신문
1953. 5. 11	평론	시정신과 유파 — 시단 유감	연합신문
1953. 7. 15	평론	문학과 문단 의식	연합신문
1953. 7. 31~8. 2	평론	문학과 현실	태양신문
1953. 8	편저 시선	한국 해양시집	해군본부 정훈감실
1953. 8. 2~3	평론	시문학의 주변	연합신문
1953. 9	평론	문학 이전의 과제	신천지 55

발표일	분류	제목	발표지
1953. 11. 13	평론	시와 시정신 —「소정 시집」을 중심으로	연합신문
1953. 12	평론	현실성과 그 타개책 —출판 문화와 번역의 문제(특집)	신천지 58
1953. 12. 13	수필	지상 스케팅	서울신문
1954	공편 시집	연간 시집(年刊詩集)	문성당[2]
1954	공편 시집	현대시인 선집(상·하)	문성당[3]
1954	편저 시집	한국 애정 명시선	문성당[4]
1954	시	가을밤에	청춘 1호 10
1954	시	구월의 노래	학원 9
1954	시	기원	학원 12
1954	시	들길에 서서	학원 6
1954	소설	암막	문화세계 2
1954	시	어느 풍경 Ⅱ	현대예술 1호 3
1954	시	어느 풍경 Ⅲ	현대예술 2호 6
1954	시	어느 환상(4)	시작 1호 4
1954	시	용마	학원 2
1954	시	이별사	신천지 6
1954. 3. 8	시	종점에서	조선일보
1954. 5. 6	수필	신록의 안전지대	서울신문
1954. 5. 10	평론	반생의 호기 — 제7회 문총정기총회를 계기로	평화신문

2) 유치환·이설주 공편.

3) 김용호·이설주 공편.

4) 김안서 작 외 149편.

발표일	분류	제목	발표지
1954. 9	평론	금년 상반기의 시단 —세 갈래의 경향	신태양 9
1954. 9. 27	평론	문학인전 삼제—문단 시감	조선일보
1954. 11	평론	현대시에 있어서의 감성과 지성	시작 1호
1955	시	사과	현대문학 1호 1
1955	시	시계탑	시작 5호 10
1955	시	앉은뱅이저울의 노래	새벽 4호 3
1955	시	어느 여관방에서	현대문학
1955	시	어느 지점에서	문학과예술 3호 6
1955	시	여관방에서	현대문학 5호 5
1955	시	오월이 오면	학원 5
1955	평론	칠월의 시단	현대문학 8
1955	평론	팔월의 시단	현대문학 9
1955	평론	구월의 시단	현대문학 10
1955	시	Y라는 부호	사상계 2
1955. 2. 14	평론	민족의식과 자아의식	연희춘추
1955. 3. 5	평론	현대시의 언어 감각	조선일보
1955. 3. 26	시	하나에의 “길” —이대통령 팔십회 탄신날에	중앙일보
1955. 5. 19	평론	비평 문학의 모랄 —시인의 입장에서	연합신문
1955. 6. 19	수필	동심시심	서울신문
1955. 7. 7	수필	백어(白魚)	국제신문

발표일	분류	제목	발표지
1955. 9. 14	수필	잡초 속에서	조선일보
1955. 12. 29	평론	기미 총결산 — 창작	서울신문
1956	시집	날개	대문사
1956	작문집	중등 작문	강호문화사
1956	교본집	고등 문장 교본	창인사
1956	번역서	문학 원론	대문사[5]
1956	편저 시집	국민 애송시선	한국자유무역자협회
1956	공편 시집	헝가리 비가	한국자유무역자협회
1956	시	거리	여원 2
1956	시	곡	한글문예 1호 1
1956	전기	곤강(崑崗)의 인간적 모습	자유문학
1956	시	동대문 주변	현대문학 12
1956	시	밤알도 나처럼	학원 9
1956	시	신화	영문 14호 11
1956	시	선(線)	조서문단 3호 6
1956	시	점선(點線)	문학예술
1956	시	청계천변	문학예술 3
1956	시	카렌다	학원 12
1956. 1. 1	평론	자편자아의 신조	자유신문
1956. 1. 1	시	출발	중앙일보
1956. 2. 1	평론	질량의 빈곤 — 신춘시단 개평	조선일보

---

5) W. H. 하디슨, 김용호 옮김.

발표일	분류	제목	발표지
1956. 4. 5	수필	수희에게 주는 글 — 제2회 개인전을 보고	조선일보
1956. 4. 22	평론	특징적인 세 요소 — 현실에의 대결과 과거에의 향수와 현실 냉소의 자학 (사월 시단의 경향)	동아일보
1956. 5. 7	시	오월의 유혹	서울신문
1956. 6. 25	시	탄산까스 — 6·25에 즈음하여	조선일보
1956. 8. 15	시	선두의 기수에 — 8·15날에	조선일보
1956. 8. 15	시	허망한 세월이 흘러 — 그날의 8·15를 회상하며	자유신문
1956. 8. 26, 29	평론	불안과 혼란 속에서 — 해방 이후 시단 개관	국제신문
1956. 8. 29	평론	시와 무용의 연관성 — 광복절 기념 무용 공연 평	서울신문
1956. 9. 1	수필	곡예사	연합신문
1956. 9. 2	시	어떤 파노라마	중앙일보
1956. 11. 7	평론	협조 정신의 승리 — 한국 무극 창립 공연을 보고	조선일보
1956. 11. 10	시	하나의 잔	조선일보
1956. 12. 14	시(번역)	항가리 애국시초 — 역	조선일보
1957	시집	남해 찬가	인간사
1957	편저 시집	사랑의 서정시	박영사
1957	시	비정의 시	사상계 4
1957	평론	비평의 직능	한글문예 5

발표일	분류	제목	발표지
1957	시	습지—남대문 지하도에서	자유춘추 5
1957	시	시간 속의 시간	신태양 7
1957	시	어느 섬에서	제주문화 1호 6
1957	시	어느 십자로에서	여원 4
1957	시	여름밤에	학원 8
1957. 1. 27	시	동육문 주변	연합신문
1957. 2. 8	수필	법 없어도 살 사람	평화신문
1957. 5	평론	문학 비평의 직능	한글문예
1957. 5. 3, 4	평론	패배한 인간상 —사월 창작을 중심하여	연합신문
1957. 5. 8	시	당신의 사랑을 간직하고 —「어머니날」에	조선일보
1957. 5. 21	평론	작품의 전형과 작가의 모랄	단대학보 40
1957. 6. 20~22	평론	시인의 운명 —시인 고 노천명 씨에게	조선일보
1957. 7. 1	시	범정 선생 송	단대학보 44
1957. 7. 10	수필	문단 수상 삼제 —비평의 논리	국제신문
1957. 10. 7, 9	평론	시간성과 공간성—시의 두 가지 표현 방법에 대하여	세계일보
1958	평론	내가 만난 중국의 시인들	자유문학
1958	시	무등장산고(無等莊散稿)	자유문학
1958	평론	속·문학적 자화상 —문학수학기	자유문학 11
1958	평론	시의 의미와 그 표현	여원 1호 7

발표일	분류	제목	발표지
		—특히 초학자들을 위하여	
1958	시	편지	자유문학 12
1958. 2. 1	수필	확립된 자율적 공중도덕	단대학보 56
		—내가 본 대만	
		(본 대로 느낀 대로)	
1958. 2. 9	수필	실향의 노래	한국일보
1959	시	날개	자유공론 2
1959	시	방만한 고독을 위하여	문예 10
1959	시	소인 중의 소인의 변	자유문학
1959	시론	장시와 단시의 구조	단원 V. 2 No. 1
1959	수필집	명작에서 본 여인상	여원사
1959	공저 시집	한국 시인 전집 10	신구문화사
1959	시	은행나무처럼	자유문학
1959. 4. 7, 9, 10	평론	신문인의 논리	국제신문
1959. 5. 11	수필	인생 여담	단대학보
1959. 7. 26	시	명복을 빌며	국제신문
		—합동위령제에 부침	
1959. 8. 12	시	밤의 밀도	국제신문
1959. 8. 14	시	기억 있는 풍경	국제신문
1959. 12. 11	시	역사와 더불어	단대학보 100
		—학보 백호간에 즈음하여	
1960	편저 시집	항쟁의 광장	신흥출판사
1960	편저 시집	꽃피고 잎은 푸르고:	대문사
		봄·여름 편	
1960	편저 시집	낙엽과 눈은 쌓이고:	대문사

발표일	분류	제목	발표지
		가을·겨울 편	
1960	편저 시집	산과 바다는 부른다	대문사
1960	시	우물 속의 동화	여원 1
1960	시	포오의 괭이	자유문학
1960. 3. 1	시	우리들 가슴바다에	국제신문
1960. 3. 21	평론	위기는 안정된 터전에 배태 —사십 대가 본 사십 대의 위치	조선일보
1960. 4. 25	시	진혼가	국제신문
1960. 4. 28	시	해마다 사월이 오면 —모든 영광은 젊은이에게	조선일보
1960. 5. 1	평론	흙으로 간 흙의 작가 무영 선생 —굶기를 떡먹듯 한 걸 키가 클 수 있겠소	단대학보 106
1960. 10. 21	수필	음향과 색채와 가을밤과 나와 환상과	단대학보 116
1961. 1. 4	평론	사회 참여와 문화 정책 —김동명 선생에게 보내는 글	대한일보
1961. 4. 20, 21	평론	혁명 정신을 명간하자 —사·일구 한 돌을 맞이하여	민족일보
1961. 4. 21	시	부끄러운 오늘의 이 거리여! —사·일구 한 돌을 맞이하며	단대학보 128
1962	시집	의상 세례	일조각
1962. 2. 23	평론	자유 시대의 인문과 문학	조선일보
1962. 5. 16	시	오월은 우리들의 것	대한일보
1962. 9	시	계단 있는 삼중주	자유문학 9·10

발표일	분류	제목	발표지
1962. 12	수필	무심(無心)에 핀 꽃 김대봉(金大鳳)	합병호 현대문학 96호 12
1962. 12. 30	시	드높은 하늘을 — 새해 아침에	단대신문 163
1963	시	1963년의 축대	사상계 6
1963	시	대폿집에서	신은조 3
1963	시	동일소묘(冬日素描)	현대문학 108호 12
1963	시	무제	자유문학 3
1963. 4. 1	수필	나의 대학 생활	단대신문 167
1963. 9	평론	가설, 여성악마론	신사조
1963. 9. 17	평론	현대시와 그 문제점	부산일보
1964	시 수상집	시원 산책(詩園散策)	정연사
1964	편저 시집	(애정시 감상) 사랑은 별빛처럼	정연사
1964	시	시가 시가 되지 않는	사상계 11
1964. 5~9	평론	현대시의 난해성	협동 14·15·16
1964. 7	평론	김립의 시와 풍자 정신	한양 29
1964. 9	평론	동문서답 — 나의 시의 정신과 방법	현대문학 9
1965	편저 시집	꽃잎은 향기롭고: 봄과 여름의 시(한국 자연시집)	정연사
1965	편저 시집	나무잎이 지면: 가을과 겨울의 시(한국 자연시집)	정연사
1965	편저 시집	사랑은 추억 속에: 세계 애정시 감상	정연사

발표일	분류	제목	발표지
1965	편저 시집	생명은 쉬임없이: 동물과 식물의 시	정연사
1965	편저 시집	하늘과 땅 사이에: 하늘과 땅의 시	정연사
1965	교양서	세계명작의 여인상	정연사
1965	시	육월은 내 사랑의 짙은 그늘	주부생활 6
1965	시	이 가을도	문학춘추 11
1965	시	차단된 도로	신동아 10
1965. 3. 15	시	조시 — 삼가 범정선생 영전에	단대학보 196
1965. 7. 1	시	강물의 영원처럼	단대신문 200
1966	시	거리(距離)	문학춘추 11
1966	평론	세계 속의 한국 문학 — 국제 펜클럽 대회에 참석하고	세대 10
1966. 1	평론	세계 속의 한국 문학	세대
1966. 1. 1	평론	새해의 우리 문단 — 대담(유주현)	국제신보
1966. 5	수필	보신탕 강의	현대문학 5
1967	편저 시집	한국시선	한국신시육십년 기념사업회
1967	평론	문학연구방법론설	국문학논집 1
1967	시	새해 아침에	지방행정
1967	평론	신문문장론	신문평론 12
1967	시	유성	동서춘추 11
1967. 2. 15	평론	뜨거운 노래는 땅에 묻히는데 — 청마 유치환 형의 부보를 듣고	경향신문

발표일	분류	제목	발표지
1967. 4. 18	수필	봄의 향수	단대학보 237
1968	시	동경의 보신탕 집에서	현대문학 8
1968	시	투계(鬪鷄)가 되고 보매	사상계 4
1968. 8. 1	평론	문화 행정 — 문화 뒤에 오는 것	대한일보
1969	수필	나비와 비둘기	지방행정
1969	시	눈으로	한국시단 2호 1
1969	시	손	월간문학 2
1969	수필	지방행정수상 2 — 시가 없는 풍경	지방행정
1969. 10. 6	수필	「문화의 달」에	대한일보
1969. 10. 23	수필	「유아·카」 시대	대한일보
1969. 10. 31	수필	언제인가 그날은	대한일보
1969. 11. 3	시	해마다 이날이 오면 — 개교 이십이돌에 부쳐	단대신문 300
1969. 11. 20	수필	대화	대한일보
1969. 12. 8	수필	37차 국제펜대회	대한일보
1970	수필	나의 제언 — 우리가 바라는 지방 행정	지방행정 V. 19 No. 196
1970	평론	세계 속의 한국 — 제37차 PEN 대회에 즈음하여	대학가 3호 8
1970. 11. 11	수필	휴전선 주변 단상	단대신문 320
1970. 12. 1	수필	허망과 후회의 섣달	단대신문 322
1970. 12. 10, 16, 17, 22~24, 29, 30	수필	나와 「자유문협」 주변	대한일보
1971	시	하루의 역사	월간중앙 12

발표일	분류	제목	발표지
1971. 3. 11	수필	인생과 대학 생활 ―신입생 제군에게	단대신문 324
1972	수필	적화삼삭: 결심, 자유와 평화를 위하여, 민족 양심의 반영	북한 No. 8
1972	시	쥐의 노래	월간문학 1
1972. 2. 1	수필	보람찬 72년을 바라보며 ―다양한 품격의 향기	단대신문 343
1974	시집	혼천	청자각
1974	수필	세계의 시인 78. V. 9	신문화사
1975	편저 시집	사랑은 추억 속에	명문당
1975	교양서	세계 명작의 여인상	명문당
1976	평론	서정 쇄신: 서정 쇄신에 대한 제언―부패, 부조리, 비능률의 소지 제거	지방행정 V. 25 No. 270
1979	공저 시집	한국 시인 전집 10	신구문화사
1979	수필	바다를 주제로 한 현대시의 감상 1	월간 해양한국 V. 74
1979	수필	바다를 주제로 한 현대시의 감상 3	월간 해양한국 V. 75
1980	수필	바다를 주제로 한 현대시의 감상 2	월간 해양한국 V. 76
1980	수필	바다를 주제로 한 현대시의 감상 4	월간 해양한국 V. 77
1980	수필	바다를 주제로 한 현대시의 감상(완)	월간 해양한국 V. 78

발표일	분류	제목	발표지
1981	수필	최현배	범조사
1989	수필집	저 구름 흘러가는 곳	제삼기획[6]
1991	시선집	주막에서	미래사

---

6) 수필집 1장에는 「마라톤 인생」, 「잘난 맛」, 「못난 맛」, 「문학적 자화상」, 「청첩장」, 「슬픈 청춘」, 「남산과 해장국」, 「입싸움과 입비뚤이」, 「신분 증명서」, 「낙천가와 비관론자」, 「범상(凡常)과 범상(凡想)」, 「부정(不正)과 부정(不貞)」, 「생존의 이유」, 「문학 이전의 과제」, 「무심(無心)에 핀 꽃」, 「우정이 있는 곳」, 「만돌린 회상」, 「로댕의 예술」, 「잡초(雜草) 속에서」, 「문 안과 문 밖」, 「여성 탄생」, 2장에는 「아지랭이를 타고」, 「우리들 가슴 하나 하나에」, 「향수(鄕愁)」, 「고향의 봄」, 「꽃의 표정」, 「목련」, 「부드러운 숨소리」, 「푸르름과 그리움」, 「플라타너스 길」, 「한여름밤의 꿈」, 「휴가·부족·자연」, 「바다로 향한 여정(旅情)」, 「가을 비 속에서」, 「한 잎 낙엽에도」, 「철길을 달리노라면」, 「눈오는 밤에」, 3장에는 「사랑한다는 것」, 「이 시간」, 「이 공간」, 「하나에서 둘로」, 「둘이 하나로」, 「이별이 주는 열매」, 「내가 사는 땅」, 「시란 무엇인가」, 「시의 이해와 감상」, 「시에서의 감성과 지성」, 「시와 연애」, 「시인과 여인」, 「시인이 죽거들랑」, 「시 한 편의 원가 계산」, 「시 정신과 인생」, 「달 이미지」, 「천국의 별」, 「지상의 별」, 「어떤 고백」이 실려 있다.

1941. 7. 10   윤곤강, 「김용호 시집 『향연』을 읽고」, 《매일신보》

1956. 11   유정, 「램프의 시 — 김용호 씨에게」, 《문학예술》 3, 문학예술사

1960   이희승, 「국문학 논집 독후감」, 《단국대 국문학논집》

1963. 12   정연희, 「이 우둔한 공범자여!: 김용호 씨의 가설·여성 악마론에 부치는 글」, 《신사조》

1964. 8   장만영, 「문단신사록 2」, 《문학춘추》 1

1970. 12   정태용, 「김용호론」, 《현대문학》 16

1974. 4   정한모, 「네 개의 작품 세계, 영랑·석정·이산 및 김용호의 시: 시를 어떻게 읽을 것인가」, 《심상》 7

1974. 12   이성교, 「김용호 연구」, 《연구논문집》 7, 성신인문과학연구소

1978. 12   김상배, 「역사적 현실과 시적 자아: 김용호론」, 《단국대 논문집》 12

1983   송수복, 「서정과 현실, 그리고 죽음 — 미정리 시 및 유시」, 『김용호 시 전집』, 대광문화사

1983   송하섭, 「학산 김용호론」, 『김용호 시 전집』, 대광문화사

1983   송하섭, 「말기의 김용호 시 세계: 유시집 『혼선』을 중심으로」, 《단국문학》, Vol. 2 No. 1

1983   이성교, 「김용호론」, 《단국문학》 Vol. 2 No. 1

1983. 8   김윤환, 「김용호론」, 단국대 교육대학원 석사 학위 논문

1984. 4   문덕수, 「김용호 시 연구」, 《시문학》

1984. 4   민병욱, 「김용호의 서사적 세계와 갈래 체계」, 《현대시학》

1986. 12   최병준, 「학산 김용호론」, 《논문집》 16, 강남사회복지대

1987. 12   김희철, 「시대적 감각과 생활 지혜의 조화 미학 연구 ― 김용호론」, 《서울여대 인문사회과학논총》

1988   한이각, 「한국 현대 서사시 연구: 「국경의 밤」과 「남해 찬가」를 중심으로」, 서울여대 석사 학위 논문

1989. 12   박태일, 「김용호 시의 세계 체험과 그 틀」, 《가라문화(加羅文化)》 7, 경남대가라문화연구소

1990. 8   유병란, 「김용호 시 연구」, 성신여대 석사 학위 논문

1991   박윤우, 「민족적 삶의 형상과 리얼리즘의 성취」, 『주막에서』 해설, 미래사

1994. 12   신상철, 「김용호의 사향시(思鄕詩)」, 《어문논집》 5, 경남대

1996   장부일, 「장부일, 한국 현대 장시의 전개 양상 연구」, 《방송통신대 논문집》

1998   최삼화, 「낙석 김성태의 예술 가곡에 나타난 선율 구조」, 《동의 논집》

2002. 8   김동주, 「김용호의 「남해 찬가」 연구」, 단국대 교육대학원 석사 학위 논문

2002. 8   김동주, 「김용호의 「남해 찬가」 연구」, 《도솔어문》 16, 단국대

2003   김홍진, 『한국 근대 장시의 서사성 연구』, 한남대 박사 학위 논문

2003. 2   김지은, 「김용호 시 연구: 시적 주체의 아이덴티티 탐색 과정을 중심으로」, 서강대 석사 학위 논문

2003. 12   전문수, 「시의 구조에 관한 연구: 경남 시인 김달진, 김용호, 천상병을 중심으로」, 《인문논총》 10, 창원대 인문과학연구소

2004. 10   조동구, 「김용호 시 연구: 시의 변모 양상과 시적 특질을 중심으로」, 《동북아 문화연구》 7

2007   강외석, 「회감(回感)의 노래: 김용호의 『푸른 별』론」, 배달말학회, 《배달말》

2007. 10   김신정, 「1950년대 김용호 시 연구」, 《한국시학연구》 20

2008. 2   『김용호 시 연구』에 수록 논문, 박이정

강외석, 「회감의 노래―김용호의 『푸른 별』론」

강희근, 「김용호의 첫 시집 『향연』에 대하여」

김신정, 「1950년대 김용호 시 연구: 전쟁 체험의 형상화 방식을 중심으로」

김향라, 「김용호의 시 세계―『날개』를 중심으로」

유재천, 「일제 강점기 김용호의 시 세계」

정삼조, 「김용호론―그리움과 연민의 정서를 중심으로」

조동구, 「김용호의 후기 시 연구―시집 『날개』와 『의상 세례』를 중심으로」

한지희, 「"내 날고 싶구나"―서정시인 김용호의 성취와 한계」

2008. 5   최영호, 「이순신 '장편 서사시' 비교 연구: 김용호의 「남해 찬가」와 김성영의 「백의종군」을 중심으로」, 《해양연구논총》 40-Ⅱ

2008. 6   이성우, 「김용호의 「낙동강」 연구: 서정 장시의 형태적 특성과 주제 의식의 상관성을 중심으로」, 《어문학》 100

2010   백은주, 「현대 서사시에 나타난 서사적 주인공의 변모 양상 연구」, 고려대 박사 학위 논문

2012. 5   김신정, 「향수의 미학과 서민 의식의 추구―김용호의 시 세계」, 2012년 탄생 100주년 문학인 기념문학제 심포지엄 발표문

작성자 노지영 청주교대 강사

【제4주제 ─ 설정식론】

해방 공간과 이념적 선택의 도상학

홍용희(문학평론가·경희사이버대 교수)

1 이념 과잉의 혼란과 선택의 도상

설정식은 해방 공간(1945. 8. 15~1948. 8. 15)의 문인이다. 이것은 시, 소설, 번역 등에 걸쳐 전방위적으로 전개된 그의 창작 활동이 해방 공간에 집중되었다는 것을 가리키면서 동시에 그의 문학적 삶이 해방 공간의 문제적 개인으로서의 특성을 선명하게 드러내고 있다는 것을 가리킨다. "8·15 해방은 도적처럼"[1] 와서 도적처럼 떠났다고 할 때, 해방 공간에 전면에 등장했다가 해방 공간의 혼란이 귀결시킨 전쟁과 분단 체제 속에서 희생된 그의 문학적 삶은 해방 공간의 도상학을 고스란히 닮아 있다.

민족은 있으나 국가가 없었던 식민지 시대와 달리 하나의 민족에 두 개의 국가가 형성되기 시작한 해방 공간은 서로 다른 지배 체제와 권력 의지의 배타적 대립과 충돌의 혼란상을 극명하게 드러낸다. 해방 공간은 얄타 회담(1945, 2)에서부터 가시화된 미, 소 군정에 입각한 분단을 기반으로 하면서 좌익, 우익, 중도 좌익, 중도 우익 세력이 서로 혼전을 벌인다. 특히,

---

1) 함석헌, 『성서적 입장에서 본 조선 역사』(성광문화사, 1950), 280쪽.

이들은 친일파 처단, 토지 제도 개혁, 모스크바 삼국 외상 회의(1945. 12) 이후 신탁과 반탁, 정부 수립 등을 두고 견해 차이를 보이면서 정국의 혼란을 증폭시킨다. 이념적 반목과 대립의 혼전이 심할수록 현실 속에서 '진리'의 구현을 견지하는 시중지도(時中之道)의 길 찾기는 더욱 중요하고도 어렵다. 과연 해방 정국의 이념의 소용돌이에서 어느 진영이 가장 진리의 구현에 가까운 노선일까? 이러한 질문 앞에 설정식은 "총소리를 들은 민주주의가/ 조용히 이를 깨문다.// 그러자/ 또 총소리가 들린다.// 진리는 이렇게/ 천착만공(千鑿萬孔)이 되어야 하느냐// 아 정말 신이래도 있으면은 좋겠다"(「진리(眞理)」)라고 표백한다. 계급해방과 민족의식을 동시에 견지한 좌익 계열, 미군정에 적극 참여하며 자유민주주의를 추구한 우익 계열, 좌우 갈등을 극복하고 통일 정부를 구성하고자 한 중도 계열이 서로 자기 진영이 해방 정국(時)에 가장 올바른 시대정신(道)을 구현하는 노선이라고 주장하고 있었던 것이다.

설정식의 해방 공간에서의 첫 번째 이념 선택은 우익 진영에 합류하는 것이었다. 그는 미군정청 고위 관리로 나아간다. 그러나 미군정의 제국주의적 본성에 실망하면서 조선공산당 입당으로 선회한다. 그러나 점차 남한에서의 공산주의 활동은 금기시된다. 이때 그는 좌익 인사 교화 및 전향을 목적으로 하는 보도연맹에 들어가게 된다. 6·25 전쟁이 일어나면서 다시 인민군으로 자원입대하고 더 나아가 월북을 감행한다. 그러나 북한에서 그는 1953년 '인민공화국정권 전복 음모와 반국가적 간첩 테러 및 선전 선동 행위'를 했다는 죄명으로 사형에 처하게 된다. 이념 과잉 시대에 그의 문학적 삶의 경로는 북한 정권의 전쟁 실패의 책임을 전가하기 위한 남로당계 숙청 과정의 희생양이 되는 것이었다. 그야말로 그는 "이데올로기의 홍수 속에/ 모습도 남기지 않은 채 휩쓸려 간 사람"[2]이 되고 말았다.

설정식의 문학 세계는 해방 공간에 집중적으로 펼쳐진다. 그가 작품을

---

2) 설희관, 「아버지」, 《시로여는세상》, 2004 겨울.

206

발표한 것은 1932년 학생 대상 작품 공모에 수상하면서부터이지만 문단에 두각을 드러낸 것은 해방 이후부터이다. 해방 공간에 시집 『종(鐘)』(1947), 『포도(葡萄)』(1948), 『제신(諸神)의 분노(憤怒)』(1948) 등을 비롯한 여러 장르의 작품을 연간한다.[3] 그의 이러한 시적 삶은 배반의 희망으로 다가온 해방에 대한 회한과 해방 공간의 혼돈 속에서 이념적 관조, 선택, 신념으로 이어지는 일련의 과정이 중심을 이룬다. 특히 이것은 그의 시 세계에서 "태양"과 "해바라기"의 역동적 도상을 중심으로 구상화되고 있다. "팔월 태양", "또 하나의 다른 태양", "붉은 사상의 태양"으로 변주되는 이미저리는 각각 회복된 국권, 미군정, 조선공산당을 표상하는 것으로 해석된다. 그리고 이에 대응하는 "해바라기"는 각각 실천, 대결, 신념의 양상을 드러낸다. 이 글은 이러한 문제의식 속에서 설정식의 해방 공간의 이념적 선택의 도상학을 구체적으로 탐색해 보기로 한다.

2 '팔월 태양'의 재생과 실천 의지

설정식은 1912년 함경남도 단천에서 태어난다. 그의 부친 설태희는 한학자이면서 일본 유학을 다녀온 개신 유학자였으며 물산 장려 운동에 앞장서기도 한다. 8세 때에 서울로 이주했고 경성농업고등학교에 다니던 시절 광주 학생 사건에 가담하여 퇴학을 당한다. 그의 시편에 나타나는 한학적 소양이나 민족 현실에 대한 관심은 선대로부터 내려오는 집안 분위기와도 깊이 연관되는 것으로 보인다. 농업학교에서 퇴학을 당하자 만주 봉천으로

---

3) 시 장르 외에도 소설 「청춘」(1946), 「프란씨스 두셋」(1946), 「한 화가의 최후」(1948), 「해방」(1948) 등을 발표한다. 또한 시론으로 「시와 창작」(1947), 「시(詩)의 위치」(1948), 「실사구시의 시」(1948), 「프래그먼트」(1948) 등을 발표한다. 해방 공간이 끝나면서 그의 남한에서의 창작 활동이 금기시되자 「햄릿」(1949)을 비롯한 셰익스피어 작품 번역에 집중한다. 그는 시, 소설, 시론, 번역 등의 다양한 장르를 통해 격동의 해방 공간을 종횡무진 가로지르고 있었다.

가서 학업을 계속하다가 만보산 사건으로 귀국한다.[4]

그가 문단에 등장한 것은 중국에서 귀국한 이듬해 1932년 《중앙일보》 현상 모집에 희곡 「중국은 어디로」가 당선되면서부터이다. 같은 해에 학생들을 대상으로 한 문예 공모에 수상자가 되면서 시가 발표된다. 연희전문학교를 다니던 도중 일본에 유학을 다녀왔고 연희전문을 마친 이후에는 미국으로 건너가 마운트유니언 대학교를 졸업했으며 다시 컬럼비아 대학교에서 셰익스피어를 집중적으로 공부한다. 일제 강점기에 학생 신분으로 중국, 일본, 미국 현지를 두루 경험하는 예외적인 이력을 보여 준다. 선비 집안 출신이며 중국 유학생으로서의 동양의 전통적인 세계관과 일본, 미국 유학생으로서의 근대적 세계관을 두루 섭수한 것이다. 우리 근대 문학사에서 영문학 전공자들이 김기림, 최재서, 황순원 피천득 등의 경우에서 보듯 대부분 일본이나 중국 대학에서 공부한 데 비해 설정식은 현지에서 직접 공부한 정통파에 속한다. 그러나 2차 세계대전 직전 미국 유학에서 돌아왔으나 "아무 일자리도 얻지 못하고 농장에서 일"하며 세월을 보내다가 해방을 맞이한다.

"종전과 해방"은 그의 문학 세계에도 "새로운 삶을 가져다 주었"[5]다. 그러나 해방 공간은 이내 한 치 앞의 방향을 가늠할 수 없는 혼란의 소용돌이에 휩싸이게 된다. 해방의 기쁨을 제대로 느낄 여유도 없이 이념적 대립과 분열의 충돌 속에 고스란히 노출된 것이다. "아 해방이 되었다 하는데/ 하늘은 왜 저다지 흐릴까"(「원향(原鄉)」)라는 탄식이 저절로 나온다. 해방은 되었으나 해방의 기쁨은 없다. 이것은 마치 "태양"은 있으나 "태양 없는 땅"에 살게 된 것과 같은 형국이다.

곡식이 익어도 익어도 쓸데없는 땅

---

4) 그의 소설 『청춘』은 이때의 중국 체험이 기본 바탕을 이룬다.

5) 티보 메레이, 설희관 엮음, 「한 시인의 추억, 설정식의 비극」, 『설정식 문학 전집』(2012), 792쪽.

모든 인민이 등을 대고 돌아선 땅

물줄기 도리어
우리들 입술 찾아 흐르기도 하고
흘러도 그러하나
벌써 모래 가득 찬 아가리
황토(荒土)에 널리기도 한 땅—

(중략)

땀을 흘여도 흘여도 쓸데없는 땅
태양 없는 땅

—「태양 없는 땅」 부분

　해방이 되었으나 "하늘은" 흐리기만 하여 "태양"을 볼 수 없는 상황이다. 태양이 없는 곳이기 때문에 지상에서 "땀을 흘"리는 것의 의미나 성과가 없다. 이때, 태양은 국권을 표상하는 것으로 해석된다. 8·15 광복은 이 땅에 국권 회복의 환희를 가져왔지만 그러나 곧 "누가 와서 벌여놓은 노름판" 같은 "무서운 희롱"(「단조(短調)」)의 대상으로 전락된다. "아름다우리라 하던" 해방의 기대는 "독한 부나븨" "달려드는"(「단조」) 아픔의 자리로 변질된다. 그렇다면, 이와 같은 비관적 현실을 초극할 수 있는 방법은 무엇일까? 그것은 국권 회복에 해당하는 "아름다운 팔월 태양"을 재생시키는 것이다.

두고두고 노래하고
또 슬퍼해야 될 팔월이 왔소

꽃다발을 엮어
아름다운 첫 기억을 따로 모시리까
술을 빚어놓고 다시
몸부림을 치리까

그러나 아름다운 팔월은 솟으라
도로 찾은 깃은 날으라 그러나

아하
숲에 나무는 잘리우고
마른 산이오 눈보라 섣달
사월 첫 소나기도 지나갔건만은
어데 가서 씨앗을 담어다
푸른 숲을 일굴 것이오

아름다운 팔월 태양이
한번 솟아 넓적한 민족의 가슴 위에
둥글게 타는 기록을 찍었오
그는 해바라기
해바라기는 목마른 사람들의 꽃이오
그는 불사조
괴로움밖에 모르는 인민의 꽃이오

오래오래 견디고
또 기다려야 될 새로운 팔월이 왔소

해바라기 꽃다발을 엮어

이제로부터 싸우러 가는
인민 십자군의 머리에 얹으리다

(중략)

아름다운 사상과 때에 반역하는 무리만이
이기지 못하는 무거운 역사의 그림자
　　　　　　　　　　　—「해바라기 쓴 술을 빚어 놓고」 부분

　시적 화자는 "아름다운 팔월 태양"의 부활을 열망하고 있다. 물론 이것
은 현재 상황이 "슬퍼하여야 될 팔월"이기 때문이다. 팔월이 슬플수록 팔
월의 "아름다운 첫 기억"에 대한 그리움이 더욱 간절하다. 그래서 "아름다
운 팔월은 솟으라/ 도로 찾은 깃은 날으라"고 힘주어 노래한다. 어느새 팔
월이 시적 화자의 가슴에 살아 있는 생명체로 느껴진다. 간절함의 열도가
시적 대상에 생명 의식을 불어넣게 된 것이다. "숲에 나무"가 "잘리우고"
"산"이 말라 가는 국권 유린의 나날 속에서 "아름다운 팔월 태양이" 다시
"한번 솟아 넓적한 민족의 가슴 위에/ 둥글게 타는" 날을 열망한다.
　이와 같은, "팔월 태양"의 재생에 대한 염원은 점차 "해바라기"로 표상
되는 "인민"의 실천 의지로 전이된다. 시상의 흐름이 소극적인 기원에서 적
극적인 실천으로 전환되고 있다. "도로 찾은" "팔월"의 "깃"이 다시 비상하
기 위해서는 심정적 염원을 넘어 "목마른 사람들의" 구체적인 노력이 필요
하다는 인식이다. 그래서 그는 "해바라기 꽃다발을 엮어/ 이제부터 싸우러
가는/ 인민 십자군의 머리에 얹으"려고 한다. "해바라기"와 "인민 십자군"
이 연속성을 이룬다. 이제 "인민의 꽃 해바라기"는 "아름다운 사상과 때에
반역하는 무리"를 몰아낼 것이다. 이것은 물론 "아름다운 팔월 태양"의 재
생을 위한 실천 과정이다. "태양은 해바라기를 쳐다보고/ 해바라기는 우리
들을 쳐다보고/ 우리들은 또" "태양을 쳐다보"(「해바라기 소년」)는 일원론적

인 상응 구조가 성립되고 있다.

한편, 여기에서 우리는 설정식의 시 세계에서 절대적인 염원의 대상으로 "태양"으로 표상되는 천상의 이미지와 함께 "십자군"이 자연스럽게 등장하는 배경에 대해 묻게 된다. 이것은 그가 기독교계 대학인 연희전문을 나온 학문적 배경과 무관하지 않겠지만 이보다는 해방 정국의 혼란 속에서 그가 견지하고자 하는 절대적 가치와 연관되는 것으로 보인다. 이념적 분열, 대립, 충돌이 난무할수록 변치 않는 영원한 초월적 가치에 대한 갈망은 더욱 강하게 느껴진다.

> 할 수 없이 카토릭이 된 사람아
> 나는 어떻게 하면 좋으냐
>
> 먼 나라로 가기 전에도
> 칠천 리 바다 저쪽에서도
> 또다시 저 남산 위에
>
> 하늘빛과
> 마음은 항상 같으구나
>
> 같은 것이 무엇이라는 것
> 너로 말미암아 비로소 알았다마는
>
> 법이 있고 또 문제가 많은데
> 같은 것이 무슨 소용이랴
>
> 그리고 너는 어디론가 간다고
> 사람들이 훅 말을 전하는 것이다

가거라 부디 좋은 사람에게로 가거라

―「Y에게」 부분

　대화의 화법을 통해 시적 화자의 내면 의식이 진솔하게 표백되고 있다. "Y"는 영원히 "같은 것"을 찾아 "카토릭"으로 갔다. "먼 나라로 가기 전에도/ 칠천리 바다 저쪽에서도/ 또다시 저 남산 위에"도 "항상 같"은 것이란 종교적 초월의 절대자를 가리킬 것이다. 여기에서 "먼 나라"는 설정식의 자전적 연대기로 미루어 미국을 가리키는 것으로 이해된다. 물론, 여기에서 "칠천리"는 물리적 거리라기보다 "먼 나라"가 자아내는 아득한 심정적 거리를 가리키는 것으로 보인다. 시적 행간에는 미국 유학을 "가기 전"은 물론 미국 유학 생활을 하던 "칠천리 바다 저쪽에서도" 그리고 "또다시" 이곳에서도 한결같이 영원한 것에 대한 아득한 묵상이 배어 나온다. 그러나 그는 "카토릭"으로 가는 "Y"와 동행하지는 않는다. "법이 있고 또 문제가 많은" 현실 속에서 영원히 "같은 것이" 도대체 "무슨 소용이" 있겠는가라고 생각되기 때문이다. 설정식의 해방 공간 속에서 느끼는 심리적 갈등과 모색의 내적 과정을 읽을 수 있다. 그가 다음 시편의 첫 머리에서 『장자』, 「천지」 편을 인용한 것도 해방 공간의 혼돈 속에서 느끼는 이념적 선택의 어려움을 드러낸 것으로 보인다.

黃帝遊乎亦水之北登乎崑崙山之丘而南望

還歸遺其玄珠使知索之而不得使離朱索之

而不得使喫詬索之而不得也乃使象罔象罔得之

―장자, 「천지」 편

아 내 사연이야 이루 사뢰어 무삼하리요 다만

자비로운 아배의 집에서 하루아침

나는 억울한 도적이 되었소

글세 몇 해를 더 갈 것인지 차차

굳어지는 혓바닥, 알아듣지 못하시더라도

글세 어떻게 하면 좋을 것인지 나도—

—「상망(象罔)」 부분

도(道)에 관한 설명에서 자주 등장하는 『장자』, 「천지」 편의 구절이다. 황제 훤원씨가 잃어버린 진주(진리)를 찾기 위해 신하, 지(知: 지식), 이주(눈 밝은 신하), 끽후(소리에 밝은 신하)를 보냈으나 찾지 못했다. 그러나 상망, 즉 마음을 비운(분별지를 없앤) 신하를 보냈더니 찾아왔다는 것이다. 11연의 장대한 형식으로 이루어진 이 시의 본문은 그리스 신화를 차용하여 해방 공간의 혼란상을 암유적으로 드러내고 있다.

동양의 고전과 그리스 신화를 동시에 차용한 이 시편은 선비 집안 출신이면서 미국 유학생 출신이기도 한 그의 남다른 학문적 이력과 무관하지 않을 것이다. 그가 동서양의 고전을 가로지르며 궁극적으로 노래하고 있는 것은 "하늘에서 불을 앗어온 우리 은인(恩人)/ 프로메듀쓰를 위하여/ 상망이 구슬을 찾아오"는 것으로 서술할 수 있는, "팔월의 태양"의 재생을 위한 방법론에 대한 모색이다. 과연 해방 공간의 다양한 이념적 노선 속에서 "상망이 구슬을 찾아"오듯이 "팔월의 태양"을 재생시킬 수 있는 길은 무엇일까. 이러한 암중모색 중에 그의 앞에는 "또 하나의 다른 태양"(「또 하나 다른 태양」)이 다가선다.

3 '또 하나의 다른 태양'과 대결 의지

해방 공간 앞에서 "할 수 없이 카토릭이 된 사람아/ 나는 어떻게 하면 좋으냐"(「Y에게」)라고 자문했던 설정식이 선택한 첫 번째 경로는 미군정이었다. 그는 해방 정국의 혼란 속에서 "구슬"(진리)을 "찾아오"는 "상망"의 역할을 담당하는 대상이 미군정이라고 파악했다. "남한에 미국인들이 들어왔을 때 나는 희망과 낙관에 가득 차 있었다.”라고 스스로 진술한다. “우리 민족의 처지가 마침내 나아지리라 믿었다.” 그는 “팔월의 태양”이 희미해진 자리에 미군정을 “또 하나 다른 태양”(「또 하나 다른 태양」)으로 올려놓고 있었다. 물론 여기에는 “미국인이 나를 쌍수를 들어 받아들인 것”도 한몫 했을 것이다. “무엇보다도 그들이 나를 필요로 했던 것이다.”[6] 그는 정통 미국 유학파로서 누구보다 탁월한 영어 실력을 갖추고 있었다. 그러나 그는 미군정에 1년여 복무하면서 깊은 실망에 빠진다. 미군정의 제국주의적 본성을 직접적으로 느끼고 목격한 것이다. 미국의 본성은 “제국의 제국을 도모하는 자”였던 것이다.

> ‘대계곡(大溪谷)’의 장엄은 또 그만두고
> 와이오밍에서 코로라도
> 기름진 평야로 들어서는
> 옥수수 밭고랑 고랑은 진정
> 내 고향과도 같이
>
> 어데 어데를 가도
> ‘자유’ 그 말에 방불(彷佛)한 토지를
> 파씨쓰타의 무리여
> 너희들 까닭에 나는
> 휘트맨의 곁에 가차이 설 수 없고
> 또 이날에도
> 찬가로써 하지 못하고
> 두 폭 넓은 비단 청보(靑褓)에 ‘원망’을 싸는도다
> ───「제국의 제국을 도모하는 자」 부분

---

6) 설희관 엮음, 앞의 책, 793쪽.

　　미국의 장엄한 영토는 "내 고향과도 같이" 그립고 친숙하다. "어데 어데를 가도/ '자유' 그 말에 방불한 토지"의 기억이다. 미국 유학 체험을 바탕으로 배어나오는 시적 전언이다. 그러나 그는 "미국독립기념일"에 안타깝게도 "찬가"를 쓸 수 없다. 미국이 "파씨스타"의 성향을 드러내고 있기 때문이다.

　　　　그러나 그대는 들었는가
　　　　양귀비 난만한 동산
　　　　「백인(白人)의 부담(負擔)」이란 우화(寓話)를
　　　　그리고 얄타회담으로 몰아가는
　　　　캬듸락 바퀴 소리를
　　　　휜손이 닷는 특은 문소리를 그리고
　　　　샴펜주(酒) 터지는 소리를

　　　　흑풍(黑風)이 불어와
　　　　소리개 자유는
　　　　비둘기 해방은 그림자마자
　　　　땅위에서 걷어차고 날아가련다
　　　　　　　　　　　　　　　　　　　　　　—「우화(寓話)」 부분

　　미국의 제국주의적 속성을 적나라하게 비판하고 있다. 그가 미국에서 보았던 "와이오밍에서 코로라도/ 기름진 평야로 들어서는/ 옥수수 밭고랑 고랑은" 미국의 표면적 풍경에 지나지 않았다. "「백인의 부담」이란 우화"나 "얄타회담"에서 드러나는 침략적인 제국주의의 속성이 미국의 내적 본질이었음을 자각하고 있다. "「백인의 부담」이란 우화"는 미국의 필리핀 식민지 지배에 대한 자축을 다룬 것이고 "얄타회담"은 2차 세계대전 전후 처리를 위한 강대국의 패권적 지배 전략이 드러난 회담으로서 한반도의 분단과 연

216

관된다. 설정식이 미국 유학생으로서 책에서 읽었던 "제퍼슨 페인의 아름다운 사상"과 "또 그 뒤에 저 많은/ 민주주의 계승"(「제국의 제국을 도모하는 자」)과 상반되는 미국의 또 다른 모습이다.

　이때 그는 자신의 첫 번째 선택에 대한 부정을 감행하지 않을 수 없게 된다. 이것이 시적 상징을 통해 표현 되면 "또 하나 다른 태양"에 대한 부정으로 나타난다.

> 그러므로 네가 매운 강동지와 깡조밥을 빚어
> 가장 수고로이 부어줄 때에도 그 잔(盞)은
> 마시면 내 혀는 나를 속이기만 하였다
> 그리하여 피는 슬프게도 생명에서 유리(遊離)되고 말았다
> 피는 슬프게도 짐승에게로 가차이 흘렀다
>
> 다시 말하거니와
> 무자비한 태양이여
> 나는 네가 임금(林檎)을 시굴게 또 달게 그리고 또 떨어트리는 권력을 가지고 있는 것도 잘 알았다 허나
> 나는 네가 네 자신밖에 태우지 못하는 슬픔인 줄은 몰랐다
>
> 내 눈앞에서 또 한 개의 임금(林檎)이 떨어진다 그러나
> 죽엄으로밖에 떨어질 데 없는 나의 육체는
> 떨어지지도 않으면서 심히 무겁구나 무엇이 들어찼느냐 과연 그러나
>
> 이제 모든 실오라기와
> 너의 지난 세월의 나의 긴 누데기를 벗어버리고
> 　　　　　　　　　　　　　　　　　　―「또 하나 다른 태양」 부분

"또 하나 다른 태양"의 이중성에 대한 배반의 정서가 내밀하게 스며 있다. "네가 매운 강동지와 깡조밥을 빚"은 술을 "가장 수고로이 부어줄 때에도" "마시면 내 혀는 나를 속이기만" 한다. 정성을 다하는 신사의 모습을 취하고 있지만 그러나 "무자비한" 침략성이 내적 본성을 이룬다. "그리하여 피는 슬프게도 생명에서 유리되고 말았다". "무자비한 태양"이 엄청난 "권력"을 지닌 것은 알았지만, 그것이 이타적인 포용성으로 확산되지 못하고 "자신밖에 태우지 못하는 슬픔"에 갇혀 있는 줄은 몰랐다는 것이다. 다시 말해, 미국의 민주주의 전통과 경제적 풍요는 자국 내의 그것일 뿐, 다른 민족에게는 결코 적용되지 않는다는 것이다. 그는 이에 대해 다음과 같이 직접 진술한 바가 있다.

> 나는 그들이 자기네 군사 기지가 있는 나라에 대한 관심보다 군사 기지 자체에 더 많은 관심을 가지고 있음을 보았다. 나는 농민과 노동자들이 전과 다름없이 비참한 생활을 하고 있으며, 아무런 경제적 향상도 없다는 것을 알았다. 나는 또 그들이 부패와 인권의 억압을 못 본 체하고, 그 무자비한 독재자 이승만을 전폭적으로 믿고 있다는 것도 알게 되었다.[7]

이제 그는 미국과의 결별을 선택하지 않을 수 없다. "너"와의 "지난 세월"을 "누데기를 벗어버리"듯이 벗어 버리지 않을 수 없는 것이다. 이제 그는 "무도한 태양"에 대한 대결 의지를 불태우게 된다.

> 해바라기 호을로
> 너희들의 타락을 거부하였다
>
> 모든 꽃이 아름다운 십자가에 속은 날

---

7) 설희관 엮음, 앞의 책, 793쪽.

모든 열매가 여지없이 유린을 당한 날
그들이 모두 원죄(原罪)로 돌아간 날

무도(無道)한 태양이
인간 위에 군림하고
인간은 또 인간 위에 개가(凱歌)를 부르고
이기라든 멍에냐 어깨마저 깨져도

해바라기는 호올로
태양에 필적하였다

―「해바라기 3」 부분

"무도한 태양"과 "해바라기"가 대립 구도를 이루고 있다. "모든 꽃이 아름다운 십자가에 속"았다는 것은 앞의 시에서 "가장 수고로이 부어줄 때에도 그 잔"을 "마시면 내 혀는 나를 속이기만 하였다"라는 배반의 부정적 상황에 고스란히 상응한다. 따라서 "모든 열매가 여지없이 유린"되고 "그들이 모두 원죄로 돌아"갔다는 것은 "또 다른 하나의 태양"이 지닌 "제국의 제국을 도모"(「제국의 제국을 도모하는 자」)하는 이면의 본성에 대한 비판적 직시로 해석된다. "인간 위에 군림하고/ 인간은 또 인간 위에 개가를 부"르는 것이 곧 제국주의의 속성에 다름 아니기 때문이다. 이러한 "무도한 태양"을 향해 "해바라기"는 "호올로" "필적"한다. "아름다운 팔월 태양"의 재생을 위한 실천 의지를 추구하던 "인민의 꽃 해바라기"(「해바라기 쓴 술을 빚어 놓고」)가 이제 "또 다른 하나의 태양"을 위한 대결 의지를 불태우고 있는 것이다.

한편, 다음 시편은 시적 자아가 지향하는 "무도한 태양"과 맞선 "해바라기"의 인민성의 존재론적 특성을 선명하게 보여 준다.

오늘 죽은 듯이 깔리운 아우성은
아람으로 자랑하는 왕자(王者) 서기 이전부터
바람 함께 무성(茂盛)하였다

쓰러지고야 말 연륜이기에
우리는 그것을 다못
운명의 거대함이라 하였다

말굽이 지나오고 또 지나가도
겁화(劫火) 땅 끝에서 땅 끝을 쓸어도
드을을 엉켜 잡은 잡초 뿌럭지
쓰러지지 않는 연대(年代)는 다못
인민으로붙어 인민의 어깨 위로만 넘어갔다

피라 화려할 대로
그러나 백화(百花) 너희들의 발아래
연륜으로 헤아릴 수 없는 생명으로
무한 죽었다 다시 살아나는
여기
뿌럭지들임을 알라

—「잡초」 전문

　"잡초", "인민" 의 이미지가 "바람", "말굽", "백화"의 이미지와 대칭 구도를 이루고 있다. "잡초"는 "오늘 죽은 듯이 깔리운 아우성"으로 존재한다. 그러나 "잡초"의 "죽은 듯이 깔리운 아우성"은 비단 오늘만의 일이 아니다. "이전부터/ 바람"과 "함께 무성(茂盛)"해 온 아득한 역사성을 지닌다. 다시 말해, "바람"이 있었던 때는 "죽은 듯이 깔리운" "잡초"의 "아우성"이 있었

220

던 것이다. 그러나 "잡초"는 결코 소멸하지 않는다. 항상 새롭게 재생할 따름이다. "말굽이 지나오고 또 지나가도/ 겁화"가 "땅 끝에서 땅 끝을 쓸어도" "잡초"는 "쓰러지지 않"았다. "다못/ 인민으로붙어 인민의 어깨 위로만 넘어갔다". "잡초"와 "인민"은 근원 동일성을 지닌다. "잡초"는 결코 "화려"하지는 않지만 그러나 화려한 "백화"의 "발 아래/ 연륜으로 헤아릴 수 없는 생명으로/ 무한 죽었다 다시 살아나는" 존재자이다.

여기에 이르면, 설정식이 "해바라기"의 "무도한 태양"을 향한 대결 의지의 신념을 읽을 수 있다. "인민의 꽃"(「해바라기 쓴 술을 빚어 놓고」) "해바라기"는 곧 "잡초"의 생명력에 뿌리를 두고 있기 때문이다. 그의 "잡초"로 표상되는 인민의 생명력과 가능성에 대한 무한 신뢰는 자연스럽게 "당 조직을 노동자 농민의 대중 사이에서 모든 기본 조직과 보조적 여러 단체를"[8] 조직하고 있는 조선공산당을 향해 나아가게 한다. 그가 미군정에서 조선공산당 입당을 선택하는 배경은 이러한 시적 삶 속에서 분명하게 찾아진다.

4 '붉은 사상의 태양'과 백야의 상실

"해방이 되었다 하는데/ 하늘"이 흐려 보이지 않게 된 "팔월의 태양"의 자리에 "또 하나의 다른 태양"을 두었지만, 그것은 하염없는 실망으로 귀결된다. 이를테면, "또 하나의 다른 태양"은 외양과 본질이 서로 다른 부정적 대상이었던 것이다. 대내적으로는 "민주주의 계승"을 표방하고 있으나 대외적으로 "제국의 제국을 도모하는 자"(「제국의 제국을 도모하는 자」)였다. 이때, 그가 다시 선택한 것은 "무한 죽었다 다시 살아나는"(「잡초」) "잡초"로 표상되는 인민성에 기반을 둔 "붉은 사상의 태양"이다.

지나가는 호랑나비야

---

8) 「조선공산당 1945년 8월 테제」, 김남식, 『남로당 연구』(돌배개, 1984), 525쪽 수록.

똑같은 수백만 눈동자의
푸른 해심(海深)을
어찌 헤아린다 하느뇨
비말차운(飛沫遮雲)의 헛됨이여
가슴 가슴마다 타는
해바라기
붉은 사상의 태양을
무엇으로 막으려는가

—「반가(反歌)」 전문

"해바라기"와 "태양"이 대립 구도가 아니라 다시 동일성을 이루고 있다. "가슴 가슴마다 타는/ 해바라기"가 곧 "붉은 사상의 태양"이다. 따라서 "지나가는 호랑나비"가 "헤아"리기 어려운 "수백만 눈동자의 푸른 해심"이란 "가슴 가슴마다 타는/ 해바라기/ 붉은 사상의 태양"을 안고 있는 수백만 인민들의 눈동자의 열정과 깊이를 가리키는 것으로 해석된다. 과연 "해바라기/ 붉은 사상의 태양"을 누가 "무엇으로 막"을 수 있을까? "말굽이 지나오고 또 지나가도/ 겹화 땅 끝에서 땅 끝을 쓸어도/ 드을을 엉켜 잡은 잡초 뿌럭지/ 쓰러지지 않"(「잡초」)는 생명력이 이들의 내적 동력을 이루고 있지 않은가.

여기에 이르면, 설정식은 다음과 같은 시편을 거침없이 쓰게 된다.

내 이제 무엇을 근심하리오
열 겹 스무 겹
백 겹 천 겹으로
해바라기
호을로 서 있음을

만 겹 백만 겹으로 싸고 또
싸돌아가면서 꺼지 낀 그대들의
두터운 어깨는
태산(泰山)이 아니오?

(중략)

내 이제 무엇을 근심하리오
강함과 약함이
하나인 영도권(領導權)이오 또
영도자(領導者)인 그대여
그 말이 있거늘

다만 주검 직전까지
복무(服務) 있을 뿐이외다

낙동강이 또 두만강이
가차이 내 발을 씻고 흐르고
인민과
인민의 영도자가 계시고
그 위에 하늘이
비를 아끼지 않거늘
내 몇 방울 피를 아껴 무삼하리오
——「내 이제 무엇을 근심하리오」 부분

    "해바라기"는 "호을로 서 있"어도 결코 혼자가 아니다. 그 주변에 "만 겹
백만 겹으로 싸고 또/ 싸돌아가면서 꺽지 낀 그대들"과 함께 있기 때문이

다. "해바라기/ 붉은 사상의 태양"(「반가」)이 서로 "두터운 어깨"를 모아 "태산"을 이루고 있다. 이것은 바로 인민들의 총화에 해당하는 조선공산당을 가리킨다. "노동자 대중 속에 들어가서" "투쟁을 일으키고, 선동하며, 그들에게 계급 의식을 넣어 주며, 조직하며, 정치적 수준을 높"[9]여 주는 조선공산당에 가담하면서 그는 "내 이제 무엇을 근심하리오"라고 노래하게 된다. "영도자인 그대여/ 그 말이 있거늘/ 다만 주검 직전까지/ 복무 있을 뿐이외다"라고 결의를 다진다. 이때 영도자란 남로당 당수 박헌영을 가리킨다.[10] 이제, "내 몇 방울의 피"와 목숨을 아낄 필요가 없다. 시적 화자 자신은 죽더라도 "내 아들/ 아들의 아들에게 돌아갈 것"을 믿기 때문이다. 그에게 조선공산당은 목숨까지 바칠 수 있는 절대적 존재이다. 여기에 이르면 적어도 설정식에게 해방 공간의 시적 삶에서 이념적 선택의 갈등은 마무리된 것으로 보인다.

이 무렵부터 설정식의 조선문학가동맹에서의 비중도 높아진다. 그는 좌익 문인들의 2차 월북이 본격화되던 1947년 8월부터 조선문학가동맹 외국문학부 위원장을 맡기도 한다. 1948년 10월에는 정지용과 더불어 《문장》 속간호를 출간하고 소설부 추천위원으로 활동함으로써 좌익 문단의 최후 보루를 지킨다.[11] 따라서 그의 문학관 역시 조선문학가동맹의 진보적 세계관에 직접 맞닿아 있는 면모를 보인다.[12]

---

9) 김남식, 앞의 책, 522쪽.

10) 설정식은 이 시에 대해 변론 과정에서 입당 때 박헌영을 염두에 두고 쓴 시라고 밝힌다. 504쪽.

11) 임화를 책임자로 하는 문학가동맹 기관지 《문학》이 1948년 7월호로 폐간되자 그 대체물로 모색된 것이 다소 온건한 이미지를 지닌 《문장》으로 파악된다. 《문학》에 등장한 설정식, 김동석, 정지용, 허준 등이 《문장》 속간호에 이어져 있음이 이를 반증한다. 김윤식, 「소설의 기능과 시의 기능」, 『한국 근대 리얼리즘 작가 연구』(문학과지성사, 1988), 283쪽.

12) "우리가 주장하는 것은 그야말로 민주주의 문학론인데 이것을 위하여 봉건과 일제 잔제를 소탕하고 파쇼적인 국수주의를 배격하여 민족 문학을 건설함으로써 세계 문학과 연결을 가지려고 할 따름입니다."(설희관 엮음, 앞의 책, 779쪽)
소설가 홍명희와의 대담에서 가장 구체적으로 언급되고 있는 그의 문학관은 조선문학

　그러나 해방 공간의 소용돌이는 설정식의 문학적 삶에 또 한 번의 반전을 요구한다. 남한에서의 공산주의 활동의 전면 탄압과 남로당의 월북이 단행되면서 "백겹 천겹"으로 둘러싸여 있던 "해바라기" 무리와 "영도자"(「내 이제 무엇을 근심하리오」)가 가시권에서 멀어지는 현상이 벌어지고 있었다.

> 여름이 가고 가을이 오고 가을이 가고 겨울이 오고
>
> 겨울이 가고 봄이 올 뿐이요
>
> 해바라기는 어데 가서 피었는지 분간 못할 백야(白夜)
>
> 하였으되 이것은 꿈이냐
>
> 맑어지지 않는 백야는 긴 꿈이냐
>
> 　　　　　　　　—「삼내 새로운 밧줄이 느리우다 만 날」 일부

　"백야"의 빛이 "해바라기"의 빛을 무화시키고 있는 형국이다. "여름이 가고 가을이 오고 가을이 가고 겨울이 오고/ 겨울이 가고 봄이 올 뿐" "해바라기"는 제 빛을 선명하게 드러내지 못한다. "맑어지지 않는 백야"가 마치 "긴 꿈"이라면 좋을 것 같다. 그러나 "백겹 천겹"(「내 이제 무엇을 근심하리오」)으로 둘러싸여 있던 "해바라기"가 주변에 보이지 않는 것이 현실이다. 이것은 그가 "다만 주검 직전까지/ 복무"(「내 이제 무엇을 근심하리오」)하고자 하는 삶의 지표를 상실한 것에 해당한다. 이때 그는 좌익계 인물들의 전향을 목적으로 조직된 보도연맹에 가입하게 된다.[13] 여기에서 반공시 「붉은 군대는 물러가라」를 발표한다.[14] 그러나 해방 공간의 이념적 대립과 충

　　가동맹의 중심 테제인 반봉건, 반제국주의, 반국수주의에 입각하고 있다.

13) 설정식은 "체포령까지 내리게 되어 할 수 없이 보도연맹에 가입했다."라고 밝히고 있다. 김남식, 앞의 책, 496쪽.

14) 1953년 북한 최고재판소 군사재판부는 이에 대해 "1949년 12월에 변절하여 사상 전향 기관인 '보도연맹'에 가담하고 괴뢰경찰과 결탁하여 당과 공화국 정부와 민주 진영을 반대 비방하는 반동적 문학 작품을 창작 발표하는 등 반역 행위를 감행하여 왔다."라고 지적한다. 김남식, 앞의 책, 496쪽.

돌이 귀결시킨 6·25 전쟁이 일어나자 서울은 다시 좌익에 의해 점령된다. 이때 설정식은 문학가동맹에 다시 가입하고 인민군에 자원입대한다. 1951년 7월 개성 휴전 회담 때는 조중대표단의 통역관으로 그의 모습이 나타난다. 이후 그가 다시 역사의 전면에 나타난 것은 임화, 조일명, 이승엽, 이강국 등과 북한 최고재판소 군사재판부에 회부되었을 때이다. 1953년 8월 6일 늦은 오후 그는 '조선민주주의 인민공화국 정권 전복 음모와 반국가적 간첩 테러 및 선전 선동 행위'라는 죄명으로 사형을 언도 받는다. 해방을 맞이할 때 33살이었던 그가 41살이 되던 해이다. 삼십 대 초반에 해방을 맞아 "푸르고 또 뜨겁게", "청춘과 총알 사이"(「붉은 아가웨 열매를」)의 도상을 돌파해 나갔던 그에게 주어진 것은 김일성 중심의 북로당에 의한 남로당계 숙청 과정의 희생양이 되는 것이었다.

5 맺음말

설정식의 문학적 삶은 해방 공간의 운명적 표정을 선명하게 드러낸다. 이념 과잉의 혼란 속에서 그의 이념적 선택의 경로는 우익과 좌익 그리고 다시 우익과 좌익 진영으로 선회하는 양상을 보여 준다. 미군정-조선공산당-보도연맹-월북-사형에 이르는 일련의 과정은 전쟁으로 이어진 해방 공간의 "이데올로기의 홍수"가 한 지식인을 "휩쓸"고 간 "허망"[15]함의 초상이라고 할 것이다. 그의 이러한 이념적 선택의 경로에서 일관된 이면의 바탕은 "총소리를 들은 민주주의가/ 조용히 이를 깨문다.// 그러자/ 또 총소리가 들린다.// 진리는 이렇게/ 천착만공(千鑿萬孔)이 되어야 하느냐"(「진리」)라고 토로하는 시중지도(時中之道)의 길 찾기였다. 그렇다면 그가 해방 공간(時)에 구현하고자 했던 "진리(道)"란 구체적으로 무엇이었을까? 그것은 "갈 수밖에 도리 없는/ 우리들의 길이오/ 세상이 다 형틀에 올라/ 피와 살

---

15) 설희관, 「아버지」, 《시로여는세상》, 2004 겨울.

이 저미고 흘러도/ 모든 호흡이/ 길버러지같이 굴복하여도” 반드시 세워야 할 “주권”(「실소(失笑)도 허락(許諾)지 않는 절대(絶對)의 역(域)」)이었다. 그의 이념적 선택의 굽이 길에는 이러한 “주권”을 바로 세우기 위한 모색이 동력을 이루고 있었던 것이다. 이것을 그는 해방 공간에 발표한 시편들에서 “팔월 태양”, “또 하나의 다른 태양”, “붉은 사상의 태양”으로 변주되는 “태양”의 이미저리와, 실천과 저항의 인민성을 표상하는 “해바라기” 이미저리의 역동적 도상학을 통해 누구보다 “푸르고 또 뜨겁게”(「붉은 아가웨 열매를」) 그려 놓고 있었던 것이다. 그러나 그의 “태양”과 “해바라기” 이미저리의 도상학은 “주권”을 회복한 나라에서 “권력은 아모에게도 아니주”고 “우리 생명 오직 하나인/ 자유를 위해 바치”(「권력은 아모에게도 아니」)겠다는 신념을 제대로 펼치기도 전에 스스로의 “삶을 조상(弔喪)하”(「붉은 아가웨 열매를」)는 비극적 상황을 맞게 된다. 이처럼 설정식의 비극적 삶을 초래시킨 분단 체제는 그가 추구하던 우리 민족의 “주권”과 “자유”의 온전한 회복에 대한 억압을 바탕으로 지금까지 지속되고 있다. 그가 “진리는 이렇게/ 천착만공이 되어야 하느냐”(「진리」)라고 토로하며 고심했던 해방 공간에서의 이념적 선택의 도상학이 과거형이 아니라 현재형의 실감으로 선명하게 다가오는 주된 이유도 여기에 있을 것이다.

제4주제에 관한 토론문

곽명숙(아주대 교수)

해방 공간을 온몸으로 헤쳐나간 설정식의 문학적 삶과 시 세계에 대해 포괄적이면서도 상세하게 조망해 주신 선생님의 발표를 잘 들었습니다. 1945년 해방으로부터 1948년 남북 단독 정부가 수립되기까지의 짧은 기간에 미군정과 조선공산당이라는 극단의 지점을 오가며 어떤 각본보다 드라마틱한 삶을 살았던 설정식의 도정과 이념적 선택에 대해 그의 시 세계에서 핵심이라 할 수 있는 '태양'과 '해바라기'의 이미저리를 중심으로 해석 정리해 주셔서 그의 시 세계의 근간을 쉽게 이해할 수 있었습니다. 일반인들에게 널리 알려지지 않았지만, 설정식을 두고 해방 공간의 문제적인 작가라고 규정하는 것은 이견의 여지가 없을 듯합니다. 그의 문제적 성격은 해방 공간이 내포하고 있던 정치적 사회적 혼란과 연결되어 있고, 민족과 조국의 주권을 세우려 헌신했지만 남과 북 사이에서 일어난 분단과 전쟁의 와중에 보도연맹 가입과 월북 끝에 이어진 사형이라는 결말은 한국 현대사의 비극적인 표정을 선명히 내보인다고 할 것입니다. 더욱이 그가 1930년대부터 중국과 일본에서 유학하기도 한 국내에서 유명한 수재였으며, 식민지 말기 미국 본토에서 영문학을 전공하고 돌아온 엘리트였다는 사실은 그의 비극적 생애를 부각시키기까지 합니다.

그런 점에서 해방 공간이 띠고 있던 이념 과잉의 혼란과 선택의 문제를 설정식의 작품 가운데 핵심적인 이미지에 대한 도상학을 통해 보여 주신 선생님의 발표는 한국 현대사에 온몸을 내던진 한 시인의 존재와 행동이 지닌 무게를 다시 되새겨 볼 수 있는 발표였다고 생각합니다. 선생님께서 발표문에서 주되게 살펴본 '태양'의 이미저리와 '해바라기'의 이미저리는 설정식의 시에서 다양한 의미로 변주되는 것을 볼 수 있는데, 발표문을 다소 범박하게 요약해 본다면 첫 번째로 태양'은 해방으로 맞이한 민족의 자유라는 의미이고, 이 선택에 대한 부정을 할 수밖에 없는 미군정의 제국주의적 속성이 두 번째 태양의 의미에 담겼고, 마지막으로 그 '다른 태양'에 대항할 수 있는 "붉은 사상의 태양"이 등장한다고 보셨습니다. 이와 더불어 '해바라기'의 의미도 변주되는데, 대체로 '해바라기'는 인민을 대변하며 인민성을 뜻하는 여타의 이미지들과 연결되는 것으로 등장한다고 파악하셨습니다.

이 두 핵심적 이미지가 설정식의 시 세계에서 차지하고 있는 중요성에 대해서는 전적으로 동감하며, 각 시기별로 이념적 선택의 변화 양상에 따라 이러한 이미지의 내포가 달리 해석될 수 있고 선생님께서 하신 해석에 동의할 수 있었습니다. 제가 드리고 싶은 질문은 이러한 접근 방법을 선택하심으로써 설정식의 문학이 제기할 수 있는 어떤 문제적 지점을 돌파하고자 하셨는지 의도를 확인하는 것이라 할 수 있습니다.

첫 번째는 선생님께서 사용하신 접근 방법인 '도상학'과 관련된 질문입니다. 도상이라고 하면 icon의 번역이 아닌가 합니다만, 특별히 기호학적 의미로 사용하셨다면 대상물에 대한 일종의 재현적인 기능을 가리킬 때 쓰는 용어로서, 특수한 정신적 내지 사회적 의미와 연관이 있는 특정한 이미지의 해석을 위해 사용하신 것으로 봅니다. 이러한 용어를 사용하신 까닭은 설정식의 시에 사용된 '태양'과 '해바라기'가 상징적 의미보다는 일종의 우의(알레고리)적 성격이 강하기 때문인 것으로 추측됩니다. 특히 그가 이념적 선택을 하는 시기에 따라 태양이나 해바라기의 의미가 변주되는 것을 보면 그러한 성격이 강함을 더욱 확인할 수 있기도 합니다. 어떤 측면에서는 이 점이 설정식 시를 읽는 것이 해석이 아닌 해독에 가까운 작업이 되고, 그의 시에 접근하기 어렵게 만드는 것이 아닌가 싶습니다.

그렇다면 그의 시가 문학가동맹에 소속된 여타의 시인들의 시에 보이는 직설적이거나 정형화된 표현 방법들과 확연히 구분되는 그만의 개성이라고 평가할 수 있으면서도 한편으로는 자신이 선택한 이념적 지향에서 요청되었던 미학적 방법과 괴리를 갖는 것은 아닐까요? 그가 시를 통해 보여 준 역사의식이나 현실 인식을 리얼리즘적인 접근으로 포착할 수 없는 어떤 지점이 있다면 그것이 설정식의 문학적 개성으로 어떻게 평가받아야 할지 궁금합니다.

두 번째는 발표문과 직접적으로 관련되지 않을 수 있는 질문입니다만, 우의적인 성격이 강한 설정식의 시어들을 읽을 때 그의 정치적 입장과 사상적 경향을 배제하고 읽는 시의 해석이 충분한 것인가에 대한 의문입니다. 가령 설정식의 '해바라기'를 두고 그 자신의 개인적인 상징으로 전환되기는 하였지만 일부 해석에서는 러시아의 국화를 언급하는 해석도 있습니다. 오늘날 설정식의 시를 자유롭게 이야기할 수 있는 상황이 되었습니다만, 선생님께서는 설정식 시의 문학사적 평가의 기준은 어떤 점에 놓여야 한다고 생각하시는지요.

마지막으로 선생님의 발표에서 주되게 다룬 '태양'과 '해바라기'가 설정식의 시 세계에서 핵심적이고 대표적인 이미저리라는 것에는 이견이 없지만, 그가 마지막으로 출간한 세 번째 시집 『제신의 분노』에 대한 기존 연구자들의 평가에 대해 선생님께서는 어떤 견해를 지니고 계신지 궁금합니다. 어떤 면에서는 첫 번째 시집인 『종』이나 두 번째 시집인 『포도』에서는 이념이나 사상에 대한 표방을 염두에 둔 조급함이나 미학적 서투름이 엿보인다면, 세 번째 시집에서는 시에서 그려 내는 정황이나 시행과 연을 이끌어 가는 호흡 조절에서 조금 더 원숙해진 느낌을 받게 됩니다. 그런 점에서 기존 연구에서 '예언자적 목소리'라는 관점에서 설정식의 시 세계를 비중 있게 평가하기도 했고, 이 점에서 그의 시가 서사시적 성격을 가지고 있음을 분석하기도 했습니다. 저의 소견으로는 설정식의 제1, 2시집의 상징성과 마지막 시집의 이러한 서사시적 성격은 상치되는 것이 보이며, 그가 어느 시점에선가 이미지의 도상을 절대적인 '신'이라는 진리의 대타자로 치환하였고 직접적으로 표상했다고 봅니다. 이러한 설정식의 시적 개성과 마지막 시집의 경향에 대한 선생님의 견해를 듣고 싶습니다. 선생님의 발표를 통해 많은 배움을 얻었고 토론의 기회를 주신 것에 다시 한 번 감사드립니다.

1912년   9월 19일(음력 8월 9일), 함남 단천에서 조선물산 장려 운동을 주
도적으로 전개한 개신 유학자 오촌 설태희(1875~1940)와 이정
경(1881~1961)의 4남 1녀 중 3남으로 태어남. 형제는 원식(元植,
1896~1942), 의식(義植, 1901~1954), 도식(道植, 1915~1975)과
누의 정순(貞筍)이 있음. 호는 오원(梧園), 하향(何鄕).

1919년   8세 때 경성부(京城府) 계동으로 이주.

1921년   교동공립보통학교에 입학.

1923년   보통학교 시절 윤석중 등과 '꽃밭사'라는 독서회를 만들어 동인 활동.

1925년   《동아일보》 2월 4일자에 「수재 아동 가정 소개 ― 장래의 문학가 교
동보통학교 4학년 설정식(14)」이란 제목으로 사진과 함께 소개됨.
"이 어린이는 글 잘 짓는 그 학교 생도들 중의 하나이외다. 물론 작
문은 잘 짓고 그 외에 산문시, 동요까지 잘할뿐더러 다른 공부에도
우등이랍니다. 집에는 아버님, 어머님, 큰형님, 작은형님, 누님, 동
생, 조카가 있는데 아버님은 금년에 쉰한 살 되신 설태희 씨, 맏형
님은 장수같이 생긴 설원식 씨라고 만주에 가서 농장을 경영하시
고, 작은형님은 설의식 씨라고 스물다섯이신데 지금 우리 신문사
기자로 계시며, 누님은 시집살이를 하신답니다. 동생은 금년에 겨우
열한 살인데 아침마다 같이 데리고 학교에 간답니다. 그런데 정식의
집이 계동에서도 제일 높은 보성(普成)보통학교 바로 옆인데 문을
열어젖히면 만호장안(萬戶長安)이 한입에 삼켜질 것 같고, 밤에는
휘황한 만호 천등이 눈앞에 깜박거린답니다. 아마 정식도 그렇게 경

치 좋은 곳에서 맑은 공기를 마시는 관계로 공부를 더 잘하게 되는
지도 모르겠습니다."

1929년 경성공립농업학교(서울시립대학교의 전신) 재학 중 광주학생운동
에 가담했다고 퇴학당함.

1930년 만주 펑텐[奉天]으로 유학. 중국 랴오성 성 제3고급중학교에서 수학.

1931년 완바오 산[萬山] 사건으로 한·중 학생 간 충돌이 심해지자 베이징
으로 피신했다가 귀국.

1932년 1월,《중앙일보》현상모집에 희곡「중국은 어디로」가 1등 당선. 3월,
시「거리에서 들려주는 노래」가《동광》학생문예작품경진대회에 3등
입선. 4월,《동광》지가 주최한 학생문예작품경진대회에서 시「새
그릇에 담은 노래」가 1등으로 뽑힘. 13일, 연희전문학교 문과대학
본과 입학.

1933년 성적이 우수하여 문과 특대생이 됨.

1935년 연희전문학교를 휴학하고 일본 메지로[自白]상업학교에 편입.

1936년 귀국. 연희전문학교 4학년 복학. 3월 26일, 함경북도 명천 출신으로
숙명여학교를 졸업한 김증연(金曾蓮, 1914~1977)과 결혼. 이후 슬
하에 3남 1녀를 둠.

1937년 3월, 연희전문학교 문과대학 본과를 최우등으로 졸업. 문학사 학위
를 받음. 7월 26일, 미국 유학길에 오름.《동아일보》같은 달 8일자
에「설정식군 미국 유학」이란 제목으로 기사 실림. "함경남도 단천
출생으로 금년 연희전문학교 문과를 최우등으로 졸업한 설정식 군
은 금번 미국 유학을 가기로 되어 오는 26일 경성역을 떠나기로 되
었다는데 미국에 건너가서는 오하이오 주에 있는 마운트유니언 대
학교에서 약 2년간, 다시 하버드 대학교에서 영문학을 전공할 예정
이라 한다."

1939년 마운트유니언 대학교를 졸업한 뒤 뉴욕 컬럼비아 대학교에서 2년간
셰익스피어 연구.

1940년   부친이 위독하다는 소식 듣고 서둘러 귀국.

1941년   어니스트 헤밍웨이의 소설 「불패자」를 번역하고, 평론 「토마스 울
          프에 관한 노트 ―『시(時)와 하(河)』를 중심으로」를 써서 《인문평
          론》 1, 2월호에 기고.

1946년   9월, 조선공산당에 입당. 10월부터 미 군정청 공보처 여론국장으로
          일함. 장편 소설 『청춘』과 「프란씨쓰 두셋」을 《한성일보》와 《동아
          일보》에 각각 연재. 11월, 토마스 만의 「마의 민족」을 번역하여 《문
          학》에 게재.

1947년   1월부터 과도입법의원 부비서장으로 일함. 4월에 제1시집 『종(鐘)』
          발간. 8월, 조선문학가동맹 외국문학부 위원장.

1948년   1월, 제2시집 『포도』 출간. 소설 『해방』을 1월, 2월, 5월에 《신세대》
          에 연재하지만 3회 연재 후 중단됨. 4월, 영문 일간지 《서울타임스》
          주필 겸 편집국장에 취임. 소설 「한 화가의 최후」를 《문학》에 발
          표함. 10월, 《문장》 속간호의 소설부 추천 위원이 됨. 10월 말부터
          《만주일보》에 장편 소설 『한류(寒流) 난류(暖流)』를 연재. 11월, 제
          3시집 『제신의 분노』 출간.

1949년   1월, 장편 소설 『청춘』 발간. 9월, 셰익스피어의 『하므렡』을 해방 이
          후 최초로 완역하여 출간함. 보도연맹에 가입하여 연맹 기관지 《애
          국자》에 「붉은 군대는 물러가라」를 발표함.

1950년   한국 전쟁이 발발하자 인민군에 자진 입대 후 월북. 12월, 헝가리가
          북한에 지어 준 병원에서 심장 수술을 받음. 장편 서사시 「우정의
          서사시」 탈고.

1951년   개성 휴전 회담 시 인민군 소좌로 조중(朝中) 대표단 영어 통역관.
          《동아일보》 7월 19일자 기사에 「시인 설정식 괴뢰군 소좌로 개성
          체류」란 제목으로 보도됨. "휴전 회담이 계속되고 있는 개성에는
          북한 괴뢰군 측 연락 장교 중에 월북한 시인 설정식이가 북한 괴뢰
          군 소좌 자격으로 활약하고 있다 한다. 그런데 설정식은 앞서 열렸

던 예비 회담에도 북한 괴뢰군 대표로 참석하였다고 하는데 그의 모습은 남루한 옷에 농민화를 신고 얼굴이 창백하게 되었다 한다. 그리고 UN 측 화평 대표단의 소식통은 '우리들은 과수원에 열매가 익을 때까지 이 평화천막촌에 머무르게 되는지 모른다.'라고 말하여 휴전회담이 오래 계속될 것을 암시하고 있다."

1952년   10월, 월북 작가로 분류되어 모든 저서가 발매 금지됨. 12월, 휴전 회담을 취재한 헝가리 종군기자 티보 메러이가 「우정의 서사시」를 본국에 가져가 부다페스트에서 헝가리어로 번역해 출간함.

1953년   남로당계 숙청 과정에서 기소되어 '조선민주주의인민공화국 정권 전복 음모와 반국가적 간첩 테러 및 선전 선동 행위'를 했다는 죄명 으로 사형이 언도되어 임화 등과 처형됨.

1962년   9월, 헝가리에서 프랑스로 망명한 티보 메러이가 파리의 잡지에 기 고한 「한 시인의 추억, 설정식의 비극」을 당시 월간지 《사상계》가 번역해서 보도.

1987년   10월 19일, 정부의 월북 작가 문학 작품 2차 해금 대상에 포함됨.

발표일	분류	제목	발표지
1932. 1. 1~10	희곡	중국은 어디로	중앙일보
1932. 3	시	거리에서 들려주는 노래	동광
1932. 4	시	새 그릇에 담은 노래	동광
1932. 4. 27	소설	단발(斷髮)	조선일보
1932. 8	시	고향	신동아
1932. 8	시	물 긷는 저녁	신동아
1932. 10	시	여름이 가나 보다	동광
1937. 10	시	가을	조광
1940. 10	평론	현대 미국 소설	조광
1941. 1	번역	어니스트 헤밍웨이 지음, 「불패자」	인문평론
1941. 2	평론	토마스 울프에 관한 노트 —소설 『시(時)와 하(河)』를 중심으로	인문평론
1941. 7. 1	번역	사라 티즈데일 지음, 시 「해사(海砂)」	춘추 2권 6
1942. 5	소설	산신령	조선춘추
1946. 1. 14	시	우화	자유신문
1946. 3. 4	시	피수레	자유신문

발표일	분류	제목	발표지
1946. 5	시	단조(短調)	신세대
1946. 5. 3 ~10. 16	소설	청춘	한성일보: 민교사, 1949
1946. 5. 6	평론	김기림 시집 『바다와 나비』에 대하여	자유신문
1946. 7	시	종(鐘)	문학 창간호
1946. 7	시	사(死)	조선문학가동맹 강연회
1946. 7. 23	시	달	동아일보
1946. 8	시	붉은 아가웨 열매를	조광
1946. 11. 26	번역	토마스 만 지음, 「마(魔)의 민족」	문학 2
1946. 11. 26	시	해바라기	동아일보
1946. 12. 13 ~22	소설	프란씨쓰 두셋	동아일보: 『조선 문학 전집』, 1948
1947. 2. 1	시	태양 없는 땅	서울신문
1947. 3. 23	시론	고향 친구	경향신문
1947. 4	시집	종(鐘)	백양당
1947. 7	시	내 이제 무엇을 근심하리오	문학
1947. 10. 20	시	스켓취	민성 3-11
1947. 10. 26	평론	시(時)와 장소·문학과 기교	중앙신문
1947. 12	시	태양도 천심에 머물러	조선춘추
1948. 1	시	조사(弔辭) — 환산 이윤재 선생께 드리는 노래	한글 104
1948. 1	시집	포도	정음사

발표일	분류	제목	발표지
1948. 1	소설	척사 제조자	민성
1948. 1·2·5	소설	해방	신세대
1948. 2	시론	여성과 문화	신세대
1948. 3	평론	시(時)의 위치	신인
1948. 4	시	무제(無題)	민주공론
1948. 4. 10	소설	한 화가의 최후	문학 통권 7
1948. 5	대담	홍명희 — 설정식 대담기	신세대
1948. 6. 1	시론	재일동포의 문화 옹호	새한민보
1948. 6. 29 ~7. 1	평론	실사구시의 시(時)	조선중앙일보
1948. 7	시	제신(諸新)의 분노	문학
1948. 7. 25	평론	극평「달밤」	서울신문
1948. 8	시	무(舞)	개벽
1948. 10	시	만주국	신천지
1948. 10~? (30회 연재)	소설	한류(寒流) 난류(暖流)	민주일보
1948. 11	시집	제신의 분노	신학사
1948. 12	시	새해에 바치는 노래	조광
1949	시	붉은 군대는 물러가라	애국자
1949	번역	윌리엄 셰익스피어 지음, 『하므렡』	백약당
1949. 1	주석서	『하므렡 주해(Hamlet with Note)』	백약당
1950. 5	평론	함렛트에 관한 노트	학품 12
1952	시집	우정의 서사시	벤야민 라슬로

발표일	분류	제목	발표지
			옮김(헝가리어), 셉이로덜미 (Szopirodalmi) . 출판사
1991	시집	붉은 아가웨 열매를 —설정식 시선	미래사

1947. 3. 9   정지용, 「시집 『종』에 대한 것」, 《경향신문》

1947. 5. 6   강용흘, 「『종』을 읽고」, 《자유신문》

1948. 1. 28   김광균, 「설정식 씨 시집 『포도』를 읽고」, 《자유신문》

1948. 4   김기림, 「분노의 미학 — 시집 『포도』에 대하여」, 《민성》 4권 4호

1948. 12. 30   김병덕, 「1948년 문화 총결산」, 《자유신문》

1949   「『포도』에 대하여」, 『산문』, 동지사

1949. 1. 18   상민, 「복무에의 시 『제신의 분노』를 읽고」, 《자유신문》

1962. 9   티보 머레이, 「한 시인의 추억 — 설정식의 비극」, 《사상계》

1966   이철주, 『북의 예술인』, 계몽사

1981   김윤식, 「소설의 기능과 시의 기능 — 설정식론」, 『한국 현대 소설 비판』, 일지사

1988   「해방 공간의 시적 현실」, 『한국 현대문학사론』, 한샘

1988   김승환·신범순, 『해방 공간의 문학 — 시』, 돌베개

1989   김용직, 『해방기 한국 시문학사』, 민음사

1989   김영철, 「설정식의 시 세계」, 《관악어문연구》

1989   박윤우, 「설정식 시에 나타난 현실 인식과 서사적 성격」, 『운당 구인환 선생 화갑 기념 논총』, 한샘출판사

1989. 7   유시욱, 「설정식론」, 《시문학》

1990   오세영, 「설정식론 — 신이 숨어버린 시대의 시」, 《현대문학》 423

1991   『현대 경향시 해석/비판』, 느티나무

1991   박덕근, 『해금 작가 작품론』, 새문사

1991	송기섭, 「이념과 체제 선택의 갈등 — 설정식론」, 《어문연구》 22
1991	「양면 가치의 비극상」, 설정식, 『붉은 아가웨 열매를』, 미래사
1991	전미정, 「설정식 시 연구」, 서강대 대학원 석사 학위 논문
1996	한용국, 「설정식 시 연구」, 건국대 석사 학위 논문
1999	박윤우, 『한국 현대시와 비판 정신』, 국학자료원
2000	「설정식 시의 진보적 세계관」, 『한국 현대시의 좌표』, 건국대 출판부
2002	박정호, 「설정식론: 실사구시의 정신과 장형화」, 《한국문학연구》 15
2003	오세영, 『한국 현대시인 연구』, 월인
2004	하정숙, 「설정식 시 연구: 아나키즘적 성격을 중심으로」, 영남대 석사 학위 논문
2004. 겨울	설희관, 「나의 아버지 설정식 시인」, 《시로 여는 세상》
2006	「당신은 하늘의 구름이었습니다」, 신경림 외 『아버지의 추억』, 따뜻한손
2006. 8	「기억과 고통, 의심 그리고 희망」, 김우창 엮음, 『평화를 위한 글쓰기: 2005년 제2회 서울국제문학포럼 논문집』, 민음사
2008	「설정식에 대한 추억」, 홍정선 옮김, 『카프와 북한 문학』, 역락
2010	김은철, 「정치적 현실과 시의 대응 양식」, 《우리문학연구》 31
2012. 4	설희관 엮음, 『설정식 문학 전집』, 산처럼
2012. 5	홍용희, 「해방 공간과 이념적 선택의 도상학」, 2012 탄생 100주년 문학인 기념 심포지엄 발표

작성자 홍용희 경희사이버대 교수

의미와 무의미
이호우와 정소파의 시를 중심으로

허윤회(성균관대 강사)

1 서론

  시조는 조선 시대 사대부의 미의식을 반영한 문학적 양식 가운데 하나이다. 시조는 음악 위에 얹어 부르게끔 되어 있는데 시조창이 그것이다. 서구의 문학이 19세기말부터 들어오기 시작하자 시조는 시조창의 형식에서 문학 형식의 하나로서 재정위하게 된다. 1920년대 시조 부흥 운동이나 최남선의 『백팔번뇌』(1926)의 출간 등은 그 대표적인 예라고 할 수 있다. 그 이후로도 시조는 '고유한 우리 문학의 형식'으로서 그 명맥을 이어 간다. 그 과정에서 정인보, 이병기, 이은상, 조운 등의 시조시인 등이 괄목할 만한 성과를 내기도 했다. 국권을 상실한 시기에 시조는 우리 문학의 '상상계'를 대표하면서 그만의 의미 영역을 창출해 나아갔던 것이다.

  세계를 휩쓴 두 차례의 대전이 끝나고서야 조선은 독립할 수 있었다. 하지만 이마저도 여의치 않아 남과 북으로 나뉜 채 이루어졌다. 이 과정에서 새로운 나라에 맞는 문학적 형식을 어떻게 만들어 갈 것인가 하는 문제는 초미의 관심사이다. 시의 부분에서만 보자면 식민지 시기의 역경을 버티고 살아남은 시조와 일본을 통해 들어온 서양의 자유시가 가장 주된 형식으로 남게 된다. 일견 자유시가 우세한 것처럼 보였지만 자유시 역시 새로운 시대적 조건에서 뿌리를 내려야 한다는 과제로부터 자유로울 수 없었다. 시문학의 형식은 고정불변의 어떤 것이 아님을 깨닫기까지는 많은 시간이 걸리지 않았다. 자유시 역시 일정한 자신의 형식이 있다는 것을 부정하지는 못한다. 아울러 이것에 대한 탐색이 전후 시 문학의 역사라고 해도 과언이 아니다. 그렇다면 시조의 경우는 어떠한가? 시조에 대한 관심은 과거의 전통을 잇자는 생각과 함께 시조는 왜 지금까지 끈질긴 생명력을 갖고 있는가에 대한 물음이 함께 주어졌다. 그것은 민족의 고유한 정서와 리듬을 표현한 문학적 정수라는 생각으로 이어진다. 이것을 절대시하는 것은 문제이지만 이를 기반으로 새로운 관점의 시인들이 나타난다. 김상옥, 장하보, 오신혜, 이영도 등이 그들이다. 이와 함께 이호우와 정소파의 존재를 빠뜨릴 수 없다. 이 글에서는 이호우와 정소파의 시를 해방 이후 시조의 변화와 모색이라는 관점에서 살펴보고자 한다.

2 이호우의 시

이호우는 두 권의 시집을 남겼다. 하나는 『이호우 시조집』(영웅출판사, 1955)이고, 다른 하나는 『휴화산』(중앙출판공사, 1968)이다. 그의 시 세계를 크게 둘로 나눈다면 앞의 것이 전기 시를 대표하고 있으며, 뒤의 것은 그 이후의 궤적을 보여 준다. 앞의 시집에는 70편이 실려 있고, 뒤의 시집에는 66편의 작품이 실려 있다. 주의할 점은 둘째 시집의 경우 첫 시집의 작품과 상당수 중복되어 있다. 시인 스스로 자신의 시 세계를 정리할 요량으로 편집되어 있다는 것이다. 이를 두고 시인은 자식을 버리지 못하는 부모의 심정에 비유한 바 있다.[1] 그 속에는 자신의 일부분과도 같은 무언가가 있음을 암시하고 있다.

---

1) 이호우, 「후기」, 『휴화산』(중앙출판공사, 1968), 190쪽.

낙동강 빈나루에 달빛이 푸릅니다
무엔지 그리운밤 지향없이 가곺어서
흐르는 금빛 노을에 배를 맡겨 봅니다

낯익은 풍경이되 달아래 고처보니
돌아올 기약없는 먼길이나 떠나온듯
뒤지는 들과 산들이 돌아돌아 뵙니다

아득히 그림속에 정화(淨化)된 초가집들
할머니 조웅전(趙雄傳)에 잠들든 그날밤도
할버진 율(律)지으시고 달이 밝았더니라

미움도 더러움도 아름다운 사랑으로
온세상 쉬는숨결 한갈래로 맑습니다
차라리 외로울망정 이밤 더디 새소서

—「달밤」 전문

이호우는 「달밤」이 《문장》(1940년 6·7월)에 추천됨으로써 본격적인 시인의 길을 걷는다. 가람 이병기는 그의 작품에 대하여 두 가지를 지적하고 있다. 하나는 자연스럽다는 것이다. 그의 시를 가리켜 "새롭고 깨끗하고 술술하다. 아무 억지도 없고 꾸밈도 없고 구김도 없다."라고 말했다.[2] 다른 하나는 시인으로서 그의 천품이다. 가람은 시란 무리하게 자신의 의도를 노출시키기 이전에 영감을 놓쳐서는 안 된다는 점을 전제하고, 이호우의 시가 긴장을 잃지 않는 것은 자신의 시적 뮤즈를 제대로 통어할 줄 알기 때문이라고 지적했다.[3] 그 결과 이호우는 평범한 소재를 갖고서도 새로운 경

---

2) 이병기, 「시조선후」, 《문장》 1940. 6·7, 197쪽.

지를 보여 주었다. 이것이 가람이 바라본 이호우의 시인 됨됨이다.

우선 「달밤」이 보여 주고 있는 가장 큰 특징은 표현상의 문체이다. "낙동강 빈나루에 달빛이 푸릅니다"에서처럼 시조의 초장은 평서문으로 시작하고 있다. 물론 "낙동강/ 빈나루에/ 달빛이/ 푸릅니다"처럼 음보 단위로 띄어서 읽을 수 있지만, 그리하여 리듬감을 살릴 수 있지만, '낙동강의 어떤 빈 나루에 비친 푸르른 달빛'은 통사적인 서술을 통해 장면처럼 펼쳐진다. 시조의 3·4조 리듬감과 장면의 서술은 묘한 긴장을 이루고 있다. 이러한 문장의 제시는 1연의 종장에 "흐르는 금빛 노을에 배를 맡겨 봅니다"에서 반복된다. 그리고 중장은 그 이유를 표현하고 있다. 알 수 없는 그리움과 지향 없는 그 무엇이 자신을 배에 오르도록 이끈다. 이러한 행위의 주인이 시인인지는 분명치 않다. 종장에서 보이는 시적 애매성도 여기에 기인할 터이다. 하지만 자신을 드러내려는 시인의 내적 정서는 매우 팽배해 있다. 평서문의 표현임에도 불구하고 시적인 운치가 한껏 드러난 예라고 할 수 있다.

2연에서 시인의 정서는 "돌아올 기약없는 먼 길이나 떠나온 듯" 상실감에 휩싸여 있다. 그 속에서 시인은 "뒤지는 들과 산"들을 보면서, 할머니가 조웅전 읽어 주시고 할아버지가 율을 지으시던 기억 속의 자기 자신을 동일시하고 있다. 이것을 일치시키는 매개 역할을 달빛이 하고 있는 것이다. 현재의 강한 상실감에 대한 보상을 과거의 기억 속에서 얻으려는 것은 근대적 개인이 보여 주는 낭만적 아이러니(Romantic Irony)의 상태와 유사하다. 시인의 상실감이 클수록 달빛은 더욱 빛나겠지만 이것이 현실의 문제를 해결해 줄 수는 없다. 아무튼 4연에서 두 가지 입장이 대립하고 있음을 알 수 있다. 온 세상이 들이쉬며 내쉬는 숨결은 '한 갈래로 맑'다. 하지만 그 숨결을 느끼는 시인은 지극한 외로움 속에서만 온전한 자신을 느낄 수 있다. 이를 정리하면 시인은 형식적으로는 평서문의 진술 형태를 보여 주지

---

3) 이병기의 추천은 「새벽」(《동아일보》 1940. 2. 29)과 「진달내」(《동아일보》 1940. 4. 25)의 2회에 걸친 시조 당선과 연결된 것이다. 가람은 이 과정에서 느낀 바를 함께 적고 있다.

만 다른 한편으로 시적 주체를 분명하게 제시하지는 않는다. 여기에서 야기된 애매성은 복합적인 의미를 유발시키는 듯하고, 이호우는 이를 시조의 형식이 지켜 가야 할 지향점으로 파악한 듯하다.

이호우 시조의 위상을 말할 때 그의 시조는 개성이 우선시되면서 시조의 형식을 위태롭게 했다는 것에 초점이 모인다.[4] 시조의 형식이 위태로워졌다는 것은 자유시의 영역과 변별이 되지 않는다는 것을 의미하며, 그렇다면 시인이 시조라는 형식을 고집할 필요가 있는가라는 질문에 도달한다. 이 점에 착안하여 시조의 형식적 논의를 살펴보면 이호우에게 가장 많은 영향을 미쳤을 것으로 짐작되는 이병기의 경우에 3장 8구의 형식을 제시한 바 있다. 초장과 중장은 각각 초구와 종구로 이루어지며, 자수는 중장의 초구가 5~8자인 것을 제외하고 6~9자이며, 종장은 제1구가 3자, 제2구가 5~8자, 제3구가 4자가 원칙(이되 5자도 씀), 제4구는 3자 원칙이되 4, 2자도 쓴다고 말했다.[5] 이런 점을 감안해서 본다면 이호우의 시조가 시조의 형식에서 크게 벗어나는 것 같지는 않다. 하지만 다음의 견해를 보면 문제의 본질이 다른 곳에 있음을 알 수 있다.

시조의 경우, 보다 큰 질서는 초·중·종장의 세 장을 묶으려는 질서이다. 3박에 출현한 강박은 초·중·종장의 각각을 묶는 데에 기여했으나 이 셋을 묶는 데에는 그 규칙성만 가지고는 이루어지지 않는다. 그래서 종장이 첫 두 장과는 다른 점을 지님으로써 이 세 개의 장이 얽히고 유기화될 수 있는 것이다. (중략) 그러면 종장의 2박은 그것이 늘어짐으로써 가질 수 있는 음절에는 한계가 없는 것일까. 그 한계는 너무 길어져서 둘째 박이 두 개로 나누어지는 일이 생기기 직전까지일 것이다. 만일 둘째 박이 너무 길어져서 두 개로 분리

---

4) 김윤식, 「초원」(시조) 이호우, 『한국 현대 문학 명작 사전』(일지사, 1979), 286쪽.
5) 이병기, 『시조의 개설과 창작』(현대출판사, 1957), 74쪽. 물론 이병기의 이론은 「시조란 무엇인고」(《동아일보》 1926) 이래 지속된 견해이다.

되고 그래서 종장 전체가 다섯 박이 된다면 시조의 형식은 깨어지게 된다.[6]

주지하는 바와 같이 시조의 양식적 특성은 3·4조를 중심으로 한 45자 내외의 3장 형식과 독특한 종장의 형식이 주된 것이다. 특히 종장의 형식은 첫 구가 3자이며 이어서 오는 5자 내외의 둘째 구는 초장과 중장의 내용을 다시 환기하면서 시적인 결말을 유도하는 중요한 역할을 한다. 서우석은 이를 '구조적 강박의 지연'이라고 지칭하면서 시조의 미적 특성을 지적했다. 하지만 종장은 초장과 중장처럼 4음보의 유장한 리듬을 벗어나지 않는 한계 내에서의 파격이어야 한다. 이를 통해 시조는 시조 양식의 시품(詩品)을 자기화한다. 이에 대하여 이호우는 어떤 생각을 갖고 있는지 살펴보면 다음과 같다.

시조의 외적 형만으로 시조의 형을 따지고 논의함이 있다면 이는 시조의 문전에도 와 보지 못한 이라 아니 할 수 없다. 시조의 율조는 우리 언어의 내재적 음율이 자연적으로 노출되어 이루어진 율조요 어떤 율조를 타력적으로 고형화시켜서 눌여시운 것이 아니라는 것쯤은 우리 언어의 구성 본질을 조금이라도 생각해 본 일이 있는 이면 한 상식이 되어 있는 것이다. (중략) 시라면 무릇 다소 산만과 결정의 차가 있을지나 그 독자의 율과 형을 갖임과 같이 시조도 또한 시조 독자의 율과 형을 갖인 것뿐이다.[7]

일견 매우 거친 논의를 펼치고 있지만, 이호우의 시조에 대한 생각을 단적으로 엿볼 수 있는 글이다. 앞에서 살펴본 시조의 형식적 논의는 시조의 형(type)을 우선시한 접근이라고 할 수 있다. 이에 대하여 이호우는 시조의 율(rhythm)에 대하여 주목하고 있다. 형보다도 율(조)을 중심으로 접근하고

---

6) 서우석, 『시와 리듬』(문학과 지성사, 1981), 22~23쪽.(김창완, 「정형에의 향수와 일탈」, 『한국 현대시문학 대계』 22(지식산업사, 1983), 233쪽에서 재인용)
7) 이호우, 「시조의 본질」, 《죽순》 3, 1946. 12, 9~10쪽.

있는 것이다. 시조의 율은 우리 언어의 내재적 음율이 자연적으로 노출된 최상의 결과물이다. 시조라는 형식이 지금까지 현존하는 가장 큰 이유는 우리가 사용하고 있는 언어와 밀접한 연관성이 남아 있기 때문이다. 그것의 본질적 접근은 시조를 과거의 문학 형식이 아닌 오늘의 형식, 나아가 내일의 형식으로 인식케 한다.

이러한 그의 생각은 그의 스승인 이병기의 생각은 물론이려니와 다른 여타의 선배들 이를테면 최남선, 정인보, 이은상, 조운 등과도 그 결을 달리하고 있다. 이러한 시조에 대한 인식의 차이를 빚게 된 가장 큰 이유는 아마도 시대적 배경이 큰 역할을 했을 것으로 짐작된다. 이호우의 실질적인 문학 활동은 해방 이후에야 가능했다. 해방 이전의 문인들이 시조를 되찾아야 하는 민족의 문학적 형태로 여겼음에 반해 그는 시조를 '시의 생활화' 혹은 '시의 국민화'를 위한 계몽적이면서도 문학적인 대상으로 바라보았다. 시조는 가장 현실적이면서 구체적인 언어 생활의 한 형태로서 그 문학적 위상이 재규정된 셈이다.[8]

> 진달래 꽃사태 속을 돌돌돌 옥구르는 소리
> 제법 귀를 쫑긋 들고 섰던 「노루」란놈
> 열적게 껑청 뛰달아 봄이 깜박 놀랜다.
>
> ──「산로일장(山路一場)」 전문

「산로일장」이라는 작품이다. 호젓하게 산길을 걷다가 보고 들은 장면을 단수로 표현한 작품이다. 이 시는 초장이 3·5조로 반복되면서 매우 빠른 흐름을 보여 주고 있다. 3·3·2/3·4·2의 자수대로 읽을 수도 있지만 초장의 종구는 그 빠르기가 줄어들지 않는다. 중장은 제법 복잡한 양상을 보여

---

8) 이에 대해서는 여지선, 「1950년대 시조의 역사 인식과 다층성」, 《시조학논총》 31, 한국시조학회, 2009; 박용찬, 「이호우 시조의 변모와 매체」, 《시조학논총》 32, 한국시조학회, 2010 등을 참조.

준다. 초장의 속도감 때문에 4·4/2·4의 자수로 읽게 되지만 그리하면 의미의 연관에 의문을 품게 되어서 2·4/4·4 혹은 2/4·4·4로 고쳐 읽게 된다. 이것은 초장의 빠른 리듬감을 억지로 제어하는 역할을 하는 듯도 하다. 종장은 시조의 종장 형식을 지키고 있는 것 같지만 열적어 하면서 껑충 달아나는 주체가 중장의 '노루'이어서 의미상 연락이 되면서도 행이 구분되는 일종의 행간걸침을 보여 주고 있다. 종장 2구는 띄어쓰기에서 알 수 있듯이 성분상 분절되고 율독에 따라 최대한 늘일 수 있다. 그래야만 놀라는 시적 주체를 '봄'으로 비유한 은유가 생동감을 갖는다. 이 시는 평시조의 형식에서 최대한 변화를 모색한 예라고 할 수 있는데 그 변화를 통하여 리듬에 생명감을 부여코자 한 시인의 의도를 엿볼 수 있다.

이호우는 시조의 혁신적 모색과 함께 현실에 대해서도 많은 관심을 기울였다. 해방 이후에 그는 문인으로서 커다란 의욕을 갖고 있었다. 하지만 그를 둘러싼 주위의 환경, 이를테면 건강, 가족, 시대적 환경 등이 그의 생각을 펼치는 데 장애로 작용했다.[9] 이 점은 이호우의 문학 전개 과정에서 주의 깊게 살펴볼 대목이기도 하다. 아무튼 여러 가지 시련에도 불구하고 이를 타개하는 방편으로 동인지 《죽순》(1~11; 1946. 7~1949. 7)의 발간에 열과 성을 다했다. 한국 전쟁 이전까지 이호우의 주 활동 매체가 《죽순》이었는데 그의 시 세계가 다양하게 펼쳐졌으며 이를 통해 한 개인의 의식적 성장을 잘 보여 주고 있다.

> 금단의 동산이 어디오 지옥도 즐거이 가려니
> 생명이 주검을 섬기어 핏줄이 욕되지 않느뇨
> 진정 내 악마로 더불어 네천국을 웃노라
>
> ——「네의 천국」 부분

---

9) 이 점에 대해서는 조두섭, 「경계 서술과 창조 — 이호우」, 『대구·경북 근대 문인 연구』(태학사, 1999)를 참조.

「네의 천국」의 마지막 연이다. 3·3·3조의 반복으로 이어지는 초장과 중장은 리듬과 의미의 일치를 보여 주고 있다. '내 악마'와 '네 천국'은 대비를 이루어 있는데 '내 천국'은 '네 악마'적 시선에 연유한 것이므로 동어 반복에 불과하다. 그런데 이호우는 왜 이 지경에 이르렀는가? 가장 큰 이유는 해방 이후의 혼란과 정치적 상황에 있다. 물론 그는 자신의 작품에 이러한 정치적 상황을 직설적으로 표현하고 있지는 않다. 하지만 《죽순》의 편집 후기에는 미소공위의 재개, 여운형의 암살, 쌀값의 폭등, 지역 문단의 소외감 등이 여실하게 지적되어 있다. 그리고 이호우는 남로당과의 연루가 의심되어 구금되는 처지에 몰린다. 다행히 당시 대통령 비서였던 김광섭의 진언으로 방면될 수 있었지만 이호우에게 이 일은 사선을 넘나드는 삶에 있어서 흔치 않는 경험이었음에 틀림없다. 이때의 심경은 「영어(囹圄) 1」, 「영어 2」 같은 시에 잘 나타난다. 시인에게 닥친 수난은 이에 그치지 않고 또 한 차례의 필화를 겪게 되는데 이번에는 「바람벌」이 그 대상이었다.[10]

그 눈물 고인 눈으로 순아 보질 말라
미움이 사랑을 앞선 이 각박한 거리에서
꽃같이 살아 보자고 아아 살아 보자고

욕이 조상(祖上)에 이르러도 깨다를줄 모르는 무리
차라리 남아있다면, 피를 이은 겨레여
오히려 돌아앉지 않은 강산이 눈물겹다

벗아 너마자 미치고 외로선 바람벌에
찢어진 꿈의 기폭(旗幅)인양 날리는 옷자락
더불어 미쳐보지 못함이 내 도리어 설구나

---

10) 이 작품이 1955년 《대구대학보》(현 영남대)에 실렸는데 반공법에 저촉되어 기소된다.

단 하나인 목숨과 목숨 바쳤음도 남았음도
오직 조국의 밝음을 기약함에 아니던가
일찍이 믿음아래 가신이는 복되기도 했어라

—「바람벌」 전문

　이 시는 "욕이 조상에 이르러도 깨다를줄 모르는 무리"에 대한 신랄한 비판이 그 요체를 이루고 있다. 그 무리에 맞서 "바람벌에/ 찢어진 꿈의 기폭인양" 자신의 의지를 내세우고 있다. 그 의지의 바탕에는 조국의 미래에 대한 약속과 믿음이 있다. 이호우는 자신의 심정을 전면화할 때 이렇게 4연의 연시조를 써 왔는데 「바람벌」도 그 가운데 하나이다. 하지만 이즈음에 이르면 시조의 형식적 측면은 거의 의미가 없어진다. 이 시를 시조의 자수나 음보로 읽는다는 것은 무의미하다. 이 시는 각 장을 구문 단위로 읽어야 한다. 각장의 초구와 종구는 각각의 구문으로 나뉘는데 구문은 의미의 단위로 나뉠 수 있다. 말하듯이 읽어 나가면서 시인의 의지를 확인하는 것이 이 시의 일차적인 독법이다. 이 시는 시조를 작성함에 있어서 말과 구문의 일치를 통한 자연스러움을 표현한 대표적인 예로 들 수 있다. 이와 유사한 예를 「기빨」에서도 찾을 수 있다. 「바람벌」에서 의지의 표상을 나타낸 '깃발'의 형상을 확인할 수 있거니와 시인의 메시지를 분명히 알 수 있다. 유치환의 「깃발」이 연상됨은 당연한데 시인은 이 작품을 『이호우 시조집』의 마지막에 배치하고 있다. 어떤 강조점을 느낄 수 있는 대목이다. 시인은 자신의 문학적 출발이 허무와 불안에서 시작했다손 치더라도 이를 의지와 이성적 판단을 통해 극복해 나아가야 한다고 보았다.[11] 시조의 형식을 변화시켜 나가는 과정에서 시인 자신의 의지도 점점 현실화되어 갔다. 이러한 대결 의식은 시조를 과거의 형식이 아닌 시인 자신의 의지와 현실관에

---

11) 이호우, 「뜨거운 깃빨 앞에서」, 《동아일보》 1955. 3. 1. 이 글은 이호우의 현실관을 단적으로 보여 주는 글이라고 판단된다.

따라서 변화될 수 있는 문학 형식으로 탈바꿈시켰다.[12]

　　꽃이 피네 한 잎 한 잎
　　한 하늘이 열리고 있네

　　마침내 남은 한 잎이
　　마지막 떨고 있는 고비

　　바람도 햇볕도 숨을 죽이네
　　나도 아려 눈을 감네

─「개화(開花)」 전문

　「개화」는 『이호우 시조집』 이후의 변화를 이야기할 때 빼놓을 수 없는 작품이다. 이른바 3연 6행의 시 형식을 보여 주고 있다. 이것은 시조의 3장 형식이 6구로 늘어난 것처럼 보인다. 시인은 각 구의 의미를 충실히 표현하고 있으며 이 과정에서 시조 3장의 형식은 기-서-결의 의미적 연관성을 획득하고 있다. 4·4/4·5 3·5/3·6 6·5/4·4의 형식은 점점 빠르게 읽히다가 원래의 자리로 돌아온다. 이를 다시 4·2·2/4·3·2 3·2·3/3·4·2 3·3·5/2·2·4의 형식으로 읽으면 유장감을 훨씬 많이 느낄 수 있다. 이 경우 시조의 형식을 잠시 잊어버리게 된다. 3음보의 자연스러운 리듬은 한국어의 발화 성격에 가장 잘 부합함을 할 수 있다. 한발 더 나아가 3연의 1행을 4음보로 읽을 경우에 그 파격은 보다 '인간적인' 것이다. 3연의 2행에서 드러난 '나'의 모습이 도드라지지 않는 이유이기도 하다. 다시 말하면 이것은 시인 자신의 내적인 에너지를 모두 소진한 후에 도달한 세계이다. 이 경우에 '나'

---

12) 이호우의 현실 고발이 잘 드러난 「휴화산」, 「청우(聽雨)」, 「비키니섬」, 「삼불야(三弗也)」 등은 이러한 관점에서 볼 수 있는 대표적인 작품이다.

의 모습은 '보편적 자아'의 확장된 형태라는 점에서 다른 차원의 '나'를 가리킨다.

이상에서 시인의 시 세계를 형식적인 측면을 중심으로 살펴보았다. 이호우의 시는 시조의 형식을 최대한 변화시켜 흡사 자유시처럼 표현한 시인으로 말해진다. 이호우는 기존의 시조에 대한 고정 관념에서 최대한 벗어나야 한다고 생각했다. 그 결과 기존의 시조와는 형식적·내용적 측면에서 모두 벗어난 이질적인 모습을 보여 주었다. 하지만 시조가 한국인의 정서를 가장 잘 표현해 왔던 문학의 한 형식이었다면 그것의 의미는 무엇이어야 하는가라는 물음은 과거의 시조를 현재에 온존시키는 것만으로는 부족하다는 생각에 이른다. 그는 말한다. "시조의 현대시로서의 성장을 저해하고 있는 정형, 즉 단형과 운율적인 비현실성"[13]은 시조가 국민시의 위상을 갖는 데 있어서 한계이다. 단형의 극복이 연시조의 형태로 나타났다면, 3연 6행의 시 형식은 기계적인 운율에 대한 일종의 부정이다.

아울러 이것을 가능케 하는 원동력은 시인의 개성이라고 할 수 있다. 근대 문학의 세계에서 근대적 자아의 표현은 필연적이다. 이호우는 자신을 시인이라고 생각한다. 시조는 자신이 선택한 문학적 형식의 하나일 뿐이다. 그런 과정에서 시조는 시인의 개성을 발휘하기에는 상당한 문제가 있음을 발견했다. 그가 말하는 시조의 '국민시'로서의 성장을 위해서는, 과거 선배들의 실패를 넘어서기 위해서도, 시조의 새로운 영역에 대한 탐색이 필요했다. 원치 않았음에도 그는 세계-내-개인의 한계를 체험할 수 있었다. 그것은 매우 현실적인 것이지만 시인 자신에게는 매우 '시적인' 것으로 다가왔음에 틀림없다. 그 경험의 인간적인 표현이 「묘비명」, 「낙엽」 등의 시에서 엿보인다. 「또다시 새해는 오는가」 등의 후기 시는 시인의 여러 에피셋이 잘 드러난 작품이다. 하지만 이러한 지사적 자세를 견지하기 위해서 개성을 연소시키는 시인의 초상은 여전히 '한 갈래'로 피어오른다.

---

13) 이호우, 「후기」, 『이호우 시조집』(영웅출판사, 1955), 119쪽.

3 정소파의 시

　정소파는 1930년 《개벽》을 통해 「별건곤」으로 문단에 등장한 이후 끊임없이 시인의 길을 걸어왔다. 시집으로는 『마을』(여자(麗子)문화사, 1955), 『산창 일기』(천일문화사, 1957), 『정소파 동요·동시선』(정문사, 1971), 『슬픈 조각달』(세운문화사, 1974), 『잔조(殘照)』(에덴문화사, 1979), 『죽풍사(竹風辭)』(학생사, 1983), 『고독의 창』(규장각, 1987) 등이 있다. 그 밖에도 『시인의 산하』(남선인쇄공업사, 1966), 『세월 가는 그림자』(호남문화사, 1981)와 같은 수필집을 출간한 바도 있다. 그는 자유시와 시조를 넘나들면서 창작을 지속해 왔으며, 굳이 형식에 얽매이지 않고서 자신의 문학적 내면을 드러내는 데 몰두해 왔다고 볼 수 있다. 특이한 점이 있다면 자신의 문학적 개성을 시조라는 형식과의 접목에서 발견했다는 점이다. 1957년 「설매사」가 동아일보 신춘문예에 당선된 것이라든지 같은 해 시조집 『산창 일기』가 간행되어 주목받은 것은 그 예라고 할 수 있다.[14] 아마도 이를 통해 정소파의 시 세계는 한 단계 비약하는 모습을 보여 주었다.

　그런 시인을 한마디로 정의한다면 그는 음악의 시인이다. 음악은 세상 어느 곳에나 있으나 보이지 않으므로 자신이 들은 음악은 그 모양이 제각각이다. 음악은 그것을 아는 자의 언어를 통해서만 재현된다. 우리가 알 수 있는 것은 음악의 재생된 겉모습이다. 음악은 외양을 통해서만 유추할 수 있는, 매우 본질적인 것이지만, 이를 통해서 능히 세상을 평화롭게 만들 수 있다. 젓대 하나에 의지해서 세상을 유랑했던 많은 가객은 오늘날의 시인과 그 맥을 같이한다. 그런 점에서 정소파는 매우 귀중한 존재이지만 그의 음악에 대한 경도는 그를 매우 불우한 처지에 빠뜨리기도 했다.

　　어디메 흘러온 오동 열매기
　　예 와 져 고운 섬 마련했느뇨.

---

14) 한춘섭, 『한국 시조시 논총』(을지출판공사, 1990), 40쪽.

게서 난 화살대 임에게 받혀
만승(萬乘)에 귀하신 몸 길이 지켰고,

등대(燈臺)가 맞어 섰는 바다 풍경(風景)은
너로 해 어이 또한 아릿 하여라.

물보라 깨어지는 석등(石燈) 모슬에
동백 꽃잎 빨갛게 흩날리는 곳,

봄 바람에 돛 단 배 가고 또 와도
순심(純心)은 그 언젠들 변함 있으료.

—「오동소보(梧桐小譜)」 전문

　정소파의 리듬 감각은 천부적이다. 7·5조를 바탕으로 한 위의 시는 오동에 대한 실감 나는 묘사를 하고 있다. 방언과 고어의 어투를 비롯해, 표현의 축약과 시어의 정밀한 사용은 대상을 매우 생동감 있게 만든다. 오동을 통한 개인의 서정을 객관적으로 표현하는 능력 또한 매우 뛰어나다. 바다를 배경으로 섬 위에 가득한 동백나무와 열매 그리고 꽃이 한 다발을 이루고 있으며 시인은 이를 독자에게 선사한다. 이것은 그의 시가 리듬에서 출발하고 있으며 현대시의 덕목을 고루 갖추고 있음을 뜻한다. 그렇지만 그의 시는 불행하다. 그의 시는 리듬보다는 영상이, 서정보다는 서경이, 자연보다는 도시가, 낙관보다는 우울이 중시되는 현대시의 관점에서 보자면 주변적일 수밖에 없다. 어떤 의미에서 그가 표현하고 있는 7·5조 혹은 3음보의 발랄한 리듬은 이제 더 이상 새로운 것이 아니다. 새로운 것의 가치를 찾아서 수많은 시인들이 경쟁하는 해방 이후의 시기는 그를 더욱 초라하게 만들었다.

어느 녘 못다 버린
그리움 있길래로……

강파른 등걸 마다
손짓하며 짓는 웃음.

못듣는 소리 속으로
마음 짐작 하느니라.

바위·돌 틈사구니
뿌리 곧게 못 벗어도—

매운 듯 붉은 마음
눈을 이고 피는 꽃잎.

향맑은 내음새 풍김
그는 반겨 사느니라.

꽃샘 바람 앞에
남 먼저 피는 자랑!

벌·나비 허튼 수작
꺼리는 높은 뜻을……

우러러 천년을 두고
따름직도 하더니라.

—「설매사(雪梅詞)」 전문

정소파에게 시조는 모색의 형식이라고 할 수 있다. 이미 그는 시에서 리듬의 중요성을 자각했다. 그런데 자유시형의 리듬은 또 다른 곤란을 내포하고 있었으니 형식의 제한을 어디에 두어야 할지 모른다는 점이다. 여타의 시인들이 최소한의 형식으로서 7·5조로 나아가거나 민요 형식을 차용하는 것은 그 어려움의 반증이라고 할 수 있다. 그런 그에게 시조의 형식이 다가왔다. 시인의 정서와 리듬을 담는 데 시조는 훌륭한 그릇이 되어 주었다. 해방 이후에 등장한 시조시인으로서 정소파는 주목이 되는바 형식과 내용의 조화가 맞춤하게 나타난 것은 그의 개인적 바탕과 노력이 빚은 결과이다.

그는 이즈음 시조 역시 언어의 표현임을 강조한다. 그는 우선 "아름다운 느낌을 가져다주는 많은 의미가 함축된 참신한 시어들을 골라 써"야 한다고 말한다.[15] 이어서 시조의 언어는 고답적인 기존의 시어를 사용할 것이 아니라 차원 높은 문학적인 표현이 가능하도록 변화되어야 함을 역설하고 있다. 이것은 일상의 생활 언어를 통해 참신한 표현과 전달을 이루려 했던 가람 이병기와의 생각과도 차이가 있는 것이다. 시조도 문학의 한 형식인 이상 문학적 언어의 가공성과 세련성이 없다면 시조 문학의 위상도 떨어질 수밖에 없지 않겠는가 하는 점을 강조한 것이다. 이를 다시 정리하면 정소파는 주어진 시조의 형식을 최대한 지키면서 이 형식에 어떤 문학적 표현으로 장식할 것인가에 창작의 초점을 맞추었던 것이다.

「설매사」는 분명 그를 시조 시인으로 치켜세워 준 작품이다. 이 작품에서 대상을 표현하는 주요한 방식은 관형적 표현의 어구에 있다. 그리움, 웃음, 마음, 풍김 등의 명사 혹은 명사형을 꾸며 주는 말들은 대단히 수사적인데 이런 표현은 그의 문학적 연마의 과정에서 빚어진 것들이다. "강파른 등걸 마다/ 손짓하며 짓는 웃음"이란 표현은 '웃음 짓다'라는 표현과 '강파른 등걸마다에서 손짓하는' 모습을 비유적으로 혹은 관형적으로 적용한

---

15) 정소파, 「시조 문학의 현대성 — 특히 시어 구사에 대하여」, 《동아일보》 1957. 7. 19.

것이다. 매우 주의해서 보지 않으면 그 연관성이 매우 희박해지는 실험을 하고 있는 셈이다. 이 모든 표현은 '눈 속의 매화'를 향한 것이지만 이에 그치지 않고 그 감추어진 의미를 "벌·나비 허튼 수작/ 꺼리는 높은 뜻"으로 수직 상승시켜서 천년의 시간 속에 투영시킨다. "못듣는 소리 속"의 난해한 어구도 인간의 한계를 넘어선 영역에서는 가능해질 듯하다. 상징을 비가시적인 세계의 가시적 표현이라고 정의할 때 정소파의 초월성은 상징적이다.

언어적 표현과 관련하여 시인은 "향맑은"이라는 표현을 자주 사용하고 있다. 주지하는 바와 같이 이 표현은 김영랑이 자신의 시에서 "넉시는 향맑은 구슬손 가치"(「쓸쓸한 뫼아페」)의 구절에서처럼 사용한 시어이다. 이 시어의 뜻은 '향기롭고 맑은' 혹은 '맑은 향처럼 피어오르는' 등으로 해석이 가능하지만 정확한 의미는 알 수 없다. 그야말로 김영랑의 시 세계를 보다 심오하게 만든 애매성의 대표적 표현이라고 할 수 있다. 정소파는 그런 김영랑의 시어를 자신의 시 속에서 분명한 입장을 갖고서 사용하고 있다. 이를테면 인유적 표현의 한 예라고 할 수 있는데 단순하게 "향맑은"을 향기롭고 맑다는 의미의 영역을 넘어선 구체적인 지시어로서 활용하고 있다. 이것은 그가 말하는 시조 언어의 문학적 표현이 자유시의 전개 과정에서 나타난 풍부한 유산과 분리되어서는 안 된다는 점을 역설한 예로 볼 수 있다.

어느 산 비탈
분계를 이룬 층단

빛부신 꽃들의
오색 웃음이 영롱하다.
꽃무리
신나 춤 춰 도는

　　나비

　　나비

　　나비

　　나비

──「화계(花階) 내리는 나비」 부분

　정소파는 늦깎이의 시인이기도 하다. 여러 가지 사정이 있었겠지만 정소파의 시 세계는 자신만의 것이라 하기에는 한계가 있었다. 그것을 아닌 척할 수도 있었겠지만 타인의 시선을 여과 없이 받아들이면서 지켜 나갔다. 이 대목은 정소파 시의 미스터리한 부분이기도 하거니와 세계와의 대결을 유예시키면서 그는 장년을 보내는 듯했다. 하지만 정신세계를 가둔다고 해서 그것이 멈춰질 수는 없는 것이다. 그는 「화계 내리는 나비」(《현대문학》, 1975)를 발표한다. 이 작품은 여러 의미가 있는데 우선은 형식적으로 시조의 형식을 변화시켰다는 점이다. 그는 평시조, 엇시조, 양장 시조, 사설 시조 등 각각의 형식에 대하여 그 틀을 유지하려 한 시인이었다. 그런데 이 작품에서는 형식이 변화되었다. 3연 6행의 형식에서 좀 더 변화를 주어 시상의 맥락에 맞추어 시각적인 효과를 주고 있다. 그다음으로 지적될 수 있는 것은 시의 영역을 초현실의 세계로 확대했다는 것이다.

　이에 대한 관심과 준비는 새로운 것은 아니다. 하지만 그는 이것의 공표를 유보시켜 왔다. 그리고 세계와의 대결을 마지막으로 치르려는 전사처럼 자신의 시 세계를 초현실의 공간으로 전이시켰다. 시인의 말에 의하면 이는 마음을 환각의 세계로 전이시키는 것인데 이를 통해 그의 시는 매우 자유로운 공간으로 탈바꿈한다.[16] 「화계 내리는 나비」의 경우 장자의 「호접몽」이 연상되기도 하고, 마르셀 뒤샹의 「층계를 내려오는 여인」이 떠오르기

---

16) 시인은 이를 '자연과의 환각적 교감'이라고 명명한다.(정소파, 「자서」, 『잔조』(에덴문화사, 1979))

도 하지만, 분명 그들과는 다른 문학적 실험과 성취가 엿보인다. 그는 이러한 단계를 산문으로도 표현한 바 있는데 이를 소개하면 다음과 같다. "진실로 인생은 슬픈 것인가? 수유로운 초로의 숙명이 이렇게도 허우적거리며 살다간 가나니……. 미운 것은 미운 그대로 달밤엔 아름다운 것이요, 악한 것은 악한 그대로 달밤엔 정화되어 착함으로 돌아가는 것이니 장원봉 아래 삶을 누려 고달픈 꿈길을 더듬어 가는 생애가 서천에 기우는 낙일이 핏빛으로 물드는 노을을 남기고 종언을 고하듯 스러져 가려는 환각에 소스라쳐 잠들려는 얼을 불러일으키는 때도 없지 않은 것이다."[17] 시인의 환각을 현실의 세계에서 본격적으로 표현하기 시작한 것은 그가 화갑을 지낸 이후부터인데 이는 그의 시 세계에 새로운 생명력으로 작용한다.

> 강낭콩 껍질 빛깔
> 물들어 포름하고,
> 차일 치듯 하늘 가려
> 보드레 그늘은 집일레라.
>
> 버선발
> 사뿐 죽이어
> 누가 곁에 섰는가!
>
> ———「능파작(凌波閣) 소보(小譜)」 부분

한편 정소파의 시에는 기행(紀行)을 통한 감상이 두드러진다. 온 나라에 산재한 명소와 유적을 살펴보면서 자신만의 감각을 키워 왔다. 위의 시는 전남 곡성 태안사에 있는 능파각을 보고 나서 지은 것이다. 시인의 시선은

---

17) 정소파, 「장원봉과 달밤」, 《현대문학》 1964. 11.(『시인의 산하』(남선인쇄공업사, 1966), 134~135쪽)

능파각의 아래에서 하늘을 향해 있다. 그 장면의 색채와 분할을 시인은 매우 회화적으로 묘사하고 있다. 두 개의 영역이 한 화면에 실려 있는데 하나는 '강낭콩 껍질 빛깔에 물든 것처럼 포롬하고' 다른 하나는 '차일을 치듯 하늘을 가렸다'. 하늘을 막아선 하나의 피사체는 부드럽게 그늘을 드리웠는데 마치 자연스럽게 천을 기운 것과 같다는 것이 시인의 생각이다.

이 부분에 눈길이 가는 것은 정소파의 문학적 연원을 따져 볼 수 있기 때문일 것이다. 먼저 이 시를 읽으면 수주 변영로와 앞에서 말한 김영랑 등이 떠오른다. 하지만 이 시에서 보는 바처럼 이제는 자신의 문학적 세계를 구체적으로 표현하는 단계에 도달했음을 확실히 알 수 있다. '포롬하다'는 말은 '푸르다'의 전라도 방언이다. 하지만 위의 시에서 사용된 '포롬하다'에는 '푸르다'라는 말이 품지 못하는 색채 의식이 있다. 김영랑은 "떠날러가는 마음의 포롬한 길을"(「사행소곡·26」)이라고 노래했는데, "포롬한"으로 표기되었기 때문에 '포렴(布簾)'의 뜻을 저버릴 수 없지만, '포롬하다'라는 말의 구체적 의미를 의식적으로 사용한 예를 다른 곳에서 찾기 어렵다.[18]

'포롬하다'라는 말은 '보드레'라는 시어와 연결되어 더욱 정감 있는 표현을 가능케 한다. 표현적인 측면에서 이러한 시어의 나열을 마무르는 것은 '깁다'라는 우리말을 변형시킨 '깁입레라'에 있다. '차일을 치듯 하늘을 가린' 혹은 '차일을 치듯 하늘에 늘어뜨린'이란 표현은 종종 볼 수 있지만 이를 하나의 장면에서 완결시키기란 좀처럼 쉽지 않은 일이다. 더욱이 시조라는 형식 속에서 이를 갈무리하고 있다는 것은 시인의 내공이 어느 정도인지를 잘 보여 주고 있다. 뿐만 아니라 시인은 그 장면에 소리도 없이 다가선 그 누군가를 바라보고 반갑게 인사를 나눈다.

　　흰 얽이 검은 가마에 앞 가린 채 타고,

---

18) 포렴(布簾)은 '술집이나 복덕방의 문에 간판처럼 늘인 베 조각'의 뜻이 있다.(『표준국어대사전』)

먼 길쳐 눈 내리는 광야를 간다.

불빛도 아득한 칠칠한 날에
하염없는 되돌아올 기약도 없이

황혼을
너울인 양 두루고
야윈 사슴이듯 간다.

높새 치는 설한의 해어스름
눈포랜 휘장 부딪혀 울고,

지둥치듯 부는 사오나운 바람
교군의 다리에 휘감겨 떨어.

눈 가려
쓰러질 듯이
휘청대는 발걸음.

여기는 호지 아닌, 내 땅 내 길인 데도—
서먹여 낯선 암로를 헤매듯

어쩌면 불모로 얼부픈 동토
저문 황야에서 갈 바를 잃고 허덕이는……

흰 얽이
검은 가말 타고,

지향없는 먼길을 간다.

—「흰 얽이 검은 가마를 타고」 전문

정소파의 시에는 '눈'의 이미지가 많다. 눈의 '흰색'은 시인의 시 세계를 의미할 정도이다. 그의 대표작 「설매사」 이후 '눈'을 소재로 한 작품은 매우 큰 비중을 차지하고 있다. 위의 시는 자신의 얼(영혼)이 "검은 가마"를 타고 "눈 내리는 광야를" 가는 장면을 환상적으로 다룬다. 그는 오래전 "바단양 출렁거리는 달빛을 따라…… (중략) 머언/ 항해(航海)를/ 두덩실…… 떠나 간다."(「달빛을 타고」, 『마을』)라고 자신의 심경을 노래한 바 있다. 먼 인생의 길을 에둘러서 시인의 생애를 돌아보면서 시인은 노래하고 있다. 이번에는 '검은 가마'를 타고 끝없이 펼쳐진 설원 위를 기약도 없이 지향도 없이 걸어 간다. 지나온 길이 먼 길이었듯이 또다시 먼 길을 그는 가고 있는 것이다. 이번에 부른 시인의 노래는 매우 안정적이면서도 달관의 극치를 보여 주고 있다. 리듬과 시인의 일체가 어떤 것인가를 보여 주는 듯하다.

이 시에서는 "먼 길쳐 눈 내리는 광야를 간다"에서 알 수 있듯이 7·5조의 리듬이 시의 중심에서 추와 같은 역할을 하고 있다. 그러나 7·5조를 다양하게 변화시키면서 산문시형의 변화를 보여 주기도 한다. 자신의 내면을 표현하는 6연과 7연에서는 4음보의 장중한 리듬으로 변화를 보인다. 동시에 자신의 감성이 무절제하게 흐르는 것을 시조의 3장 형식은 막아 주고 있다. 전경화된 7·5조의 리듬과 후경화된 시조의 형식이 매우 자연스럽게 결합된 양상을 이 시는 보여 주고 있다. 이러한 형태는 정소파 시의 궁극적인 지향이 어디에 있는가를 가늠케 한다. 현대의 시조는 과거의 고답적인 형식에 머물 것이 아니라 과거의 형식 속에 현대의 자유시적 전통을 결합시켜 나아가야 한다. 이는 말처럼 쉬운 일은 아니다. 시인은 각 시대의 조류에 맞는 시적 형식을 모색하면서 자신의 시 세계를 동시에 구축해야 하는 것이다. 그러나 자유시가 이 땅에 전파되면서 문학청년들을 열광시켰던 그 핵심을 놓쳐서도 안 될 터이다. 정소파는 그 핵심을 찾아서 먼 길을 돌아왔다. 그리고 자신의 답안을 제출한 것이다. 그런 의미에서 정소파의 시는 시사적 흐름과는 한 걸음 멀어져 있는 것도 사실이고 다른 시대적 영향때문에 그 의도가 오해되기도 했다. 지난 한 세기의 문학적 지형을 돌아보는 자리에서, 그렇다면 왜 우리는 문학이라는 화톳불에 불나방처럼 뛰어들려 했던가에 대하여, 정소파의 시는 자그마한 위로를 전해 준다.

4 글을 맺으며

이호우와 정소파는 시조라는 문학적 형식을 중심으로 자신의 시 세계를 일궈 나간 시인들이다. 특히 해방 이후는 시 문학 전반에서 변화와 모색을 시도하고 있었는데 이즈음 자신의 문학적 역량을 힘껏 발휘하면서 시조를 새롭게 인식하려는 데에 노력을 아끼지 않았다. 물론 두 사람의 방향이 같다는 것은 아니다. 이호우는 시조의 문학적 개량이라는 측면에서 얼마만큼 현대화할 것인가 혹은 어떻게 하면 국민시로 보급할 것인가에 관심이 있었다. 한편 정소파는 기존의 자유시에서 축적된 문학적 성과를 온축하면서도 이를 시조의 형식에 접목하여 시조의 수준을 끌어올리는 데 주안점을 두고 활동했다. 그 결과 한 사람은 시조 표현의 의미를 구체화하는 단계로 나아가고, 다른 한 사람은 시 문학을 통해서 발견할 수 있는 초월적 의미, 이를테면 무의미의 세계로 나아갔다. 어떤 면에서 한 사람은 너무 이르게 자신의 생각을 펼쳤으며 다른 한 사람은 너무 오랫동안 자신의 세계에 갇혀 있었던 듯하다. 하지만 지난 세기의 한국 시 문학을 돌이켜 보면 문학적 경계를 넘어선 순수한 문학적 표현은 그 과정에 참여하는 시인들의 풍찬노숙(風餐露宿)에 말미암는다. 그 비롯됨을 이호우와 정소파의 시에서 발견할 수 있다면 그것은 시문학의 새로운 영역을 의미한다. 의미와 무의미가 서로 갈마드는 모양새를 그 두 시인은 각자의 영역에서 보여 주었기 때문이다.

제5주제에 관한 토론문

정수자(시조시인·경기대 강사)

'탄생 100주년 문학인 기념문학제'에서 이호우·정소파의 시조 세계를 다시 보는 것은 각별한 의미로 다가옵니다. 시조도 분명 현대시의 한 갈래인 정형시로 자리하고 있건만, 많은 연구가 시에 몰리며 현대시조 연구는 적어서 그런 생각이 더 듭니다. 그런 점에서 이호우·정소파의 시조를 심도 있게 읽고 분석하느라 품을 많이 들였을 것으로 짐작되는 발표자의 논문을 성심껏 읽었습니다.

몇 가지 질의를 통해 논문을 쓰면서 혹은 쓴 후에 심화되었음직한 발표자의 견해를 듣고자 합니다. 먼저 이 논문의 제목에 건 기대가 조금 배반당한 느낌에 대해 짚고자 합니다. 「의미와 무의미─이호우와 정소파의 시를 중심으로」라는 제목은 의미에 대한 어떤 새로운 논구를 예시하는데, 막상 분석을 보면 '의미' 규명보다 '형식' 논의에 더 많은 부분을 할애한 듯합니다. 그동안 시조 관련 논문이나 평론 등에서 형식 중심의 논의를 많이 보아 온 데다, "의미와 무의미"의 새로운 규명에 대한 기대가 있어서 괴리감이 더 크게 느껴지지 않았나 싶습니다. 이에 대한 설명과 논문을 쓴 후에 더 분명해진 생각이 있으면 부연을 부탁합니다.

그리고 이호우 시조에서 「개화」의 분석에 관련된 질의입니다. "3음보의 자연스러운 리듬은 한국어의 발화 성격에 가장 잘 부합"한다는 대목이 나오는데, 「개화」의 율격 구조를 3음보라고 할 수 있는지요. 초장 첫 구(句)부터 완결된 문장 "꽃이 피네."로 시작하고 "한 잎 한 잎"을 도치로 배열한 것이나, 둘째 구에서 "한 하늘이/ 열리고 있네"로 맺은 초장은 4음보로 무리 없이 읽힙니다. 초장에서 꽃 피는 장면을 줌 인(zoom in)하듯 부각하고 중장의 "마지막 떨고 있는 고비"로 클로즈업하기까지 참신한 기법이 도드라질 뿐, 그 호흡들이 3음보로 읽히진 않습니다. 기준 음보보다 조금 늘어나며 과음보(過音步)가 된 중장의 두 구("마침내 남은 한 잎이/ 마지막 떨고 있는 고비")를 포함해 읽어도 모두 4음보로 자연스럽게 율독되는 것을 확인할 수 있습니다.

또 "한발 더 나아가 3연의 1행을 4음보로 읽을 경우에 그 파격은 보다 인간적인 것"이라는 부분은 납득하기가 더 어려운 설명입니다. 규명을 위한 율독 모형의 제시라 해도, 종장 첫 구를 4음보로 읽을 경우 '바람도/ 햇볕도/ 숨을/ 죽이네'가 되므로 종결부인 둘째 구를 어떻게 읽어야 할지 당혹스러워집니다. 가람 이병기의 견해를 좇은 '3장 8구' 형식의 추구라고 가정하고 봐도, 이런 구의 운용은 시조 형식에 맞지 않습니다. 물론 종장 첫 구에서 "바람도"는 "햇볕도 숨을 죽이네"와 붙여 읽는 게 보편적 율독이고, 그럴 경우 종장 첫 음보의 독립성이 조금 약해지긴 합니다. 하지만 창작 현장의 시인들은 "바람도/ 햇볕도 숨을 죽이네" 읽기를 당연시합니다. 이러한 현상을 '형식감' 즉 시조로 구분하여 읽고자 하는 암묵적 의도로 규명한 글에 의하면, "그것이 속한 장르를 인지하는 순간, 독자는 그 장르 특유의 요건들에 비추어 그 글을 해석한다."(이상섭, 『언어와 상상』, 문학과지성사, 1980)라는 해석학의 원칙에 따른 읽기라 하겠습니다. 한 장의 의미구조가 2구나 4음보로 분명하게 나뉘지 않아도, 시조 형식을 알고 보면 3장 6구 12음보의 내면화에 따른 율독을 자연스럽게 하게 된다는 것입니다. 「개화」의 종장 역시 이에 부합하는 율독이 되므로 발표자의 율독 모형도 받아들이기가 어렵습니다.

그리고 여기서 "시인 자신의 내적인 에너지를 모두 소진한 후에 도달한 세계"라는 분석에 다른 견해를 붙이고 싶습니다. "나도 아려 눈을 감네"는 개화에 동참하는 화자의 경건한 의식으로 볼 수도 있는데, "아려"와 "눈을 감네"라는 표현에서 꽃 피는 순간의 숭고함을 온몸으로 느끼는 것처럼 보이기 때문입니다. 그래서 "에너지를 모두 소진"하기보다는 오히려 개화까지의 시간을 헤아리며 "아려"서 눈을 감는 것이고, 그렇게 눈을 감음으로써 다른 감각을 다 열어 놓고 전존재로 개화를 느끼는 듯 보이기도 합니다. 과잉 해석은 늘 경계할 일이지만, 이 구절에서는 "한 잎"의 개화를 통해 '우주'적인 개화로 확장하는 제유의 힘이 크게 느껴집니다.

"3연 6행의 시 형식은 기계적인 운율에 대한 일종의 부정"이라는 대목도 문제적입니다. 그것은 시적 효과를 높이기 위한 시행 배열의 측면이지, "기계적인 운율의 부정"을 통해서 이루어 낸 시 형식이라고 하기엔 어렵기 때문입니다. 「개화」와 비슷한 시기의 단수들에서 좀 더 자유로운 율격이 나타나는 것은 사실이지만, 이는 이호우 시조 전반에서 발견되는 현상 즉 '기계적' 율격에 매이지 않으면서 시적 효과를 높이기 위한 추구의 결과로 보입니다. 엄격한 율격의 구속을 피하는 동시에 감각이나 이미지 등의 쇄신을 통해 더 현대적인 시조 미학을 구한 것이 이호우 특유의 활달한 시조 율격을 이루는 바탕이기에 더욱 그렇습니다.

정소파 시조는 추상성을 노정하던 초기에 비해 후기 시조에서는 구체성과 감각이 더 두드러지는 특성을 보입니다. 발표자도 이러한 점에 주목하고 정소파 시조의 변모 속에 나타나는 개성을 잘 파악한 것 같습니다. 그런데 '7·5조'라는 용어를 계속 사용하며 정소파 시조의 율격을 분석하고 있는 것은 조금 의아한 생각을 불러일으킵니다. 우선 '7·5조'가 시조 분석에 잘 부합하는 용어라고 할 수 있는지 의문입니다. 김소월이 민족적 율조로 탁월하게 구현해 낸 것으로 평가된 '7·5조'는 전통적 율격인 '3·4조'의 창의적 변용으로 보는 견해가 압도적입니다. 그런 점에서 '7·5조'는 그와 유사한 운율이 두드러진 1930년대의 몇몇 시에 제한적으로 쓰는 용어가 되었는데, 정소파 초기 시조에 이를 도입하는 것이 과연 적절한지 궁금합니다. 물론 정소파 시인의 초기 시조에 그렇게 부를 만한 요소가 없지는 않습니다. 하지만 시조는 '4음절'을 '평음보(平音步)', 그보다 늘어난 형태를 '과음보(過音步)', '3음절'을 '소음보(小音步)'로 본 견해(김홍규,『욕망과 형식의 시학(詩學)』, 태학사, 1999)에 따르는 용어가 널리 쓰이고 있다는 점에서, '7·5조'보다는 음보를 바탕으로 하는 용어들을 적용하는 게 적합하지 않을까 합니다.

또 맺음말 부분에서 정소파의 시조 세계를 "시 문학을 통해서 발견할 수 있는 초월적 의미, 이를테면 무의미의 세계로 나아갔다."라고 소결을 내리는데, 그렇듯 "초월적 의미"에서 "무의미의 세계"로 나아갔다면 그 세계에서 어느 만큼의 성취를 지닌다고 평가하는지 궁금합니다. '무의미'라면 김춘수의 시와 시론이 먼저 떠오를 만큼 그 용어 자체가 간단히 말하기 어려운 복잡하고 다층적인 심층을 담고 있기에 더 그렇습니다. 이 표현이 "시의 영역을 초현실의 세계로 확장시켰다."라고 본「화계 내리는 나비」를 분석한 대목에서 도출한 결론으로 보이긴 합니다. 하지만 다음 문장에서 "너무 오랫동안 자신의 세계에 갇혀 있었던 듯하다."라고 평가한 것을 보면 또 다른 느낌을 받게 됩니다. 게다가 정소파 시조의 경우, 초현실이나 초월성에 대한 추구가 시인 특유의 개성으로 집약할 만큼 많이 나타나거나 두드러진다고 보기가 어렵기 때문입니다. 이에 대한 발표자의 견해나 다른 설명이 있다면 청해 듣고자 합니다.

이호우 시조의 율격 운용과 현대성

홍성란(시조시인·성균관대 강사)

1 선행 연구 검토

이호우(1912~1970)[1]에 대한 선행 연구는 현대시조시인 그 누구보다도 충일하다고 할 수 있다. 연보와 서지 및 시인론에 대한 연구와 자료의 집적은 그의 출생지 청도를 중심으로 활발히 진행되어 왔다.[2] 1991년 11월에 이호

---

1) 李鎬雨(호는 爾豪愚)는 1912년 3월 2일 경북 청도군 대성면 내호리 259번지에서 아버지 우강 경주이씨 종수와 어머니 구봉래 사이의 2남 2녀 가운데 차남으로 태어났다. 의명학당을 세우고 군수를 지낸 조부 혜강 이규현의 영향으로 그는 유교적 가풍과 예술적 전통을 지닌 가문에서 유복하게 성장했다. 밀양공립보통학교, 경성제일고등보통학교, 동경 예술대학을 거치는 동안 신경쇠약증 등으로 1930년 귀국하여 고향에서 전통 서정을 바탕으로 한 문학과 예술 지향적 청년기를 보낸다. 가람 이병기에 의해 1940년 《문장》지 6, 7월 호에 「달밤」이 추천되면서 문단에 나온 이호우는 1946년 대구로 이사하면서 《죽순》을 통해 본격적인 문학 활동을 시작한다. 《대구일보》, 《대구매일신문》 등 언론사에서 일하며 시대 상황에 대한 비판정신을 담은 과격한 논조와 고발로 여러 차례 필화 사건을 겪는다. 이러한 과정 속에서 이호우는 현실 참여적 저항시인으로 평가받기도 한다.

2) 이 글의 모든 인용문은 한글로 바꾸어 쓰되, 의미 전달을 위해 한자가 필요한 경우에는 한자를 쓴다. 《개화》 20집에는 정혜원(「이호우론 — 현대시조의 새로운 위상 제시」, 《시조시학》, 1993. 여름)의 논문 등 대표적인 이호우 연구 자료가 29편 소개되어 있다. 이 글에서 연구서지는 생략하기로 한다.

우시조문학상이 제정되고 이호우시조문학상 운영위원회가 결성됨으로써 1992년에 제1회 이호우시조문학상을 시상하게 되었다. 이로써 이호우 시조 문학에 대한 전면적인 연구 조사가 이루어졌으며 마침내 민병도와 문무학 공편, 이호우 시조 전집 『차라리 절망을 배워』(그루, 1992)가 상재되었다. 이와 함께 현대시조의 전범(典範)이며 정전(正典)이 된 이호우의 단시조 「개화」를 표제로 한 연간 시조 전문지 《개화》를 발간하게 되어 현재 20집을 상재하고 있다.[3]

특히 1994년 《개화》 3집에서는 민병도가 「이호우 시조의 개작 과정」을 전면적으로 다루는 데까지 나아감으로써 이호우의 시조관, 시인론, 작품론, 시조 운동 등 다방면에 걸쳐 포괄적인 연구가 이루어졌다고 할 수 있다. 2000년 《개화》 9집에서는 30주기 추모 특집으로 문무학이 「이호우 시조론 연구」를 보태, 이호우 시조론을 총람하는 가운데 선행 연구의 성과를 조명함으로써 '이호우 시조의 비밀'과 '이호우 시조관이 드러났'다고 보았다.[4]

문무학에 의하면 '이호우 시조가 현대시조의 새로운 지평을 열 수 있었던 근거'를 네 가지로 정리할 수 있다. 이호우는 첫째, 시조에 대한 재래적 관념을 벗고 시조의 문제를 시조 밖에서 해결해 보려 했다. 둘째, 시조의 형식을 외형적 정형으로 보지 않고 내용적 정형으로 보았으며 다취신축성(多趣伸縮性)과 정형이비정형(定型而非定型)이라는 시조 형식관을 가지고 있었다. 이는 음수율을 배격한 것이며 새로움을 향한 형식관이었다. 셋째, 시조에 담을 내용은 시대에 따라 달라져야 한다고 보았다. 넷째, 이미지즘을 지향했다. 이미지즘의 영향을 받은 것이 아니라 이호우의 시조 창작 기법

---

3) 1991년에 이호우시조문학상 운영위원회가 발족된 이후 2002년에는 누이 이영도의 이름으로 시행되어 오던 정운시조문학상을 청도군으로 이관을 건의하여 2003년에는 청도군에서 '이호우 이영도 시조문학상' 조례 개정안을 입법예고하고 청도군민회관에서 시상, 지금까지 시행하고 있다.

4) 문무학, 「이호우 시조론 연구」, 《개화》, 9집, 2000, 37~38쪽.

이 이미지즘과 맥을 같이하고 있었다. 초기 연작에서 후기 단수로 옮겨 간 까닭도 이와 무관하지 않을 것으로 보인다.[5]

최근 연구에서 '이호우 시조의 전개 양상'과 '이호우 시조의 문학적 성과'를 집약한[6] 민병도에 의하면 이호우 시조는 '현실 적응기(1934~1950)',[7] '현실 비판기(1951~1960)',[8] '현실 관조기(1961~1970)'[9]로 나누어 볼 수 있다. 자연에 대한 연민으로부터 감성적 직관에서 현실적 조응 과정을 거쳐 초월적 직관에 이르기까지 자연과 인간과의 관계를 설정하는 데 골몰한 이호우는 이데올로기를 둘러싼 갈등과 대립 속에서 언제나 민족과 동시대적 아픔을 함께 나누고자 깨어 있는 의식으로 초월과 달관의 경지를 드러낸 작품 세계를 보여 주었다.[10]

민병도의 연구를 비롯한 선행 연구들은 이호우 시조를 시기적으로 2분하든 3분하든 후기로 갈수록 초기의 연시조에서 단시조로 집중하는 경향을 지적했다. 정혜원의 경우도 전기 시와 후기 시로 나누어 고찰하면서 후

---

5) 앞의 글, 29~38쪽. 문무학은 『휴화산』 후기에서 "누군가 말하기를 시조는 가락과 의미는 있어도 '이메지'를 결했다고 하였다. 유의해야 할 일"이라고 한 이호우의 발언은 이미지즘 운동의 선구자들이 주장했던 '이미지스트 선언'의 내용과 맥을 같이하는데 「삼불야」(무슨 業緣이기/ 먼 남의 骨肉戰을// 생떼 같은 목숨값에/ 아아 던져진 三弗 軍票여// 그래도 조국의 하늘이 고와/ 그 못 감고 갔을 눈.)는 이와 같이 일상어의 사용, 새로운 리듬의 창조, 자유로운 제재 선택, 명확한 이미지 제공, 긴축을 본질로 삼았다는 점에서 이미지스트들의 선언과 부합된다고 보았다.

6) 민병도, 「시조의 새로운 해석과 창조적 계승」, 《문학사상》, 2012. 3.

7) '현실에 대한 자기 보호적 자세로부터 출발한 문학에의 관심과 시조라고 하는 민족시에 대한 애정으로 대변되는 시기.'(「달밤」, 「초원」, 「이단의 노래」, 「나를 찾아」, 「해바라기처럼」, 「첫설움」, 「나의 가슴」 등)

8) '6·25라고 하는 외세에 의한 민족 전쟁과 독재라고 하는 이 시기는 이호우에게도 혼돈과 저항의 시기.'(「바람벌」, 「영어 2」, 「기빨」, 「촉석루」, 「너 앞에」, 「오월」, 「금」 등)

9) '현실에 대한 고발'과 '비판' 그리고 '불교관에 의지하여 깨달음을 통한 길찾기를 시도한 작품 등 다양성이 이시기의 특징'.(「개화」, 「삼불야」, 「춘한 2」, 「추석」, 「단층에서」, 「하」, 「연」 등)

10) 민병도, 위의 글, 166~173쪽.

기로 갈수록 연시조에서 단시조로 이행하는 경향을 지적했는데[11] 김복근
또한 최근 연구에서 '시조가 국민시가 되기 위해서는 시적인 긴장감과 여백
의 여운을 살리는 단시조가 되어야 한다는 판단'을 했고 '응축된 자아의식
의 표출을 위해서는 압축과 강렬한 이미지의 단수가 더 적당하다고 생각
한 것'으로 보았다.[12]

　이와 같은 선행 연구의 결과, 이호우의 시조관과 그에 따른 문학적 성과
를 다음과 같이 압축할 수 있다. 이호우 시조관의 핵심은 시조의 율격을
자수율로 보지 않았다는 데 있다. 이는 이호우 시조가 현대시조문학사에
남긴 시조사적 성과와 직결된다. 정혜원은 "현실 비판과 역사의식으로 현
대시조의 새로운 위상을 제시"한 이호우 시조는 "치열한 비판의식과 율격
의 변모"를 보여 주는데 그 "격렬한 시정신을 표출해 내기 위해" "형태의
부분적 해체"는 불가피한 것으로 보았다. 이호우 시조의 "율격의 변모는 시
조형식의 파기가 아니라 시조의 구태의연함을 혁신해 보고자 하는 노력이
었으며 기계적 자수의 배치에 승복할 수 없는 자유로운 시혼의 표현"이라
고 평가했다. 아울러 "시조의 기존 율격을 깨뜨리면서까지 자유로운 시정
신을 추구하려던 이호우의 작시 태도"는 "시조의 현대화"에 기여한 바 있으
나 "외형률과의 마찰"을 불러일으켰다고 평가함으로써 정혜원 또한 시조를
자수율로 파악하고 있음을 알 수 있다.[13] 자수율은 규정에 따라 엄격하게

---

11) 정혜원은 이호우의 전기 시와 후기 시의 변화 양상을 면밀히 분석했다. 첫째, 전기의 연
　　시조형에서 후기의 단시조형으로 회귀하는 현상. 둘째, 전기의 자연 친화적 자세가 후기
　　에 이르러 현실 비판적 성향이 강한 작품들과 함께 인생에 대한 관조가 투영된 작품으
　　로 기운다. 셋째, 전기 시의 향토적 색채와 아울러 혈기에 찬 격정의 소리가 후기 시에
　　이르러 연륜과 함께 억제되며 원숙과 달관의 경지를 보여 준다. 형식면에서도 전기 시의
　　역동적인 활력이 수그러들면서 자유분방한 과다 음절은 줄어 시형이 안정되는 추세를
　　보이나 종장 제1구의 율격의 변화는 오히려 심화되어 나타난다. 정혜원, 「현대 시조의 새
　　로운 위상 제시 — 이호우론」, 『한국현대시조 작가론 Ⅰ』(태학사, 2002), 121~124쪽.
12) 김복근, 「압축 파일, 그 염결의 미학 — 이호우 시인의 삶과 문학」, 《펜문학》, 2012, 3/4,
　　28쪽.
13) 정혜원, 앞의 책, 앞의 글, 101~117쪽 참조.

자수를 지켜야 하는 것이다. 그러나 시조의 자료적 실상은 자수율을 그대로 따른 예가 조동일의 연구와 같이 전체의 4퍼센트에 지나지 않는다는 상식을 우리는 이미 알고 있다. 이는 시조의 율격을 자수율만으로는 설명할 수 없다는 반증이다.

이 글은 이호우 시조에 대한 선행 연구의 성과인 '치열한 비판의식과 역사의식으로 현대시조의 새로운 위상을 제시'했다는 평가를 수용한다. 그러나 시조 율격을 자수율로 파악한 결과에 따른 평가는 비판적으로 검토하는 가운데 이호우의 시조 형식관과 율격 운용 양상으로 본 이호우 시조의 현대성을 규명하는 데 주력할 것이다.

2 시조 율격 운용과 이호우 시조의 현대성

현대시조의 정전(正典)

우리는 현대시조의 정전으로 평가받는 이호우의 단시조 「개화」를 통하여 이호우의 시조 율격에 대한 이해를 파악할 수 있다. 지금까지 밝혀진 이호우의 작품은 모두 185편이다. 1950년대 유고(遺稿)에 보이는 4연 9행의 자유시 「꽃이 터진다」는 개작 과정을 거쳐 3연 15행의 「개화」라는 제목으로 1962년에 '여백록'에 남기고 《현대문학》에 발표한다. 그러나 그의 열정과 책임 의식의 소산인 두 번째 시조집 『휴화산』(중앙출판공사, 1968년)에서는 다음과 같이 교과서에 수록된 장 단위 3연 구 단위 6행의 정전화된 작품으로 발표한다.

꽃이 피네 한 잎 한 잎
한 하늘이 열리고 있네

마침내 남은 한 잎이

마지막 떨고 있는 고비

바람도 햇볕도 숨을 죽이네
나도 아려 눈을 감네.

그는 『휴화산』 발간 무렵, 거의 단형 시조로 제한했고 배행도 3장(연) 6구(행)의 시적 형식을 고수하여 이른바 "이호우 식의 시조 형식"을 남겼다.[14] 이러한 시적 형식의 수립은 시조의 형식적 정체성을 확고히 보여 준다는 점에서 후기에 정립된 이호우 시조관을 여실히 보여 주는 것인데 이 작품을 율격에 따라 도식화하면 다음과 같다.

꽃이 피네 | 한 잎 한 잎 ‖ 한 하늘이 | 열리고 있네
마침내 | 남은 한 잎이 ‖ 마지막 떨고 | 있는 고비
바람도 | 햇볕도 숨을 죽이네 ‖ 나도 아려 | 눈을 감네.[15]

주지하다시피, 3장 6구 12마디(음보)의 시조 율격 연구는 초기의 음수율에서 음보율로의 진전을 보았고, 성기옥에 의해 음량률로 정립되었다.[16] 여기에 더하여 김학성은 종장 첫마디만은 3음절 정형을 지키는 음수율과 음량률을 가진 정형 양식임을 규명함으로써[17] 다취신숙성(多趣伸縮性)과 정형이비정형(定型而非定型)이라는 추상적 형식 논리를 설명할 수 있는 '자율적 정형시'[18]라는 이해에까지 나아갔다.

시조는 장르 표지이자 문식성(literacy)을 가지는 종장 첫 마디 3음절과

---

14) 민병도, 앞의 글, 173~175쪽.
15) 여기서 '|'은 음보말 휴지, '‖'은 중간 휴지를 나타냄.
16) 성기옥, 『한국 시가 율격의 이론』(새문사, 1986) 참조.
17) 김학성, 「시조 형식의 절주와 종장 운용의 방향」, 『만해 축전 자료집』(2011).
18) 홍성란, 「시조의 형식 실험과 현대성의 모색 양상 연구」, 성균관대 박사 학위 논문, 2004 참조.

둘째 마디의 과음보(5~8mora)를 제외한 모든 음보는 4모라로 실현된다. 그런데 음보의 양식화 범위는 2모라에서 5모라까지 한정되어 수행된다는 점에서 하나의 음보는 2음절에서 5음절까지 다양하게 실현될 수 있다. 이러한 양상은 잘 알려진 황진이의 시조 "어져 내 일이야~"의 초장 첫 마디가 2음절(어져)인데 여기에 1음절만큼의 음 지속량을 가지는 +장음(ㅡ)이 2개 결합(어ㅡ져ㅡ)하여 기준 음격 4모라를 유지함에서도 알 수 있다.[19]

시조의 율격 분석은 음보의 양식화 범위에 안에서 각 마디의 음량 배분을 첫 번째로 고려하고, 다음은 의미의 응집력에 따라 의미론적 분할을 한다는 점에서 「개화」의 율격 분할은 위와 같이 도식화할 수 있다. 「개화」의 경우 위와 같이, 음보의 양식화 범위를 벗어난 예가 없이 정격을 지킨 작품으로서 교과서적 정전(正典)인 동시에 고전(古典)이 되었다.

종장은 다음과 같이 율격 분할된다.

바람도 ｜ 햇볕도 숨을 죽이네 ‖ 나도 아려 ｜ 눈을 감네.

밑줄 친 부분과 같이 "의미론적 결집에 의한 파격"[20]으로 평가하는 경우가 있다. 그러나 이러한 판단은 시조의 양식적 원형이 의도하는 율격 미학과는 거리가 있다. 종장 첫 마디의 3음절 법칙은 〈진작 3〉으로부터 기원하는데 〈진작 3〉은 시조 형성 초기의 형식으로서, 시조 양식화 초기부터 지켜 온 전통이다. 3음절 정형은 시조 종장 첫마디에 대한 우리의 관습적 율격인식으로 고정되어 온 것이다. 이 관습적 율격 인식에 따라 종장 첫 마디는 자연스럽게 3음절로 율독되는 것이며 이 경험적 율동형이 '글쓰기의 본'으로 작용해 왔기에 이 같은 작품들이 현대시조의 거봉이라 할 이호우, 이영도, 박재삼, 정완영 같은 시인들에 의해 산생될 수 있었던 것이다.[21] 그런

---

19) 홍성란, 「조운 시조로 본 시조의 시적 형식」, 《서정시학》, 2011. 가을 참조.
20) 홍성란, 「시조 종장 운용의 문제점과 제언」, 『만해 축전 자료집』, 2011 참조.
21) 홍성란, 위의 글, 648쪽.

데 정혜원은 이호우 시조의 종장 제1구에서도 변형된 율격이 등장한다고
지적하며 아래와 같은 예를 제시했다.

<blockquote>

겨우 그 　|　 이룬 거미줄들이 　‖　 무심히도 　|　 걷힘이여

—「영위·Ⅱ」

</blockquote>

3음절 한 단어이거나 2음절에 토가 붙어 3음절 정형을 이루는 것이 아
니라 예시와 같이, 부사(2자)+대명사(1자)의 구조를 시도하고 있으며, 1음
절의 대명사는 앞의 부사와 결합되기보다는 뒤의 어구들과 연결된다고 보
아, "겨우/ 그 이룬 거미줄들이"로 율독된다고[22] 했다. 이러한 판단은 율독
(律讀)에 대한 오해에서 비롯한다. 율독은 율격에 따라 각 마디의 양식화
범위를 고려하여 음량을 배분하며 읽는 것이다. 그러므로 관습적 율격 인
식에 따라 자연스럽게 위의 도식과 같이 율격 분할하고 율독하게 되는 것
이다.

통변, 이호우의 율격 운용

유협의 『문심조룡』 29장 「통변(通辯)」에 의하면, 문장(文章)의 체재(體裁)
는 일정한 것이나, 문장의 변화는 무궁한 것이다. 문장의 형식들은 그 명칭
과 창작 규범이 계승된 것이어서 이들에 대한 설명에는 일정한 규범이 있
으나 문장의 변화에는 일정한 규범이 있는 것이 아니어서, 그러한 변화를
설명하기 위해서는 새롭게 형성된 작품을 참고해야 한다. 문장의 체제를
잘 운용하여 문장의 변화를 이룰 수 있는 재능은 문학 창작의 찬 샘물을
마실 수 있게 하는데 작가의 두레박줄이 너무 짧아서 자기의 갈증을 참아
야만 하고 다리의 힘이 부족해서 그 길을 포기해야만 하게 되는 것은, 창작
방법에 어떤 제한이 있기 때문이 아니라 창작 방법의 융통성 있는 적용에

---

22) 정혜원, 앞의 책, 앞의 글, 120쪽.

대해 경험이 부족하기 때문이다. 또한 문학의 전통을 지배하는 원리들을
규정할 때 사람들은 문학의 형식에 대한 폭넓은 관점을 지녀야만 하고 그
러기 위해서 폭넓은 경험과 정밀한 연구를 거쳐야 하며, 모든 문학적 교훈
들 가운데서 어떤 조화를 창조하는 종합적인 윤곽을 획득해야만 한다. 그
런 다음에는 창작 방법에 있어 사통팔달의 대로를 개척하고 그 관건을 장
악해야 한다.[23]

이호우는 이 「통변」의 원리에 충실했고 그에 따라 시조 율격에 대한 정
확한 이해에 도달한 것으로 볼 수 있다. 시조에 대한 재래적 관점을 벗고 시
조의 형식을 내용적 정형[24]으로 파악한 것은 시조가 자수율(음수율)을 따르
는 주형(鑄型)의 형식이 아님을 파악한 것이다. 자수율은 쇳물을 주형에 부어
모양을 만들어 내는 정형(定型)의 틀로 보는 것이다. 다취신축성(多趣伸縮性)과
정형이비정형(定型而非定型)이라 함은 개별 작품이 우리말의 언어학적 요인
에 따른 자연스러운 발화가 리드미컬한 율동을 생성하는 자연률[25]을 따른
다는 점을 파악한 것이다. 이는 시조가 종장 첫 마디만은 3음절 정형을 고수
하는 음수율과 음량률을 지닌 자율적 정형시라는 인식과 다르지 않다.[26] 시조

---

23) 유협, 최동호 옮김, 『문심조룡』(민음사, 1994), 360~364쪽 참조.

24) 이호우, 「시조의 본질」, 《죽순》 3, 1946. 12.(문무학, 앞의 책, 앞의 글, 26쪽에서 재인용)
　　시조의 "정형은 내용적 정형이지 결코 외형이 가져오는 정형만의 정형은 아니다. 시조의
　　외적 형만으로 시조의 형을 따지고 논의함이 있다면 이는 시조의 문전에도 와 보지 못한
　　이라 하지 않을 수 없다."

25) 자연률은 가람 이병기가 「율격과 시조」(《동아일보》 1928. 11. 12)에서 "시조의 율격은
　　종래에 시조에서 쓰던 율격만을 써야 한다는 것보다도 지금 우리말 가운데 자재한 자연
　　률을 찾아 써야 할 것"임을 강조하면서 "자연 짓노라면 그때 사실과 경우에 따라 이렇게
　　도 되고 저렇게도 되고 보면, 어느 법칙에든지 偶合되는 일도 있을 것이다. 그래서 법칙이
　　작가를 만드는 것이 아니라 작가가 법칙을 만드는 것"이라고 본 데서 기원한다. 자연률
　　은 춘원 이광수가 「시조의 자연률」(《동아일보》 1928. 1. 1)에서 이미 언급한 바 있다. 박
　　을수, 「가람의 시조론」, 『한국 시조 문학 전사』(성문각, 1978), 305~306쪽 참조.

26) 여기서 종장 첫 마디를 3음절로 고정하는 것(음수율)은 음량률을 벗어난 율격적 이단
　　성을 보이는 부분이고, 이는 당연히 자연률이 아니라 작품의 문식성을 더하기 위한 인
　　공률이라고 할 수 있다. 종장 첫 마디에서 이러한 인공적 의장을 가함으로써 시조는 작

가 개별 작품마다 자율적으로 가시적인 음절수와 장음과 정음이라는 음운 자질이 가세하여 각 마디가 등장성을 지닌 음량을 채우는 율격 체제를 이루고 있음을 파악한 것이다. 이는 이호우 문학의 시사적 위치를 규정할 수 있는 중대한 관점이다.

정혜원은 이호우 시조가 격렬한 시정신을 표출해 내기 위해서는 시조 형태의 부분적 해체가 불가피했다고 보고 이호우 시조에 나타나는 율격의 변화는 「기빨」이나 「바람벌」과 같이 정신의 가열성으로 하여 온 것도 있지만, 작품 전반에 걸쳐서 정형의 속박에 구애받지 않으려는 시작 태도에서 기인하는 것으로 보았다.[27]

<pre>
내 | 너 앞에   ‖   다수굿이 | 약했노라
내 | 나에게   ‖   이리도 | 강하기로
어디라 | 청산이 없으랴 ‖   구름같이 | 가노라
</pre>

단시조 「작별」은 위와 같이 율격 분할되는데, 이호우 작품에서 가장 파격이 심한 사례다. 여기서 "시조 형태의 부분적 해체"라는 정혜원의 이해는 적절하지 않다. 자유시를 한 편도 발표하지 않은 이호우는 언제나 시조라는 분명한 장르 표지 아래 작품을 발표해 왔다. 또한 시조의 '율격'은 시조의 양식성에 대한 규정으로, 변화하는 것이 아니다. 시조라는 역사적 장르는 생성하고 소멸할 수 있으나 기존 장르는 '양식화'되어 '양식적 변용'을 거침으로써 그 다양한 응용력을 새롭게 발휘하여 새로운 장르로 태어난다[28]는 점에서 시조 양식을 따르는 현대시조의 율격은 변하는 것이 아니다. 다만 이호우가 시조의 율격을 자재하게 운용함으로써 개별 작품마다 각기 다

품의 시성을 고양하고 적절한 문식성을 주어 형식 질서에서 오는 높은 품격을 보여 주게 된다.

27) 정혜원, 앞의 책, 앞의 글, 117쪽.
28) 홍성란, 앞의 논문, 3쪽.

280

른 자율적 정형시로서 의미 생산적 율동화를 이룬 것으로 보아야 한다. 이호우 시조가 보여 주는 다양한 율동 형상은 정형의 속박에 구애받지 않는 분방한 시정신에서 기인하는 바이며 통변의 원리를 따른 예라 할 수 있다. 「작별」을 음량률에 따른 음운 자질까지 포함하여 도식화하면 다음과 같다.

> 내 ─　｜　너 앞에∨　‖　다수굿이　｜　약했노라
>
> 내 ─　｜　나에게 ∨　‖　이리도 ─　｜　강하기로
>
> 어디라　｜청산이 없으랴　‖　구름같이　｜　가노라∨

초장과 중장의 첫째 마디 '내 ─'는 1음절과 '+장음'(─)을 포함하여 2모라만을 형성하는데 이는 1음보의 기준 음량인 4모라에 미달하므로 파격이다. 여기서 '+장음'(─)은 연속하여 올 수 없으므로 1모라만을 유지하게 된다. 종장에서 첫 마디는 3음절 정형을 고수했고, 둘째 마디는 양식화 범위인 5~8모라에 속하는 6모라이므로 정격에 해당한다. 나머지 다른 마디들 또한 '+장음'(─)과 묵음 상태인 '─장음' 곧, 정음(∨)을 포함하여 각각 4모라를 이루므로 정격에 해당한다. 이와 같은 이호우의 자재한 율격 운용은 시조 양식의 파괴나 해체가 아니라 음량을 채우지 못한 데 따른 파격에 해당한다. 이 같은 파격의 표출은 포에지상의 필연적 요구와 미적 효과를 유발할 경우에 그 당위성을 인정받을 수 있다. 그렇기에 이호우는 「겨레의 혼이 담긴 샘」에서 시조 부흥 운동의 방향을 제시하며, 파격은 피치 못할 경우이거나 파격을 함으로써 가일층의 묘를 조성할 수 있을 때, 높은 경지에 이르렀을 때 가능한 것으로 극히 조심해야 할 일이라고 했다.[29]

시조에 대한 재래적 관념을 벗은 이호우의 율격 인식과 그에 따른 율격의 운용 양상은 자재하여 정격을 지키거나 약간의 파격을 가하더라도 늘 신선하고, 생동하는 리듬감으로 참신하게 수용된다. 정혜원의 평가와 같이

---

29) 문무학, 앞의 책, 앞의 글, 35쪽 참조.

시조의 기존 율격을 깨뜨리면서까지 자유로운 시정신을 추구해 온 이호우
의 작시 태도는 '시조의 현대화'에 기여한 바 크다. 시조의 정형을 '내용적
정형'으로 본 이호우는 의미 내용 전개에 역점을 두어 엇구나 덧구 형태로
한두 마디 정도 음량이 늘어난 엇시조[30]에 해당하는 파격을 이룬 작품들
을 다수 남겼다.[31] 그러나 이호우는 사설시조는 한편도 남기지 않았다. 사
설시조는 대체로 중장에서 2음보격 연속체로 사설을 길게 엮어 짜 나가는
데 각 장이 통사 의미 단위의 4마디를 이루며 일정 정도 자유롭게 사설을
엮어 짤 수 있다. 이러한 방식으로 정감을 풀어내며 욕구를 해소하는 풀이
구조는 자유시에 근접하는 시정신의 자유로움을 어느 정도 추구할 수 있
는 시조의 하위 장르다. 이호우는 사설시조의 엮음 구조가 절제와 압축을
중시하는 시조의 시학과는 거리가 있다고 보고 단 한 편도 남기지 않았다.
이는 시조가 국민시가 되어야 한다는 이호우의 시조관과 부합한다.[32]

---

30) 홍성란, 앞의 논문, 84쪽.

엇시조는 외짝 구를 어느 한 장 이상에서 하나 더 덧붙여 확대하거나(이를 '덧구'라 명명
함) 내구(內句) 혹은 외구(外句)의 어느 한 구에서 구를 이루는 두 개의 음보 중 하나를
2음보(1음보는 본래 시조 율격을 이루고 있는 것이니 실제로는 1음보 확장) 크기로 확대
하여 안정된 균형을 깨뜨리고 엇나가게 함으로써 (이렇게 된 구를 '엇구'라 명명함) 비균
형에서 오는 '파격의 미학'을 즐기는 형식이다.

31) 엇구 수준의 파격을 이룬 예는 다음과 같다.

날라 │ 蒼空을 │ 누벼도 ‖ 목메임은 │ 풀 길 없고　　　　　─「학」

푸른 숲 │ 새소리 │ 물소리 ‖ 그 달빛 │ 여의고　　　　　─「가로수」

그새들 │ 낙엽과 │ 더불어 가고 ‖ 외로 남은 │ 낙목(落木) ─「낙과(落果)」

하 그리 │ 애타던 │ 동경도 ‖ 황홀턴 │ 떨리움도　　　　─「이룸」

덧구 수준의 파격을 이룬 예:

이 밤도 │ 잠들지 │ 못하고 ‖ 하 저리 │ 깜박이는 │ 별들 ─「별」

빼앗겨 │ 쫓기던 │ 그날은 ‖ 하 그리 │ 간절턴 │ 이 땅　　─「또다시 새해는 오는가」

봄은 │ 화려해 │ 미웠고 ‖ 가을은 │ 透明이 │ 싫었다　　　─「발자욱」

모두들 │ 가고만 │ 있는데 ‖ 너도 나도 │ 가고만 │ 있는데 ─「환(幻)」

쩌응 │ 터질 듯 │ 팽창한 ‖ 대낮 │ 고비의 │ 靜寂　　　　─「오(午)」

32) 이호우, 「후기」『이호우 시조집』(영웅출판사, 1955). "한 민족 국가에는 반드시 그 민족
의 호흡인 국민시가 있고 또 있어야만 하리라 믿는다. 나는 그것을 시조에서 찾고 이뤄

3 뼈의 문사(文士) 이호우 시조의 현대성

이호우 생애를 통한 그 인간적 면모와 예술가로서의 평가는 다양하다.
정재호는 시인 기질을 타고난 천성의 시인 이호우는 지위 고하나 친소를
불문하고 충고와 직언을 할 줄 알았던 이 시대의 경종이었고 참 스승이었
다고 평가했다. 아울러 이호우를 초기 시의 낭만적 서정을 버리고 거친 목
소리의 반체제 저항시인으로 만든 것은 국토 분단의 현실과 독재와 부패
로 얼룩진 역대 정권이라고 단정했다.[33] 김윤식은 육사와 청마의 정신적 가
열성의 차원에 어깨를 나란히 한 시인으로 평가했다.[34] 김복근은 오늘의 현
대시조를 있게 한 주역 중의 한 사람으로 이호우는 시 속의 흠결에 초연히
대처하고, 부당함을 보면 결연히 저항했으며, 마음이 깨끗하고 탐욕이 없
는 고매하고 당당한 인품의 소유자로 보았다. 아울러 후기 시는 압축 파일
로 묶어 낸 듯한 염결성을 지닌 단시조가 주를 이룸으로써 이호우가 기품
과 격조 있는 삶을 시조와 함께 올곧게 살다 갔음을 상징한다고 보았다.[35]
서벌은 현대시조 70년사를 통해 이호우만 한 기골(氣骨), 그 튼튼함을 찾을
수 없다는 점에서 뼈의 문사 이호우는 현대시조의 정신적 거점이고 거대한
뿌리'이며 만해, 육사, 청마에 이어지는 대통으로서 그가 남긴 수수편편은
하나의 고전이 되었다[36]고 평가했다.

이호우는 『이호우 시조집』 이후 단시조에 주력했으나, 가람 이병기는 일
찍이 현대의 복잡해진 생활상을 단시조만으로는 표현하기 어렵다는 점에

보려 해 보았다. 왜냐하면 국민시는 먼첨 서민적이어야 할 것임에, 그 형(型)이 간결하여
짓기가 쉽고 외우고 전하기가 쉬우며 또한 그 내용이 평명(平明)하고 주변적(周邊的)이어
야 할 것임으로, 시조의 현대시로서의 성장을 저해하고 있는 정형 즉 단형(短型)과 운율
적인 비현대성이 국민시적형(國民詩的型)으로서는 도리어 적당한 요소가 될 수 있기 때
문이다."

33) 정재호, 「목마른 학」, 《개화》 1992 창간호.
34) 김윤식, 「이호우론」, 《현대시학》 1970. 8.(정혜원, 앞의 책, 앞의 글, 116쪽에서 재인용)
35) 김복근, 「압축 파일, 그 염결의 미학 ― 이호우 시인의 삶과 문학」, 《펜문학》 2012, 3·4.
36) 서벌, 「이호우의 시 ― 절대에의 추구와 발견, 그 성립」, 《현대시학》 1973. 10.
    (《개화》 2, 1993, 89~97쪽에서 재인용)

서 연작이 필요하다고 보았다. 이병기의 주장과 같다면 오늘의 시는 점점 더 길어져야 하는데 오히려 시가 짧아져야 한다는 주장이 제기되고 있다.[37] 시조는 이호우의 말대로 "형(型)이 간결하여 짓기 쉽고 외우고 전하기가 쉬우며 또한 그 내용이 평명(平明)하고 주변적'인 순간의 양식이다. 장황하고 난삽하며 소통 불능의 자유시가 반성적 성찰에서 극서정시를 주창하듯이, 시가 길어져야 할 필요는 없는 것이다. 이호우 초기의 신중함이 정격의 연시조를 창작하게 했다면 중기의 현실 비판과 격정이 파격과 엇시조 형식을 산출했고 후기의 인생에 대한 관조와 달관의 경지가 단시조로의 귀결을 보게 했다. 이호우는 파격을 권장하지 않았다. 파격은 가일층의 묘를 조성할 수 있을 때, 포에지상의 필연적 요구와 미적 효과를 유발할 경우에만 그 당위성을 인정할 수 있다고 본 것이다.

결론적으로, 이호우가 시조의 형식을 내용의 형식으로 본 것은 기계적 자수율을 추수하지 않고 시조 율격의 자재한 운용이라는 이호우 시조의 현대성을 배태한 인식이다. 종장 첫 마디 3음절을 고수하되 부사와 대명사의 결합을 시도한다거나 엇구나 덧구의 파격을 보이는 엇시조의 산출 또한 시조의 형식이 내용의 형식이라는 시조 형식관에서 비롯한다. 이러한 인식에서 이호우는 시조의 율격을 자재하게 운용하여 편편이 새로운 시조의 리듬을 창출했고 그런 형식관이 이호우 시조의 현대성을 여실히 구현하게 했다.

37) 최동호, 「트위터 시대와 극서정시(極敍情詩)의 길」, 《유심》 2010. 11·12.

참고 문헌

김복근, 「압축 파일, 그 염결의 미학 ─ 이호우 시인의 삶과 문학」, 《펜문학》
　　2012. 3·4

김학성, 『한국 고시가의 거시적 탐구』, 집문당, 1997

　　　, 『한국 고전시가의 연구』, 한국학술정보(주), 2001

　　　, 『한국 고전시가의 정체성』, 성균관대 대동문화연구원, 2002

　　　, 『한국 시가의 담론과 미학』, 보고사, 2004

　　　, 『한국 고전시가의 전통과 계승』, 성균관대 출판부, 2009

　　　, 「시조 형식의 절주와 종장 운용의 방향」, 『만해 축전 자료집』, 2011

문무학, 「이호우 시조론 연구」, 《개화》 9, 2000

민병도, 「시조의 새로운 해석과 창조적 계승」, 《문학사상》 2012, 3

　　　, 「이호우 시조의 개작 과정」, 《개화》 3, 1994

박을수, 『한국 시조문학 전사』, 성문각, 1978

성기옥, 『한국 시가 율격의 이론』, 새문사, 1986

이호우, 『이호우 시조집』, 영웅출판사, 1955

정재호, 「목마른 학」, 《개화》 창간호, 1992

정혜원, 「현대시조의 새로운 위상 제시 ─ 이호우론」, 『한국 현대시조 작가
　　론 I』, 태학사, 2002

유협, 최동호 옮김, 『문심조룡』, 민음사, 1994

　　, 「트위터 시대와 극서정시의 길」, 《유심》 2010. 11·12

홍성란, 「시조의 형식 실험과 현대성의 모색 양상 연구」, 성균관대 박사 학위
　　논문, 2004

　　　, 「시조 종장 운용의 문제점과 제언」, 『만해 축전 자료집』, 2011

　　　, 「조운 시조로 본 시조의 시적 형식」, 《서정시학》 2011. 가을

선풍도골, 소파의 현실 인식과 형식 실험

홍성란(시조시인·성균관대 강사)

1 선행 연구 검토

정소파(1912~)[1]는 근현대문학사 초기에 출생하여 현재 작품을 발표하고 있는 최고령 시인이다. 1930년 《개벽》에 시조 「별건곤(別乾坤)」을 발표하며 등단하고[2] 1932년 일본 와세다 대학교 문학부 통신과에 입학, 1936년 졸

---

1) 소파(韶坡) 정현민(鄭顯珉)은 1912년 2월 5일 전남 광주군 광주면 교사리 134번지에서 아버지 정석규와 어머니 최후량 사이 7남매 중 장남으로 태어났다. 통정대부를 지낸 조부 해인(海仁)이 한문 서숙을 설립하여 어려운 학동의 육성에 힘썼으며, 나주군청 근업원(勤業員)으로 일한 아버지 덕에 유복하게 성장했다. 송정공립공업학교 재학 시절 일제의 한글 말살 정책에 항거하여 동맹휴학을 주도했고(1929), 광주학생독립운동에 가담하여 투쟁했다.(1931) 1936년부터 전남 광산군, 영남군, 화순군청 등에서 행정공무원 생활을 했고, 1951년부터 여수중학교, 1953년부터 여수상고 등 중고등학교 교육공무원 생활을 마치고 정년퇴직 후에도 여러 학교에서 작문 교사 생활을 하다가 광주 수피아여고에서 퇴임했다. 1977년 한국시조작가협회에서 소파문학상을 제정하여 1999년까지 제14회 시상했다. 시, 시조, 동시, 수필 등 여러 장르에 걸쳐 창작 활동을 지속하는 가운데 시조집 『산창일기』(천일문화사, 1957), 『슬픈 조각달』(세운문화사, 1974), 『죽풍사』(학생사, 1983) 등을 간행했고, 현재 창작과 발표를 지속하고 있다.

2) 정소파가 1930년 《개벽》지에 「별건곤」을 발표하며 등단했다는 부분에 논란이 있을 수 있음은 실증적 문헌 자료가 소실되었기 때문이다. 《개벽》은 1920년 6월에 창간되어

업함으로써 "문학 수업을 체계적으로 받은 살아 있는 한국 문단의 증인"
이며 "문학사적 인물"이다.[3] 소파의 본격적인 작품 활동은 1957년 《동아일
보》 신춘문예에 「설매사」가 당선되고, 이승만 정부가 주최한 제1회 전국백
일장대회에서 「독(讀) 임란사 유감」으로 장원하면서부터 시작된다.[4]

소파에 대한 선행 연구는 영성하나마 월평이나 계간평 또는 지역적 연
고로 이루어졌다. "살아 있는 한국 문단의 증인"이며, "문학사적 인물"에
걸맞은 범문단적 연구와 평가는 이루어지지 못했다. 노창수는 그 이유를,
광주 지역에만 살았고 '선비로서의 올곧은 성격과 문명(文名)에 연연하지
않은 고결한 그의 품성' 때문이라는, 작가 정신을 언급하면서 "불의와 타협
하지 않는 대쪽 같은 지조로 생애를 일관되게 펴 온" 소파 시조를 "순수 미

1926년 8월에 72호를 끝으로 일제의 강압에 의해 강제 폐간된 종합지다. 그 후 1934년
11월에 같은 제호로 속간을 시도했으나, 1935년 2월에 4호까지만 낸 채 사라졌고, 해방
후 1946년 1월 복간했으나, 그 역시 1949년 3월 25일 통권 9호까지만 남긴 채 폐간되었
다. 일제 강점기에 민족지에 대한 정간과 폐간이 부단히 자행되었고 그로 인해 실증적
자료들이 다량 소실되었음은 주지하는 바와 같다. 지금까지 정소파에 대한 선행 연구,
생애 연보 또는 신문 기사 등에서 정소파는 자신이 1930년 《개벽》지에 「별건곤」을 발표
하며 등단했다고 일관되게 진술하거나 기술하고 있다. 한편 1932년 9월에 간행된 『별건
곤』에는 정소파의 시 「울리질 마소」가 '특선 문예'에 실려 있다. 『별건곤』의 다른 제호를
보면 '독자 문예란'이라는 꼭지도 존재하는데, '특선 문예'는 그것과는 차별화된 기성문
인의 글을 싣는 꼭지로 보인다. 그것으로 보아, 정소파는 그 이전에 이미 등단하여 활동
하고 있었음을 알 수 있다. 여러 정황으로 볼 때, 단순히 시조 「별건곤」이 수록된 《개벽》
이 현존하지 않는다고 해서 지금까지의 선행 연구와 연보 그리고 정소파 시인 자신의 증
언을 부정할 수는 없다. 이 문제는 "한 시인의 거짓 진술 혹은 기억의 왜곡과 그것을 의
심 없이 받아들인 사회"로 몰아가 버리고 말 것이 아니라, 당대의 상황과 자료들을 면밀
히 살펴서 수정하고 보완하여 의구심을 불식시킬 수 있도록 바로잡아야 할 문제이다.

3) 노창수, 「순수와 지조의 이중률 — 정소파론」, 『사물을 보는 시조의 눈』(고요아침, 2011),
339쪽.

4) 1957년 10월 3일, 창경궁에서 '개천절 경축 백일장'이 열렸다. 이승만 대통령이 출제한
'통일대한'의 예선 응모에서 한시와 시조 부문 입선자들만 참가하는 대회였다. 시제는
'독 임란사 유감'. 소파는 6500명의 예선 참가자 중 차하로 입선, 100명이 진출한 본선에
서 장원으로 대통령상을 받았다. 서울 성균관에서 열린 이 시상식에 이호우와 이영도가
와 축하해 준 것을 인연으로 소파와 이영도의 문학적 교류가 시작된다.

학"과 "힘의 시학"으로 대별했다.[5]

임종찬에 의하면, 소파의 시조 세계는 동양 정신의 구현에 있다. 자연 친화적 태도, 암시와 여백의 미학, 멋과 풍취를 아우르며, 순일하여 잡됨이 없는 자연 그 자체로의 귀의와 합일을 본령[6]으로 하면서도 소파는 양장시조, 엇시조, 사설시조 등의 형식 실험에도 열정을 보였고 "새로운 표기법 실험"을 등한히 하지 않았다.[7]

한춘섭에 의하면, 「설매사」의 매화와 같은 품성을 지닌 소파는 "불의와 타협을 거부"한 "고절 문사"로서 전기 작품에서부터 "행간 휴지와 문장 부호"를 사용하는 등 형식 실험에도 투철했다. "초정과 이호우의 시 세계에 탐닉"했고 그의 혁신적 형식 실험은 1960년대 이후 신인들에게 영향을 주었다.[8]

경철에 의하면, 소파의 시조는 "독특한 서정성으로 쉽사리 사라지지 않는 어떤 힘"을 지녔다. 이러한 힘은 "인간적 본래 면목과 마주하는 엄숙성과 경건성"에 닿아 그의 풍격을 이룬다. 소파는 "선풍도골로서 미의식 표출에 묘용"[9]을 지니고 있다.

---

5) "자연과의 시적 교감에서 오는 영원성과 역사성에 입각한 순수미의 탐구"를 "순수 미학"으로 보고, 특히 "힘의 시학"은 "광주학생독립운동에 참가하여 일본 경찰과 투쟁"했다거나 "광주보통학교에서 조선어 시간을 철폐하려는 일본인들의 음모를 분쇄하기 위해 20여 일 동안 동맹휴학을 주도하며 투쟁"하다가 옥살이를 하는 등 그의 저항 정신에서 비롯한다고 보았다. 노창수, 앞의 글, 338~351쪽 참조.

6) 임종찬은 동양 정신의 구현으로 「꿈꾸는 와불」, 「금선보」, 「삼팔선」, 「죽풍사」, 「허산공심곡」과 같은 작품을 예시하고 있는데 이 작품들은 한결같이 참신한 시적 형식을 취하고 있다. 임종찬, 「허산과 공심 ― 동양 정신의 구현」, 『달여울의 소리무늬』(태학사, 2001), 155~169쪽 참조.

7) 사설시조 「현명곡(絃鳴曲)」, 「상사초 사설」, 「지들강(江) 사설」, 엇시조 「망안투시조(妄眼透視圖)」, 양장시조 「바다처럼」.

8) 한춘섭은 소파가 정감 어린 천생 문사요, 시류에 편승한 적 없이 외길을 고매하게 걸어온 학명우천(鶴鳴于天)의 표상이라 했다. 운선률사로서 고절지기를 펴 왔으며, 고상한 인격의 선비 정신을 시조시 창작 생애에서 닦았다고 보았다. 한춘섭, 「한국 근대 시조시 개관 ― 정소파 시조시인론」, 《문학춘추》 2000. 5. 59~77쪽 참조.

9) 경철, 「정소파의 시조와 동심미학」, 《겨레시조》 3, 1992. 160~167쪽 참조.

김종에 의하면, 소파는 시인으로서 교육자로서 단정하고 경건한 태도로 칠판 가득 시 한편을 적고 학생들에게 필사하게 한 뒤, 자신이 낭독한 대로 읽게 했다. 이러한 수업 방식을 통하여 낭독에서 창작까지 일관된 자세를 지닌 문학 사상과 엄격한 선비 정신을 표현했다. 소파의 출세작 「설매사」의 매화는 풍설 속에서 기품을 드러내는 선비 세계의 외경적 표상이며 자기 견결성 또는 세계관의 구체적 지향이다.[10]

김제현에 의하면, 경철의 평가와 같이 '연금술의 촉매'를 가진 장인(匠人)으로서 소파는 전통적 정서와 섬세한 서정으로 확고한 위치를 확보한 시인이다. 그러나 안주하지 않고 나이 듦에 따라 변모(심화)해 가며 꾸준히 새로운 세계를 추구하는 대가다운 면모를 보여 주고 있다.[11]

이상의 선행 연구는 다음과 같이 정리할 수 있다. 소파는 불의와 타협하지 않는 고절 문사(高節 文士)로서 자기 견결성과 세계관의 구체적 지향을 선비 세계의 외경적 표상인 매화(「설매사」)나 대나무(「죽풍사」) 등으로 순일하게 표출했다. 이러한 시적 경향은 암시와 여백, 멋과 풍취를 지닌 동양 정신의 구현으로 평가되었다. 그런가 하면, 형식 실험과 새로운 표기법 등 시적 형식의 모색으로 1960년대 이후 신인들에게 혁신적 형식 실험을 드러나지 않게 선도한 것으로 평가할 수 있다.

소파는 탄생 100주년을 맞이한 근현대 한국 시단의 역사적 증인이다. 그는 전통적 서정을 바탕으로 엄숙 경건한 시어의 묘용과 형식 실험으로 언어의 진폭이 큰 시조 세계를 보여 왔다. 선풍도골의 풍격을 지닌 소파는 우리 시대 예술가들의 진정한 사표(師表)다. 이 글은 선행 연구의 평가를 수용하면서 소파 시조의 시적 형식 모색을 구체적으로 논의하는 가운데 이른 시기에 보여 준 패러디 시조가 이영도와의 영향 관계에서 산생되었음을

---

10) 김종은 문학이란 무엇이며 어떻게 대해야 할 것인가에 대한 답을 중3 때 작문을 담당했던 소파에게서 얻었다고 했다. 김종, 「'겨울'의 기질과 정신—정소파 문학 서설」, 《겨레시조》 3, 1992. 68~176쪽 참조.
11) 김제현, 『현대시조 평설』(경기대 연구교류처, 1997), 194~338쪽 참조.

규명할 것이다. 아울러 몇몇 연구에서 저항시조라 평가한 작품의 산생 연대와 착종 현상에 대해 논의하면서 소파 시조 연구의 다음 과제를 제시하기로 한다.

2 현실 인식과 저항 의식의 시조

소파는 일제 강점기의 억압과 울분, 6·25 한국 전쟁이라는 고난의 역사적 현실 속에서 저항과 비판의식이 드러난 시조 세계를 보여 왔다.

> 돌이켜 뒤돌아보면 저 왜노에 시달리며 온갖 수모와 굴욕과 치분으로 뒤얽혔던 36년의 모진 질곡 속에서 항거의 드높은 횃불을 들고 사나운 총검 앞에 울부짖던 학생독립운동의 대열에 끼어 조국의 독립을 외치며 싸우던 피 끓는 젊은 시절에 쫓기며 살던 공허로운 시공의 낭비며 선혈로 물들던 조국 산하에 동족상잔의 천인도 공로할 저 6·25가 낳은 분단 조국의 아비규환의 와중에서 오늘에 살아오는 통한[12]

의 세월을 회상하듯, 일제 강점기를 거쳐 6·25 전쟁의 혼돈 속을 허덕이며 살아온 불균형의 일생[13]으로 소파의 삶과 문학은 20세기 전반 근현대사의 축도(縮圖)라 할 수 있다.

> 걷고 난 뒤이기로 어이 저리 허전한가!
> 텅 비인 넓은 들판 아득히 열렸음이
> 이 겨레 헐벗는 무리의 마음과도 같고녀

---

12) 정소파, 「자서」, 고희 기념 시조초(時調抄) 『죽풍사』(학생사, 1983).
13) 정소파, 「나의 문학 80년 여적」, 《시조시학》 2011. 겨울, 114~115쪽 참조.

이 마음 오락가락 평원에 지는고야

거지떼 갈잎 피리 어디로 가는 것가

황혼에 헤매는 길손이 갈길 몰라 하노라

설한풍 모진 바람 살갗을 에이나니

북원에 내린 눈은 몇자나 쌓였을고

그곳에 설운 사정을 눈물겨워 하노라

지평선 저 하늘에 까마귀 울어예고

너른 들 이 땅 위에 흰 눈이 쌓이누나

차라리 쌓이고 쌓여 이 세 감춰 어떠리

—「동야만상(冬野漫想)」 전문

첫 시조집 『산창 일기』(1957)에 수록된 4수 4연 장(章) 단위 12행의 시적 형식을 취한 「동야만상」은 1936년 《신가정》 신년호에 발표한 초기 작품이다.[14] "텅 비인 넓은 들판"에 "흰 눈이 쌓"이는 풍경을 "허전"한 마음으로 바라보는 시인 앞에 일제의 억압과 수탈로 피폐해진 조국을 떠나 "갈잎"처럼 "북원"으로 흩어져 가는 "헐벗"은 "겨레"의 유랑기가 펼쳐진다. "살갗을 에이"는 "설한풍 모진 바람" 속을 떠나가는 겨레붙이를 "거지떼"라 간명하게 포착했다. 시인은 "차라리 쌓이고 쌓"인 "눈"으로 이 불의와 억압의 현실을 "감춰" 버리고, 소거해 버리고 싶다. 목청을 높이지 않고 특유의 화법으로 일제의 만행이 초래한 겨레의 참상을 그림으로써 당위적 현실을 암시하고 있다.

---

14) 이 작품은 한춘섭·박병순·리태극 편, 『한국 시조 큰사전』(을지출판공사, 1985)의 813쪽에는 4수 4연 12행으로 표기되어 있고, 『달여울의 소리 무늬』(태학사, 2001) 57~58쪽에는 4수 11연 24행으로 표기되어 있다.

1

어린 적 날 업어 다독여 기른 누님.

꽃가마에 실리어 사라지던 산모롱이

목메어 흐느껴 울던 눈벌 밖에 지는 소리.

2

사슬에 얽매이어 눈물로 보낸 세월.

이고 지고, 품에 안고 밤도와 떠나던 날

눈물을 더해 흐르던 두만강 밖 지는 소리.

3

가로질린 영관(嶺關)너머 발이 묶인 설운 땅에

자고 일어 그리는 정 막힌 소식 아득한데

떼 둔 채 세어가는 머리 지친 한에 앓는 소리.

—「귀에 남은 소리」[15] 전문

이 작품은 사라져 가는 것들에 대한 애잔한 그리움의 이미지를 "지는 소리"로 청각화했다. 시인에게 소리는 "목메어 흐느껴 울던" 귀에 들리는 소리만이 소리가 아니다. 두만강 너머로, 영관 너머로 소리 없이 사라져 가는 "누님" 또는 "겨레"에 대한 연민의 들리지 않는 소리도 짙게 드리워 있다. 정완영은 「귀에 남은 소리」는 "서간도 북간도로 떠나가던 한 많은 우리 이농민들의 두만강에 지던 눈물과 한숨의 소리"요 "영관 너머 막힌 땅(북녘 땅)에 떼 둔 채 못 만나는 한에 머리만 세어 가는 소리"이며 "시인의 귀에 남는 소리이자, 우리 모두의 귀에 남는 소리"라 했다.[16]

---

15) 『정소파 시 전집』(송정문화사, 1988), 214쪽.
　　『한국 시조 큰사전』, 813쪽.(1975. 2. 10. 『신한국 문학 전집』 39)
16) 정완영, 『시조 작법』(중앙일보사, 1981), 129쪽.

서글픈/ 삼팔선을/ 밤새워 넘어가네.//

새벽 달 지새는 데/ 깊은 산골 접어들어,//

내 나라/ 내 땅/ 내 길을/ 몰래 갈 줄 뉘 아리.

—「삼팔선」 전문[17]

3연 9행의 시적 형식을 취한 이 작품은 1946년 노산 이은상이 주최한 호남신문사 단가회의 천료작[18] 중 한 편이다. "국토 분단의 비극을 '달'마저 '몰래' 간다고 말함으로써 그 비극성을 고조"시키고 있다. 목소리를 높이지 않고도 현실의 문제를 꼬집을 수 있을 만큼 그의 시조는 암시의 미학에 근거하고 있고, 기법이 세련되어 있다."[19] 이 작품의 시적 형식은 장 단위로 연을 구성하고, 종장에서는 특히 의미 단위로 분항(分行)하여 의미를 심화시키고 있다.

1

진땀 배어 굳은 땅도/ 영혼 있어 생명 피는……//

꺼질 듯한 한숨들이/ 주림으로 얽힌 지역.//

하늘가/ 하늬바람 일어/ 피는 돌아서/ 봄은 오는가!

2

못살게 짓궂이 굴던/ 징글스런 독벌레들……//

〈가라! 어여 물러 가라!!〉/ 살라 질러 타는 불길.//

삼동 가/ 눈얼음 녹아/ 모진 이 들에/ 봄은 오는가!

---

17) 이하 빗금(/)을 이용한 시적 형식의 축소는 인용자 분.
18) 「봄눈」, 「봄맞이」, 「3·8선」.(『달여울의 소리 무늬』, 172쪽 참조)
19) 임종찬, 앞의 책, 앞의 글, 163쪽.

3

활활활 타 번지는/ 요원의 쥐불.//

놀처럼 익어간 소년의 볼들……/ 〈삶〉 반겨 터뜨리는 소리……//

묵거친/ 이 동토에도/ 아지랑인 피어/ 봄은 오는가!
—「봄 들녘에서 — 서화(鼠火)가 타는……」 전문[20]

이 작품은 《시조문학》(1집, 1960. 2)에 2수 2연 6행의 「불붙는 봄 들녘에서」로 발표된 바 있다.[21] 『달여울의 소리 무늬』에는 이 원작이 「봄 들녘에서」로 개제(改題)되어 3수 9연 24행으로 수록되어 있다.[22]

그의 많은 작품 중에서 「봄 들녘에서」, 「봄이 오기까지는」 등의 시조는 이같이 빼앗긴 조국 산하에 대한 그리움, 그리고 억압의 사슬을 끊어 내듯 해방의 노래를 부르고 있는 대표작이다. 그는 당시를 회고하며, 광주 시민들의 저항 정신은 오늘날에도 이어져 5·18 민주화 운동으로 발현되었다고 말한다. 자유와 주권을 앗아 간 일제의 횡포와 억압에 대하여 그는 시조의 진술을 통하여 자신의 저항 의식을 키워 왔다고 증언한다. (중략) 이 「봄 들녘에서」는 '서화가 타는……'이라는 부제가 붙은 시조시다. '쥐불'이 타는 논두렁을 보고 일제의 억압적 굴레에서 해방되는 감격의 시대를 예언하고 그 기대감에서 탄생시킨 작품이다. 즉 '못살게 짓궂이 굴던 독벌레'로 지칭된 일제, 그리고 "삼동 가/ 눈 얼음"으로 상징된 어둡고 추운 당대의 분위기, 이에 대응하여 태우거나 녹여 버리는 '쥐불 놓기'는 우리 민족의 주체적 민속놀이로, 요원의

---

20) 『달여울의 소리 무늬』, 138~139쪽.

21) 이 작품은 《시조문학》(1집, 1960. 2)에 2수 2연 장 단위 6행으로 기사하여 「불붙는 봄 들녘에서」로 발표했다. (『한국 시조 큰사전』, 814쪽) "진땀 배어 굳은 땅도 영혼 있어 생명 피는/ 꺼질 듯한 한숨들이, 주림으로 얽힌 지역/ 하늘가, 하늬바람 일어 피는 돌아 봄은 오는가// 못살게 짓궂이 굴던 징글스런 독벌레들/ (가라 어여 물러가라) 살라 질러 타는 불길/ 삼동(三冬)은 가고, 눈어름 풀려 모진 이 들에도 봄은 오는가."

22) 『달여울의 소리 무늬』, 138~139쪽.

불길처럼 기어이 봄을 몰고 올 수밖에 없는 것이다.[23]

노창수의 이 같은 평가가 적용되려면 이 작품들의 창작 시기와 발표 지면이 명확히 제시되어야 할 것이다. 노창수는 「봄이 오기까지는」을 "1950년대 말의 작품으로 자주 독립과 해방의 소식을 기다리는 하나의 기원이 주제"라고 했다.[24]

40여 년 동안의 약탈과 6월 전쟁의 파괴된 혼란 시절의 굶주림이 반도의 남한 땅을 휩쓸어 하루 앞일도 예측하기 어려운 때의 보릿고개가 연상된다. 억압의 역사와 전쟁의 역사가 겹치던 1950년대의 실상을 기록한 작품 (중략) 일제 시대의 저항 애국시인의 시구와 다를 바 없다. 1950년대의 「봄 들녘에서」나, 1960년대의 「봄이 오기까지에는」 두 편의 시조시를 통해 한국 근대화 물결의 소용돌이를 여실히 조명해 놓았다.[25]

노창수와 한춘섭이 함께 조명한 이 작품에는 중대한 견해차가 있다. 노창수는 이 작품들을 "빼앗긴 조국 산하에 대한 그리움, 그리고 억압의 사슬을 끊어내듯 해방의 노래를 부르고 있는 대표작"으로 보고 "일제의 억압적 굴레에서 해방되는 감격의 시대를 예언하고 그 기대감에서 탄생시킨 작품"이라고 했다. 한춘섭은 "억압의 역사와 전쟁의 역사가 겹치던 1950년대의 실상을 기록한 작품"으로 "일제 시대의 저항 애국 시인의 시구와 다를 바 없"는 작품으로 "1950년대의 「봄 들녘에서」나, 1960년대의 「봄이 오기까지에는」 두 편의 시조시를 통해 한국 근대화 물결의 소용돌이를 여실히 조명"해 놓았다고 했다.

---

23) 노창수, 앞의 글, 345~346쪽.
24) 이 작품이 자주 독립과 해방을 노래하는 작품이라면 광복 이전에 짓고 발표했어야 유의미한 일이 될 것이다.
25) 한춘섭, 앞의 글, 65~67쪽.

《시조문학》에 발표된「불붙는 봄 들녘에서」(1960)를 보면 한춘섭의 논의가 타당하다. 이 두 작품에 대한 창작 연도와 발표 지면 등 명확한 서지 사항을 규명하는 작업이 선행되어야 하고 그를 바탕으로 재론되어야 할 것이다. 이 같은 해석상의 문제와 아울러, 소파의 다른 작품에서도 형식적 착종 현상은 다수 발견된다. 개작과 퇴고를 거듭하면서 행 배열이나 연 구성 등 시적 형식 모색에도 민감했던 소파의 경우, 텍스트에 따라 기사 방식이 다른 현상을 전면적으로 연구하고 추적하여 개작 과정을 통한 시적 방법론 또는 시적 형식 모색의 원리를 추론하며 소파 시조의 비밀을 논의할 수 있을 것이다. 이 과정에서 원본 텍스트가 확정되어야 할 것이다.

3 선풍도골, 소파 시조의 전통성과 현대성

어느녘 못 다 버린/ 그리움 있길래로……//
강파른 등걸마다/ 손짓하며 짓는 웃음//
못 듣는 소리 속으로/ 마음 짐작 하느니라.

바위 돌 틈사구니/ 뿌린 곧게 못 벋어도―//
매운 듯 붉은 마음/ 눈을 이고 피는 꽃잎,//
향맑은 내음새 풍김/ 그를 반겨 사느니라.

꽃샘 바람 앞에/ 남 먼저 피는 자랑!//
벌 나비 허튼 수작/ 꺼리는 높은 뜻을……//
우러러 천년을 두고/ 따름직도 하더니라.

―「설매사(雪梅辭)」 전문

박을수는 1957년 《동아일보》 신춘문예 당선작인 3수 9연 18행의 「설매사」에 "고운 시어, 청정한 시상은 한 폭의 동양화"[26]라는 찬사를 보냈다. 이우종은 이 작품에 나타난 '설매'의 상징은 "국가나 민족이라는 차원"에서 운위해야 하고, 창작 시기로 보아 "분단된 조국의 통일을 염원"하는 것이며, 이 설매의 고고한 정신을 우리 백의민족의 정신으로 길이 선양해야 할 것이라 했다.[27]

소파는 「설매사」 시작 메모에서 다음과 같이 말했다.

순수무구한 고결의 시정신은 우리를 살지게 한다. 현실도피 아닌…… 세속에 살면서도 속되지 않는 아경(雅境)에나 살 듯 마음은 늘상 높이 두고 볼 일이다. 저 눈 속에서 고고로이 피는 백매의 고결한 지조와 그 청순한 향기는 어느 속물도 침소할 순 없다. 그것은 生을 두고 본받다 떠남 직하지 아니한가![28]

눈 속의 고고한 매화는 시인의 말대로 자기 투영이다. 풍설 속에 기품을 드러낸 설매는 선풍도골, 소파가 도달한 정신의 경지다. 김제현은 소파가 「설매사」로서 "한국 시조단에 경이로운 문을 열어 오늘의 현대시조"가 "발전하게끔 이끌어 왔"고 "꾸준한 실험과 성취"로 「죽풍사」와 같은 걸작을 내놓았다고 했다.[29]

1
찬 달빛
금물결져 술렁이는
한밤

---

26) 박을수, 「정소파의 '산창 일기'」, 『한국 시조 문학 전사』(성문각, 1978), 490~494쪽.
27) 이우종, 『한국 현대 시조시』(국제출판사, 1984), 258~260쪽 참조.
28) 이도현, 『한국 현대시조 대표선』(대교출판사, 1993), 53쪽.
29) 김제현, 앞의 책, 194~198쪽 참조.

대숲.

맑은 꿈 깨어 일어
뜨락 바자니다.

서걱여
부딪는 잎들……
옥패(玉佩) 서로
닿는
소리.

2
머언 하늘 둘레
영원 거기 아득한
데.

굳은 절개로 선
기인 마디
굵은
대숲.

스치어
빠져나가는
옥소(玉簫) 끝에
지는
소리.

3
내 잠시
멈춰 살다 가는
뜻도 이렇듯이……

머물다 가는 바람
향도 맑은 그
내음새.

하늘가
소소리치다
옥쇄(玉碎)하듯
자는
소리.

—「죽풍사」 전문

　일찍이 가람 이병기도 우리말의 자연스러운 발화에 따라 "이렇게도 될 수 있고 저렇게도 될 수 있"는 율동 형성(자연률)을 말했고, 이호우도 "내용적 정형"을 운위한 바와 같이 소파 또한 시조의 율격 운용을 자재롭게 하여 의미 생산적 율동화를 이룬 작품들을 이른 시기에 보여 주었다. 1979년 《시조문학》에 발표된 「죽풍사」가 보여 준 3수 9연 34행의 시적 형식은 가히 혁신적이다. 그런데 이러한 시적 형식을 무시하고 3수 3연 3행으로 표기하여 편집하는 사례가 있어 시인의 의도[30]를 간과했다는 문제점으로 지적

---

30) 2개의 어절로 이루어진 1음보를 2행으로 분행한다거나('한밤/ 대숲', '닿는/ 소리', '지는/ 소리') 행말의 명사 1음절(데)을 1행으로 기사하는 등의 시적 형식 모색은 시인의 의도와 깊이 관련한다. 분행은 의미와 이미지의 감각적 지연 상태를 유발하여 이미지의 잔상을 유도하고 여운을 준다. 시인이 의도한 시적 형식을 무시하고 장 단위 행 배열을 취

할 수 있다.

이 작품은 "군더더기를 떨어버린 말의 정수로 엮"어 단 한 번의 파격도 없이 자연스러운 시조의 리듬을 유려하게 생성하고 있다. 그러하되 시적 형식은 다양하게 취하여 참신성을 한껏 드러내고 있다. 이러한 형식 모색은 1960년대 신인들에게 영향을 주었을 것이나, 누구도 이러한 시적 형식 모색에 범접하지는 못했다. 혁신적인 시적 형식의 모색이 일반화된 것은 1990년대 이후의 일이다. 그렇다고 해서 후진들의 혁신적 시적 형식의 모색이 소파와 같이 성공을 거둔 것은 아니다. 행 배열과 연 구성을 통한 형식 실험은 자의적으로 해서 되는 것은 아니다. 시적 형식을 각별하게 추구하여 유동하는 정감의 파고를 표현한다는 목적과 의도가 분명하고 그것을 효과적으로 드러냈을 때 유의미한 것이다.

저 달밝은 밤의 하염없이 들려오는 다듬이 소리와 애끓는 거문고, 그 흐느끼는 듯한 현의 울림소리나, 내리쪼이는 뙤약볕 아래 줄지어 서서 두드리는 도리깨질의 율동 등은 민족 정조와 함께 몸에 배인 듯한 음악성과 가락을 외재율로 하고, 끈질긴 민족 성정이 내면세계에 잠재한 멋과 흥과 아취를 겸비한 소담한 내재율을 담아 내·외의 함축미와 더불어 형식적 단형에서 장형에 이르기까지 완벽한 쌍곡률을 이루고 있어 가급 이 형식을 좇아 미흡한 대로 노력을 기울였다.[31]

소파는 '초장'은 하나의 줄기요, '중장'은 가지인데 꽃과 잎이 피는 '종장'에서는 그늘을 드리워야 한다고 했다. 시조 3장을 운용하는 율격을 생기발랄한 율동으로 재편함으로써 소파는 눈에 보이는 음절량을 조절하고, 그 음절을 행과 연의 구성을 통해 배치하는 시적 형식을 모색했다. 이러한 형

한 사례는 『한국 시조 큰사전』에서 어렵지 않게 볼 수 있다.

31) 『죽풍사』, 4쪽.

식 모색이 형성하는 참신하고 유연한 운율미의 구현은 당시로서는 혁신적
이었다.

　　수죽(脩竹) 아니면, 세죽(笹竹)을 스쳐가는 바람 소리는 거문고 아니면 마
치 가얏고 소리를 낸다. 그 그윽하고도 가냘픈 술렁이듯 서걱이는 서리 속에
서 내 유년의 꿈을 키웠다. 그것은 하나의 자장가요, 흥얼대며 잠재우던 할머
니의 애틋한 목소리였다. 해 질 녘 어른거리며 창호지에 비치는 그 얼룩진 그
림자는 수척한 조국의 애달픈 영산이기도 했다. 나는 댓바람 속에 녹아 들어
가 그 순수한 영을 달래며 혼연융일의 경지에 들기도 했다. 혼탁한 세속을 벗
어나 가려진 어둠을 뚫고, 냉엄한 자아의 무단 정령에 채찍을 더해 홀로 서기
에 안간힘을 써본다.[32]

　　달빛 내린 대숲을 소요하며 댓잎 스치는 바람 소리에 몰입한 시인은 무
아의 황홀경에 처해 있다. 댓잎 스치는 바람 소리는 옥패(玉佩, 옥으로 만든
노리개) 서로 닿는 소리이기도 하고, 옥소(玉簫, 옥으로 만든 퉁소) 끝에 지는
소리이기도 하고 옥쇄(玉碎, 옥을 부수는 소리)하듯 자는 소리이기도 하다.
이 옥을 동반한 시어들이 내는 소리는 청아(淸雅)하고 고아(高雅)한 소리다.
소파의 다감하고 섬세한 정감만이 들을 수 있고, 만들어 낼 수 있는 귀한
소리로서 소파는 감각적 이미지 시조의 한 경지를 열어 놓은 것이다.

　　1
소곤거리듯
당신 말씀
귓전에 스쳐오면……

---

32) 소파의 「죽풍사」 시작 메모.(이도현, 앞의 책, 49쪽)

내 사랑은 타는 노을.
선홍빛 타는 노을.

금잔디
노오란 풀밭에 ―

소녀

소녀

소녀

소녀

2
어루만지듯
당신 손길.
가슴에 와 닿으면……

내 사랑은 벙근 송이,
사운사운 벙근 송이.

햇무리
화안한 뜨락에 ―

꽃잎

꽃잎

꽃잎

꽃잎

3
번지어 가듯
당신 그늘.
이 동산에 내리면……

내 사랑은 작은 산새,
긴 윤사월 우는 산새.

잎수풀
포오란 알속에 ―

소리
소리
소리
소리

―「사랑이 내리는 동산」 전문

3수 12연 34행의 시적 형식을 취한 이 작품은 이영도의 「아지랑이」[33]를 의방한 시조다. 「사랑이 내리는 동산」은 1957년 1회 전국백일장대회에서 장원을 차지한 소파를 이호우와 이영도가 직접 축하해 주러 온 데서 비롯된다. 이영도가 타계한 뒤에 소파는 "이영도님을 그리는 노래"를 부제로 하여 「한별곡(恨別曲)」[34] 3수를 지은 바와 같이, 「사랑이 내리는 동산」은 이영도 문학을 애호한 우정의 표현이다. 인유(引喩), 패러디(parody), 용사(用事)

---

33) 어루만지듯/ 당신/ 숨결/ 이마에 다사하면// 내 사랑은 아지랑이/ 춘삼월 아지랑이// 장다리/ 노오란 텃밭에// 나비// 나비// 나비// 나비(이영도, 「아지랑이」, 『너는 저만치 가고』(태학사, 2001), 11쪽. 이 작품은 7연 11행의 단시조다.)
34) 《시조문학》 9, 1976. 겨울.(『한국 시조 큰사전』 816~817쪽 참조)

가 유도하는 정감의 공유는 동양 시학의 문학적 전통이다.

삼현육각의 국악원의 성대한 축하 음악 속에 베풀어진 이 자리에는 장원의 기쁨을 나누기 위해 서울에 온 저 부산 거주 이영도 시조시인과 그 오빠인, 대구의 이호우 시조시인도 함께 올라와서 축하해 준 일이 있었다. 그 후 이영도 시인과는 자주 만나 혹은 그의 자택까지 방문하여 그 여류로서의 아름다운 모습과 시운을 찬양하며 시조의 새로운 방향 모색, 이론적 담론과 서로의 의견을 주고받기도 하였다.[35]

소파가 「나의 문학 80년 여적」에서 최근 밝힌 내용이다. 이러한 문학적 전통이 최근에는 '패러디 시조'라 하여 사설시조에 도입되기도 했다.[36] 이 패러디 시조 또한 이른 시기에 소파가 취한 현대시조의 형식 실험이다. 연시조 「사랑이 내리는 동산」은 각주에 제시한 이영도의 단시조 「아지랑이」의 패턴에 따라 이루어졌다. 초장 '~듯+명사구+목적어+조건절', 중장 '내 사랑은+명사구+명사구 반복', 종장 '명사+명사절+명사 4회 반복'의 통사 구조를 따르고 있으며, 유사한 의미 내용을 변주하면서 시각적 효과를 기대하는 시적 형식도 그대로 따른 패러디 시조이다.

---

35) 정소파, 《시조시학》 2010. 겨울, 115쪽.

36) 옛 시조는 원 텍스트의 권위와 규범을 계승하여 친화적 관계를 갖는 모방적 패러디가 많고, 원 텍스트의 권위를 부정하거나 문제시하는 비판적 패러디는 거의 나타나지 않는다. 그러나 현대시조에 와서는 양상이 달라지고 있다. 성기옥은 고전시가에서 흔히 보이는 전고·용사와 서양의 패러디의 차이를 원 텍스트의 친화 관계를 통한 재문맥화와 비판적 거리를 통한 재문맥화라고 규정하여 그 미학적 기저가 다름을 지적한 바 있다. 김학성은 서양의 패러디를 상극 관계에 의한 극의 담론으로, 우리의 시조는 상생 관계에 의한 화의 담론으로 규정한 바 있다. 정소파의 시조를 패러디시조라 할 때, 원 텍스트(이영도, 「아지랑이」)의 권위와 규범을 계승한 친화적 관계를 갖는 모방적 패러디로 볼 수 있다.(김학성, 「시조의 텍스트 파생 양상과 담론의 의미」, 『한국 시가의 담론과 미학』, 보고사, 2004)

4 소파 시조의 연구 과제

소파는 탄생 100주년을 맞이한 근현대 한국 시단의 산증인이며 「설매사」, 「죽풍사」 등과 같이 현대시조사에서 주목할 만한 걸출한 작품을 남겼다. 그럼에도 불구하고 그에 대한 연구는 영성하기 이를 데 없다. 이 글에서는 선행 연구의 업적을 토대로 그간에 진행된 연구의 문제점을 지적하고 패러디 시조를 새롭게 조명했다.

소파의 시조 세계를 본격적으로 연구하기에 앞서 선결되어야 할 과제는 작품 연보와 서지 사항의 확충이다. 지면에 따라 시적 형식에 차이가 있고, 시어의 활용 면에서도 차이를 보인다. 이는 소파가 이룩해 온 시조 시계에 안주하지 않고 꾸준히 새로운 형식과 시적 방법론을 모색해 온 증거이기도 하다. 반면에 편집자의 편의에 따라 시적 형식이 변개된 경우도 있고 오식과 착종이라는 문제점도 있다. 이러한 현상은 발표 지면의 추적을 통하여 원본 텍스트를 확정해야 바로잡을 수 있다. 이 지점에서 이호우 시조 연구가 청도를 중심으로 활발히 전개되고 축적되어 온 점을 참고할 필요가 있다.

소파 시조는 같은 작품을 놓고 평가가 갈리는 현상도 있는데 이는 창작 연도와 발표 지면이 명확히 제시되지 않아 노정되는 문제점이다. 창작 시기도 중요하지만 발표 시기가 작품의 내용에 따라서는 상당히 중요하다. 일제 강점기에 쓴 일제에 대한 저항시조는 의미 부여를 할 수 있으나, 광복 후에 일제에 항거하는 내용의 시조를 발표하는 일은 무의미하다. 소파 시조의 본격적인 연구를 위해 창작 연대와 발표지면 그리고 개작과 정의 추적과 원본 텍스트의 확정을 다음 과제로 남긴다.

참고 문헌

경철, 「정소파의 시조와 동심 미학」,《겨레시조》 3, 1992

김제현, 『현대시조 평설』, 경기대연구교류처, 1997

김종, 「'겨울'의 기질과 정신 — 정소파 문학서설」,《겨레시조》 3, 1992

김학성, 『한국 시가의 담론과 미학』, 보고사, 2004

노창수, 「순수와 지조의 이중률 — 정소파론」,『사물을 보는 시조의 눈』, 고요아
　　침, 2011

임종찬, 「허산과 공심 — 동양 정신의 구현」,『달여울의 소리무늬』, 태학사, 2001

정소파, 『죽풍사』, 학생사, 1983

_____, 『정소파 시 전집』, 송정문화사, 1988

_____, 『달여울의 소리무늬』, 태학사, 2001

_____, 「나의 문학 80년 여적」,《시조시학》 2011. 겨울

정완영, 『시조 작법』, 중앙일보사, 1981

한춘섭, 「한국 근대시조시 개관 — 정소파 시조시인론」,《문학춘추》 2000

한춘섭·박병순·리태극 편,『한국 시조 큰사전』, 을지출판공사, 1985

제6주제에 관한 토론문

이재복(문학평론가·한양대 교수)

　홍성란 선생님의 「이호우 시조의 율격 운용과 현대성」, 「선풍도골, 소파의 현실 인식과 형식 실험」 등 두 편의 글 잘 읽고 많은 공부를 했습니다. 더욱이 우리 시조시단의 거목인 이호우, 정소파 시인의 100주년 기념 행사에 시조에 대해 문외한인 저에게 토론의 기회를 주셔서 감사합니다. 평소 현대 자유시의 양식과는 다른 시조만의 독특한 미감에 일정한 관심과 끌림을 경험했음에도 불구하고 그것에 대해 이야기할 수 있는 자리와 기회가 주어지지 않아 아쉬웠던 것이 사실입니다. 현대 자유시와는 또 다른 언어의 운용과 표현의 절묘함에 매혹되면서 그것이 가지고 있는 미적 원천으로서의 세계를 발견하고 그것을 현대 자유시와의 연관 속에서 그 정체성을 탐색해 보고 싶었습니다. 저의 이러한 생각은 홍성란 선생님의 글 속에도 투영되어 있었으며, 그런 점에서 서로 시조에 대한 문제의식을 공유하고 있다고 생각합니다.

　먼저 「이호우 시조의 율격 운용과 현대성」과 관련하여 질문 드리겠습니다. 이 글의 골자는 제목에 잘 드러나 있듯이 이호우 시조의 현대성의 문제를 율격 운용의 관점에서 살펴보고 있다는 점입니다. 현대성의 문제를 율격 운용의 관점에서 본다는 것은 시조에서 율격이 차지하고 있는 양식적인 토대로서의 중요성과 그 역사성을 고려할 때 의미 있는 접근이라고 판단됩니다. 이와 관련하여 홍 선생님께서 제시한 것이 '내용적 정형'과 '자연률'입니다. 여기에서 말하는 내용적 정형이란 시조를 단순히 '자수율(음수율)을 따르는 주형의 형식이 아님을 파악한 것'으로, 이것은 곧 시조의 형식(자수율)을 '쇳물을 주형에 부어 모양을 만들어 내는 정형의 틀로 보는 것'으로부터 벗어난 인식 태도를 드러낸 것이라고 할 수 있습니다. 이렇게 자수율의 정형의 틀로부터 벗어나는 것을 홍 선생님께서는 "우리말의 언어학적 요인에 따른 자연스러운 변화가 리드미컬한 율동을 생성하는 자연률"을 따르는 것과 다르지 않은 것으로 보고 있습니다. 그러니까 내용적 정형과 자연률은 다른 것이 아닌 것이지요. 이것은 곧 자수율에 집착하지 않고 '개별 작품마다 자율적으로 가시적인 음절수와 장음과 정음이라는 음운 자질이 가세하여 각 마디가 등장성을 지닌 음량을 채우는 율격 체계가 바로 자연률이라는 것'을 의미하는 것으로 이해하면 될 것 같습니다. 그런데 이 과정에서 한 가지 의문이 드는 것은 어떻게 '종장 첫 마디가 3음절 정형을 고수하는 것'이 자연률과 관계가 되는지 하는 점입니다. 선생님께서는 그것이 시조 양식화 초기부터 지켜 온 선험적인 율격 인식이라고 말씀하셨는데 그것이 어떻게 선험적인 율격 인식이 될 수 있는지에 대해 좀 더 구체적으로 말씀해 주시면 이해하는 데 도움이 될 것 같습니다.

다음으로 이호우 시인에 대한 글에서 선생님께 여쭙고 싶은 것은 율격의 운용이 드러내는 시조의 현대성에서 율격의 자유롭고 자연스러운 운용, 다시 말하면 비정형의 정형이 의미하는 바가 단순히 형식이 아닌 그것이 어떻게 근대 혹은 현대인의 삶과 의식을 드러내고 있는지 하는 점입니다. 이호우 시에서의 율격의 운용과 현대인의 삶과 현대인의 의식 사이에는 긴밀한 상관관계가 존재합니다. 가령 가람이 「시조란 무엇인가?」(《동아일보》, 1926. 12. 10~11), 「율격과 시조」(《동아일보》, 1928. 11. 28~12. 1), 「시조원류론(時調源流論)」(《신생(新生)》, 1929. 1~5), 「시조는 창(唱)이나 작(作)이냐」

《신민(新民)》, 1930. 1), 「시조는 혁신하자」(《동아일보》, 1932. 1. 23~2. 4), 「시조의 발전과 가곡과의 구분」(《진단학보》, 1934. 11) 등을 통해 시도한 시조의 현대화에 대한 다양한 방법 제시 역시 이와 다르지 않다고 할 수 있습니다. 그의 제시가 비록 보편적인 만족의 대상이 되기에는 미흡한 구석이 많지만 우리 시조의 현대화를 위해 거의 최초로 시도된 구체적인 방법이라는 점에서 커다란 의의를 지닌다고 할 수 있습니다. 가람이 시조의 현대화를 제시한 궁극적인 이유는 기존의 시조가 지니는 '현대 의식의 부족'에 대한 인식에서 기인합니다. 그가 말하는 현대 의식이란 단순히 이미 지나간 과거 의식에 대한 대응 개념이라기보다는 지금, 여기에 직접적인 영향을 주지 못하는 낡은 의식에 대한 대응 개념에 더 가깝습니다. 이것은 시조의 변혁과 혁신이 과거와는 다른 현대 혹은 현대인의 다양하고 복잡한 삶의 양식이나 의식을 반영하기 위한 하나의 양식이라는 것을 말해 줍니다. 이런 맥락에서 볼 때 이호우의 비정형의 정형과 같은 율격의 운용은 이러한 현대인의 삶과 의식을 반영하고 있다고 생각합니다. 그렇다면 구체적으로 이호우의 이러한 변모가 현대인의 삶과 의식을 어떻게 반영하고 있는지 과거 시조 양식과의 비교를 통해 설명해 주시면 이해하기 쉬울 것 같습니다. 이것은 시조가 과거의 전통을 계승하면서 그것을 또한 현대에 맞게 변용해서 새롭게 제시해야 한다는 점에서 의미 있는 일이라고 생각합니다.

이어서 「선풍도골, 소파의 현실 인식과 형식 실험」에 대해서 질문 드리겠습니다. 홍 선생님께서는 소파의 시조가 혁신적인 형식과 감각적 이미지의 한 경지를 창출하고 있는 시라고 평가하고 있습니다. 홍 선생님의 이러한 평가에 대해서는 이의가 없습니다. 다만 소파가 보여 준 '패러디 시조'에 대한 언급과 관련하여 몇 가지 의문점이 있어 그것을 물을까 합니다. 선생님께서 말씀하신 패러디 시조라는 말은 현대시에서는 패러디 시라고 하여 아주 익숙한 용어입니다.

패러디의 개념에 대한 정의는 대개 린다 허천(Linda Hutcheon)이나 마거릿 로즈(Margaret A. Rose), 프레데릭 제임슨(Frederic Jameson)의 이론에 의지하거나, 공자의 '술이부작(述而不作)' 개념이나 서거정, 유희재, 이규보, 이인로, 정약용 등의 문집에서 '용사(用事)'와 '환골탈태(換骨奪胎)', '점철성금(點鐵成金)', '점화(點化)', '습용도습(襲用蹈襲)' 등의 개념을 패러디에 견주어 사용하고 있습니다. 서양의 패러디와 동양의 용사 등의 개념은 모두 오랜 역사적인 맥락을 지니고 있습니다. 이 사실은 두 용어가 역사의 흐름 속에서 변화에 노출되어 있는 열린 의미 구조를 지니고 있다는 것을 말해 줍니다. 패러디는 고대 그리스부터 현대(후기 르네상스 이후)를 거쳐 후기 모던, 포스트모던 시대로 이어지면서 '코믹한 모방과 변형', '파라트라고디아(paratragoedia)' → '우스꽝스러운 전도, 몇 단어를 바꾸어 시를 뒤집는 것, 벌레스크(burlesque), 절망의 조소, 이중의 목소리, 예술적 혹은 선동적 모방' → '반해석, 논쟁과 왜곡, 희극적인 것 그러나 카니발적이고 진지한 위반, 리얼리티에 대한 비판, 비정상적인 것, 힘 지향성 그리고 차이의 결핍, 비지배적인 것, 상호 텍스트적인 것 그러나 때때로 생경한 것, 텍스트의 변형, 모던하고 풍자적인 것, 차이를 둔 반복, 무정부적인 것, 비정상적이고 비연속적인 세계의 제시' → '메타픽션/상호 텍스트적이고 희극적인 것, 복합적이고 희극적인 것, 희극적/유머러스한 것' 등으로 그 개념이 변화합니다.

　이러한 시대에 따른 패러디 개념의 변화는 그만큼 이 용어가 다양하게 변이될 수 있는 여지를 그 안에 내재하고 있다는 것을 의미합니다. 이 변화의 맥락에서 보면 패러디는 텍스트와 텍스트 혹은 텍스트 자체 내에서 일어나는 모든 모방과 상호 작용 관계를 포괄하는 개념임을 알 수 있습니다. 패러디의 개념이 곧 혼란과 혼돈의 역사적인 문맥을 지니고 있기 때문에 그것을 체계화하는 일은 거의 불가능에 가깝다고 할 수 있습니다. 린다 허천이나 마거릿 로즈, 프레데릭 제임슨 같은 현대의 대표적인 패러디 이론가들에게도 그것은 일정한 부담으로 작용하고 있습니다. 린다 허천은 패러디를 '비평적 차이를 둔 반복'으로 정의합니다. 그의 이러한 정의는 다분히 중립적인 것으로 그것은 현대 패러디 작품에 대한 보다 광범위한 적용과 효과의 범주를 허용해 주려는 의도가 숨어 있습니다.

패러디에 대한 개념은 동양의 용사에 대한 개념에서도 그대로 드러납니다. 용사에 대한 개념이 다르고 통일되어 있지 않을 뿐만 아니라 전거를 사용하는 방법 또한 시인에 따라 시편들에 따라 각기 다릅니다. 가령 용사법 중의 대표적인 형태인 정용(正用), 반용(反用), 차용(借用), 암용(暗用)의 경우에도 전거에 대한 시인의 태도에 따라 용사법이 각기 다르게 선택되고 또 활용됩니다. 특히 용사의 쓰임이나 효용에 대해 첨예한 대립을 보입니다. 용사는 경제적인 상황 제시, 극적 효과 증대, 실용적 사유 활용, 심상 혹은 의미에 복합성 수용 등의 순기능적 측면을 강조하는 경우와 의미가 불분명한 것, 수박 겉핥기식으로 인용한 것, 너무 많이 끌어 쓴 것, 판에 박은 듯한 전고, 과도한 옛사람의 이름 차용 및 인용 등을 사용할 때는 소통에 장애를 일으킨다고 하여 그것의 역기능적인 측면을 강조하는 경우가 대립합니다.

패러디에 대한 이러한 동서양의 다양한 논의와 논쟁은 그만큼 이 용어가 문학이나 예술 그리고 문화 전반의 양식에 커다란 영향을 행사해 왔다는 것을 의미합니다. 이런 점에서 소파의 패러디 시조에 대한 고찰은 중요한 의미를 가진다고 봅니다. 특히 조선 시대의 시조에서는 중국의 고전을 차용하는 용사법이 널리 통용되었다는 점을 고려한다면 현대시조에서도 그것에 대한 문제는 중요하다고 하지 않을 수 없습니다. 하지만 조선 시대와 지금, 여기에서의 시조의 양식은 일정한 차이가 있다는 점에서 보면 패러디 시조에 대한 논의는 시조의 현대성과도 긴밀한 연관성이 있다고 봅니다. 이와 관련하여 홍 선생님께서도 "패러디 시조라고 명명된 사설시조가 도입한 이 패러디 기법은 차용 범위가 명확하지 않은 것이 문제점으로 지적되고 있다."라고 말씀하셨습니다. 그렇다면 우리 시조에서 패러디 시조 혹은 패러디의 문제가 어떻게 나타나고 있는지, 그리고 그것에 대한 논의는 어떻게 전개되어 왔는지 궁금합니다. 아울러 홍 선생님께서는 이러한 패러디 시조에 대해 어떠한 생각을 갖고 계신지 여쭙고 싶습니다.

이호우 생애 연보

1912년   3월 2일(음력), 경북 청도군(淸道郡) 청도읍(淸道邑) 대성면(大城
         面) 내호리(內湖里) 259번지에서 부 경주이씨 이종수(李鐘洙)와 모
         구봉래(具鳳來) 사이의 2남 2녀 중 차남으로 출생. 시조시인 이영
         도는 그의 누이동생임. 필명은 이호우(爾豪雨).

1924년   향리의 의명학당(義明學堂)을 거쳐 밀양공립보통학교를 졸업하고
         경성제일고등보통학교에 입학.

1928년   신경쇠약 증세로 낙향.

1929년   일본의 동경 예술대학에 유학.

1930년   신경쇠약 증세 재발과 위장병으로 학업을 포기하고 귀국.

1934년   경북 칠곡(漆谷)의 금해금씨 진희(晋熙)의 영애 순남(順南)과 결혼.

1935년   장남 상붕(相鵬) 출생.

1936년   1월 5일, 시조 「영춘송(迎春頌)」으로 《동아일보》 신춘문예에서 당
         선작 없는 가작에 뽑힘.

1937년   차남 상린(相麟) 출생.

1939년   11월 12일, 시조 「낙엽」이 《동아일보》 2회 시조 모집에서 당선됨.
         이어서 「새벽」(1940. 2. 29)과 「진달래」(1940. 4. 25)가 3회와 4회의
         시조 모집에서 당선됨.

1940년   「달밤」이 《문장》 지(6·7월 합본호)에 이병기 추천으로 발표됨.

1941년   삼남 상국(相國) 출생. 이때부터 1945년까지 고향에서 정미소, 만
         물상, 제재소(興亞林業會社) 등을 경영.

1946년   고향의 가산을 정리하여 대구 대봉동으로 이사함. 이후 한때 대구

고등법원 재무과장, 적산인 문화극장(이후 한일극장) 사무국장 등
에 종사함. 4월,《죽순》창간호에「춘한(春恨)」을 발표. 이호우는 한
국 전쟁 전까지 11호까지 발행되는《죽순》에 거의 매호에 걸쳐서
32편에 이르는 작품을 발표함. 특히 12월에「시조의 본질」을《죽순》
3호에 발표했는데 여기에는 이호우의 시조에 대한 생각이 잘 표현
되어 있음.

1949년   남로당 도 간부로 모략을 받아 군법회의에서 사형 언도를 받음.

1950년   당시 대통령 비서실장이었던 김광섭의 활동으로 봄에 무죄 석방됨.
         같은 해「지옥도 오히려」(『전선 시첩』 1)를 발표.

1952년   4월,「기(旗)빨」(《전선문학》 1)과「창(窓)」(《시와 시론》)을 발표. 11
         월,「모강(暮江)」외 2편을《영문》 10호에 발표. 이후《대구일보》문
         화부장, 논설위원, 서울지사장 등을 역임.

1953년   대구시 화전동 43번지로 이사. 1월,「이향」(《시조연구》 1)과 11월에
         「임이여 나와 가자오」(《영문》 11)를 발표.

1954년   윤계현과 함께『고금 명시조 정해』(문성당)를 발간.

1955년   3월 1일, 산문「뜨거운 깃빨 앞에서」를《동아일보》에 발표. 3월,
         「바람벌」을《현대문학》에 발표했으나 반공법에 저촉되어 기소됨.
         6월,『이호우 시조집』(영웅출판사) 출간.

1956년   경북문화상(문학 부문) 수상. 2월,「발자국」외 2편을《현대문학》에
         발표. 4월부터 다음 해 7월까지《대구매일신문》편집국장 역임. 이
         윤수와 함께 투르게네프의『처녀지』(범조사)를 번역 출간.

1958년   KNA기 납북 사건 때《매일신문》사설로 필화를 겪음. 5월,「낙엽」
         외 2편을《현대문학》에 발표.

1960년   경북 반민주행위자 조사위원회 위원을 지낸 이후 일체의 공직에 나
         가지 않음. 대구시 대명동 1805번지로 이사.

1961년   청마 유치환과 전국예술단체 총연맹(예맹) 결성.

1962년   5월,「개화」외 2편을《현대문학》에 발표. 10월,「청추(聽秋)」를《현

대문학》에 발표. 11월, 「휴화산(休火山)」과 「청우(聽雨) ─ 1961년
가을, 미소 원폭 실험 경쟁에 즈음하여」를 《시조문학》 6호에 발표.
이즈음 자신의 문학과 현실에 대한 인식이 심원해짐.

1963년   4월, 「낙목(落木)」을 《현대문학》에 발표. 6월, 「춘한(春恨) ─ 38선
이여」 외 2편을 《자유문학》에 발표.

1964년   3월, 「비원(悲願)」 외 1편을 《현대문학》에 발표.

1966년   1월, 《문학춘추》에 「또다시 새해는 오는가」를 필두로 하여 15편의
작품을 발표. 이즈음 '꽃'을 주제로 한 일련의 작품을 선보이는가
하면(「매화」 외 2편, 《약진경북》, 1966. 4) 현실을 대상으로 한 작품
(「삼불야(三弗也)」 외 1편, 《현대문학》, 1966. 10)을 발표.

1967년   시조 동호인(1968년부터 영남시조문학회)을 조직. 2월, 「상실(喪失)」
외 1편(《시조문학》)과 9월에 「난로」 외 1편(《현대문학》) 발표. 12월,
꽃을 주제로 한 시조 12수〔花題十二〕를 《시조한국》 1집에 발표.

1968년   2월, 제2시조집 『휴화산』(중앙출판공사) 발간. 6월, 「석굴암 석불」
외 1편을 《현대문학》에 발표.

1969년   2월, 이병기의 부음을 접하고 「가람 선생 영전에」를 《월간문학》에
발표. 6월과 10월에는 각각 「벚꽃」 외 1편과 「실진(失眞)」 외 1편을
《현대문학》에 발표. 7월과 10월에는 각각 「짐승되어」 외 1편과 「파
편」 외 6편을 《현대시학》에 발표.

1970년   1월 6일, 대구 거리에서 심장마비를 일으켜 경북대학교부속병원으
로 옮겼으나 도중에 사망. 장례는 1월 10일 협성상고 교정에서 문인
장으로 거행되고 밀양군 상동면 선산에 안장됨.

1972년   1월 6일, 대구 앞산공원에 이호우 시비가 세워짐.

1992년   1월 6일, 이호우 시조 전집 『차라리 절망을 배워』(민병도·문무학
공편, 그루) 발간.

2000년   시조 선집 『개화』(태학사) 출간.

이호우 작품 연보

발표일	분류	제목	발표지
1936. 1. 5	시조	영춘송	동아일보[1]
1939. 11. 12	시조	낙엽	동아일보[2]
1940. 2. 29	시조	새벽	동아일보[3]
1940. 4. 25	시조	진달래	동아일보[4]
1940. 6·7	시조	달밤	문장
1946. 4	시조	춘한(春恨)	죽순 1[5]
1946. 4	시조	귀향	무궁화
1946. 8	시조	맹서(盟誓)	죽순 2[6]
1946. 8	시조	출범	죽순 2
1846. 8	시조	연모사(戀慕詞)	죽순 2
1946. 6. 20	시조	외갓집	아동 3
1946. 12	시조	촉석루	죽순 3
1947. 1	시조	무덤	낭만파 3
1947. 4	시조	연기	죽순 임시증간호

1) 시조 가작.
2) 제2회 시조 모집 당선 시조. 일부 수정하여 「낙엽 1」로 『이호우 시조집』에 게재함.
3) 제3회 시조 모집 당선 시조, 일부 수정하여 『이호우 시조집』에 게재함.
4) 재4회 시조 모집 당선 시조, 이 작품의 4연을 수정하여 『휴화산』에 수록함.
5) 『이호우 시조집』에서는 「봄」으로, 『휴화산』에서는 다시 「춘한 I」로 제목을 수정함.
6) 《죽순》 2호의 머리말. "8·15 1주년을 맞어"라는 문구가 있음.

발표일	분류	제목	발표지
1947. 4. 10	시조	눈오는 저녁	『새싹』[7]
1947. 5	시조	춘정(春情)	죽순 4
1947. 5	시조	병실	죽순 4
1947. 8	시조	길	죽순 5[8]
1947. 8	시조	나그네	죽순 5
1947. 8	시조	비	죽순 5
1947. 10	시조	박쥐	죽순 6
1947. 10	시조	칠석야(七夕夜)	죽순 6[9]
1947. 12	시조	귀로	죽순 7
1948. 3	시조	나를 찾아	죽순 8
1948. 3	시조	너 앞에	죽순 8
1948. 3	시조	작별 — C에게	죽순 8
1949. 1	시조	바다	죽순 9
1949. 1	시조	공일(空日)	죽순 9[10]
1949. 4	시조	너의 천국	죽순 10[11]
1949. 4	시조	산로일장(山路一場)	죽순 10[12]
1949. 4	시조	강아지	영문 7
1949. 4	시조	설(雪)	영문 7
1949. 7	시조	초원(草原)(이호우 시조초)	죽순 11

7) 『이호우 시조집』에 「설야 Ⅰ」로 제목 수정하고, 『휴화산』에서는 「설야」라는 제목으로 내용 수정.
8) 《죽순》 5호의 서시.
9) 『이호우 시조집』에 1연만 게재하고 「낙동강」으로 제목 수정.
10) 『이호우 시조집』에 「휴일」로 제목 수정.
11) 『이호우 시조집』에 「이단(異端)의 노래」로 제목 수정.
12) 『이호우 시조집』에 「산길에서」로 제목 수정.

발표일	분류	제목	발표지
1949. 7	시조	팔주령(八洲嶺)(이호우 시조초)	죽순 11[13]
1949. 7	시조	목숨(이호우 시조초)	죽순 11
1949. 7	시조	첫 설음(이호우 시조초)	죽순 11
1949. 7	시조	석굴암(이호우 시조초)	죽순 11
1949. 7	시조	해바라기처럼(이호우 시조초)	죽순 11
1949. 7	시조	추억(이호우 시조초)	죽순 11
1949. 7	시조	단 하나를 찾아(이호우 시조초)	죽순 11[14]
1949. 7	시조	낙화(이호우 시조초)	죽순 11
1949. 7	시조	가는 봄(이호우 시조초)	죽순 11
1949. 7	시조	나의 가슴(이호우 시조초)	죽순 11
1949. 11	시조	오월	영문 8
1949. 11	시조	이끼	영문 8
1950	시조	지옥도 오히려	전선시첩 1
1952. 4	시조	기빨	전선문학 1
1952. 4	시조	창	시와 시론
1952. 11	시조	모강(暮江)(시조 삼수)	영문 10
1952. 11	시조	지연(紙鳶)(시조 삼수)	영문 10
1952. 11	시조	야설(夜雪)(시조 삼수)	영문 10[15]
1953. 1	시조	산으로 오소	시조연구 1
1953. 1	시조	이향(離鄕)	시조연구 1[16]
1953. 11	시조	임이여 나와 가자오	영문 11

13) 『이호우 시조집』에 「팔조령(八鳥嶺)」으로 제목 수정.
14) 『이호우 시조집』에 「하나를 찾아」로 제목 수정.
15) 『이호우 시조집』에 「설야 Ⅱ」로 제목 수정.
16) 1937년 작품임을 명시.

발표일	분류	제목	발표지
1955. 3	시조	바람벌	현대문학
1955. 4	시조	경야(經夜)	이호우 시조집
1955. 4	시조	고사(古寺)	이호우 시조집
1955. 4	시조	그저 오늘로	이호우 시조집
1955. 4	시조	노정(路情)	이호우 시조집[17]
1955. 4	시조	다방 「향수」에서	이호우 시조집
1955. 4	시조	매우(賣牛)	이호우 시조집
1955. 4	시조	모일(暮日)	이호우 시조집
1955. 4	시조	물결	이호우 시조집
1955. 4	시조	바다 앞에서	이호우 시조집
1955. 4	시조	바위 앞에서	이호우 시조집[18]
1955. 4	시조	밤길	이호우 시조집
1955. 4	시조	벽 I	이호우 시조집
1955. 4	시조	벽 II	이호우 시조집
1955. 4	시조	봄비	이호우 시조집
1955. 4	시조	봄은 한 갈래	이호우 시조집
1955. 4	시조	비	이호우 시조집
1955. 4	시조	산마을	이호우 시조집
1955. 4	시조	산샘	이호우 시조집
1955. 4	시조	살구꽃 핀 마을	이호우 시조집
1955. 4	시조	수평선	이호우 시조집
1955. 4	시조	술	이호우 시조집

---

17) 『휴화산』에 「여로(旅路)」로 제목 수정.
18) 『휴화산』에 「금」으로 제목 수정.

발표일	분류	제목	발표지
1955. 4	시조	시름	이호우 시조집
1955. 4	시조	영어(囹圄) I	이호우 시조집
1955. 4	시조	영어 II	이호우 시조집[19]
1955. 4	시조	영일(永日)	이호우 시조집[20]
1955. 4	시조	유성(流星)	이호우 시조집[21]
1955. 4	시조	적은 기원(祈願)	이호우 시조집
1955. 4	시조	적일(寂日)	이호우 시조집[22]
1955. 4	시조	춘당(春塘)	이호우 시조집
1955. 4	시조	촉석루(2)	이호우 시조집
1955. 4	시조	태양을 잃은 해바라기	이호우 시조집[23]
1955. 4	시조	한낮	이호우 시조집
1956. 2	시조	발자국(시조 삼수)	현대문학
1956. 2	시조	실제(實題)(시조 삼수)	현대문학
1956. 2	시조	묘비명(墓碑銘)(시조 삼수)	현대문학
1958. 5	시조	낙엽(落葉)(시조 삼제)	현대문학[24]
1958. 5	시조	단풍(丹楓)(시조 삼제)	현대문학
1958. 5	시조	국화(시조 삼제)	현대문학[25]
1962. 5	시조	겨울	현대문학

---

19) 『휴화산』에 「영어(囹圄)」로 제목 수정.
20) 『휴화산』에 「지일(遲日)」로 제목 수정.
21) 『휴화산』에 「유성 I」로 제목 수정.
22) 『휴화산』에 「허일(虛日)」로 제목 수정.
23) 『휴화산』에 「태양을 여읜 해바라기」로 제목 수정.
24) 『휴화산』에 「낙엽 II」로 제목 수정.
25) '화제십이(花題十二)'(《시조한국》 1)에 수록됨.

발표일	분류	제목	발표지
1962. 5	시조	독백	현대문학[26]
1962. 5	시조	개화	현대문학
1962. 10	시조	청추(聽秋)	현대문학
1962. 11	시조	휴화산(休火山)	시조문학 6
1962. 11	시조	청우(聽雨) — 1961년 가을, 미소 원폭 실험 경쟁에 즈음하여	시조문학 6
1963. 4	시조	낙목(落木)	현대문학
1963. 6	시조	춘한(春恨) — 38선이여 (시조 삼제)	자유문학[27]
1963. 6	시조	시일(是日)(시조 삼제)	자유문학[28]
1963. 6	시조	모(暮)(시조 삼제)	자유문학
1964. 3	시조	비원(悲願)(시조 이제)	현대문학
1964. 3	시조	단층(斷層)에서(시조 이제)	현대문학
1966. 1	시조	또다시 새해는 오는가	문학춘추
1966. 4	시조	매화(삼제)	약진경북[29]
1966. 4	시조	죽(竹)(삼제)	약진경북[30]
1966. 4	시조	송(松)(삼제)	약진경북
1966. 4	시조	곰(시조 이제)	현대문학
1966. 4	시조	사슴(시조 이제)	현대문학
1966. 4	시조	낙후(落後)	정형시 2[31]

26) 『휴화산』에 「가을」로 제목 수정.
27) 『휴화산』에 「춘한 Ⅱ」로 제목 수정.
28) 『휴화산』에 「저녁 어스름」으로 제목 수정. 1행 내용 수정.
29) '화제십이'(《시조한국》 1)에 수록됨.
30) '화제십이'(《시조한국》 1)에 수록됨.
31) 《현대시조》 창간호(1970. 6)에 「비시(非詩)」라는 제목으로 재수록.

발표일	분류	제목	발표지
1966. 8. 1	시조	행로(行路)	정형시 2[32]
1966. 8	시조	학(鶴)	시문학
1966. 8	시조	목련	시문학[33]
1966. 8	시조	가로수	시문학
1966. 9	시조	위성(流星) 2	시조문학 14
1966. 9	시조	그네	시조문학 14
1966. 9	시조	침음(沈吟)	시조문학 14[34]
1966. 10	시조	비키니섬(시조 이제)	현대문학
1966. 10	시조	삼불야(三弗也)(시조 이제)	현대문학
1967. 1	시조	영위(營爲) Ⅱ	매일신문
1967. 2	시조	상실(喪失)	시조문학 15
1967. 2	시조	목과(木瓜)	시조문학 15
1967. 2	시조	엽서	여백록
1967. 3. 26	시조	불멸의 빛 — 안중근 의사 57주기 송시	여백록[35]
1967. 9	시조	난로(시조 이제)	현대문학
1967. 9	시조	꽃샘(시조 이제)	현대문학
1967. 9. 30	시조	나무	영남시조
1967. 12	시조	난(화제십이)	시조한국 1[36]
1967. 12	시조	달맞이꽃(화제십이)	시조한국 1

32)《현대시조》 창간호(1970. 6)에 재수록.

33) '화제십이'(《시조한국》 1)에 수록됨.

34) 『휴화산』에 「세월」로 제목 수정.

35) 이하의 작품들은 시인의 시작 노트에 남아 있다가 시 전집 『차라리 절망을 배워』(민병도·문무학 공편, 그루, 1992)에 수록된 작품들임.

36)《시조문학》 20집 '현역 시조 작가 자선작집'에 재수록.

발표일	분류	제목	발표지
1967. 12	시조	무화과(화제십이)	시조한국 1
1967. 12	시조	송(松)(2)(화제십이)	시조한국 1[37]
1967. 12	시조	석류(화제십이)	시조한국 1
1967. 12	시조	연(蓮)(화제십이)	시조한국 1
1967. 12	시조	은행(화제십이)	시조한국 1[38]
1967. 12	시조	진달래(2)(화제십이)	시조한국 1[39]
1968. 1	시조	문	1967년도 한국 시조 선집
1968. 1	시조	손길	1967년도 한국 시조 선집
1968. 1	시조	코스모스	1967년도 한국 시조 선집
1968. 1	시조	염불	1967년도 한국 시조 선집
1968. 1	시조	정좌(靜坐)	1967년도 한국 시조 선집
1968. 1	시조	추석에	1967년도 한국 시조 선집[40]
1968. 2	시조	나의 별	휴화산
1968. 2	시조	만사(輓詞) ─ 곡(哭) 백농 선생	휴화산[41]

37) 《약진경북》(1966. 4)에 실린 작품과는 다른 별개의 작품임.
38) 『휴화산』에서 「은행나무」로 제목 수정.
39) 1940년 《동아일보》에 발표된 작품과 유사하나 별도의 작품으로 분류되어야 할 것으로 판단됨.
40) 『휴화산』에서 「추석」으로 제목 수정.
41) 1959년 작품임을 명시하고 있음.

발표일	분류	제목	발표지
1968. 2	시조	맥령(麥嶺)	휴화산
1968. 2	시조	별	휴화산
1968. 2	시조	여상(旅床)	휴화산
1968. 2	시조	영위(營爲) Ⅰ	휴화산
1968. 2	시조	오(午)	휴화산
1968. 2	시조	애정	휴화산
1968. 2	시조	이룸	휴화산
1968. 2	시조	진주	휴화산
1968. 2	시조	칠석(七夕)	휴화산
1968. 2	시조	하(河)	휴화산
1968. 2	시조	한일(閑日)	휴화산
1968. 2	시조	환(幻)	휴화산
1968. 2	시조	회상	휴화산
1968. 3. 16	시조	옛터	여백록
1968. 3. 16	시조	가을밤	여백록
1968. 3. 16	시조	애상(哀傷)	여백록
1968. 3. 16	시조	춘소(春宵)	여백록
1968. 3. 16	시조	사모(思慕)	여백록
1968. 3. 16	시조	만일(晚日)	여백록
1968. 3. 16	시조	앙천(仰天)	여백록
1968. 3. 16	시조	태성동(台城洞) ― 휴전선 완충 지대의 마을	여백록
1968. 3. 16	시조	동백해곡(冬柏海曲)	여백록
1968. 3. 16	시조	화춘(畵春)	여백록
1968. 6	시조	석굴암 석불(石窟庵石佛)	현대문학

발표일	분류	제목	발표지
1968. 6	시조	섬어(譫語)	현대문학
1968. 9. 20	시조	오늘에	동아시단
1969. 2	시조	가람 선생 영전에	월간문학[42]
1969. 6	시조	벚꽃(춘일 이제)	현대문학
1969. 6	시조	봄날에(춘일 이제)	현대문학
1969. 7	시조	짐승 되어	현대시학
1969. 7	시조	아폴로 8호에	현대시학
1968. 9	시조	묵밭에서	낙강 2
1969. 10	시조	파편(破片)(신작 6편)	현대시학
1969. 10	시조	소외(疎外)(신작 6편)	현대시학
1969. 10	시조	등고(登高)(신작 6편)	현대시학
1969. 10	시조	눈(신작 6편)	현대시학
1969. 10	시조	직선(신작 6편)	현대시학
1969. 10	시조	왜? 속에서(신작 6편)	현대시학
1969. 10	시조	장송	시인
1969. 10	시조	실진(失眞)	현대문학
1969. 10	시조	낙치(落齒)	현대문학
1969. 10	시조	익음	낙강 3
1970. 1. 11	시조	추상(秋思)	매일신문
1970. 3	시조	가을에	월간문학
1970. 3	시조	공항(空缸)	월간문학

42) 《시조문학》 20집 '고 가람 이병기 선생 추모 기념 특집'에 재수록.

1955. 7. 4   김수영, 「현대시에의 자각」, 《평화일보》

1955. 7. 14   김윤성, 「이호우 시조집 평」, 《한국일보》

1955. 7. 16   이종기, 「이호우의 시조집을 보고」, 《연합신문》

1955. 7. 17   박양균, 「시의 소박성」, 《대구일보》

1955. 7. 21   이동기, 「서평」, 《국제신보》

1966. 7. 3   이화진, 「명작의 고향」, 《대구일보》

1970. 1   정재호, 「이호우 선생의 인간과 문학」, 《시조문학》 25

1970. 3   김제현, 「이호우론 — 시조사적 위치를 겸하여」, 《현대문학》

1970. 7   구름재, 「이호우 사형님의 영전에」, 《월간문학》

1970. 8   김윤식, 「이호우론」, 《현대시학》

1973. 10   서벌, 「이호우의 시」, 《현대시학》

1975. 7. 27   함동선, 「앞산 공원의 이호우」, 《독서신문》 238

1976. 겨울   정재호, 「이호우론 — 선생의 인간과 문학」, 《시조문학》

1976. 겨울   한춘섭, 「이호우론」, 《시조문학》

1978   신용대, 「이호우 시조의 연구」, 고려대 교육대학원 석사 학위 논문

1978. 여름   이우종, 「현대 명시조 순례」, 《시조문학》

1981   김윤식, 「이호우 시조와 그 명맥」, 『속 한국근대작가론고』, 일지사

1981. 12   원용문, 「이호우의 작품 연구」, 《배달말》 6, 배달말학회

1982   주강식, 「한국 현대시조의 문체론적 연구 — 가람과 이호우를 중
               심으로」, 동아대 대학원 석사 학위 논문

1982. 8. 28   김용성, 「문학사 탐방(12) — 바람벌의 이호우」, 《한국일보》

1983   김창환, 「정형에의 향수와 일탈」, 『한국 현대시 문학 대계 22권』, 지식산업사

1983   신용협, 「이호우론, 논문집」, 충남대 인문과학연구소

1983   채규판, 「이은상과 이호우의 전통 의식」, 『한국 현대시인론』, 탐구당

1983. 11   정재호, 「이호우 시조에 나타난 민족의식」, 《시조문학》

1984   유준호, 「이호우론」, 충남대 교육대학원 석사 학위 논문

1984   하장수, 「이호우 시조 연구」, 영남대 교육대학원 석사 학위 논문

1984   염창권, 「이호우 시조 연구」, 한국교원대 대학원 석사 학위 논문

1986. 3. 29   이태수, 「명작의 산실 ─ 이호우」, 《대구매일신문》

1986. 봄   임종찬, 「이호우 시조의 시적 변모」, 《시조문학》

1987. 6   김상선, 「이호우 시조론」, 《한남어문학》 13, 한남대 국어국문학회

1989   정재익, 「이호우 시인의 생애와 문학 정신」, 《시조생활》 창간호

1989   주강식, 「이호우 시조의 미적 구조」, 《논문집》 25, 부산교육대

1990   한춘섭, 「이호우 시인 평설」, 『한국 시조시 논총』, 을지출판공사

1991. 여름   김종, 「이호우론」, 《현대시조》

1991. 겨울   문무학, 「이호우 소년 시조 발굴」, 《현대시조》

1991   염창권, 「이호우 시조 연구」, 《청람어문학》 4, 청람어문학회

1991. 12   정혜원, 「이호우 시조 연구」, 《시조학논총》 7, 한국시조학회

1992   윤일광, 「이호우 시조 연구」, 동아대 교육대학원 석사 학위 논문

1993. 여름   정혜원, 「이호우론 ─ 현대시조의 새로운 위상 제시」, 《시조시학》

1994   강호연, 「이호우 시조 연구」, 경남대 대학원 석사 학위 논문

1994   문태길, 「이호우 시조의 현실 의식의 변화 연구」, 제주대 교육대학원 석사 학위 논문

1996   장식환, 「이호우 시조 연구」, 《영진전문대학》 논문집 18

1996. 6   최승호, 「이호우 시조에 타나난 생명의 미학」, 《대구어문논총》 14, 대구어문학회

1996   손수성, 「이호우 시조 연구 — 형식적 특징과 세계와의 관계 양상
              을 중심으로」, 고려대 교육대학원 석사 학위 논문

1996   예병태, 「이호우 시조 연구」, 한국교원대 대학원 석사 학위 논문

1999   조두섭, 「이호우 시조의 서정성 — 비동일화의 역동성」, 《인문예
              술논총》 20, 대구대 인문과학예술문화연구소

1999   조두섭·이강언, 「경계 서술과 창조: 이호우론」, 『대구·경북 근대
              문인 연구』, 태학사

2000   김우연, 「이호우 시조의 개작과 현대적 변모에 대한 연구」, 영남
              대 교육대학원 석사 학위 논문

2001   강경호, 「이호우 시조에 관한 몇 가지 담론」, 《한국어교육》 16,
              한국어문교육학회

2001   김정현, 「이호우 시조 연구 — 구성 원리와 인식의 변모 과정을
              중심으로」, 서강대 대학원, 석사 학위 논문

2002   조두섭 「이호우: 한 갈래의 서정시학」, 『비동일성의 시학』, 국학
              자료원

2002. 9   정대호, 「이호우 시조에 나타난 비극성의 고찰」, 《어문학》 77, 한
              국어문학회

2003   우은숙, 「현대 시조의 공간 구조와 현실 인식 연구 — 조운과 이
              호우를 중심으로」, 경희대 대학원, 석사 학위 논문

2008   이현승, 「이호우 시조 연구」, 《동서울대학 논문집》 30, 동서울대

2009   문무학, 「이호우 시조론 연구」, 《향토문학연구》 12, 대구경북향토
              문학연구회

2009   홍성란, 「현대시조 감상 — 오누이 시조시인 이호우와 이영도」,
              《유심》 4, 만해사상실천선양회

2009   여지선, 「1950년대 시조의 역사 인식과 다층성」, 《시조학논총》
              31, 한국시조학회

2010   박용찬, 「이호우 시조의 변모와 매체」, 《시조학논총》 32, 한국시

조학회

2012   김경미, 「이호우 시조 연구」, 안동대 대학원, 석사 학위 논문

작성자 허윤회 성균관대 강사

1912년　2월 5일, 광주군 광주면 교사리 134번지(현 광주광역시 서구 사동)에
　　　　서 출생. 아버지 야은 정석규와 어머니 최후량 슬하 5남 2녀 중 장남.
　　　　본명은 현민(顯珉). 당시 공무원이었던 아버지 덕에 비교적 여유 있는
　　　　유년 시절을 보냄. 이후 아버지의 직장 이동으로 인해 나주군 다시면
　　　　(속칭 샛골)으로 이사.

1920년　다시면 한문 서당에서 수학. 목가적인 전원이 둘러싸고 있던 다시면
　　　　에서 어린 소년이었던 소파는 문학적 정서를 기름.

1923년　고막원공립보통학교(현 나주의 다시초등학교) 입학. 학교에 재학 중
　　　　이던 무렵 중앙에서 나오던 《소년 뉴우스》라는 8면의 문학 종합지를
　　　　탐독하며 문학에 대한 꿈을 키움.

1927년　광주공립보통학교로 전학.

1928년　광주공립보통학교 졸업.

1929년　송정공립공업실수학교(현 목포공고) 입학. 일제의 한글 말살 정책에
　　　　항거 투쟁. 《대한매일신보》에 시 「잃어진 시(詩)」 등 발표.

1930년　《개벽》지에 「별건곤(別乾坤)」을 발표.[1]

---

1) 《개벽》은 1920년 6월에 창간되어 1926년 8월에 72호를 끝으로 일제의 강압에 의해 강제
　폐간된 종합지이다. 그 후 1934년 11월에 같은 제호로 속간을 시도했다가 1935년 2월에
　4호까지만 낸 채 폐간되었고, 해방 후 1946년 1월 복간했으나 그 역시 1949년 3월 25일
　9호까지만 낸 채 폐간되었다.
　　현재 남아 있는 자료로는 1930년 《개벽》지의 존재와 거기에 발표되었다고 하는 작품
　「별건곤」을 직접 확인할 수 없다. 그러나 정소파 시인에 대한 선행 연구 및 자료 등에서
　는 모두 1930년 《개벽》지에 「별건곤」을 발표하며 문단에 데뷔했다고 기술하고 있다. 또

1931년   송정공립공업실수학교 졸업. 광주학생독립운동에 가담.

1932년   주효현 여사와 결혼. 일본 와세다 대학교 문학부 입학하여 유학.

1935년   장녀 성희 출생.

1936년   일본 와세다 대학교 문학부 수료. 이후 귀국하여 전라남도청 산업부
          를 시작으로 1951년까지 행정공무원으로 생활. 광산군청, 영광군청,
          화순군청의 산업과와 전라남도청 산하 임업시험장에서 근무.

1937년   차녀 서연 출생.

1941년   장남 건우 출생.

1942년   동인지 《설창》 간행.

1944년   3녀 성아 출생.

1945년   호남공론사의 편집국장으로 입사하여 종합지 《호남공론》을 3집까지
          발간.

1946년   호남신문사(사장 이은상) 주최의 단가회(短歌會)에 시가 3회 천료
          됨.(「봄눈」, 「3·8선」, 「봄맞이」)

1947년   4녀 성효 출생.《동광신문》 신춘문예에 시 당선.

1948년   《조선중보》 신춘문예에 시 당선.《전우(戰友)》에 시 2회 당선.

1951년   여수중학교 교사를 시작으로 교육계에 몸담음. 5녀 성심 출생.

1953년   여수상업고등학교 재직.

1954년   차남 건주 출생.

1955년   첫 시집 『마을』(전남일보사) 출간.

1957년   《동아일보》 신춘문예에 시조 「설매사(雪梅詞)」 당선.(선자 주요한·김

한 정소파 시인도 「나의 문학 72년 약사―1924년~1984년까지 광주 문단을 주축으로」
(《문학춘추》, 문학춘추사, 2002. 5)에서 그와 같이 술회하고 있다.

　이때 1930년 《개벽》 발행 여부와 「별건곤」 발표에 대한 문제는 당대의 정황을 고려하
여 보다 면밀히 조사해 보아야 할 부분이라고 본다. 그렇게 하여 수정·보완이 이루어지
기 전까지는 정소파 시인의 술회와 선행 연구의 내용을 존중하여 정소파 시인이 1930년
《개벽》지에 「별건곤」을 발표하며 문단에 데뷔했다는 기술을 따르기로 한다.

동명) 이승만 정부가 주최한 제1회 범문단 전국백일장대회에서 6500명
의 예선 참가자 중 차하로 입선한 후, 100명이 진출하여 서울 성균관
에서 치러진 본선에서 「독임란사유감(讀壬亂史有感)」으로 장원을 차
지하여 대통령상을 수상. 이호우 시인과 그 누이 이영도 시인이 함께
찾아와 축하해 줌. 그 이후 이영도 시인과 문학적 교류를 하게 됨. 시
조집 『산창 일기(山窓日記)』(천일출판사)를 출간. 백오문학회를 조직
하고, 동인지《문학자(文學者)》를 발간. 삼남 건양 출생.

1958년   옥과중학교 재직. 전라남도 문화공로상 수상.

1959년   시예술 발기 동인으로 활동하며, 동인지《시예술》을 발간. 전남여자
중·고등학교 재직.

1963년   광주무진중학교 재직.

1964년   4남 건필 출생.(슬하에 4남 5녀를 둠.)

1966년   수필집 『시인(詩人)의 산하(山下)』(정문사) 출간.

1969년   동인지《녹명(鹿鳴)》 발간.(4호까지 간행)

1971년   3월 25일, 한국시조작가협회 전남지부를 결성하여 회장으로 취임. 영
산강 발기 동인으로서 동인지《영산강》을 발간.(5집까지 발간) 동시집
『정소파 동요 동시집』(정문사) 출간. 광주북성중학교 재직. 8월 5일부
터 11일까지에 광주 유엔다실(茶室)에서 '소파학산시화전'을 개최.

1974년   한국시조시인협회의 이사 및 전남지부장 역임. 6집까지 발간된 동
인지《녹명》의 제명(題名)을《시조문학》으로 개제(改題). 시(詩)·서
(書)·화(畵) 회원전 개최. 시조집 『슬픈 조각달』(세운문화사) 출간.

1975년   민족문회협회 주최(노산 이은상 주관) 전국시조백일장 심사위원 역
임.(4회 역임)

1976년   한국문인협회 전남지부장 역임.

1977년   민족시연구회 회장으로서 연구지《민족시》를 3집까지 간행. 12월 5일,
한국시조작가협회에서 소파문학상 제정. 광주경신여자고등학교 재직.

1978년   광주수피아여자고등학교 재직.

1979년　시집『잔조(殘照)』(에덴문화사) 출간.

1980년　가람시조문학상 수상. 가람시조문학회 부회장을 역임하며, 이태극 등
　　　　과 함께《가람문학》을 창간. 전라남도 문화상(문학부) 심사위원장 역
　　　　임.(4회 역임)

1981년　수필집『세월 가는 그림자』(호남문화사) 출간.

1982년　호남시조문학회(전 한국시조작가협회 전남지부) 회장 역임.

1983년　한국동시조문학운동본부 회장 역임. 시조집『죽풍사』(학생사) 출간.

1984년　중앙시조대상 수상.

1985년　한국시조시인협회 고문, 호남시조문학회 명예회장 역임. 육당시조문
　　　　학상 심사.

1986년　광주수피아여자고등학교에서 정년퇴임을 하며, 오랜 교편 생활의 공
　　　　로를 인정받아 국무총리상을 수상.

1987년　현산문화상(문학부 본상 수상). 시조집『고독의 창』(규장각) 출간.

1988년　육당시조시문학상(창작 대상) 수상.『정소파 시 전집』(송정문화사) 출간.

1992년　호남시조문학회 명예회장으로 추대됨.

1994년　한국시조시인협회 창립 30주년 기념 명예패 수상.

1995년　한국시조시인협회, 한국문인협회 광주광역시지부·동전남지부 등에
　　　　서 고문 역임. 문학동우회 회원으로 활동.《월간문학》심사위원. 정소
　　　　파 수필 전집『그리움과 사랑의 앙금(상권)』,『꽃샘바람에 사운대는
　　　　설레임(하권)』(동성출판사) 출간.

1996년　《시조문학》심사위원.(1999년까지) 국립중앙도서관 전시실에서 개최
　　　　된 문학의 해 기념 시화전에 작품을 출품.

1998년　5월 15일, 호남시조문학회, 광주광역시 문인협회, 전라남도 문인협회
　　　　가 주관하여 광주문화예술회관 원형광장에 정소파 시비를 건립. 시비
　　　　에는 대표작「설매사」와 함께 "사랑과 정성으로 정소파 시인의 시비
　　　　를 세운다."라는 문구가 새겨져 있음.

2001년　시조집『달여울의 소리 무늬』(태학사) 출간.

2002년   제1회 대한민국향토르네상스문학상과 제5회 한림문학상 수상.

2006년   매천황현문학상 수상.

발표일	분류	제목	발표지
1929	시	잃어진 시	대한매일신보
1930	시조	별건곤	개벽
1932. 9	시	울리질 마소	별건곤
1936. 1	시조	동야만상(冬野漫想)	신가정
1949. 2. 10	시	조개 줍는 노파	동광신문
1955	시집	마을	전남일보사
1956. 7	시조	푸른 지표(地表) 위에서	신문화 1
1957	시조집	산창 일기(山窓日記)	천일출판사
1957. 1. 15	시조	설매사	동아일보
1957. 2	수필	관조기(觀潮記)	현대문학
1957. 10. 3	시조	독임란사유감(讀壬亂史有感)	전국 백일장 당선작
1957. 12	시조	소리섬〔鳶島〕	현대문학
1958. 4. 23	동시	유리창 캔버스	조선일보
1958. 5	시조	꽃	사상계
1958. 5	시조	설목림(雪木林)	현대문학
1958. 6	시	동백꽃 그늘에서	현대문학
1958. 9	시조	유구(流久)	새벽

발표일	분류	제목	발표지
1959. 2	시	산상(山上)의 서정(抒情)	현대문학
1959. 4	시조	혼곡(昏谷)에 서서	자유문학
1959. 6	수필	운월당기(雲月堂記)	현대문학
1959. 7	시	신라 기행 시초(新羅紀行詩抄)	현대문학
1959. 12	시	설산부(雪山賦)	현대문학
1960. 2	시조	불 붙는 봄 들녘에서	시조문학
1960. 3	시조	도곡(禱曲)	자유문학
1960. 3	수필	백민 선생(白民先生)	현대문학
1960. 6	시조	무등산 시초(無等山詩抄)	현대문학
1961. 2	시조	금선보(琴線譜)	시조문학
1961. 7	시조	춘향 연가	시조문학
1962. 2	시조	은하사(銀河詞)	현대문학
1962. 5	수필	파초풍정(芭蕉風情)	현대문학
1962. 7	시조	진달래 그늘에서	시조문학
1963. 3	시조	가을 시초	시조문학
1964	수필집	시인의 산하	정문사
1964. 11	수필	장원봉(壯元峯)과 달밤	현대문학
1966. 2	시	진탈기(盡脫記)	현대문학
1966. 9	시조	눈아보(嫩芽譜)	시조문학
1966. 9	시조	화갑연도(華甲連禱)	시조문학
1967	시조	봄이 오기까지에는	시조문학
1967. 2	시조	호서 기행 시초(湖西紀行詩抄)	시조문학
1968. 4	시조	대하(大河)로 터질 새날	시조문학
1968. 8	시조	형곡만장(刑谷輓章)	신동아
1968. 8	시조	소춘(小春)·산령(山嶺)	시조문학

발표일	분류	제목	발표지
1968. 9	수필	천역사(遷易史)	현대문학
1969. 11	시조	영관행(嶺關行)	월간문학
1969. 12	시조	영(嶺)의 연곡(戀曲)	시인
1969. 12	시조	산도화(山桃花)	현대시학
1970. 4	수필	가을산의 서정	현대문학
1970. 11	시조	금슬(琴瑟)	시인
1970. 11	시조	슬픈 군상(群像)	시조문학
1971	시조	빛	시조문학
1971. 2	수필	늙는다는 것	현대문학
1971. 4	평론	현대 문학 시조로서의 시적 가치	전남교육
1971. 6	시조	춘명이조(春鳴異調)	월간문학
1971. 10	시조	명추보(鳴秋譜)	시문학
1972. 1	시조	조엽부(凋葉賦)	시문학
1972. 5	시조	회심(懷心)의 곡(曲)	시문학
1972. 5	시조	조강(糟糠)	새시대문학
1972. 10. 20	시조	전선에 선 아들	한국전선시선
1973. 5	시조	영(靈)의 합환도(合歡圖)	현대시학
1973. 10	시조	묵족	월간문학
1974	시조집	슬픈 조각달	세운문화사
1974. 3	수필	은고	현대문학
1974. 7	시조	밤의 나상(裸像)	시문학
1974. 7	시조	춘무(春霧)	월간문학
1974. 11	시조	여안(旅雁)	시조문학
1975. 1	시	소심(素心)	시문학

발표일	분류	제목	발표지
1975. 1	시조	환(幻)의 연장(聯章)	현대시학
1975. 2. 24	시조	벼랑에 피는 꽃	동아일보
1975. 4	시조	달밤 희곡(戱曲)	월간문학
1975. 5	시조	화계(花階) 내리는 나비	현대문학
1975. 6	시조	백추사(白秋詞)	시조문학
1975. 12	시조	황혼의 절정	시조문학
1976. 4	시조	단장 삼제(單章三題)	시조문학
1976. 9	시조	잎수풀 속에서	시조문학
1976. 12	시조	투몽(鬪夢)	시문학
1976. 12	시조	한별곡(恨別曲)	시조문학
1977. 1	시	남산(南山) 밤에 서서	한국문학
1977. 3	수필	다도해 서경	현대문학
1977. 4	시조	꿈결로 흐르는 세월	시조문학
1977. 4	시조	봄 설소 연가(戀歌)	월간문학
1978. 5	시조	무등(無等)이 보이는 추경 이제(秋景二題)	시조문학
1978. 9	시조	봄, 천장암에서	시조문학
1978. 12	시조	가을 모영(暮影)	시조문학
1979	시집	잔조(殘照)	에덴문화사
1979. 3	시조	소춘창변(小春窓邊)	시조문학
1979. 5	시조	화락사(花落詞)	시문학
1979. 6	시조	삼우제초(三虞祭抄)	시조문학
1979. 9	시조	죽풍사(竹風辭)	시조문학
1979. 12	시조	잔영(殘影)	시조문학
1980	서평	산여울·물여울	산여울·물여울

발표일	분류	제목	발표지
			(김정희 시집)
1980. 2	시조	파초의 꿈	월간문학
1980. 3	수필	여인심상	현대문학
1980. 3	시조	동림산중(冬林山中)	한국문학
1980. 3	시조	봄눈 환무곡(幻舞曲)	시조문학
1980. 3. 6	시	화낭가(花娘歌)	동아일보
1980. 6	시조	장정에의 개가(凱歌)	시조문학
1980. 9	시조	강바람 앞에서	시조문학
1981. 5	시조	화휘무(花彙舞)	시조문학
1981. 5	시조	흰 상여에 실린 신록(新綠)	신동아
1981. 6	시조	야안행(夜雁行)	시조문학
1981. 7	시조	화설부(花雪賦)	월간문학
1981. 8	시조	이른 봄 산에 서서	한국문학
1981. 9	시조	한천우(旱天雨)	시조문학
1981. 12	시조	간년(千年) 산소곡	나래동인시조
1981. 12. 19	시조	가을 풍혈대	동아일보
1982. 3	시조	융동산(隆冬山) 적요	시조문학
1982. 9	시조	꽃, 꽃이여	시조문학
1982. 12. 25	시조	나목의 숲에서	동아일보
1983. 6	시조	석담 소음	시조문학
1983. 8	시조	환춘우조(歡春羽調)	현대문학
1983. 9	시조	늙은 느티나무에게	월간문학
1983. 9. 27	수필	사랑이 괴는 동산	동아일보
1983. 11	시	가을 파초원(芭蕉苑)에서	한국문학
1984. 2. 6	수필	고향에 살다 — 여명 밝힌	동아일보

발표일	분류	제목	발표지
		「빛고을」광주	
1984. 6	시조	사슴의 사상(思想)	월간문학
1984. 10	시조	고도(孤島)의 이성(理性)	월간문학
1986. 4	시조	흰 얽이 검은 가마를 타고	월간문학
1986. 6	시조	백목련환곡(白木蓮幻曲)	소설문학
1986. 9	시조	선인장연조(仙人掌聯調)	시조문학
1986. 11	시조	마른 나무가지와 눈꽃	현대시학
1986. 12	수필	산사에서 만난 여인	현대문학
1987	시조집	고독의 창	규장각
1987. 3	시조	추석과 달 거울	시조문학
1987. 6	시조	다시 광화문 옆에서	한국문학
1987. 7	시조	사초(莎草)를 하며	동서문학
1987. 8	시조	봄비 회심곡(回心曲)	소설문학
1987. 9	시조	흰 나리 연보(戀譜)	시조문학
1987. 10	시조	청자도요지(靑磁陶窯地)에서	한국문학
1987. 11	시조	안경을 닦으며	월간문학
1987. 11	시조	신록제	신동아
1987. 12	시조	사월의 축제	문학정신
1988. 9	시조	선회(旋回)하는 만경들	동양문학
1988. 9	시조	활촉과 상수리 연곡(聯曲)	한국문학
1988. 12	시조	옛 절터에서	불교문학
1989. 1	시조	풍악별곡(楓岳別曲)	현대문학
1990. 7	시	늙은 석공의 노래	현대문학
1990. 9	수필	부용동과 세연정기	현대문학
1991. 10	시조	명조 연곡 이제	자유문학

발표일	분류	제목	발표지
1992. 9	시조	환생하는 불영계곡	문학춘추
1995	수필집	그리움과 사랑의 앙금(상)	동성출판사
1995	수필집	꽃샘바람에 사운대는 설레임(하)	동성출판사
1995. 3	시	춘향이 뜨락 바장이며	현대문학
1998. 6	시	솔바람 속으로	문학춘추
1999. 1	시평	향수 어린 사무친 '동경에의 영상'	잎새에게 꽃자리 내주고(강대실 시집)
2002. 5	수필	나의 문학 72년 약사 —1924년~1984년까지 광주 문단을 주축으로	문학춘추
2003	축시	구름잴 넘어오는 시선의 노래	먼길바라기 (박병순 시조집)
2006. 5	시조	광란의 폭설 속에서	문학춘추
2006. 5	시조	분엽사(焚葉詞)	문학춘추
2006. 5	시조	강(江)머리 전망대	문학춘추
2006. 5	시조	호남선을 가오며	문학춘추
2007. 3	시조	시가 다시, 희망이다	열린시학
2008	시조	추명곡(秋明曲)	죽순
2009. 9	시조	동반, 지팡이의 노래	시조시학
2009. 9	시조	오랜만 듣는 꾀꼬리 소리	시조시학
2010. 3	시조	백수부(白壽賦)	문학춘추
2010. 12	시조	백수(白壽), 눈앞에 두고	시조시학
2010. 12	수필	나의 문학 80년 여적	시조시학

발표일	분류	제목	발표지
2010. 12	시조	낙화부(落花賦)	시조문예
2010. 12	시조	첫 꾀꼬리 소리	시조문예
2010. 12	시조	걷고 싶은 길의 노래	시조문예
2011. 1	시조	신묘(辛卯)의 송(頌)	대동문화

1989. 3   박덕은, 「향토의 고장 ― 정소파」, 『자유인. 사랑인』, 한실

1991. 6   정진엽, 「현대시조에 있어서의 상징과 비유 ― 그 미래적 지향의 새로운 열림의 장을 위하여」, 『현대시조』, 현대시조사

1991. 9   노창수, 「순수와 지조의 이중율 ― 정소파 시인을 찾아」, 『현대시조』, 현대시조사

1991. 12   김월한, 「구조화된 작품들」·「시정신이 있는 현대시조들」·「작품의 평이성과 모호성」, 『현대시조의 어제와 오늘』, 동인문예

1992. 10   오동춘, 「청춘이 꽃피는 원로 시조들」, 『한국 시』, 한국시사

1993. 9   이도현, 「상황 인식과 시 정신」, 『현대시조』, 현대시조사

1993. 10   오동춘, 「산과 바람의 의미」, 『한국 시』, 한국시사

1994. 9   조주환, 「자잘한 주정의 세계」, 『시조 문학』, 시조문학사

1995. 1   조주환, 「특수성과 보편성의 조화」, 『시문학』, 시문학사

1996. 4   오동춘, 「삶과 시조」, 『한국 시』, 한국시사

1996. 12   이상옥, 「21세기는 시조의 부흥으로 열린다」, 『현대시조』, 현대시조사

1997. 12   최재선, 「시조 읽기의 즐거움과 괴로움 ― 현대시조의 부흥을 꿈꾸며」, 『현대시조』, 현대시조사

1998. 1   이기반, 「시조의 앞날은 밝다」, 『한국 시』, 한국시사

1999. 3   이기반, 「의식이 돋보이는 시조들」, 『한국 시』, 한국시사

1999. 6   조주환, 「새롭고 다양한 가능성의 시」, 『시조 문학』, 시조문학사

2000. 3   이준행, 「시조 문단의 대부 정소파 시인의 문학과 인생」, 《문학춘

추》, 문학춘추사

2002. 5	한춘섭, 「한국 근대 시조시 개관 — 정소파 시조시인론에서 발췌」,《문학춘추》, 문학춘추사
2007. 10	이준구, 「정소파 시인의 시 세계」,《전광일보》2007. 10. 22
2009. 10	임종찬, 「허산(虛山)과 공심(空心) 동양 정신의 구현 — 정소파론」,『현대시조의 정서와 방향』, 국학자료원
2011. 6	엄경희, 「자연 서정의 평이함과 그 한계 — 이태극·정소파·박재삼의 경우」,『전통시학의 근대적 변용과 미적 경향』, 인터북스
2011. 12	노창수, 「순수와 지조의 이중률 — 정소파론」,『사물을 보는 시조의 눈』, 고요아침
2012. 6	허형만, 「특별 인터뷰: 정소파 시조시인」,《대산문화》2012 여름호, 대산문화재단

작성자 우은진 부산대 현대문학 박사 수료

언어의 보석,
어둠 속의 연금술사들

탄생 100주년 문학인 기념문학제 논문집 2012

1판 1쇄 찍음 2012년 11월 12일
1판 1쇄 펴냄 2012년 11월 19일

지은이 · 황광수, 고형진 외
펴낸이 · 박근섭, 박상준
편집인 · 장은수
펴낸곳 · (주)민음사

출판등록 1966. 5. 19. (제16-490호)
서울시 강남구 신사동 506 강남출판문화센터 5층(135-887)
대표전화 515-2000 / 팩시밀리 515-2007
www.minumsa.com
www.daesan.org

※ 이 논문집은 대산문화재단과 한국작가회의가 기획, 개최한
'탄생 100주년 문학인 기념문학제'의 일환으로 서울특별시의
지원을 받아 제작되었습니다.

ISBN 978-89-374-8615-9 03800